C程序设计

朱玉龙 戴南 朱彤 编著

清华大学出版社

北京

内 容 简 介

本书的目的是让读者正确、全面、深入、轻松地掌握 C 语言程序设计技术。本书严格遵循 ANSI C 标准，包含了 ANSI C 提供的一些重要的但常被遗漏的内容（如宏运算符#、printf 函数的格式符%.*s）。本书的程序例题力求典型、有趣。在介绍程序时强调算法的思路，突出理性，并借助一题多解讲解程序改进的必要性和常用方法。本书强调兴趣、基础、技巧和创新，其中包含了笔者在程序设计方面的研究工作，如解析法、拟人法、对称法、递归树、递归公式法和后继序列法，它们的作用是简化程序设计工作和加深对程序的理解。

本书可作为高等院校本科生和专科生的 C 语言程序设计课程的教材，也可供研究生和软件设计人员参考。

图书在版编目（CIP）数据

C 程序设计 / 朱玉龙，戴南，朱彤编著. —北京：清华大学出版社，2011.2
（21 世纪高等学校规划教材·计算机应用）
ISBN 978-7-302-23287-2

Ⅰ. ①C… Ⅱ. ①朱… ②戴… ③朱… Ⅲ. ①C 语言-程序设计 Ⅳ. ①TP312

中国版本图书馆 CIP 数据核字（2010）第 147669 号

责任编辑：魏江江　赵晓宁
责任校对：李建庄
责任印制：杨　艳

出版发行：清华大学出版社		地　　址：北京清华大学学研大厦 A 座		
http://www.tup.com.cn		邮　　编：100084		
社　总　机：010-62770175		邮　　购：010-62786544		
投稿与读者服务：010-62795954，jsjjc@tup.tsinghua.edu.cn				
质　量　反　馈：010-62772015，zhiliang@tup.tsinghua.edu.cn				

印　刷　者：北京富博印刷有限公司
装　订　者：北京市密云县京文制本装订厂
经　　销：全国新华书店
开　　本：185×260　印　张：21.25　字　数：530 千字
版　　次：2011 年 2 月第 1 版　　　印　　次：2011 年 2 月第 1 次印刷
印　　数：1～3000
定　　价：35.00 元

产品编号：031997-01

编审委员会成员

扬州大学	李　云	教授
南京大学	骆　斌	教授
	黄　强	副教授
南京航空航天大学	黄志球	教授
	秦小麟	教授
南京理工大学	张功萱	教授
南京邮电学院	朱秀昌	教授
苏州大学	王宜怀	教授
	陈建明	副教授
江苏大学	鲍可进	教授
武汉大学	何炎祥	教授
华中科技大学	刘乐善	教授
中南财经政法大学	刘腾红	教授
华中师范大学	叶俊民	教授
	郑世珏	教授
	陈　利	教授
江汉大学	颜　彬	教授
国防科技大学	赵克佳	教授
	邹北骥	教授
中南大学	刘卫国	教授
湖南大学	林亚平	教授
西安交通大学	沈钧毅	教授
	齐　勇	教授
长安大学	巨永锋	教授
哈尔滨工业大学	郭茂祖	教授
吉林大学	徐一平	教授
	毕　强	教授
山东大学	孟祥旭	教授
	郝兴伟	教授
中山大学	潘小轰	教授
厦门大学	冯少荣	教授
仰恩大学	张思民	教授
云南大学	刘惟一	教授
电子科技大学	刘乃琦	教授
	罗　蕾	教授
成都理工大学	蔡　淮	教授
	于　春	讲师
西南交通大学	曾华燊	教授

出版说明

随着我国改革开放的进一步深化，高等教育也得到了快速发展，各地高校紧密结合地方经济建设发展需要，科学运用市场调节机制，加大了使用信息科学等现代科学技术提升、改造传统学科专业的投入力度，通过教育改革合理调整和配置了教育资源，优化了传统学科专业，积极为地方经济建设输送人才，为我国经济社会的快速、健康和可持续发展以及高等教育自身的改革发展做出了巨大贡献。但是，高等教育质量还需要进一步提高以适应经济社会发展的需要，不少高校的专业设置和结构不尽合理，教师队伍整体素质亟待提高，人才培养模式、教学内容和方法需要进一步转变，学生的实践能力和创新精神亟待加强。

教育部一直十分重视高等教育质量工作。2007 年 1 月，教育部下发了《关于实施高等学校本科教学质量与教学改革工程的意见》，计划实施"高等学校本科教学质量与教学改革工程（简称'质量工程'）"，通过专业结构调整、课程教材建设、实践教学改革、教学团队建设等多项内容，进一步深化高等学校教学改革，提高人才培养的能力和水平，更好地满足经济社会发展对高素质人才的需要。在贯彻和落实教育部"质量工程"的过程中，各地高校发挥师资力量强、办学经验丰富、教学资源充裕等优势，对其特色专业及特色课程（群）加以规划、整理和总结，更新教学内容、改革课程体系，建设了一大批内容新、体系新、方法新、手段新的特色课程。在此基础上，经教育部相关教学指导委员会专家的指导和建议，清华大学出版社在多个领域精选各高校的特色课程，分别规划出版系列教材，以配合"质量工程"的实施，满足各高校教学质量和教学改革的需要。

为了深入贯彻落实教育部《关于加强高等学校本科教学工作，提高教学质量的若干意见》精神，紧密配合教育部已经启动的"高等学校教学质量与教学改革工程精品课程建设工作"，在有关专家、教授的倡议和有关部门的大力支持下，我们组织并成立了"清华大学出版社教材编审委员会"（以下简称"编委会"），旨在配合教育部制定精品课程教材的出版规划，讨论并实施精品课程教材的编写与出版工作。"编委会"成员皆来自全国各类高等学校教学与科研第一线的骨干教师，其中许多教师为各校相关院、系主管教学的院长或系主任。

按照教育部的要求，"编委会"一致认为，精品课程的建设工作从开始就要坚持高标准、严要求，处于一个比较高的起点上；精品课程教材应该能够反映各高校教学改革与课程建设的需要，要有特色风格、有创新性（新体系、新内容、新手段、新思路，教材的内容体系有较高的科学创新、技术创新和理念创新的含量）、先进性（对原有的学科体系有实质性的改革和发展，顺应并符合 21 世纪教学发展的规律，代表并引领课程发展的趋势和方向）、示范性（教材所体现的课程体系具有较广泛的辐射性和示范性）和一定的前瞻性。教材由个人申报或各校推荐（通过所在高校的"编委会"成员推荐），经"编委会"认真评审，最后由清华大学出版社审定出版。

目前，针对计算机类和电子信息类相关专业成立了两个"编委会"，即"清华大学出版社计算机教材编审委员会"和"清华大学出版社电子信息教材编审委员会"。推出的特色精品教材包括：

（1）21 世纪高等学校规划教材·计算机应用——高等学校各类专业，特别是非计算机专业的计算机应用类教材。

（2）21 世纪高等学校规划教材·计算机科学与技术——高等学校计算机相关专业的教材。

（3）21 世纪高等学校规划教材·电子信息——高等学校电子信息相关专业的教材。

（4）21 世纪高等学校规划教材·软件工程——高等学校软件工程相关专业的教材。

（5）21 世纪高等学校规划教材·信息管理与信息系统。

（6）21 世纪高等学校规划教材·财经管理与计算机应用。

（7）21 世纪高等学校规划教材·电子商务。

清华大学出版社经过二十多年的努力，在教材尤其是计算机和电子信息类专业教材出版方面树立了权威品牌，为我国的高等教育事业做出了重要贡献。清华版教材形成了技术准确、内容严谨的独特风格，这种风格将延续并反映在特色精品教材的建设中。

清华大学出版社教材编审委员会
联系人：魏江江
E-mail:weijj@tup.tsinghua.edu.cn

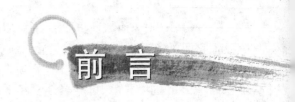

前 言

　　走进任何一个大型书店，你会发现在所有图书中最多的是计算机书籍，计算机书籍中最多的是 C 语言方面的。究竟有多少？一千本，两千本？难以统计。这也说明了，C 语言极其成功，应用极广。

　　这么多的 C 语言著作，应该是各具特色，有感而发。但是找一本满意的 C 语言教材也并非易事。笔者从 2000 年开始讲授过十几次 C 语言，使用过多种教材，都会发现这样那样的问题，不得不对于课程内容进行修改、增删。教师麻烦点倒也应该，学生往往不得要领，于是决定按自己的理解写一本 C 语言教材。笔者曾从事程序设计多年，积累了一点 C 语言编程经验。经过 3 年的总结、编写，得到了眼前这本书。是否实现初衷，不得而知，欢迎评说。

1．本书写作思路

　　C 语言教材应包含两部分内容：C 语言的正确知识和程序设计的正确方法。本书强调以下想法：

　　（1）教科书是世界上最重要的一类书，因为它面对的是正在学习的学生。一本好的教科书就是一盏指路明灯，一本坏的教科书就是一个陷阱，无异于图财害命。教科书必须是正确、规范、精彩的。特别像 C 语言这样的书，C 语言往往是读者的第一门程序设计语言。如果学好了，再学习其他语言就会轻而易举；如果学不好，重学一遍或者再学其他语言都难以得到好的效果。在 IT 就业市场上求职者爆棚，而企业求贤若渴。问题主要归结为我们的社会大环境和教育体系，但是也多少关系到我们教材的水平。教材的作者不能着眼于名利，不能为书而书，而且也不能一知半解。

　　（2）忠实遵守 ANSI C 标准。标准是判断知识正确与否的依据。本书采用 ANSI C 标准，这是世界上多数 C 语言教材的共识。至于更新的 C99 标准，当前还不适用于教材，因为它还没有普及，而且它对 ANSI C 的改进主要体现在量变而非质变上。符合标准并不困难，只需要多查阅标准文本，只是多一点麻烦。例如，多数教材都把–456 这样的负数当做整数常量，ANSI C 规定十进制整数常量开始于非 0 数字，所以–456 只能是常量表达式。再如，许多书在介绍不同类型的数据混合运算时采取的类型转换规则仍然是传统 C（也叫做 K&R C）的规则，其特点是没有 float 型运算。而 C 标准说"在标准 C 语言之前实现要求把所有 float 类型的值转换成 double 类型之后再进行运算，在标准 C 中可以直接使用 float 类型进行运算"。还有，某本影响极大的教材说"ANSI 标准允许 switch 后面的表达式为任何类型"，令人好生奇怪，一查标准发现不是这样。为避免此类错误，本书在写作过程中一直参考 ANSI C 标准[3]、中国国家 C 语言标准[4]、C 语言作者的原著[1]、C 语言参考手册[5]和 C 语言大全[6]，以保证所有环节都同标准一致。

（3）C 语言有一些重要而有用的特色功能，构成了 C 语言的特点，但是大多数教材却把它们忽略了，本书予以足够重视。例如二进位级运算，大部分教材只给出 c=a&b 之类的练习，缺少有说服力的应用例子，学生无法理解它们存在的价值，这种讲法等于没讲。再如，printf 的格式串中有一个起"变长显示"作用的"*"，能简化程序，恰当使用会收到神奇的效果，其他语言也有类似功能，可惜国内教材都未提及。

（4）C 语言不难学，但想学好也不容易，必须努力。本书是一本 C 语言的入门教材，不是休闲读物，也不是科普读物。所谓入门，要求掌握基本知识、基本技能，为进一步学习程序设计打好基础。有人说，C 语言入门容易深入难。对于抱着了解目的的读者，当然可以大致浏览，不必认真，但是谁也不能轻轻松松地取得成功。C 语言内容丰富，功能强大，不花气力，入门也难。有的教材说，记住 C 语言 45 个运算符的优先级极为困难，所以索性不必记了，需要时多加括号好了。笔者以为此言不妥，"态度决定一切"，只要有认真的态度，记住优先级并非难事（难度相当于记一个手机号码），而且受益无穷。如果连这点力气都不肯付出，恐难成正果。

（5）"深入浅出"是所有教材的目标，不深入就不能浅出。比如对于单目的"−"运算符，通常认为不言自明无须解释。对于有符号整数，"−"意味着"求负"。但是对于无符号整数就不能这样解释了，因为无符号数无负可求。所以"−"整数是对整数机器表示的求补，为了搞清"−"就必须搞清数据的机器表示。数据的机器表示是计算机运算的基础，也是程序设计的基础。掌握机器表示是学习 C 语言的指针、位运算、结构、联合等内容的前提，也有助于理解高级计算机应用（如图形、音乐）的原理。

（6）初学编程总要有一个照猫画虎的阶段，例题的质量尤为关键。初学者对于程序的好坏还没有判断能力，他们会把书中的例题当做楷模，当做好程序的标准，所以教科书的例题程序必须尽量好一点，无懈可击。笔者初学编程时常被书本上例题的精彩所震撼，可惜现今很难重温这种感觉了，不能不说是当代学生的遗憾。比如，"链表插入"问题，我们的教材都按 4 种情况处理，冗长繁琐、平庸乏味。而国外教材只分两种情况，甚至整合成一种情况，程序简单、精彩、易懂。"语不惊人死不休"（杜甫语），编程也一样。程序编好了，必须不断改进。这应该是编程必不可少的一道工序。少了这道工序只能产生蹩脚的程序和平庸的程序员。

（7）程序设计是一种工程活动，正像盖大楼一样必须以一种科学有序的方式进行，必须进行充分的准备和论证，不能贸然上马。30 年前计算机还是一种昂贵稀缺的资源，程序员们为了节省上机时间都会预先反复论证、思考，容易产生高质量的程序。随着计算机的迅猛发展，程序员反倒愈来愈性急，一接到题目马上上机，欲速则不达，结果自然是一批又臭又长的程序垃圾。本书强调程序设计中准备工作——理解问题和算法设计的重要性。所有例题都突出构思，突出理性，"好程序是想出来的"。另外，笔者认为"一题多解"是程序设计的必由之路，没有比较就没有鉴别，所以只要可能一个题目都会给出多种答案。目的不仅在于介绍多种算法，更重要的是培养思考和选择的习惯。

（8）作为程序员，笔者追求的程序风格是清晰和简短。一个程序单位应该尽量做到一览无余，在屏幕成为程序的唯一载体的情况下更应如此。流行说法是段落用空行隔开，花括号独占一行，一行只写一个语句等。这样容易把短篇写成了长篇，程序员难于从整体上把握程序的脉络，难编难调。书中的程序实例力求充分利用空间：允许在一行上书写多个关系密切的语句；除第 1 行是指明文件名和功能的注释，其余注释都放在一行的右端；对于需要进一步解释的行用数字标明，程序正文之后以注释形式列出程序运行时屏幕上出现的输入输出。

（9）本书强调实践性，主张一切都需要用计算机检验。利用计算机学习计算机知识应该是现代人的基本素质。本书采用了国内常用的两种 C 语言编程环境——Turbo C 2.0（简称 TC）和 Microsoft Visual C++ 6.0（简称 VC），所有程序都给出了在两种环境中的运行会话，包括命令行参数、多文件程序。这些会话都是取自"截屏"，容易再现。

2．本书约定

本书采取以下体例方面的约定：

（1）程序例题的文件名，采取章号_题号.c 的形式，如 6_7.c 表示这是第 6 章的第 7 个程序例题。如果此程序还有其他版本，则后缀以字母，如 6_7a.c 是程序 6_7.c 的第一个修改版，有的程序可能有多个修改版本。

（2）几乎所有例题程序都以注释形式给出了程序运行时的人机会话过程，其中的输入部分用黑体标明。在 C 程序中输入输出的字符串里可以包含汉字，但考虑到在有的 Windows 环境下用汉字可能有困难，所以本书例题的字符串一律不包含汉字。

（3）所有例题程序都可以在 Turbo C 2.0 和 Microsoft Visual C++ 6.0 上运行。如果程序在这两个系统上表现有所不同，则运行会话将给出两种表现，并用 TC 和 VC 标明。

（4）书中插入了 3 类矩形框：注意、编程经验、评论，都取自笔者的编程实践。之所以放在矩形框中，是避免影响上下文的连贯性。

（5）在介绍某种语法形式时可能采取如下的写法：

类型　数组变量名 [行数] [列数] ={初始化符 , … } , … ;

下划线指明可以省略的部分。

（6）对于程序的改动不大的修改版本，为节省篇幅，经常只给出改动部分，并用下划线标明。例如：

```
/*11_1a.c 右上拐角矩阵*/
      k= i+j<=n+1 ? i : n+1-j ;   /*4      计算 k 值*/
```

是程序例题 11_1.c 的第一个修改版本，改动只有此一行。

（7）全等号 "≡" 不是 C 语言的合法字符，在本书中用来表示"等价于"或"其值为"。例如，(int)a+b≡((int)a)+b，2/3≡0。

3．本书内容

本书分为 11 章，内容如下：

第 1 章 "概述"：简要介绍程序设计语言 C 的历史、语言特点，给出几个典型例题，简要介绍 C 语言开发环境 Turbo C（简称 TC）和 Visual C++（简称 VC），让读者初步了解 C 语言程序的构成和开发步骤，特别是程序排错方法。对于 TC 和 VC 的介绍，没有列举它们各菜单选项的功能，而是只给出为编写和排错 C 语言程序要采取的做法。这样的做法可能不止一种，这里给出的是笔者认为最简单的一种。

第 2 章"数据类型：变量和常量"：数据类型是程序设计语言的基础，本章介绍了 C 语言的数据类型中的基本类型，特别强调了整型和浮点型数据在内存中的表示方法，给出了在 TC 和 VC 上利用观察窗口取得数据机器表示的方法。在这一章也初步介绍了指针变量的概念。

第 3 章"运算符和表达式"：本章首先介绍 C 语言运算符的共同属性，而后逐一介绍多数运算符，而把关系运算符和条件运算符放在第 4 章介绍，移位运算符和按位运算符放在第 8 章介绍。表达式是构成 C 语言语句的基本成分，表达式的值是由所含的变量、常量和函数返回值以及运算符引起的类型转换决定的。本章目标是让读者能够正确确定表达式的值及其类型，所以详细介绍了变量和常量的定义方法和类型确定方法，运算符的操作和类型转换。在这一章把运算符的属性归结为 3 种：优先级、结合性、副作用，给出了一个 17 字的口诀，有助于记忆 45 个运算符的 3 种属性。

第 4 章"编程初步"：主要介绍基本 I/O 函数 scanf 和 printf 的调用方法，宏的定义和调用，以及顺序结构编程方法。程序给用户提供的界面是程序质量的一个重要方面，所以这里把 scanf 和 printf 描述得比较详细，读者初学时不必深究，以后涉及时再来查阅。宏是简化程序的有效手段，使用也很简单，本书用得很多。通常教材对宏只是一带而过，本章比较详细地介绍了宏的定义方法，特别说明了 ANSI C 增加的、多数教材没有提及的宏运算符"#"的用法。

第 5 章"控制语句"：这一章首先介绍结构化程序设计的概念，引出 3 种基本结构，而后详细介绍分支结构和循环结构所使用的全部语句。最后讨论了程序风格和表达算法的工具——Warnier 图。国内教材从 20 世纪 50 年代开始一直用流程图和 NS 图表示程序的算法，国外从 20 世纪 70 年代就很少使用了。作为一种尝试，本书采用 Warnier 图。Warnier 图画起来方便，能够很好地描述自顶向下的程序开发过程，得到业界专家的普遍肯定。

第 6 章"数组与指针"：介绍一维数组、二维数组、字符数组和字符串，以及它们与指针的关系。只要涉及指针，就容易引起混乱。笔者认为，避免混乱的药方就是画图，画图是学习程序设计的好方法。知识重要，获取知识的方法更重要。本章画了很多图，希望读者能够建立起画图的习惯，能根据需要画出正确的图来。

第 7 章"函数"：介绍函数的定义方法和调用方法，以及由函数引发的各种问题，如函数参数、函数返回值、变量的作用域和存储类、递归函数。在介绍递归函数时使用了"递归公式法"，把难以捉摸的递归函数设计问题转换成简单的、机械性的翻译工作。而在理解递归函数时提出"递归树"方法，并且给出了通用的递归树显示方法。另外，由于功能强大的 scanf 和 printf 容易引起误解，这里解释了它们的实现方法，有助于理清使用方面的问题。

第 8 章"结构与联合"：介绍结构类型和结构类型变量，指针和结构的关系，并提出联合概念。由于位段的定义形式同结构和联合类似，所以放在这里介绍。而二进位级运算是 C 语言的一大特点，通常教材中很少有这方面的应用例题，这里给出了几个有启发性的位级运算例题。

第 9 章"文件"：应用程序离不开文件操作，但是通常文件放在最后一章介绍，本书提前了一点。本章强调实用性，用一系列实例介绍常用的文件相关的 I/O 函数，包括文件数据的排序、数据的累积等。

第 10 章"内存分配和动态链表":动态内存分配也是 C 语言的特点,本章介绍了几种相关的函数,并作为动态内存分配的实例,给出了动态一维数组和二维数组的实现方法。动态链表是动态内存分配的重要应用,本章对动态链表的结点插入问题的 4 种解法进行了比较,指出"求同存异"是编程的必要步骤,也是程序员必备的能力。学生信息管理系统是本书最大的例题,能够复习到以前各章的所有内容。

第 11 章"算法初步":在学习了 C 语言课程之后,学生往往处在一种尴尬处境,掌握了 C 语言的知识但还不能承担应用程序的开发工作。程序的核心是算法,语言只是表达形式而已。C 语言的教材不仅要介绍 C 语言知识,还要通过例题教会学生设计算法。本章详细讨论了 3 方面问题:矩阵显示问题、日历问题、组合生成问题,目的是使读者看到隐藏在寻求算法的过程中的思考方法,希望能为读者搭建一级继续攀登的阶梯。

本书配有教学课件,欢迎有需要的读者来清华大学出版社网站下载。

本书的第 1～第 4 章由戴南编写,第 5～第 7 章由朱玉龙编写,第 8～第 11 章由朱彤编写。另外,在本书编写过程中得到南京师范大学计算机学院领导和同事的支持和帮助,在此深表感谢。

尽管本书包含了笔者数十年的工作和思考,但由于笔者水平有限,书中难免仍有疏漏谬误之处,欢迎读者对本书提出宝贵意见。

编　者

2010 年 12 月

目 录

第 1 章

概述

本章首先给读者提供一些 C 语言的背景材料，包括计算机程序设计语言的种类、C 语言的发展过程和特点，而后给出几个 C 语言程序的例子，借以说明 C 语言程序的组成、字符集和关键字，最后介绍常用的两种 C 语言开发环境——Turbo C 2.0 和 Microsoft Visual C++ 6.0 的使用方法，使读者能够及早地掌握在计算机上开发 C 语言程序的方法。

1.1 计算机与程序设计语言

计算机是一种计算工具，而计算器也是一种计算工具，但是它们有着根本的不同。使用计算器的时候，用键盘把要进行的计算——指令逐条输入给计算器，每输入一条指令，计算器就执行一条。而在使用计算机时可以用输入设备把要执行的全部指令以程序的形式一次输入到计算机的内存中，然后让计算机自动地依次取出内存中的指令执行之，直至全部执行完。这就是所谓可存储计算机（也叫做冯·诺依曼计算机）的概念。

计算机就是一个能够执行程序的机器。人要通过程序指挥计算机。没有程序，计算机就是一堆金属废物。那么人们用什么来给计算机编写程序呢？

1. 机器语言

每种计算机都有一套特有的用二进制表示的机器指令，这套指令构成了这种计算机的机器语言。每一条机器指令包含操作码和操作数两部分，操作码描写了一种具体的计算机操作（如传送一数、两数相加），操作数指明了操作的对象。用机器语言可以写出任意复杂的计算机程序。通常，一个机器语言程序要包含许许多多机器指令。编写的程序只须送入计算机内存，马上就可以执行。这套机器指令是在设计计算机时设计的，设计目标着眼于计算机的效率，不大考虑人是否使用方便。所以机器语言程序能够充分发挥计算机的效率，但是编写程序却是极为困难的，容易出错，而且不同计算机的机器语言都不相同，所以机器语言程序几乎没有通用性。

2. 汇编语言

为了降低用机器语言编写程序的难度，人们把每一条机器指令都符号化了，用助记符代替操作符，用变量名代替操作数，机器语言就变成了汇编语言。这样一来编写程序使用的都是英文单词或者缩写，编写程序的难度有所降低，但是计算机并不认识用汇编语言编写的程序，必须由汇编程序把它翻译成机器语言程序，才能交给计算机执行。虽然汇编语言能够减轻编程难度，但是一条汇编语言指令只能翻译成一条机器语言指令，所以汇编语言也叫做机器级语言，就是与机器语言同级的语言，用它编写程序仍然很困难，通用性方面也没有什么改善。

3. 高级语言

高级语言是完全为了解决人们编程困难而开发的，它的语句容易理解、表达能力强、与机器无关、易于移植，能够大幅度地提高程序员的工作效率。但是用高级语言编写的程序必须由相应的编译程序（compiler）翻译成机器语言，计算机方能执行。一条高级语言指令（或者叫做语句）通常要翻译成多条机器指令。从 20 世纪 50 年代开始到 80 年代先后出现上百种高级语言，比较有影响的不过二三十种。在我国比较有影响的并进入大学教材的高级语言有：20 世纪 60 年代的 Algol，七八十年代的 Fortran 和 Basic，20 世纪 90 年代的 Pascal，以及 90 年代后期的 C 语言。

下面给出用典型的机器语言、汇编语言和高级语言编写的做同样一件事的程序片段：

机器语言：

```
A1  00  00
03  06  02  00
A3  04  00
```

汇编语言：

```
MOV AX,A
ADD AX,B
MOV C,AX
```

高级语言：

```
C=A+B
```

1.2　C 语言的发展和标准

20 世纪 70 年代尽管已经出现了许多高级程序设计语言，但是还是缺少理想的用来编写系统软件（如操作系统、编译程序）的语言，贝尔实验室的 Dennis Ritchie 为了编写 UNIX 操作系统而发明了 C 语言。C 语言的祖先从 Algol（1960 年）开始，经历了剑桥的 CPL（1963 年）和 Martin Richards 的 BCPL，最后是贝尔实验室 Ken Tompson 的 B 语言。由于硬件限制，B 语言从来没有成功过。当 Tompson 试图把 UNIX 转移到 PDP-11 硬件平台时，由于 B 语言不能表达 PDP-11 提供的多种数据类型，而且效率太低，他不得不重新拾起汇编语言。Ritchie 利用 PDP-11 的强大功能，在 B 语言的基础上创立了支持多种数据类型的有效的"新 B"语言，不久他把语言的名字改作 BCPL 的第 2 个字母，于是有了影响深远的 C 语言。1973 年 Tompson 和 Ritchie 一起用 C 语言重写了 UNIX 的代码，这就是 UNIX 的第 5 版。从此 C 语言进入了蓬勃发展时期，先后出现了 3 个影响较大的 C 语言标准。

1. K&R C

1978 年出版了 C 语言的经典名著——Brian Kernighan（著名计算机专业作家）和 Dennis Ritchie 所著的《The C Programming Language》第 1 版。此书出版后受到广泛赞誉，同时 C 语言先后被移植到大、中、小型计算机上，C 语言几乎成了所有计算机的共同语言。后来人们把由这本书所描述的 C 语言叫做 "K&R C" 或者 "传统 C"。

2. ANSI C

到了 20 世纪 80 年代初，C 语言被业界广泛使用，同时出现了许许多多貌似相同实则不兼容的 C 语言实现。这是一个严重的问题，人们很快意识到标准化工作刻不容缓。1983年美国国家标准组织 ANSI 成立了 C 语言工作小组 X3J11，开始了 C 语言的标准化工作，以求提出一个无歧义的并与机器无关的 C 语言版本。小组处理的主要事务是确认 C 语言的常用特征，对 C 语言本身也做了一些修改，并引进了一些意义重大的改进，如函数原型。经过长期艰苦的工作，该小组提出了一个标准草案，1987 年出版的《The C Programming Language》第 2 版描述的就是该草案定义的 C 语言。该草案于 1989 年 12 月 14 日被批准为 ANSI 标准 X3.159—1989，也就是后来所说的 ANSI C 标准。在 ANSI C 完成之日，国际标准化组织 ISO 意识到程序设计具有国际化性质，立即成立了工作小组 WG14，采纳了 ANSI C 标准，立即 ANSI C 标准又变成了国际标准 ISO/IEC 9899：1990。所以 ANSI C 标准也叫做 "标准 C 语言（1989）"，简称为 C89。1994 年发布的中国国家标准 GB/T 15272—94 实际上就是 ISO/IEC 9899：1990 的中文译本。

3. C99

20 世纪 90 年代，C++的发展引起了广泛注意。WG14 认为，在 C 语言中增加某些 C++的特性，会提高 C 语言的性能。1995 年 WG14 开始对 C 语言标准进行修订，最终于 1999年完成，并且获得批准。新标准 ISO/IEC 9899：1999，或称 C99，取代了原有标准。

三种标准之间通常是向上兼容的，很难做到向下兼容。例如函数原型在 K&R C 中是禁止的，在 ANSI C 里是可选的，而在 C99 里是必需的。虽然 C99 是最新的 C 标准，但是通常所说的 C 标准指的是 ANSI C 中的被沿用到 C99 的那部分内容。

目前只支持 K&R C 的 C 语言实现已经退出历史舞台，而完全支持 C99 的 C 语言实现还不多见，现在使用的 C 语言实现基本上都是基于 ANSI C 的。

从教学角度讲，C99 对 ANSI C 所做的改变主要是增加了复数、布尔、超长整数等数据类型，动态数组，以及对于多国字符集的支持，主要是量变而非质变，没有改变 C 语言的本质。另外 C99 的内容比 ANSI C 要丰富得多，在一本教材中不大可能详细介绍 ANSI C 的方方面面，更不用说介绍 C99 了。所以本书像大多数同类教材一样讨论由 ANSI C 定义的 C 语言。

1.3 C 语言的特点

C 语言出现以后得到了普遍的欢迎，很快就取代其他语言，占据了统治地位。之所以取得成功，是因为 C 语言有着许多优良的特点：

1. C 语言是一种中级语言

这并不意味着功能差、不好用，也不是说它比 Basic、FORTRAN、Pascal 等语言更低级，更不意味它像汇编语言一样难以使用。C 语言之所以被称之为中级语言，是因为它把高级语言的优点同汇编语言的特长结合起来，使得它的能力远远超过二者。本来设计系统软件（如操作系统、编译程序）是汇编语言的专长，但是自从 C 语言出现以来，C 语言就成了设计系统软件的主要工具，它显著地提高了系统软件的生产效率。例如前面提到的 UNIX 版本 5 的 90%是用 C 语言编写的，汇编语言只占 10%。另外，C 语言仍然是一种通用的编程语言，能够完成其他语言能做的任何事情。

2．C 语言结构简单、速度快

C 语言采取小内核大函数库的构造方式，把许多繁琐的工作都放在 C 语言之外，比如常见的数学函数的计算（乘方、平方根）和所有的输入输出功能都是以标准函数的形式提供的，这样做的好处是使 C 语言的功能很容易地无限制扩充，而且使编译程序内核变得很小，自然简化了编译工作，通过编译得到的可执行程序不仅长度短而且速度快，达到只有汇编语言才能达到的高质量。

3．C 语言功能强

C 语言具有 45 个运算符，比其他语言更丰富，其中包括对内存单元的二进位运算，而且还引进了指针类型和对指针变量施加的多种运算，所以 C 语言能够完成许多其他语言无法描述的操作。

4．C 语言是程序员的语言

一种程序设计语言首先追求的是语言表达能力的强大以及逻辑的严密性，而 C 语言还更多地考虑到程序员的使用。例如，C 语言提供了多种数据类型，不同数据类型之间的转换多数是自动完成的，不要程序员操心。再如，C 语言充分考虑了表达式中多个运算符的计算次序，使之尽量符合人的使用习惯，所以用起来方便、自然。如此一来，C 语言程序员感到得心应手，自然编程效率更高。

5．C 语言鼓励简短的编程风格

C 语言提供了许多缩短程序的手段，例如用花括号 { }代替了其他语言常用的 BEGIN-END 关键字对，用逗号把多个表达式连接成一个表达式，一个运算符可以有主、副两种作用，因此用 C 语言编写的程序通常比其他语言要短 1/3 以上。

6．C 语言的可移植性好

所谓可移植性，指的是为一种计算机编写的程序是否容易修改成能在另一种计算机上执行。C 语言是使用得最为广泛的语言，所以人们对它的标准化工作最为重视。汇编语言不具备可移植性，而用 C 语言编写的程序很容易在不同的计算机之间移植，特别是在 ANSI C 标准公布之后。这是极为有用的一种优点，特别是对于编写大型的程序而言。

有利必有弊，C 语言有着众多优点，必然伴随着一些突出的缺点。由于功能强大，虽然使用容易，深入掌握却很困难，没有长期的努力实践是不可能很好掌握的。比如按位运算符接近汇编语言功能，不懂汇编语言就比较难于理解，甚至多数教材都不能给出有说服力的例题。C 语言追求结构简单、快速的目的，排除了理应由 C 语言完成的正确性检查。比如数组越界可能破坏其他变量的内容，是一种严重错误，其后果不可预测，但是 C 语言不做检查，这样一来就要求程序员有能力避免此类错误，也就增加了程序员的负担。

1.4　C 语言的基本概念

本节首先通过几个最简单的 C 语言程序例子，给学生一些关于 C 语言程序的宏观印象，而后再介绍 C 语言的基本结构和基本要素，鼓励学生尽早地上机编写一些简单的程序。

这样做的缺点是在这里找不到对 C 语言的详细描述，简略的介绍有可能给读者造成误导，所以以后章节还要重复本节的部分内容，希望不至于让读者产生厌烦。

1.4.1　程序的结构

为了说明 C 语言源程序结构的特点，先看以下几个程序。虽然有关内容还未介绍，但可从这些例子中了解到组成一个 C 源程序的基本部分和书写格式。

例 1-1　显示一句话。

```
/*1 1_1.c  显示一句话*/
#include<stdio.h>
                                    /* 2 纳入头文件 stdio.h */
int main()                          /* 3 main 函数的首部 */
{                                   /* 4 开始 main 的函数体 */
    printf("Welcome to C Language !\n");/* 5 调用函数 printf 显示一条消息 */
    return 0;                       /* 6 退出程序返回操作系统 */
}                                   /* 7 结束 main 的函数体 */
/*8                       运行会话
Welcome to C Language!
*/
```

行 1 是一个注解，开始于"/*"，结束于"*/"，其作用是对程序进行解释。注解是给人——作者和读者看的。编译程序把注解替换成一个空格，所以注解可以出现在程序中空格可以出现的任何地方。注解通常独占一行，或者放在一行的右端。本书所有例题的第 1 行是独占一行的注解，给出源文件的名字和功能。其他注解都放在一行的右端，以便节省篇幅。有的 C 语言实现（如 VC）允许输入中文，本书中程序例题的注解是给本书读者看的，所以一律用中文。另外，在某些注解中加了序号，目的是便于在随后的正文中提及。

接下来是一条以"#"号开始的预处理命令，预处理命令之后不能加注解，所以对于预处理命令的解释都写在下面的行上。行 2 的 stdio.h 是 ANSI C 提供的一个标准的头文件（head file），其中包含了对于标准输入输出库中的所有函数的介绍。而#include 是 C 语言的预处理命令，在本程序被编译之前首先要执行预处理步骤，把本程序转化为不含预处理命令的源程序，而后再进行编译。对于#include 进行的预处理就是把指明的头文件中的全部正文取进来代替本条命令。

每一个 C 语言程序都是由一个或几个函数的定义所组成，其中必须有而且只能有一个名字为 main 的函数，整个程序是从 main 函数开始执行的。每个函数的定义包括函数首部和函数体两部分，行 3 就是 main 函数的首部，其中 main 是被定义的函数名，int 说明 main 函数的返回值类型是整数。

行 4 的"{"和行 7 的"}"界定了 main 函数的函数体，其中可以包含一些声明和语句，一切程序都是从 main 函数体中的第一个语句开始执行，执行到最后一个语句结束。

> **注意：main 函数的 3 种形式。**
>
> ANSI C 允许 3 种形式的 main 函数：
>
> ① `main()`
>   `{…`
>   `}`
>
> ② `void main()`
>   `{…`
>   `}`
>
> ③ `int main()`
>   `{…`
>   `return 0;`
>   `}`
>
> 前两种在 C99 中不再允许，所以本书只采取第 3 种。但是，在某些 C 语言考试中，往往使用前两种形式，需要读者特别注意。另外，为从外部环境中取得信息，本书在适当时候也将采用下面的形式：
>
> `int main(int argc, char *argv[])`
> `{…`
> `return 0;`
>   `}`

　　行 5 是 main 函数中的第一个语句，每个语句结束于分号。这个语句调用了标准函数 printf。C 语言有这样一条规定，除了关键字（如 int）之外，程序中使用的所有标识符（名字）都必须先定义或介绍。而 printf 的介绍放在 stdio.h 中，所以必须把它纳入进来。在调用函数时要先写出函数的名字，随后是用括号括住的若干个参数构成的参数表。这里的函数名是 printf，意思是格式化打印，早期计算机都是输出到打印机上，现在叫做格式化显示也许更准确。这里的参数表中只有一个参数 "Welcome to C Language !\n"，用双引号界定的叫做字符串或字符串常量，有时也简称为串。此串中除包含了一些可显示的字符之外，还包含一个转义字符 "\n"，把它送到屏幕上不会出现字符 "\" 和 n，而是产生一个回车换行的动作。所以这条语句的作用是在屏幕上显示 "Welcome to C Language !" 这样一句话，而后回车换行。

　　请注意，"\n" 这种写法的字符叫做转义字符（escape character），转义字符主要用来表示不可显示的字符。常用的转义字符还有制表符 "\t"，退格符 "\b"，双引号 "\""，单引号 "\'" 和反斜杠字符本身 "\\"。

　　行 6，因为 main 函数的首部指明了它将返回一个 int（整数）型的值，本条 return 语句有两个作用：第一是退出 main 函数，把控制权交回发调者，第二把数值 0 交给发调者。在程序和操作系统之间往往约定：返回值 0 代表正常结束，而其他值代表某种错误。

　　行 8，这里以注解的形式列出程序输出。在每一个程序之后列出程序的交互会话过程，是解释程序功能的好办法，而且不会影响程序的编译和链接。以后对于程序例题都这样给出会话过程，并且用黑体标明键盘输入。

1.4.2 变量、常量和表达式

例 **1-2** 四个数相加。

```
/*1_2.c 四数相加*/
#include<stdio.h>
int main()
{  int a=123,b,c,d;                      /*1定义 int 型变量a,b,c,d,并把a初始化为123*/
   b=456;                                /*2 用语句给变量b赋初值456*/
   printf("c : ");scanf("%d",&c);        /*3 从键盘读入c值*/
   d=a+b+c+789;                          /*4 置d为a、b、c和789之和*/
   printf("%d+%d+%d+789=%d\n",a,b,c,d);  /*5 输出结果*/
   return 0;
}
/*                                       运行会话
c : 102                                  对应行3,键入102给变量c
123+456+102+789=1470                     对应行5,显示计算结果
*/
```

这个程序只包含函数 main，其函数体中包含了一条声明和 6 条语句。注意，所有声明都必须放在所有语句之前。

行 1 是一条声明，声明的作用是定义或者介绍某些名字。这条声明定义了变量 a、b、c、d，并且在定义 a 的同时还为它赋予了初值 123。123 是字面值（literal）常量，意思是无须定义和声明，其值一看便知。除了 int 类型以外，C 语言还提供了字符类型 char、浮点类型 float 等。

行 2 给变量 b 赋初值，叫做变量的初始化（initialization），a 的初值是定义时赋予的，而 b 的初值是定义后用语句赋予的。这个语句是表达式语句，是在表达式之后加上分号得到的。所谓表达式是由 1 个以上的常量或变量加上 0 个以上的运算符构成的。这条语句的执行结果是把常量值 456 赋给变量 b。

行 3，除了像 a、b 那样赋初值以外，还可以从键盘敲入数值赋给变量。为提醒操作员（程序员是编写程序的人，操作员指的是坐在计算机前使用程序的人，程序员和操作员可能是同一个人，也可能是不同的人）输入什么数，通常都要先显示一条提示信息，而后再读键盘。当然这里显示的提示可以是 "Please enter a integer value to variable c：" 之类的信息，为简明计，本书通常采取 "变量名 ：" 的形式提示输入。读键盘输入用的是标准函数 scanf，意为格式化输入，scan 原意是扫描，可能与早期计算机的输入设备是穿孔卡片或穿孔纸带有关。调用 scanf 函数至少要给出两个参数，第一个参数叫做格式字符串，描写了要键入几个数值，都是什么类型的，其余参数指明了键入的数值要存入哪里。此处的格式串是 "%d"，只包含一个格式指定符 "%d"，表示要键入一个整数值。第二个参数指明了键入的数值要送入变量 c 中，这里的 "&c" 表示的是变量 c 的内存地址，运算符 "&" 是必不可少的。

行 4 也是一个表达式语句，包含 4 个变量、1 个常量和 4 个运算符，其功能是把 a 的值加上 b 的值，加上 c 的值，再加上字面值 789，最后把总和数赋给变量 d。

行 5 显示结果。调用 printf 函数有 5 个参数，第一个是格式字符串，其中有 4 个格式指定符 "%d"，表示此处要显示后面的 4 个 int 型的参数值，第 1 个 "%d" 对应第 2 个参数 a，依此类推。格式指定符之外的普通字符（空格、+、=、789）将原样显示，而转义字符 "\n" 产生一个回车换行。

运行会话中，程序先显示 "c："，而后操作员键入 102 和<Enter>，于是变量 c 得到了值 102。

行 5 产生输出，显示出 a、b、c 的值与 789 的和数等于 d 的值 1470。

例 1-3　给出半径计算圆的周长和面积。

```
/*1  1_3.c 计算圆的周长和面积*/
#include<stdio.h>
#define  PI 3.14159
int main()
{  float r,l,s;                              /*2 定义浮点型变量 r,l,s*/
   printf("radius : ");scanf("%f",&r);       /*3 读取半径 r*/
   l=2*PI*r;                                 /*4 计算圆周长 l*/
   s=PI*r*r;                                 /*5 计算圆面积 s*/
   printf("Circle=%f\tArea=%f\n",l,s);       /*6 显示计算结果 l,s*/
}
/*                                           运行会话
r：2.3                                       读入半径 r=2.3 *
Circle=14.451314      Area=16.619011         显示周长 l 和面积 s */
*/
```

此例题带来的新内容是符号常量和浮点类型。

行 1 之下有一条预处理命令#define，其作用是给字面值 3.14159 起了个名字 PI（代表希腊字母 π），那么以后就可以在程序中使用此名字代替 3.14159 了，请看 4 和 5 两行。

行 2 中的声明定义了 3 个浮点类型的变量 r、l 和 s，关键字 float 代表单精度浮点类型，可以表示数字中的绝对值处于 10^{-38} 和 10^{38} 之间的实数，有效数字可达 7 位。除了 float 之外还有双精度浮点类型 double 和扩展精度浮点类型 long double，它们表示的范围更大，有效数字更多。

行 3 中在读取 float 类型的变量时格式指定符只能用 "%f"。

行 4 和行 5 是两个表达式语句，这里使用了符号常量 PI 和输入的变量 r 的值，注意出现在 "=" 右侧的变量必须有值。这里的 "*" 代替了数学中的乘法运算，另外 C 语言没有平方运算，需要用乘法代替。

行 6 显示计算的结果，其中用到了转义字符 "\t"，代表制表符。显示 float 型变量的值需要使用格式指定符 "%f"，显示的效果如运行会话所示。

运行会话中，键入的浮点数可以包含小数点。

printf 在用 "%f" 显示的浮点数取 6 位小数，通常不需要如此精确，可以用格式修饰符改变显示的细节。例如把行 5 中的 "%f" 都改成 "%.2f"，意图是只取两位小数，那么显示结果就变成：

```
Circle=14.45    Area=16.62
```

1.4.3 自定义函数

C 语言程序是由一个或几个函数组成的，函数分为系统库函数和自定义函数。自定义函数就是程序员按照自己的需要编写的函数。下面给出一个自定义函数的例子。

例 1-4 求两数的较大值。

```
/*1_4.c 求两数的较大值*/
#include<stdio.h>
int max(int x,int y);                /*1 函数 max 的原型,介绍其参数和返回值*/
int main()
{   int a,b,c;                       /*定义变量 a,b,c*/
    printf("a,b :");scanf("%d%d",&a,&b); /*读入 a 和 b 的值*/
    c=max(a,b);                      /*2 调用函数 max 求出 a 和 b 的较大者*/
    printf("max(%d,%d)=%d\n",a,b,c); /*显示计算结果*/
    return 0;
}
int max(int x,int y)                 /*3 函数 max 的定义,这是函数首部*/
{                                    /*4 开始函数体*/
    int v;                           /*5 定义局部变量 v*/
    if(x>y)v=x; else v=y;            /*6 若 x 大于 y,v 取 x 的值,否则取 y 的值*/
    return v;                        /*7 返回 v 值给发调者*/
}                                    /*8 结束函数体*/
/*                                   运行会话
a,b : 123 456                        读入 a 和 b 的值*
max(123,456)=456                     显示计算结果*
*/
```

本程序的功能是读入两个整数，求出它们中的较大者并显示之。它由两个函数组成：main 和 max。

行 1 是一个函数声明，对 main 函数中调用的 max 函数进行介绍。C 语言要求所有名字必须先有定义或介绍然后才能使用。函数 max 是在行 2 处调用的，却是在行 3 处定义的，所以需在调用前介绍之。这里的函数声明叫做函数原型，是 ANSI C 对 K&R C 的最大改进。它指明了函数有两个 int 型参数，返回 int 型数值。注意，这里的 max 函数原型是行 3 处的函数首部后接分号得到的。

行 2 是对函数 max 的调用，把 a 和 b 的值送给参数 x 和 y，并把它们的较大者返回来，再赋给变量 c。在 C 语言中，名字后接圆括号表示函数调用。程序员只需知道函数的功能和原型，就可以正确调用此函数，不需要了解函数的具体实现。而编译程序只要看到函数原型就可以正确翻译函数调用。

行 3 是函数 max 定义的首部，指明 max 函数有两个 int 类型的参数 x 和 y，函数返回值也是 int 类型的。

行 4 和行 8 中有一对花括号，它们界定了函数体。

行 5 定义了局部变量 v，所谓局部变量指的是它只在本函数内部才有意义，在其他函数中没有意义。所以在 main 中不认识 v，当然在 main 中也可以另外定义一个 v，两个 v 分属于两个函数，彼此互不相干。其实，参数 x 和 y 也是局部于 max 的。

行 6 是一条 if 语句，其作用是判断 x>y 成立否，如是 v 取 x 的值，否则 v 取 y 值。就是说不管怎样，v 总是得到 x 和 y 中的较大值。

行 7 是一条返回语句，有两个作用：一是结束本函数的执行，把控制转到发调函数去执行，二是把 v 的值返回给发调者。因为函数返回值是 int 类型的，如果 v 值不是 int 类型，就会自动转换成 int 类型。

1.4.4 标准函数

标准函数是标准 C 规定的一批函数，如在 stdio.h 中声明的函数，所有 C 语言实现都应该包含全部标准函数。此外，各个 C 语言实现还可能提供一些非标准函数（例如在 TC 的头文件 conio.h 和 io.h 中介绍的函数就不是标准函数），为了提高程序的可移植性，程序中应该使用标准函数，而不要使用非标准函数。

例 1-5 正弦函数表。

```
/*1 1_5.c 显示正弦函数表*/
#include<stdio.h>
#include<math.h>
#define PI 3.14159
int main()
{ int d;                            /*2 d=角度,以度为单位*/
  float s;                          /*3 s=正弦值*/
  printf("degree\tsin(degree)\n");  /*4 显示标题行*/
  d=0;                              /*5 循环的初始化部分：置循环变量 d 为 0*/
  while(d<10)                       /*6 循环的测试部分：d 小于 10 吗? */
  { s=sin(d*10*PI/180);             /*7 循环的工作部分：计算正弦值*/
    printf("%4d\t%8.4f\n",d*10,s);  /*  并显示之*/
    d=d+1;                          /*8 循环的修改部分：d 增加 1 */
  }
  return 0;
}
/*                                  运行会话
degree  sin(degree)
   0       0.0000
  10       0.1736
  20       0.3420
  30       0.5000
  40       0.6428
  50       0.7660
  60       0.8660
```

```
    70      0.9397
    80      0.9848
    90      1.0000
*/
```

行 1 下面纳入了头文件 math.h。在程序中调用了标准函数 sin，算出正弦值。而计算一般 "数学函数" 的函数都是在 math.h 中介绍的，例如，abs（整数绝对值）、fabs（浮点数绝对值）、sin（正弦函数）、cos（余弦函数）、asin（反正弦函数）、sqrt（平方根）、log（自然对数）、log10（常用对数）、pow（指数函数）等。

行 2 定义 int 型变量 d，是循环变量，将依次取整数 0，1，…，9，10。

行 3 定义 float 型变量 s，表示正弦值，处于[-1，1]之间，必须用浮点数。

行 4 显示标题，其中的制表符 "\t" 的作用是使各行的函数值对齐。

行 5 到行 8 构成一个循环结构。通常循环包含 4 个部分，行 5 是第 1 部分——初始化，把循环变量 d 清为 0，它将控制循环体执行的次数。

行 6 的 while 语句是一种循环语句。括号中的表达式如果为真，则执行其后的语句——循环体，这里的循环体是一个复合语句——用花括号{}界定的若干条语句。复合语句之后不需要有分号，复合语句可以出现在任何需要一条语句的地方。

行 7 是循环体的工作部分，指明了每次循环要完成的工作——计算 "10×d" 度的正弦值，而后显示度数和相应的正弦值。在循环过程中 d 依次取 0、1、…、9，而要计算 0、10、…、90 度的值，所以 d 要乘以 10 得到需要的度数。再有，sin 函数的参数是以弧度为单位的，已知 180 度等于 π 弧度，所以度数乘以 π/180 得到对应的弧度数。在 C 语言中除号用 "/"，a 除以 b 要写成 a/b，不能写成 a÷b 或者 $\frac{a}{b}$。在 printf 中的 "%4d" 表示用十进制显示的 int 型数值占 4 个字符位置，前 0 补空格。类似地，"%8.4f" 表示显示的浮点数共占 8 个位置，包括 4 位小数。

行 8，循环的修改部分，把 d 加 1，行 5，6，8 控制了循环体执行了 10 次，其间 d 取 0～9，最后一次 d 从 9 变成 10，再计算行 6 中表达式 d<10，不成立，于是退出循环，转到循环体下面的语句—— "return 0;"。

1.5　C 语言程序的组成

从前面给出的程序例题，归纳一下可以得出以下规律。

1.5.1　C 语言程序的结构

（1）一个 C 语言程序可以包含一个或多个源文件。

（2）每个源文件可由一个或多个函数组成，但是所有源文件中有且只能有一个 main 函数。

（3）每个源文件中还可以有预处理命令#include、#define 等。

（4）每个函数分成函数首部和随后的函数体两部分。函数体由花括号界定，其中可包含若干条声明和语句，所有声明必须放在所有语句之前。

1.5.2　C 语言的字符集

C 语言程序都是通过键盘输入进去的，所以 C 语言字符集包括键盘可以键入的可见字符，可以分为 5 种。

（1）字母：小写字母 a~z 共 26 个，大写字母 A~Z 共 26 个。

（2）数字：0~9 共 10 个。

（3）空白符：空格（blank）、制表符（tab）、换行符（enter）等统称为空白符（white space）。空白符在语法上只起间隔作用。例如，在声明"int　a;"中的空格是必须的，它把 4 个字母分隔成两个记号：关键字 int 和标识符 a。如果把空格换成多个空格、制表符和换行符，作用仍然等同于一个空格。

（4）标点符号：()[]!~&^| */%+−=<>?:,._#{}\;'" 共 29 个，它们在语法上有其特殊意义，其中有些可以构成运算符，有些是间隔符。

（5）其他字符：指的是能够通过键盘键入的所有可见字符，包括 `、@、$，甚至汉字，它们在语法上没有意义，只能出现在字符串和注解中。

1.5.3　C 语言的记号

一个 C 语言程序可以由一个或几个 C 语言源文件组成，每个源文件就是一个编译单位，编译过程的第一个阶段就是预处理，预处理实际上做的只是些正文替换工作，结果产生的是不含预处理命令的 C 语言文件，其中包含 5 类"记号"（token，常被译作单词、词汇、标记、标识符号、记号等，似乎都不贴切），它们是：标识符、关键字、运算符、常量、分隔符。

1. 标识符

在程序中使用的变量名、常量名、函数名等统称为标识符（identifier）。main 和标准函数的函数名是由系统预先定义的，其余都由用户自定义。ANSI C 规定，标识符只能包含大写字母 A~Z、小写字母 a~z、数字 0~9 和下划线_，并且其第一个字符不能是数字。ANSI C 规定标识符可以任意长，至少前 31 个字符有意义。但是某些 C 语言实现只能识别标识符的前 8 个字符，两个前 8 个字符相同的标识符被认为是同一个。下面的标识符是合法的：

```
a  x  _3x  BOOK_1  sum5
```

以下标识符是非法的。

- 3s：以数字开头。
- s*T：出现非法字符"*"。
- −3x：以减号开头。
- bowy−1：出现非法字符"−"（减号）。

2．关键字

关键字（key word）是由 C 语言规定的具有特定意义的单词，也叫做保留字（reserve word），ANSI C 规定的关键字有 32 个：

```
auto        double      int         struct
break       else        long        switch
case        enum        register    typedef
char        extern      return      union
const       float       short       unsigned
continue    for         signed      void
default     goto        sizeof      volatile
do          if          static      while
```

它们的意义是预先规定好的，它们的用途是：

（1）定义数据类型，如 int、double、const、static、struct、typedef 等。

（2）构成语句，如 if、else、while 等。

（3）作为运算符，只有一个 sizeof。

3．运算符

C 语言有 45 个运算符。除了 sizeof 之外，其余都是用标点符号构成的。运算符与变量、常量一起构成表达式，表示各种运算功能。运算符由一个或多个字符组成，如+、–、&、–>、>=等。

4．常量

常量是不可改变的量。C 语言使用的常量可分为整数常量、浮点数常量、字符常量、字符串常量等形式。例如，123、123.456、'\n'、"Welcome to The C!\n"，在第 2 章中将详细介绍。

5．分隔符

在 C 语言中采用的分隔符有逗号和空格两种。逗号主要用在变量声明和函数参数表中，分隔各个变量名和参数。空格常用于声明和语句各成分之间。在关键字之间，关键字和标识符之间必须要用空格符作间隔，否则将会出现语法错误，例如把 int a;写成 inta;，C 编译器会把 inta 当成一个标识符处理，其结果必然出错。另外，任意长度的空白和注解的语法作用等价于一个空格。

1.6　C 语言程序的开发步骤

在一种 C 语言开发平台上开发一个 C 语言程序（假定文件名为 abc），通常包含图 1-1 所示的 5 个步骤：

1．编辑

输入 C 语言源程序，并以文件名 abc.c 存储在磁盘中。

2. 编译

接受源文件 abc.c 以及相关的头文件（例如 stdio.h），把它们翻译成中间形式的二进制目标文件 abc.obj。如果发现错误，就要回到编辑步骤修改源文件 abc.c。

3. 链接

接受目标文件 abc.obj，以及系统的目标库文件，后者包含了被调用的标准函数的目标模块，把它们链接到一起，产生可执行文件 abc.exe。链接步骤也会发现一些错误，往往是由于源程序中标识符方面的错误，所以还要回到编辑步骤修改。

4. 排错

链接成功得到的可执行文件中往往还隐

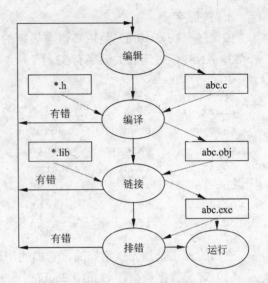

图 1-1   程序开发步骤

藏着逻辑错误，不排除就不能正确执行，所以还要经过排错步骤找出这些错误，经过重新编辑、编译、链接，直到排除全部错误。一般说来，程序最初必然包含一些错误，有错误很正常。程序员必须有能力找到错误并加以排除，排错能力对于程序员说来至关重要。程序错误分为两种：一种是语法错误——编译程序和链接程序能够发现的错误，程序员按照它们输出的错误信息容易很快地改正过来；另一种是逻辑错误——往往是由于程序员考虑不周或者问题太复杂而导致的错误，这种错误很难排除，要求程序员多上机实验，积累经验。

在现有的 C 语言实现中，通常都有一套完善的排错工具，用于排除程序的逻辑错误，这时排错的方法可以归结为一句话——走马观花，就是放慢程序执行的速度，同时观察相关变量的改变是否符合预期。如果不是就要分析其原因，进而改正之。

5. 运行

经过彻底排错得到正确的可执行文件，才可以投入正常运行。如果再发现错误，或者需要改善程序性能，仍然要重复整个开发循环。

1.7   Turbo C 2.0

早期开发一个 C 语言程序，要反复用键盘敲入一批行命令，分别执行正文编辑程序、C 语言编译程序、链接程序、装载程序等工具软件，最终完成开发全过程。这种做法非常麻烦，效率也低。后来出现了像 Turbo C 这样的集成开发环境，使用它可以完成开发全过程，而且它有下拉菜单、功能键、键盘等多种输入手段，输出采取全屏幕方式，操作员能够同时看到程序和环境的各个方面。

Turbo C 是美国 Borland 公司的产品，Borland 公司是一家专门从事软件开发、研制的公司。在 20 世纪八九十年代相继推出了一批很有影响的 Turbo 系列软件，如 Turbo BASIC、Turbo Pascal、Turbo Assembler，很受用户欢迎。该公司在 1987 年首次推出 Turbo C 1.0 产品，其中使用了面目一新的集成开发环境，即使用了一系列下拉式菜单，将文本编辑、程序编译、链接、排错以及程序运行一体化，大大方便了程序的开发。Turbo C 2.0 则是该公司 1989 年推出的，主要的改进是增加了查错功能。后来 Borland 公司在 Turbo C 2.0 的集成开发环境的基础上融入了面向对象的程序设计方法得到了 Turbo C++ 3.0，1991 年为适应 Windows 系统的发展又进一步更新为 Borland C++。尽管后者比起 Turbo C 2.0 有了很大的改善，但是 Turbo C 2.0 仍然是影响最大的版本，至今广泛用于 C 语言教学和计算机水平等级考试中。究其原因主要由于它短小精悍，可以存放在一张软盘中。在软盘作为唯一一种便携的存储介质的年代，这个优点无疑是极为宝贵的。Turbo C 2.0 系统的缺点是还有不符合 ANSI C 标准之处，例如混合运算中的类型转换仍然坚持 K&R C 的做法，容易使人误解；另外它还有一些明显错误，如浮点数组的输入。

本书将采用 Turbo C 2.0 系统，书中把它简称为 TC。而且假定，TC 已经安装在 C:\TC 子目录下，在此目录下包含了 Turbo C 2.0 的主要可执行文件。此外，还有两个子目录：INCLUDE 子目录中存放所有头文件，LIB 子目录中存放目标库文件。再有，本书假定，程序员已经建立了自己的私有目录 C:\ZYL，用来存放程序员编写的 C 语言程序的源文件和相应的中间文件。

1. 屏幕布局

在 Windows 的资源管理器中找到 C:\TC\TC.EXE，将其制作成快捷方式图标，放在桌面上。以后只要双击此图标就启动了 Turbo C 2.0。

进入 Turbo C 2.0 集成开发环境（以后简称为 TC）后，屏幕上显示的内容如图 1-2 所示。

图 1-2 TC 的屏幕布局

1）主菜单

其中包含 File 等 8 个选项，按 F10 键会进入主菜单，再用左、右箭头键移动光标到不同的选项，这时按 Enter 键，将打开该选项的下拉子菜单。另一种选择主菜单选项的方法是按住 Alt 键的同时按选项的第一个字母，例如按 Alt+F 键就将光标移到 File 选项。

2）编辑窗口

程序员按 Alt+E 键，光标就会进入此窗口，程序员在这里输入 C 语言源程序。窗口上方有状态行，显示了当前光标所在的行、列位置，C 语言源文件的名字等信息。

3）信息窗口

用来显示编译、链接时产生的警告信息和错误信息。这里的信息告诉用户，正在编译的文件是 C:\ZYL\1_2.C，编译程序在读到第 6 行和第 8 行时发现在用到变量 a 的值时还没有给它赋值，这是一种警告信息，不会影响接下来的链接和执行步骤；在第 8 行处还发现前一行语句缺少分号，这是错误，不会产生目标文件。

在排错和执行程序时信息窗口将被监视窗口（watch）所替换。

编辑窗口和信息窗口二者之间总有一个是当前窗口，当前窗口是用双线标志的，按 F6 键可以改换当前窗口。

4）参考行

显示出功能键的功能，如果当前窗口为编辑窗口，则参考行如图 1-3 所示。

```
F1-Help  F5-Zoom  F6-Switch  F7-Trace  F8-Step  F9-Make  F10-Menu
```

图 1-3　编辑窗口参考行

如果当前窗口为监视窗口，则参考行如图 1-4 所示。

```
F1-Help  F5-Zoom  F6-Switch  F10-Menu  Ins-Add  Del-Delete  <—-Edit watch
```

图 1-4　监视窗口参考行

如果按下 Alt 键数秒，参考行显示的是 Alt 组合功能键的功能，如图 1-5 所示。

```
Alt: F1-Last help  F3-Pick  F6-Swap  F7/F8-Prev/Next error  F9-Compile
```

图 1-5　Alt 组合功能键的功能

2．命令输入方法

TC 不支持鼠标，因此 TC 操作只能使用以下两种方法。

1）用菜单选项

先用键盘选择主菜单的某个选项，此时会出现该选项的下拉菜单（如图 1-6 所示），选择其中的选项。例如，为打开某个已有的 C 语言程序，可以按 Alt+F 键打开 File 选项之下的菜单，而后用上下箭头键或者按子选项的首字母对应的键，将光标移到选项 Load，按 Enter 键执行此操作。

2）用快捷键

注意图 1-6 中一些选项右面标有对应的快捷键，如选项 Load 恰好对应于 F3 键，按 F3 键等价于选择 File→Load 命令。除了子菜单列出了快捷键，参考行也列出了一些快捷键。另外，按 F1 键可以显示全部快捷键的功能。显然用快捷键要比菜单选项更方便，但是有些菜单选项（如 Write to）没有对应的快捷键，一般主张使用 TC 时尽量用快捷键。

3. 利用 TC 开发程序

1）准备工作

双击 TC 图标，启动 TC。执行 File→Change dir 命令将当前目录改为程序员的私有目录 C:\ZYL，如图 1-7 所示。

图 1-6 File 的子菜单

图 1-7 改变当前目录

2）编写新程序

先执行 File→New 命令清空编辑区，此时默认的文件名为当前目录下的 NONAME.C。再执行 File→Write to 命令修改新程序的名字为 1_2.C，默认的文件类型是".C"，不必键入，操作如图 1-8 所示。

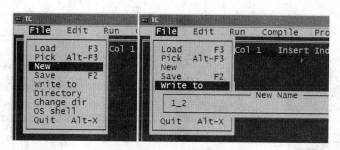

图 1-8 编写新程序

3）修改已有程序

按 F3 键，在对话框中出现*.C，表示将显示当前目录中的所有 C 源文件。如果这样的文件太多，可以改写成 1*.C，表示要显示当前目录中所有名字以 1 开头的 C 源文件。在显示出一批 C 源文件的名字时将光标移到要打开的文件名 1_2.C 上（如图 1-9 所示），按 Enter 键编辑窗口就会出现它的程序正文。每次修改了源程序之后都应该及时地按 F2 键保存文件，或者用执行 File→Write to 命令换个文件名保存。

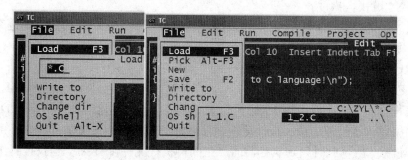

图 1-9 修改已有程序

4）编辑源文件

在编辑窗口中输入或者修改程序正文。编辑方法类似于记事本和写字板。常用的编辑键有：

- insert：将键入方式在插入方式和覆盖方式之间来回转换。
- home：将光标移到所在行的开始。
- End：将光标移到所在行的结尾。
- PageUp：向前翻页。
- PageDn：向后翻页。
- Ctrl+Y：删除光标所在的一行。

以上各键与其他编辑软件类似，以下快捷键用于移动或者复制一段文字，需要把涉及的文字设置为反色显示的块，而后一起移动或复制。

- Ctrl+KB：块首，移动光标至适当位置，按此键以确定块首。
- Ctrl+KK：块尾，移动光标至适当位置，按此键以确定块尾。
- Ctrl+KV：块移动，移动光标至适当位置，按此键把块移动至此处。
- Ctrl+KC：块拷贝，移动光标至适当位置，按此键把块复制至此处。
- Ctrl+KH：标明/隐藏块，此键可去除或恢复块的反色显示。

图 1-10 给出了一个实例，说明如何使用快捷键复制一段源程序正文。

| （a）把两行正文设定为块 | （b）复制此块 | （c）隐藏此块 |
| 用 Ctrl+KB 和 Ctrl+KK | 用 Ctrl+KC | 用 Ctrl+KH |

图 1-10　利用快捷键复制一段正文

5）编译、链接、执行

在编辑完一个 C 语言源程序之后可以编译、链接和执行它。使用的快捷键有：

- F9：编译+链接。
- CTRL+F9：编译+链接+执行。
- Alt+F5：显示 DOS 窗口。

编写完程序 1_2.C 之后，按 F9 键执行编译和链接步骤，这时会出现图 1-11 所示的信息框，说明编译和链接都成功。按任意键，信息框消失。然后按 Ctrl+F9 键，由于刚刚进行了编译和链接，所以此时只是执行前面产生的可执行文件 1_2.exe，当执行到第 5 行时自动打开 DOS 窗口，让程序员给变量 c 输入数值。假定程序员输入了 102<Enter>，程序就会读入 102 后自动返回到 TC 屏幕直到程序结束。这时可以按 Alt+F5 键以便显示程序的输入输出，如图 1-12 所示。

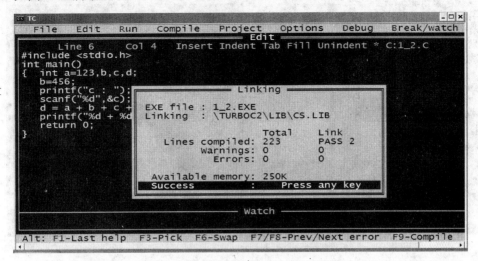

图 1-11 编译、链接后出现的信息框

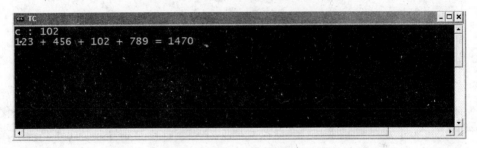

图 1-12 程序 1_2.C 的运行会话

6）排错

（1）走马：

- 按 F8 键单步执行，每按一次执行一行语句。
- 按 F7 键单步进入，同 F8 键，只是在函数调用时进入函数。
- 按 F4 键执行到光标所在行。

（2）观花：按 Ctrl+F7 键设置观察点，所谓观察点可以是变量或者表达式，其后可以跟有显示方式字母。常用的显示方式字母有：

- m 表示显示变量所占的内存字节；
- d 表示十进制；
- x 表示十六进制。

图 1-13 的左图指明，下面要执行反色显示的行"d=a+b+c+789;"，并且已设的观察点是 a、b 和 c。为增设 d 为观察点，操作员在按 Ctrl+F7 后又在 add watch 对话框中输入了 d。这时再按 F8 键，下一行成为当前行，如右图所示，d 进入了观察窗口。

7）退出 TC

使用快捷键 Alt+X。

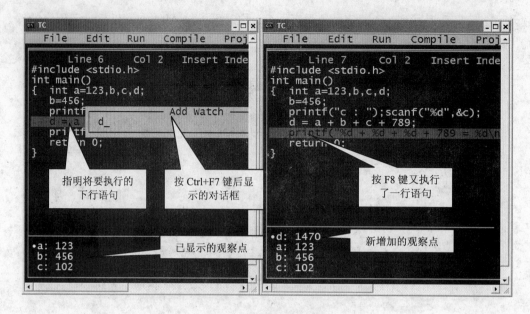

图 1-13　为程序 1_2.C 排错

1.8　Visual C++

Microsoft Visual C++（简称 Visual C++）是微软公司的 C++开发工具，是一个集成的开发环境，可用于开发 C 语言、C++以及 C++/CLI 等编程语言程序。Visual C++纳入了强大的排错工具，特别是包含了微软视窗程序设计（Windows API）、三维动画 DirectX API 和 Microsoft .NET 框架。目前最新的版本是 Microsoft Visual C++ 2008（也即 Visual C++ 9.0）。

1992 年推出的 Visual C++ 1.0 是 Visual C++第一代版本，可同时支持 16 位处理器与 32 位处理器。Visual C++ 6.0 是 1998 年发行的，是影响最大的版本，发行至今一直被广泛地用于大大小小的项目开发。本书将使用这个版本，并且简称为 VC。

VC 符合 Windows 系统的软件标准，允许使用图标和鼠标，用起来更方便有效，而且有利于以后继续学习 C++等课程。

1. 窗口布局

双击 VC 的图标就会显示出 VC 的窗口，工具栏用来放置各组图标，如图 1-14 所示，这里放置的是本节用到的 3 个工具栏。右击工具栏之外的地方会出现工具栏的局部菜单，用此菜单可以选取不同的工具栏。

2. 命令输入方法

VC 是建立在 MS Windows 系统上的软件，所以输入命令可以采取 3 种方法：菜单选项、快捷键和按钮。图 1-15 表示了 Open（打开文件）的三种方法。一般说来，用按钮可能更简单，更直观。为简明计，在以下叙述中总是用最简单的一种方法。

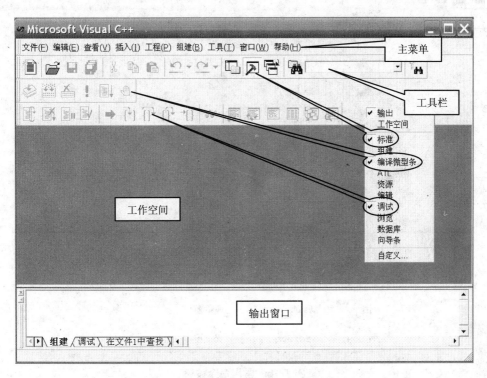

图 1-14 VC 窗口

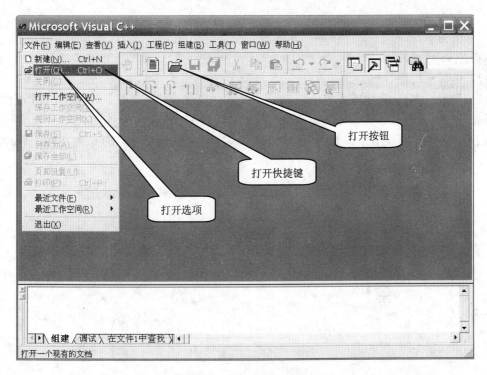

图 1-15 VC 的命令输入方法

图 1-16 列出本节使用的一些命令按钮的名字，读者可以把它们放在一个自定义的工具栏中，这样用起来更顺手。

图 1-16　常用命令按钮

3. 利用 VC 开发程序

1）准备工作

双击 VC 图标，启动 VC。

2）编写新程序

选择 File→New 命令或者单击□按钮，这时会出现一个【新建】对话框，选择【文件】选项卡，这时单击 C++ Source File 选项，并把文件名 1_2.C 和目录名 C:\ZYL 分别填写到右侧的【文件名】和【位置】输入框中，单击【确定】按钮就建立了空的 C 源文件，如图 1-17 所示。

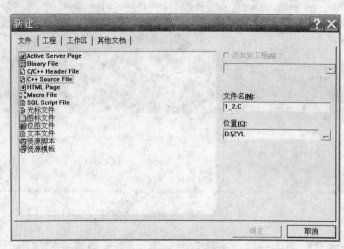

图 1-17　编写新程序 D:\ZYL\1_2.C

3）修改已有程序

单击打开按钮 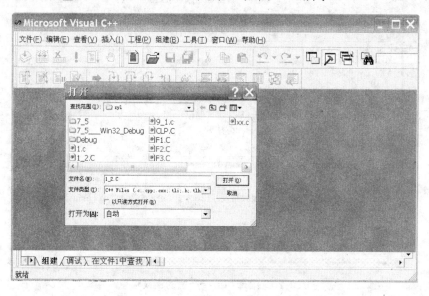，会出现【打开】对话框，如图 1-18 所示。

图 1-18　"打开"对话框

选择文件 1_2.C，单击【打开】按钮，则在编辑窗口中出现 1_2.C 的源程序正文，如图 1-19 所示。

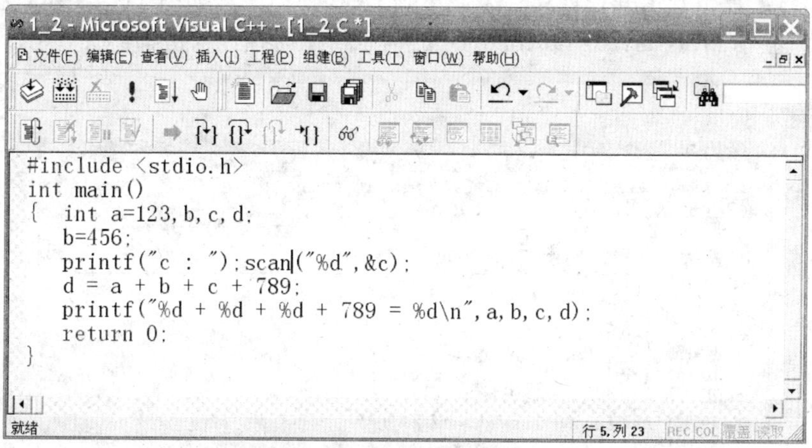

```
#include <stdio.h>
int main()
{  int a=123, b, c, d;
   b=456;
   printf("c : "); scan("%d", &c);
   d = a + b + c + 789;
   printf("%d + %d + %d + 789 = %d\n", a, b, c, d);
   return 0;
}
```

图 1-19　编辑源文件 1_2.C

4）编辑源文件

在编辑窗口中输入或者修改程序正文。编辑方法与记事本和写字板基本相同。

5）编译、链接、执行

在编辑完一个 C 语言源程序之后可以编译、链接和执行它。单击命令按钮 ▦▦▦，就会对 1_2.C 进行编译和链接。例如，若把 scanf 误写成 scan，那么单击 ▦▦▦ 按钮后在输出窗口中出现图 1-20 所示的信息。

```
1_2 - Microsoft Visual C++ - [1_2.C]

文件(F) 编辑(E) 查看(V) 插入(I) 工程(P) 组建(B) 工具(T) 窗口(W) 帮助(H)

#include <stdio.h>
int main()
{  int a=123, b, c, d;
   b=456;
   printf("c : "); scan("%d", &c);
   d = a + b + c + 789;
   printf("%d + %d + %d + 789 = %d\n", a, b, c, d);
   return 0;
}

c:\zyl\1_2.c(5) : warning C4013: 'scan' undefined; assuming ext
Linking...
1_2.OBJ : error LNK2001: unresolved external symbol _scan
Debug/1_2.exe : fatal error LNK1120: 1 unresolved externals
执行 link.exe 时出错。

1_2.exe - 1 error(s), 0 warning(s)

组建 / 调试 / 在文件1中查找 /

就绪                                           行 11, 列 1   REC COL 覆盖 读取
```

图 1-20　编译和链接产生的错误信息

从中可见，由于少了一个 f 字母，引起一个编译警告、一个链接错误和一个严重错误。如把 scan 再改回 scanf，重新编译链接，这次没有错误也没有警告，再单击 ！按钮执行程序 1_2.exe。当程序执行到第 6 行为 c 输入数值时会出现 DOS 窗口，该程序接收了程序员键入的 102 后，算出 d 值并把计算结果显示到 DOS 窗口中，如图 1-21 所示。在退出本程序之前，VC 显示 Press any key to continue 的信息，这时按任何键都会关闭 DOS 窗口，回到 VC。

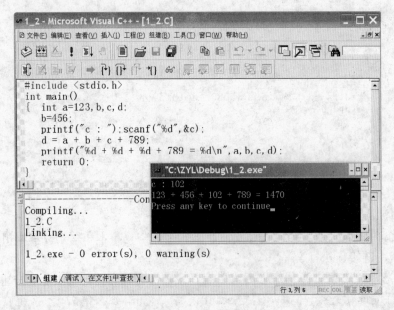

图 1-21　执行 1_2.exe

6）排错

● 走马：用到 4 个按钮，它们是重启动 、单步跳过 、单步进入 、执行到光标 。

● 看花：用到两个按钮，即打开变量窗口 和打开观察窗口 。

按 按钮重新启动本程序，而后按 和 按钮，分别打开变量窗口和观察窗口，前者自动显示所有变量的内容，而后者需要程序员指定要显示的内容，如 a+b+c，如图 1-22 所示。然后重复单击 单步跳过按钮，每次执行一行，编辑窗口左侧的 指向将执行的下一行语句。每执行一行语句，观察相关变量的情况，如果与预期的情况不同，就要细心研究其原因。用这种办法容易找出程序中的错误，从而改正之，最终排除全部错误，得到可以正常工作的程序。

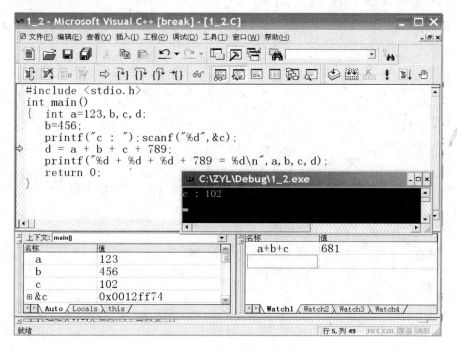

图 1-22　为 1_2.exe 排错

7）退出 VC

单击右上角的按钮 。

习题 1

1-1　与其他高级语言相比，C 语言有哪些优点？

1-2　C 语言的作者是谁？C 语言有哪 3 个主要版本？

1-3　C 语言的标识符是如何定义的？

1-4　简述 main 函数在 C 程序中的作用。

1-5　分别在 TC 或 VC 中编辑、编译、运行本章的例题。

1-6　找出下列程序中的错误：

（1）

```
/* a simple program
int maim()
{  /* does nothing */
}
```

（2）

```
#include (stdio.h)
int main()
{  printf("Good morning!\n");
}
```

（3）

```
Include<stdio.h>
int main()
{   FLOAT X=3.8;
    y=sqrt(x);
    print(x,y);
}
```

1-7　仿造本章例题，在 TC 或 VC 中编写求两个整数的差的 C 语言程序。要求两个整数从键盘输入，程序中有必要的注释。

1-8　仿造本章例题，在 TC 或 VC 中根据公式：

$$C=(F-32)\times 5/9$$

编写将华氏温度转换成摄氏温度的程序。

第2章
数据类型：变量和常量

　　时至今日，计算机几乎无所不在无所不能，科学计算、数据处理、信息管理、写书、画画、作曲、放影碟、玩游戏等。计算机的基本功能是储存和加工数据，不管用计算机做什么，前提条件是要它做的事必须能用数值表示出来，表示的过程叫做数字化。

　　数据类型指的是一组确定的数值和一些允许在这组数值上执行的运算。C 语言设立了多种数据类型，在 C 语言程序中所有数据必须有类型。程序员可以根据需要采取最适合的类型表示相关的数据。正像购买校服一样，如果只有一种尺寸，为让所有同学都能穿，就得取最大尺寸，当然要造成极大的浪费。避免浪费的方法是，设定几种不同尺寸，如 S、M、L、XL、XXL，虽然不能保证大家都能合身，至少不会有太大浪费。不同类型的数据占有的内存字节个数不同，而且对于所占字节中的位样（bit pattern）的解释方法也可能不同。

　　C 语言的数据有变量和常量之分：变量是其值可以改变的量，而常量是不允许改变的。

　　图 2-1 表明，C 语言的数据类型分为两大类：标量类型和集合类型。标量类型是 C 语言预先定义好的，每个标量类型数据只包含一个数据项，如一个整数、一个实数或者一个字符。而集合类型需要程序员亲自利用标量类型来构造，集合类型的数据往往包含多个标量数据项。本章只讨论标量类型。

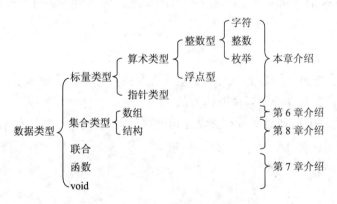

图 2-1　C 语言的数据类型

评论：函数类型

　　把函数（不只是函数的返回值）和 void 也作为一种数据类型，目的是把普通的数据和函数统一在同一个框架下，体现了 C 语言作者追求一种简单语法结构的愿望。

2.1 变量

程序中的变量必须先声明才能使用。声明的格式为：

<u>类型修饰符</u>　类型指定符　变量名<u>=初始值,…</u>　;

这里的下划线表明这是可选部分，其中的类型修饰符和类型指定符都是关键字，类型指定符指明了变量的类型属性，而类型修饰符指明了变量的其他属性，如以后介绍的 auto，static，extern，register 等。例如，声明：

```
int  a,b;
```

定义了两个 int 型的变量 a 和 b。而

```
unsigned long int a=5,b=6;
```

定义了两个 unsigned long int 型的变量 a 和 b，并给它们赋予了初始值 5 和 6。

　　计算机的存储器（通常称为内存）是由许多顺序编号的 8 位字节所组成，每个字节都有一个编号——地址。C 编译程序看到一个变量的声明时，要从空闲的内存空间中拿出大小合适的一块（单元）分给它，并记下变量名字、变量类型及分配的内存的地址。如果有初始值的话，还要把它转换成二进制数，存入单元中。变量类型隐含了分配的内存单元的大小以及单元内二进制数（位样 bit pattern）的解释方法。假定变量 a 分得的内存单元是从地址 0x1000 开始的 4 个字节，其实在程序执行时每次给 a 分配的地址未必相同，而且程序也不必知道 0x1000 这个地址值。C 语言提供了一个地址运算符&，放在变量名之前，可求出变量的地址。&a 是给变量 a 分配的 4 个字节的地址。可以用下面的图示表示：

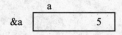

图中变量名字 a 写在方框上面，方框代表变量 a 分得的内存单元，这里是 4 个字节，单元地址写在方框左面，变量 a 的值写在方框内部。

　　ANSI C 规定程序中用到的变量都必须先定义，后使用，而且"="号右面的变量必须先赋值。例如：

```
int a,b;
a=1;
b=a+2;
```

如果没有第一行，后两行错误——a，b 没有定义；如果没有第二行，第三行错误——a 还没有值，或者说它装有垃圾值。赋值可以采取声明时赋值、用赋值表达式语句赋值，也可以从键盘读入。

2.2 整型变量

整型变量按长度（所占字节数）分有字符型 char、短整型 short、整型 int、长整型 long。字符型变量占一个字节，设立字符型的本意是用来装文字信息的，但也可以用来装小整数。ANSI C 没有规定这 4 种整型的长度，但是规定了字符型最少占 8 个二进位、短整型最少 16 位，长整型最少 32 位，而且：

短整型长度≤整型长度≤长整型长度

在 TC 和 VC 上，字符型为 8 位占一个字节，short 型和 long 型长度分别是 2 和 4 个字节。int 型应该是 C 实现所在计算机上的最自然的整数类型，由于 TC 和 VC 开发时间不同，PC 的存取单位已从 16 位提升到 32 位，所以它们的 int 型长度分别是 2 和 4。每种类型还有有符号和无符号之分。表 2-1 展示了 TC 和 VC 的所有整型变量的表示范围。

表 2-1　在 TC 和 VC 上整型变量的表示范围

		长度	signed	unsigned
char		1	−128～127	0～255
short int		2	−32 768～32 767	0～65 535
int	TC			
	VC	4	−214 748 348～2 147 483 647	0～4 294 967 295
long int				

表中第一行的 signed 和 unsigned 也是关键字，意思是有符号的和无符号的，应该放在左侧的关键字之前。标有下划线的关键字是默认的，可以省略。例如：

```
signed short int≡short int≡short
```

另外

```
unsigned int≡unsigned
```

表中的表示范围可以用长度算出，例如 short int 类型的长度为 2 个字节，16 个二进位，有 2^{16}=65 536 个不同的位样，unsigned int 表示的全是非负整数，从 0 到 65 535；对于 signed int，一半负一半非负，所以范围是−32 768～32 767。

ANSI C 规定 int 等价于 signed int，但是没有规定 char 等价于 signed char 还是等价于 unsigned char，这要由实现来决定。但是在 TC 和 VC 上 char 恰好等价于 signed char。

从上表可以看到，TC 和 VC 的 int 类型的表示范围是不同的，所以为保证编写程序的可移植性，在本书中不用 int 表示−32 768～32 767 范围之外的数。如果要用到此范围之外的整数的话，就使用 long 类型。

在标准头文件 limits.h 中定义了与所在的 C 实现的各种整数类型相关的一些符号常量，表 2-2 列出了一些表示范围的常量名。

表 2-2　与整数类型相关的符号常量

类型	signed		unsigned
	最小值	最大值	最大值
char	SCHAR_MIN　 –128	SCHAR_MAX　127	UCHAR_MAX　　OXFF
short	SHRT_MIN　 –32 768	SHRT_MAX　32 767	USHRT_MAX　0XFFFF
int	INT_MIN　　–32 768(TC) 　　　　　–2 147 483 648L(VC)	INT_MAX　　32 767(TC) 　　　　2 147 483 647L(VC)	UINT_MAX　　0XFFFF(TC) 　　　　OXFFFFFFFFUL(VC)
long	LONG_MIN –2 147 483 648L	LONG_MAX　2 147 483 647L	ULONG_MAX　OXFFFFFFFFUL

2.3　整型常量

　　常量就是其值不可改变的量，而且常量不需要声明。所以常量又叫做字面值（literal），意思是从写法上能看出它代表的值。在 C 语言中常量是必不可少的，比如给变量赋初始值时就要用到常量。

　　整型常量有十进制、八进制和十六进制三种写法。人习惯用十进制，八进制和十六进制主要用来表示变量地址和变量在内存单元中二进位排列的情况（位样）。至于用八进制还是十六进制，取决于机器的体系结构。绝大多数机器包括 PC 都用十六进制，所以本书不大使用八进制。

　　ANSI C 规定，常量开始于数字 0～9。换句话说，常量只能是非负数，负数（如–345）不是常量，是表达式，这里的负号是运算符。

注意：负数

　　把负数看做是表达式有两点好处：（1）缩小了常量的范围，简化了对常量的处理；（2）如果把–1 当成常量，而把–a 当成表达式，那么负号就有了两种不同的处理方法。这不是好主意，不仅增加了处理的负担，也容易带来歧义性。

　　把负数看做是常量还是表达式，对于编程有影响但并不大。在 TC 上：

```
printf("%d\n",sizeof -32768);
```

如果–32768 是常量，应该显示 2。实际上显示的是 4，说明–32768 是表达式。这是因为 32768 是 long 型的，经过单目的"–"的作用，–32768 也是 long 型的，所以 sizeof –32768 ≡4。

　　十进制整型常量开始于 1～9；八进制整型常量开始于 0，后接八进制数字 0～7；十六进制开始于 0x 或 0X，后接十六进制数字 0～9，及 a～f 或者 A～F。例如，三种不同写法的 123 代表的数是不同的：

　　$123 \equiv 1 \times 10^2 + 2 \times 10^1 + 3$　　　$0123 \equiv 1 \times 8^2 + 2 \times 8^1 + 3 \equiv 83$　　　$0x123 \equiv 1 \times 16^2 + 2 \times 16^1 + 3 \equiv 291$

　　变量和常量的类型极为重要，变量的类型取决于它的声明中的类型指定符，而整型常量的类型要复杂一些。十进制常量的类型是 int、long 和 unsigned long 中最短的容纳得下此常量的类型，八进制和十六进制整型常量的类型是 int、unsigned int、long 和 unsigned long

中最短的容纳得下的类型。图 2-2 画出了 TC 上常量类型的决定方法，常量 0～32 767 是 int 型，32 768～2 147 483 647 是 long 型，2 147 483 648 以上是 unsigned long 型。八进制和十六进制写法的整型常量还要多一种 unsigned int 型。例如，在 TC 上 printf("%d %d\n",sizeof 32768, sizeof 0x8000);显示的是 4 和 2。

	int		long		unsigned long
十进制	0　　32 767			2 147 483 647	4 294 967 295
八进制	0　　077777	0177777		017777777777	037777777777
十六进制	0　　0x7fff	0xffff		0x7fffffff	0xffffffff
	int	unsigned		long	unsigned long

图 2-2　整型常量的类型（TC）

对于 VC 情况更简单一点，由于 int 和 long 的长度相同，实际上整型常数只有 long 和 unsigned long 两种。

另外，ANSI C 又提供了两个可接在整型常数之后的后缀 U 和 L（小写的 u 和 l 作用相同），分别表示这个常数是 unsigned 和 long 的。例如：

1U 的类型为 unsigned int；

1L 的类型为 signed long；

1UL 的类型为 unsigned long。

字符型常量是为表示文字信息而设立的，是用单引号括起的一个字符，其值为该字符在机器所用字符集中对应的值。PC 用的是 ASCII（American Stand?d Code of Interchange Information，美国信息交换标准代码）字符集，0 字符对应的 ASCII 值是 48，类似地：

'0'≡48　　　'A'≡65　　　'a'≡97　　　' '（空格）≡32

因为 10 个数字字符的 ASCII 值是连续的，只要记住'0'的 ASCII 值，就容易推算出其他数字的 ASCII 值。类似地，只要记住'A'和'a'的 ASCII 值，就能推算其他字母的 ASCII 值了。

在 ASCII 字符集中还有一些非显示字符，如回车符、退格符等，上面的表示法就不好用了。这时可以使用转义字符（escape character）形式表示。常用的转义字符有以下几个：

\n　　　回车换行

\t　　　制表

\b　　　退格

\r　　　回车

\f　　　换页

\\　　　反斜杠

\'　　　单引号

\"　　　双引号

\ooo　　八进制数

\xhh　　十六进制数

它们只能出现在一对单引号或双引号（界定一个字符串常量）中，表示一个字符。最后两种是在反斜杠后面放置一个八或十六进制数，也代表相应的字符。例如：

'\0'≡0　　代表空字符（nul）

'\101'≡'\X41'≡'A'≡65

字符型常量和对应的整型常量，如'A'和 65，二者尽管等价，可以相互替换，但是为提高程序可读性，强调字符性质时应该用'A'，强调数值性质时应该用 65。

2.4　浮点变量和浮点常量

浮点数也就是实数，之所以叫做浮点数，与早期计算机的机器表示有关。ANSI C 规定了三种浮点数类型，但是没有规定它们的长度，TC 和 VC 实现的浮点数有所不同，表 2-3 列出了它们的长度和表示范围。

表 2-3　在 TC 和 VC 上浮点型变量的表示范围

浮 点 类 型		长　度	表 示 范 围	有效数字位数
单精度浮点数　float		4	$1.17 \times 10^{-38} \sim 3.40 \times 10^{+38}$	6 位
双精度浮点数　double		8	$1.80 \times 10^{-308} \sim 2.22 \times 10^{+308}$	15 位
高精度浮点数	VC			
long double	TC	10	$1.19 \times 10^{-4932} \sim 3.36 \times 10^{+4932}$	25 位

三种浮点数类型应该一个比一个表示范围更大（表中只列出了正的区间，其实还有对称的负区间，以及 0.0），精度更高，但是在 VC 上 double 和 long double 是相同的。注意，float 和 long 类型都占 4 个字节，所以说数据类型不仅意味着占用的字节个数，还意味对所占字节的解释方法。

浮点常量有两种写法：

（1）小数形式：同平常的实数写法一样——包括整数部分和小数部分，其间用小数点隔开。两个部分至少要有一个部分，小数点必不可少。例如：

0.0831　　　　435.36　　　1234.　　　　.423

（2）指数形式：例如小数形式的 435.26 可以写成 0.43526E3 或者 43526e–4，这里的 E3 和 e–4 分别表示 $\times 10^3$ 和 $\times 10^{-4}$。一般形式为：

尾数 E 指数　　　或者　　尾数 e 指数

尾数是整数常量或者是小数形式的浮点数常量，指数只能取整数，可有+或–前缀。字母 E 和 e 作用相同，数中不得内嵌空格。例如：

0.65e4　　　　12e–2　　　　3.18E3　　　　1.23E–4

指数形式常用于表示特大或特小的数，例如：

12300000000≡1.23e10　　　456E–10≡0.0000000456

以上两种浮点常量都是 double 类型，如果加上后缀字母 f 或 F，则为 float 类型；如果加上 l 或 L，表示是 long double 类型。例如：

1.23 是 double 型的。

1.23F 是 float 型的。

1.23L 是 long double 型的。

在 ANSI C 的标准头文件 float.h 中分别定义了与浮点类型相关的符号常量，例如：

```
#define FLT_MIN   1.175494351e-38F
/* float 类型能表示的最小正数*/
#define FLT_MAX   3.402823466e+38F
/* float 类型能表示的最大数*/
#define FLT_DIG   6
/* float 类型的有效数字位数*/
#define DBL_MAX   1.7976931348623158e+308
/* double 类型能表示的最小正数*/
#define DBL_MIN   2.2250738585072014e-308
/* double 类型能表示的最小正数*/
#define DBL_DIG   15
/* double 类型的有效数字位数*/
```

2.5　类型修饰符 const

类型修饰符 const 可以放在变量的声明中，用来指明被定义的变量不能修改。例如：

```
const int n=1234;
```

定义了 int 型变量 n，其值不能修改，所以只能在定义的同时给它赋予初值。如果后来试图修改 n：

```
n=5678;
```

那么编译程序就会发出错误信息。const 的意义在于用醒目的形式指明变量的不可修改的属性，有利于提高可读性。

const 取自单词 constant，意思是常量，但是 const 变量毕竟不是常量，说成是常量变量显然自相矛盾，不如说成只读变量可能更合适。

2.6　指针类型

指针（pointer）是 C 语言的一大特点，用得广，灵活，功能强，容易产生紧凑高效的代码，大大增强了 C 语言设计系统程序的能力。正因为如此，C 语言才能成为最为普及、用得最广的程序设计语言。有一利必有一弊，指针也给 C 语言带来复杂性，初学者往往会感到迷茫、混乱，对指针概念的理解程度标志着对 C 语言掌握的水平。

指针是指针变量的简称，普通变量装的是一般的数值，而指针变量装的是另一个变量的地址。定义指针变量的声明形式如下：

类型　*指针变量名；

此处的*是一个单目运算符，叫做间接访问运算符（indirection operator），只能放在变量地址或指针变量之前，"类型"可以是任何标量数据类型，也可以是集合变量类型。例如：

```
int *p;
```

此声明可以读作*p 是 int 型的，或者说 p 的类型是 int *，或者说 p 是一个指向 int 型变量的指针变量。p 只能接受 int 型变量的地址。这个声明只定义了 int 型指针变量 p，没有给它赋值。下面的声明：

```
int a=5, *p=&a;
```

定义了 int 型变量 a 和 int 型指针变量 p，而且把初始值 5 和 a 的地址分别赋予了 a 和 p。这里的&a 是变量 a 的地址，a 的地址被赋予了指针变量 p，而不是赋予*p。编译程序读到此声明时要为 a 和 p 分配内存（对于函数内定义的变量，实际上是执行时分配的），为 a 分配 2 个（VC 4 个）字节，并将常量 5 送入其中。再给 p 分配 2 个（VC 4 个）字节，然后把 a 的地址存入其中。指针变量 p 装有变量 a 的地址，也可以说成指针变量 p 指向变量 a，在图中用箭头表示"指向"：

> **注意：地址、指针和指针变量**
>
> 　　下面的 3 个名词容易混淆——地址、指针和指针变量，有的教科书认为指针就是地址。C 语言的作者 K&R[1]认为："指针是一种用于存放另一个变量的地址的变量"。本书采取"指针是指针变量的简称"的说法。

　　指针是变量，其内容是地址。一旦给变量 a 分配了内存，a 的地址就不会改变了。地址不仅包括内存中的地址值，还包括分配在这个地址处变量的类型，可以把地址看作是由地址值和类型构成的二元组。正像宾馆的房间编号一样，101 是个单间，102 是个套间，而 104 是个三套间。和通常的数值常量不同，变量的地址值是不能预知的，而且程序员也没有必要知道，只需知道 p 中装的是 a 的地址值足矣。指针变量的类型取决于指向的变量的类型，指向相同类型的指针变量可以相互赋值，不同类型的指针变量却不可以，例如：

```
int a=5,*p=&a,*q;
long *r;
```

p 和 q 都是 int 类型的指针变量，所以"q=p"正确，而 r 是 long 型指针变量，"r=p"错误。

　　对于同一个 C 语言实现，任何类型的指针变量的长度都是相等的。对于 TC，指针变量的长度都是 2；对于 VC 是 4。

　　指针变量是用来装其他变量的地址的，未赋地址的指针不能使用。因为没有初值的指针装的可能是"垃圾值"，当做地址使用就不知道会指向哪里。如果指向被保护的内存空间，那么操作系统可能发现这种越界错误。如果指向允许访问的空间，那么就会造成破坏，而且这种错误很难发现。切记，不可使用未赋地址的指针。

　　指针类型的常量只有一个，就是 NULL。它是在 stdio.h 中定义的，其值为 0，可以赋给任何类型的指针变量，表示此指针变量已被赋值但不指向任何位置。关于 NULL 的作用，将在第 10 章介绍。

2.7　字符串常量

　　字符串常量是由双引号界定的字符序列，其中的字符可以是字母、数字、空格以及特殊字符。例如：

```
"Good morning"    "2008.12.25"   "12345+56789"    "A"
```

这里有这样一个问题：其他常量的值都是一个数值，那么字符串常量的值又是什么呢？其实，编译程序在看到一个字符串常量时便在内存（严格地说应该是只读的内存区）中开辟一片内存，并把此串中的字符一个接一个地存入，最后存入一个'\0'字节标志串的结束。再把这片内存的开始地址当作此字符串常量的值。总之，字符串常量的值是存放该串的内存的地址。例如，在程序中下面的语句：

```
printf("%s\n","12345"+1);
```

显示的是 2345。这里的%s 要求字符串地址，"12345"的值是'1'的地址，"12345"+1 是'2'的地址，所以显示从'2'开始到结束的'\0'为止。

　　因此，字符串常量"A"与字符常量'A'截然不同，'A'代表的值是 65，而"A"的值是一个内存地址。

　　常量是不允许修改的，当然字符串常量也不许修改。VC 对于同一个字符串常量的多次出现只存一份拷贝，而 TC 对于同一个字符串常量的多次出现保存多份拷贝。

2.8　符号常量

　　前面介绍的常量都是字面值常量，从它们的写法上就能看出它们代表的值，这是它们的优点。但是，在程序中它们的意义可能不明显，甚至无法猜测。如果同一个数值常量多次出现在程序中，如果需要修改的话，逐一修改会很困难。预处理命令：

　　#define　　符号名　　字面值常量

可以解决这个困难。这里的符号名也是标识符，为易于区分常用大写。例如：

```
#define PI  3.14
```

这条预处理命令给数值常量3.14起了一个名字PI，而后在程序中可以使用此名字代替3.14。符号常量的好处是见名知意，一改都改。一见此名都会知道它是圆周率，改善了可读性。如果要增加它的有效数字，只需把这条预处理命令中的 3.14 改成 3.14159 就行了，不用改程序的其他地方。

2.9　枚举类型

　　一条#define 能够定义一个符号常量，此外还有一种方法可以一次定义多个整型的符号常量，叫做枚举常量。枚举作为一种类型，是一个有名字的整型常量的集合，例如，声明：

```
enum {SUN,MON,TUE,WED,THU,FRI,SAT};
```

定义了 7 个枚举常量，它们的名字 SUN、MON、TUE…，依次取值 0，1，2，…，6。也可以给花括号中任何枚举常量名指定显式值，这样没有得到显式值的枚举名就取前一个名字的值加 1。例如：

```
enum{BACK='\b',TAB='\t',NEWLINE='\n',RETURN='\r'};
enum{JAN=1,FEB,MAR,APR,MAY,JUN,JUL,AUG,SEP,OCT,NOV,};
```

JAN 取值 1，FEB 取值 2，MAR 取值 3，依此类推。

注意，枚举常量只能取整数值，包括负整数，不能取浮点数。

利用一条 enum 声明可以定义枚举常量，同时还可以定义枚举类型和枚举变量：

```
enum bool {NO,YES} answer;
```

这个声明也可以写作：

```
enum bool {NO,YES};
enum bool answer;
```

它们定义了枚举常量 NO（值 0）和 YES（值 1），还定义了类型 enum bool，以及此种类型的变量 answer。按理说，类型 enum bool 的变量应该只取值 NO 和 YES，但是编译程序并不检查枚举类型变量的取值范围，所以枚举类型变量可以取 int 值，反过来 int 型变量也可以取枚举常量值。

2.10   整型和浮点型数据的机器表示

无论什么数据类型的变量或常量，最终都得以二进制形式存放在计算机内存中。数据以何种形式存储在计算机内存中主要取决于计算机，而不是 C 语言。机器表示是最基本的计算机知识，每一个计算机专业的学生都必须熟练地掌握。尽管 C 程序设计并不要求学生一定要掌握数据的机器表示，但是由于 C 语言有面向二进位的运算能力，机器表示方面的知识对于深入掌握 C 语言是必要的准备。非计算机专业的学生可以暂时跳过这部分，以后再回头学习。

2.10.1   整型数据的机器表示

在程序设计过程中要用到三种进制：十进制、二进制和十六进制。人使用十进制，计算机使用二进制，十六进制是二进制的缩写。当人谈论计算机的内部表示时二进制写起来既长又不好记忆，这时就用十六进制。八进制的作用与十六进制一样，但是现在几乎没有使用八进制的计算机了，所以本书不涉及八进制。

二进制只有两个数码：0 和 1；十六进制有 16 个数码 0～9 及 A～F（小写字母 a～f 作用相同，代表 10～15）。

4567 是一个 int 型的常量，在 TC 和 VC 分别占 16 和 32 位。下面先把它转换成十六进制再转换成二进制。

1．十到十六进制的转换

采取除基法，就是用十六进制的基数 16 去除被转换的十进制数，将所得余数写成十六进制数码作为所求的十六进制数的最低位，而后将除得的商再除以 16，并把所得余数写成十六进制数码作为次低位，依此类推，直到商小于 16 时为止，此时的商就是最高位。计算过程如图 2-3 中的纵式，首先 4567 除以 16，余为 7——最低位，商 285 再除以 16，余为 13——表成十六进制数码 D，作为次低位，其商 17 除以 16，余为 1，商也为 1，计算结束。于是得到十六进制数 0X11D7。

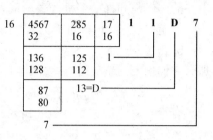

图 2-3　用除基法完成十到十六进制的转换

2．十六进制转换成二进制

很简单，只要把每个十六进制数码用 4 位二进制数表示出来。

例如：

$$1 \rightarrow 0001_2,\ D \rightarrow 1101_2,\ 7 \rightarrow 0111_2$$

所以：

$$4567 \rightarrow 0X11D7 \rightarrow 0001\ 0001\ 1101\ 0111_2\,(TC)$$
$$4567 \rightarrow 0X000011D7 \rightarrow 0000\ 0000\ 0000\ 0000\ 0001\ 0001\ 1101\ 0111_2\,(VC)$$

在上面的写法中→表示"转换成"，下角的 2 表示"二进制"，二进制数中的空格是为清楚计而加的，左边的前 0 表示内存中的 0 位，为凑足一个 int 而添加的。

3．负整数的机器表示

−3456 的负号是运算符，表示对 3456 的机器表示求补，求补的方法就是求反加一，即先翻转二进制机器表示的所有位（0 变 1，1 变 0），然后再加 1。于是对于 TC 得到二进制的机器表示：

$$-0001\ 0001\ 1101\ 0111_2\,(TC)=1110\ 1110\ 0010\ 1000+1=1110\ 1110\ 0010\ 1001_2$$

把二进制转换成十六进制得到：

$$-4567 \rightarrow 0XFFFF-0X11D7+1 \rightarrow 0XEE29 \rightarrow 1110\ 1110\ 0010\ 1001_2\,(TC)$$

类似地对于 VC：

$$-4567 \rightarrow 0XFFFFFFFF-0X11D7+1 \rightarrow 0XFFFFEE29$$
$$\rightarrow 1111\ 1111\ 1111\ 1111\ 1110\ 1110\ 0010\ 1001_2\,(VC)$$

在 TC 和 VC 的观察窗口键入"4567,x"和"−4567,x"，就会显示出对应的十六进制的机器表示来，如图 2-4 所示。

图 2-4　在 TC 和 VC 上观察整数的机器表示

注意，4567u 是一个 unsigned 类型的常量，4567u 的机器表示与 4567 相同，同样−4567u

的机器表示也与–4567 相同。然而–4567u 是 unsigned 类型的表达式，其值为 60 909（TC）或 4 294 967 296（VC）。这说明单目 "–" 运算符，作用在 signed int 上是对 0 求补的，而作用在 unsigned 上是对 2^{16}(TC)或 2^{32}(VC)求补的，也就是说 4567+60 909=65 536=2^{16}，4567+4 294 962 729= 4 294 967 296=2^{32}。其实不管有无符号，单目 "–" 运算是对机器表示求补的，但是同样一个机器表示代表的有符数和无符数可能是不同的。

假定 C 语言用 s（可能为 8，16，32）个二进位表示整数，不妨把它们写成：

$$b_{s-1}b_{s-2}\cdots b_1$$

那么它们代表的整数可以这样计算：

无符号数= $b_{s-1}\times 2^{s-1}+ b_{s-2}\times 2^{s-2}+\cdots+ b_1\times 2^1+ b_0$

有符号数= $b_{s-2}\times 2^{s-2}+\cdots+ b_1\times 2^1+ b_0$ 如果 b_{s-1}=0

有符号数= $-2^s+（b_{s-1}\times 2^{s-1}+ b_{s-2}\times 2^{s-2}+\cdots+ b_1\times 2^1+ b_0 ）$ 如果 b_{s-1}=1

2.10.2　浮点型数据的机器表示

PC 采用 IEEE 浮点数表示标准。一个 float 型数据占 4 个字节 32 位，0.0f 表示成 32 位的全 0 代码。对于非 0 数，这些位是这样安排的：

s 是浮点数的符号位，占 1 位，0 表示正，1 表示负。指数 e 占 8 位，采取无符号数形式。尾数 m 占 23 位。运算后 float 数必须经过格式化才写入内存，所谓格式化就是把最高有效位移动到小数点前。既然小数点前总是 1，那么在机器表示中就可省略了，这就是隐藏位。这样分配的 32 位表示的实数值可以用公式：

$$(-1)^s\times 1.m\times 2^{e-127}$$

表示。下面看看常量 10.375f 的机器表示。图 2-5 给出了在 TC 和 VC 上观察浮点数机器表示的方法。在 TC 上编写程序：

```c
int main()
{ float a=10.375;
  return 0;
}
```

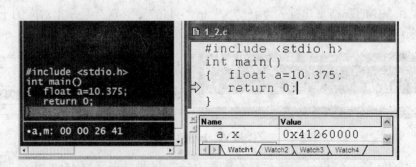

图 2-5　在 TC 和 VC 上观察浮点数的机器表示

然后连按两次 F8 键（步进），再按 Ctrl+F7 键（设观察点）并在对话框中键入 "a,m"（观察 a 的机器表示），这时在 watch 窗口会出现 "·a,m: 00 00 26 41"，这是从低到高显示的 a 的 4 个字节，把它们反写成一个 "双字" 为 0x41260000。在 VC 上做法类似，但在 watch 窗口要键入 "a,x" 就会出现 "a,x 0x41260000"。

下面来验算一下：

0x41260000　　　　　　　　　　　　watch 窗口给出的十六进制形式
$= 0\underline{100\ 0000\ 1}010\ 0110\ 0000\ 0000\ 0000\ 0000_2$　化作二进制，$e=10000010_2=130$
$=1\times 1.010\ 011_2\times 2^{130-127}$　　　带入公式，注意添加隐藏位
$=1.010\ 011_2\times 2^3=1\ 010\ 011.0_2\times 2^{-3}$　小数点右移 6 位，同时指数减 6
$=83\div 8=10.375$　　　　　　　得到十进制浮点数 10.375

类似地，double 类型以及 VC 上的 long double 类型，占 8 个字节，64 位，这 64 位的分配是：

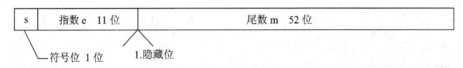

s　指数 e　11 位　　　　　尾数 m　52 位
符号位 1 位　　　1.隐藏位

这 64 位代表的数是：

$$(-1)^s\times 1.m\times 2^{e-1023}$$

例如 10.375 表示成：0x4024c000 00000000。

TC 上的 long double 类型，占 10 个字节，80 位，它们的分配是：

s　指数 e　15 位　　　　　尾数 m　64 位

这里没有隐藏位，代表的数是：

$$(-1)^s\times 0.m\times 2^{e-16382}$$

习题 2

2-1　C 语言中规定了哪些数据类型？

2-2　如果你初次用到一种你不熟悉的 C 语言系统，你将使用哪些办法搞清它的各种整数类型的表示范围？浮点类型呢？

2-3　在你的 C 语言系统上搞清，如果程序中把 long 型数值赋给 short 型变量，那么编译时会出现什么情况，执行时又会出现什么情况。

2-4　字符常量与字符串常量有何区别？

2-5　设法搞清在你的 C 语言系统上是否允许修改字符串常量。

2-6　以下常量中哪些是错误的，为什么？

0.0001　　　　5x1.5　　　　　099999
+x100　　　　74.45E-2.0　　　"15.75"
-56.45　　　　-3.76e+4

2-7   C 语言中的运算符 sizeof 可以返回数据类型、常量或变量占用的内存字节个数。如在 TC 中，下面的程序输出 2。

```
#include<stdio.h>
int main()
{ printf("%d\n",sizeof(int));
  return 0;
}
```

请在 TC 或 VC 中用此程序验证本章介绍的几种数据类型占用的字节个数。

2-8   在 TC 或 VC 上编写程序用 sizeof 验证常量 32767、–32768、23.45、1234、12345678、34L、34.0L 和 36e-5 占用的内存字节数。

2-9   阅读下列程序，写出输出结果。

```
#include<stdio.h>
int main()
{ char ch='a';
  printf("%d\n",sizeof ('a'));
  printf("%d\n",sizeof("abcd"));
  printf("%d\n",sizeof(ch));
  return 0;
}
```

2-10   阅读下列程序，写出输出结果。

```
#include<stdio.h>
int main()
{ char ch='A',*pch=&ch;
  int i=555,*pi=&i;
  enum sex{male=1,female} per;
  per=female;
  printf("pch=%c:%d Bytes,*pch=%d:%d Bytes\n",pch,sizeof(pch),*pch,
  sizeof(*pch));
  printf("pi=%d:%d Bytes,*pi=%d:%d Bytes\n",pi,sizeof(pi),*pi,
  sizeof(*pi));
  printf("per=%d:%d Bytes\n",per,sizeof(per));
  return 0;
}
```

2-11   写出下列各数在 TC 或 VC 上的机器表示：

1）10   2）2534   3）–179   4）–639
5）–328795   6）12345678   7）123.375f   8）–123.375

2-12   列出下面的程序中用到的常量和变量，以及它们的数据类型和占用字节数：

```
#include<stdio.h>
#define N 10
```

```c
int main()
{ int count;
  float sum,ave,num;
  sum=0;count=0;
  while(count<N)
  {  printf("num : ");
     scanf("%f",&num);
     sum=sum+num;
     count=count+1;
  }
  ave=sum/N;
  printf("N=%d sum=%f ave=%f\n",N,sum,ave);
  return 0;
}
```

第3章

运算符和表达式

计算机的最基本功能就是计算，在数学中计算是用算式表示的，在 C 语言程序中计算是用表达式（expression）表示的。表达式是 C 语言程序中最重要的实体之一，比如任意表达式后接分号就构成了表达式语句，此外表达式也是 if、switch、for、while、do-while、return 等语句的主要成分。

表达式由数据和运算符组成，表达式经过计算总会得到一个有类型的值。第 2 章讨论了数据——变量和常量，本章首先来介绍运算符，而后再讨论表达式。

3.1 运算符的属性

ANSI C 定义了 45 个运算符，大大多于其他高级语言。这么多的运算符使得 C 语言具有极强的计算能力。有一利必有一弊，其弊就是增加了全面掌握 C 语言功能的难度。运算符最重要的属性是功能，比如完成的是加法还是减法。每个运算符功能都是独特的，以后的各个章节将逐一讨论。下面先来讨论运算符的公共属性。

3.1.1 优先级

C 语言的 45 个运算符分成 15 个优先级，在同一个表达式中如果相邻的两个运算符具有不同的优先级，那么优先级较高的先计算。

例如，表达式 a+b*c 中有两个运算符加+和乘*，由于*的优先级高于+，所以先计算*再计算+。这与算术中的"先乘除后加减"的规则一致。而在表达式 a*d+b*c 中应该先计算两个*，后计算+，但是 ANSI C 没有规定先计算两个*中的哪一个，这取决于 C 语言实现。

3.1.2 结合性

如果两个相邻的运算符具有相同的优先级，那么应该先计算哪一个呢？这就要看它们的结合性了。运算符的结合性分成两种：从左到右和从右到左。大部分运算符的结合性是从左到右的，只有单目运算符、条件运算符和赋值运算符是从右到左的。

例如，表达式 a+b−c 有两个运算符，它们的优先级相同，它们的结合性是从左到右的，所以应该先计算+再计算−。再如，表达式 a=b=1 有两个赋值运算符=，它们的优先级自然相等，它们的结合性为从右到左，所以应该先计算右边的=，于是 b 值为 1，注意此时表达式 b=1 的值也为 1，然后计算左边的=，把表达式 b=1 的值 1 再赋给 a，于是 a 值也为 1。

3.1.3 副作用

最简单的表达式只包括变量或者常量，它们的值就是表达式的值。一个运算符可以有一个、两个或 3 个运算数，所以运算符有单目、双目和三目之分。运算符是作用在表达式上的，运算符作用在表达式上得到的仍然是表达式，所有运算符的主作用就是通过计算得到表达式的值，例如，表达式 1+2 中+运算符的主作用就是产生值 3。

但是有几个运算符——自增运算符++、自减运算符– –和 11 个赋值运算符，它们不仅有主作用，还有副作用。就是说，它们不仅能算出表达式的值，而且还会改变某个运算数的值。其他运算符只有主作用，没有副作用。

例如，表达式 a=1 中运算符=有两个作用，主作用是算出此表达式的值 1，副作用是把=左端的表达式——变量 a 置为 1。这个变量 a 是一个左值表达式。

3.1.4 左值表达式

=是个二目运算符，能够放在其左端的表达式叫做左值表达式（简称为左值），只能放在其右的表达式叫做右值表达式。左值对应于一个可以存放变量的内存单元，而右值代表一个数值。例如在表达式 a=1 中 a 就是左值，1 就是右值，左值可以放在=号的右面，反之右值表达式不能放在=号的左面。例如 a=1 正确，b=a 也正确，但 1=a 是错误的。

自增运算符++和自减运算符– –都有副作用，它们的运算数也必须是左值。而单目的地址运算符&虽然没有副作用，但也要求左值运算数。

可以作为左值的主要有变量名（不包括数组变量名）。另外数组元素、结构变量的成员、指针指向的对象等也可以作为左值，例如 a[5]、node.sid、pnode->sid、*p 都是左值表达式，也就是说这里涉及运算符方括号[]、句点.、箭头->和星号*能够产生左值，而其他运算符的计算结果只能是右值，只能放在赋值运算符的右面。

3.2 类型转换

C 语言提供了多种数据类型，在程序中往往要进行不同类型之间的转换。下面讨论算术类型之间的转换。指针类型之间的转换将在 3.3.4 节介绍。

3.2.1 类型转换场合

1. 整型升格

在 ANSI C 中没有 char 和 short int 类型的算术运算，在执行算术运算时先要把这两种类型的运算数保值地转换成 int 或 unsigned int 类型，这叫做"整型升格"（integral promotion）。在 VC 上 int 类型的表示范围包含了有符号和无符号的 char 和 short 类型，所以 char 和 short 类型都要升格到 int。而在 TC 上 short 和 int 同长，int 的表示范围不能全部包含 unsigned short，所以 char 和 signed short 要升格为 int 类型，而 unsigned short 要升格为 unsigned int 类型。

注意：int 和 char 类型是通用的

有了整型升格，char 和 short 类型的变量可以出现在任何允许出现 int 类型的地方。有些教材所说的"int 和 char 类型是通用的"，就是这种含义。

2．算术转换

在计算机中加法或者乘法等双目运算要求两个运算数必须具有相同类型，而在 C 语言程序中允许两个运算数有不同的类型，如果经过整数升格后类型仍不同，C 编译程序就自动地把它们转换成相同类型。转换的原则是"低"类型转换成"高"类型。ANSI C 把各种算术类型按照从低到高的次序排成：

　　　　低　int<unsigned<long<unsigned long<float<double<long double　高

注意，对于 VC，由于 int≡long 以及 double≡long double，上面的次序表自然会大大简化。

注意：版本差异

在某些教材中说，整型（包括 int、short、long）、浮点型（包括 float、double）混合运算时，不同类型的数据先要根据下图转换成同一类型，然后进行运算：

```
    int→unsigned→long→double
     ↑                  ↑
    char、short        float
```

其含义是：如果操作数为 char 和 short 类型，则自动升格为 int；如果为 float 就升格为 double。然后按照第一行的次序，将两个操作数转换成同一类型。

显然上面的论述不符合 ANSI C，是早期的 K&R C 的做法。用相同的表示方法，ANSI C 的整数升格和算术转换可以表示为：

```
    int→unsigned→long→unsigned long→float→double→long double
     ↑ ↘ ↑
    char short
```

3．赋值转换

在执行赋值运算 v=e 时，如果 v 和 e 的类型不同，那么右值表达式要自动转换成左值的类型。类似地，在第 6 章介绍函数调用时还要把实参值转换成形参的类型，return 表达式要转换成函数类型。这两种情况和赋值转换一样，就是把一种类型自动地转换成另一种指定类型。

4．强制类型转换

上面 3 种转换都是自动进行的，此外还有一种强制类型转换运算符（cast operator），可以把一种类型的表达式值强制地转换成另一种。它的写法为：

（类型名）表达式

其作用是将作为运算数的表达式的值强制转换为括号中的类型。例如：

```
(int)5.67≡5
(float)4≡4.0f
```

如果有"float c;"，那么

```
c=2/3 ≡ 0.0        c=2.0/3≡0.666666
```

但是如果有"int a=2,b=3;"，那么：

```
c=a/b ≡ 0.0        c=(float)a/b≡0.666666
```

注意，强制类型转换运算符优先级很高，如果要放在一般表达式之前，应该用()把表达式括起来。例如：

```
(int)a+b≡((int)a)+b≠(int)(a+b)
```

实际应用中，类型转换会出现在很多地方，大多数是自动完成的隐式的类型转换，例如算术转换、赋值转换、函数调用的参数类型转换、函数返回值的类型转换。只有在很特殊的情况下程序员才会使用强制类型转换运算符。例如，在程序中若有 8.4 % 2 这样的表达式，在编译时编译程序会发现这个错误，但不进行自动转换而是给出错误信息。这时程序员就要使用强制转换运算符：(int)8.4 % 2。通过强制类型转换运算符可以完成任何算术类型之间的转换和任何指针类型之间的转换。

3.2.2　类型转换方法

上面介绍了在不同场合下一种类型应该转换成哪种类型，下面讨论一种类型如何转换成另一种类型。

不同类型的数据占用的字节数不同，所以每种类型的表数范围不同，而且表数的有效位数也不同。在转换过程中经常会发生超出范围和减少有效位数的情况，通常 C 不做处理，需要程序员自己去评估，以保证结果正确。

1．整数类型之间的转换

分成以下 4 种情况：

（1）长度相同：机器表示不变，只改变对位样的解释。

（2）长到短：截去源机器表示的高阶部分。

（3）有符号的短到长：将源机器表示进行符号扩展，即用源的符号位（0 或 1）填写扩展出的所有位。

（4）无符号的短到长：将源机器表示进行 0 扩展，即用 0 位填写扩展出的所有位。

例如：

```
short a=-2,b;
unsigned short c=-2,d;
long e=-2,f,g;
```

```
b=e;d=e;                         /*长变短：截断,0xfffffffe->0xfffe*/
f=a;                             /*有符号短到长：符号扩展,0xfffe->0xfffffffe*/
g=c;                             /*无符号短到长：0 扩展,0xfffe->0x0000fffe*/
printf("%#06hx %#06hx %#010lx %#010lx\n",b,d,f,g);
```

运行输出为：

```
0xfffe  0xfffe  0xfffffffe  0x0000fffe
```

2. 整型和浮点型之间的转换

（1）整数到浮点数：把整数改写成小数为 0 的浮点数，可能损失有效数字。

（2）浮点数到整数：丢弃浮点数的小数，把整数部分改写成整数，可能超出整数的表数范围。

例如：

```
long m=123456789,n;
float a,b=1e10;
a=m;                                 /*long 转换成 float*/
n=b;                                 /*float 转换成 long*/
printf("m=%ld  a=%f\n",m,a);         /*显示结果*/
printf("n=%ld  b=%f\n",n,b);
```

运行输出为：

```
m=123456789  a=123456792.000000          a 损失了 m 的 2 位有效数字
n=1410065408  b=10000000000.000000       b 的整数部分超出了 n 的表数范围
```

3. 浮点类型之间的转换

短的浮点数转换成长的没有问题，反之可能产生超出表数范围和减少有效位数的情况。

表 3-1 概述了 TC 和 VC 上各种类型之间相互转换的方法。这里没有列出 TC 的 long double 类型以及作为目标的 char 类型，只为缩小表格篇幅。

表 3-1　TC 和 VC 的类型转换

源 \ 目标		short, int (TC)	long, int (VC)	float	double
char	signed	符号扩展		数值不变，改写成小数部分为 0 的浮点数，可能减少有效数字	
char	unsigned	零扩展			
short, int (TC)	signed	不变	符号扩展		
short, int (TC)	unsigned	不变	零扩展		
long，int (VC)		截断	不变		
float		舍弃浮点数的小数部分，可能容纳不下整数部分		不变	保值
double		舍弃浮点数的小数部分，可能容纳不下整数部分		可能减少有效数字或者超出范围	不变

图 3-1 给出了一个表达式计算的例子，首先假定了 6 个变量的类型，之后给出了在计算表达式的过程中发生的类型转换。黑体箭头表示"转换成"，明体箭头表示"计算结果为"。

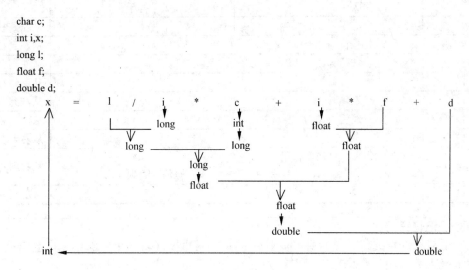

```
char c;
int i,x;
long l;
float f;
double d;
```

图 3-1　类型转换的例子

3.2.3　运算符表

下面给出一个运算符简表（见表 3-2）。第一列是分组的组名，45 个运算符分为 10 组，其中单目组有 10 个运算符，赋值组 11 个。第二列是运算符的优先级，共有 15 级，算术组、关系组、逻辑组各占 2 级，按位组占 3 级。第三列列出了各组的运算符，注意其中的某些运算符是由 2 个或 3 个字符组成的，其间不得插入空格。第四列指出各组的结合性，为醒目用黑体突出"从右到左"。

表 3-2　运算符表

分组	优先级	运算符及其含义				结合性
括号	1	()	括号	[]	取数组元素	从左到右
		->	用指针取结构成员	.	取结构的成员	
单目	2	+	正号	~	位取反	**从右到左**
		−	负号	*	间接访问	
		++	自增（有副作用）	&	取地址	
		−−	自减（有副作用）	（类型）	强制类型转换	
		!	逻辑非	sizeof	计算对象长度	
算术	3	*	乘法	/	除法	从左到右
		%	取余			
	4	+	加法	−	减法	从左到右
移位	5	<<	位左移	>>	位右移	从左到右

分组	优先级	运算符及其含义				结合性
关系	6	<	小于	<=	小于等于	从左到右
		>	大于	>=	大于等于	
	7	==	等于	!=	不等于	从左到右
按位	8	&	按位与			从左到右
	9	^	按位异或			从左到右
	10	|	按位或			从左到右
逻辑	11	&&	逻辑与			从左到右
	12	||	逻辑或			从左到右
条件	13	?:	条件			**从右到左**
赋值	14	=	赋值（有副作用）			**从右到左**
		+= -= *= /= %= &= ^= |= <<= >>=	复合赋值（有副作用）			
逗号	15	,	逗号			从左到右

编程经验：记忆窍门

　　这些运算符的优先级、结合性和副作用都是非常重要的，如果能够记住，会给读写程序带来极大的方便，避免发生错误。为便于记忆，可以背下如下口诀：

　　　　括单算移关，位逻条赋逗

　　　　自增减赋（副作用），（从右到左）单条赋

前两句指出十组运算符的优先级次序，至于组内的优先级比较容易推出，例如"先乘除后加减"、"先与后或"。第 3 句标出有副作用的运算符。第 4 句指明了 3 组从右到左的运算符，当然其余 7 组都是从左到右。

3.3　运算符的功能

　　共有 45 个运算符，本章已经介绍了强制类型转换运算符，下面介绍括号运算符、sizeof运算符、算术运算符、赋值运算符、与指针相关的运算符，其余运算符将放在其他章节介绍。

3.3.1　括号运算符

　　括号运算符()的优先级最高，有两个用途：一是改变运算次序，这时的括号是单目运算符，其运算数是放在括号中的任意表达式，其功能是使括号内的表达式优先计算。例如：a*(b+c)，要先计算括号中的表达式，加括号的表达式的值等于括号中的表达式的值。

　　第二个用途是执行函数调用，这时它有两个运算数，一个是放在左括号前的函数名或者函数指针变量，另一个是放在括号中的参数表，参数表由 0 个以上的表达式构成，中间用逗号隔开。例如：

```
sin(x)    scanf("%d",&a)
```

　　函数调用的结果是函数的返回值，由函数定义决定。下面给出常用的几个数学函数的"原型"，原型指明了函数的名字，参数个数和类型，以及返回值的类型：

```
double    sin(double x);              正弦函数 sin(x),x 取弧度单位
double    cos(double x);              余弦函数 cos(x),x 取弧度单位
double    tan(double x);              正切函数 tan(x),x 取弧度单位
double    asin(double x);             反正弦函数 arcsin(x),返回值取弧度单位
double    acos(double x);             反余弦函数 arccos(x),返回值取弧度单位
double    atan(double x);             反正切函数 arctan(x),返回值取弧度单位
double    fabs(double x);             绝对值函数|x|
double    pow(double x, double y);    指数函数 x^y
double    log(double x);              自然对数函数 ln x
double    log10(double x);            常用对数函数 log₁₀ x
double    sqrt(double x);             平方根函数 √x
```

> **评论：函数调用**
> 　　ANSI C 把函数调用也当成了运算符，多少有点勉强。其他运算符的运算数都是表
> 达式，而函数调用则不然。它的第一个运算符是函数名，因为 ANSI C 的数据类型包括
> 函数，所以函数名可以看做是表达式，而第二个运算符是参数表，可以为空，但不是表
> 达式。类似情况还有 sizeof 运算符，其运算数可以取类型名，类型名也不是表达式。

3.3.2　sizeof 运算符

　　sizeof 的运算数可以是（类型名）和表达式，能够计算某种类型的变量或者某个数
值所占用的字节个数。这个运算符可以用来明确数据类型、数值常量和表达式的类型，
例如：

```
sizeof(int)≡2(TC)或 4（VC）    说明 int 类型在 TC 和 VC 上分别占 2 个和 4 个字节
sizeof(-32768)≡4              -32768 的类型是 long
sizeof(1+2.3)≡8               表达式 1+2.3 是 double 类型
```

在程序中常用来取得正用的 C 语言实现中某种类型占用的字节数，以保证程序的可移植性。
还可以在申请动态分配内存时计算所需的内存数量。

> **编程经验：输出长度的宏**
> 　　在学习本章时经常需要用 sizeof 计算表达式的长度，为了简化调用 printf 函数，改
> 善程序输出，这里给出一条宏，关于宏的编写方法留待第 4 章介绍。
>
> ```
> #include<stdio.h>
> #define DSPSZ(x) printf("sizeof("#x")=%d\n",sizeof(x))
> int main()
> {  DSPSZ(-32768);      /*调用宏 DSPSZ 显示-32768 所占字节数*/
>    DSPSZ(1+2.3);       /*显示 1+2.3 所占字节数*/
>    return 0;
> }
> /*运行会话
> sizeof(-32768)=4
> sizeof(1+2.3)=8
> */
> ```

3.3.3　算术类运算符

所谓算术运算通常指的是四则运算，这里除了双目的算术组的 5 个运算符 +、–、*、/、%，还应包括单目组的 +、–、++、–－。

1．单目的 + 和 – 运算符

可以放在任何算术类型表达式之前，如果运算数是 char 或 short，则运算数先要进行整型升级。表达式 +e≡0+e，–e≡0–e。+e 运算首先要执行整数升格，所以 +e 可能不等同于 e。例如，

```
char  c='a';
printf("%d  %d \n",sizeof(c),sizeof(+c));
```

程序输出是：

```
1   2（TC）  或者  1  4 （VC）
```

单目的 "–" 通常认为是取相反的数，即取负运算。请注意，无符号整数都是非负数，如果 e 是无符号的，–e 仍然是无符号数，由于无符号数没有负数，所以 –e≡2^n–e，n 是 e 所占位数，即 n≡sizeof e×8。例如：

```
-1u≡65 535(=2¹⁶-1,TC)    或者   -1u≡4 294 967 295(=2³²-1,VC)
```

> **评论：单目 "–" 运算的实现**
> 　　对于浮点数，只需把它的机器表示中的符号位 s 反过来，1 变成 0，0 变成 1。对于整数，不管是有符号的还是无符号的，都要求出它的机器表示的补码。

2．自增运算符 ++ 和自减运算符 －－

它们都是单目运算符，其运算数可以是任何算术类型。它们可以放在运算数之前（前缀），也可以放在运算数之后（后缀）。它们除主作用之外，还有副作用，所以运算数只能是左值表达式。它们的主作用是取运算数的值作为表达式的值，副作用是使运算数加 1 或减 1。前缀和后缀的区别只在于主、副作用的次序：前缀——先副后主，后缀——先主后副。例如：

```
int  a=2,b=2,c=2,d=2,e,f,g,h;
e=++a;        /*a=3,e=3*/
f=b++;        /*b=3,f=2*/
g=--c;        /*c=1,g=1*/
h=d--;        /*d=1,h=2*/
```

++a，先副后主，首先使变量 a 的内容 2 加 1 变成 3，而后取 a 的值 3 作为表达式 ++a 的值。e=++a，把表达式 ++a 的值 3 赋给变量 e，于是 e 值为 3。

b++，先主后副，首先取 b 的值 2 作为表达式 b++ 的值，而后使变量 b 的内容 2 加 1 变成 3。f=b++，把表达式 b++ 的值 2 赋给变量 f，于是 f 值为 2。

> **注意：避免歧义性**
>
> 　　++和‒‒运算符都有主、副两种作用，正确使用往往会简化、缩短程序。但是它们经常会引起歧义性（ambiguity），例如：
>
> ```
> int a=2,b;
> b=++a + ++a + ++a;   /*b=15(TC),b=13(VC)*/
> ```
>
> =右端的表达式有 3 个前缀++和 2 个+运算，每个++都有副作用和主作用，TC 采取副、副、副、主、主、主、+、+的计算次序，所以结果等于 15，而 VC 采取的次序是副、副、主、主、+、副、主、+，结果等于 13。两种做法都符合 ANSI C 的规定，都是正确的，但结果不同。这种歧义性会导致"公说公有理，婆说婆有理"，而且还会破坏程序的可移植性。为避免歧义性，编程时要避免由副作用修改的左值在同一个表达式中出现多次。上面的语句应该写成：
>
> ```
> b=++a; b=b+ ++a; b=b+ ++a;   /*b=12(TC 和 VC)*/
> ```

　　表达式 a+++b，可以有 3 种解释：

```
a++ +b     后缀++,双目+
a+ ++b     双目+,前缀++
a+ + +b    双目+,单目+,单目+
```

但是 C 语言采取第一种。它在从左到右划分记号，采取长者优先的原则，力求先构成最长的运算符，不管结果是否正确。例如，它认为 a+++b 是正确的，而 a++b、a++++b、a+++++b 都是错误的，因为它先划分出 1 个或两个++之后，导致语法错误。

> **注意：++的含义**
>
> 　　程序片段：
>
> ```
> int a=2,b;
> b=-a++;
> printf("a=%d  b=%d\n",a,b);
> ```
>
> 显示结果为：
>
> ```
> a=3  b=-2
> ```
>
> 表达式‒a++中有两个运算符‒和++，都属于单目组，结合性从右到左，所以先算++再算‒，因此：
>
> ```
> -a++≡-(a++)
> ```
>
> 所谓"先算++"指的是：++作用在 a 上不是‒a 上，‒作用在表达式 a++的值上。计算 a++的值是++的主作用，所以表达式‒a++的值是‒2，先主后副，++的副作用使 a 变成 3。

3．双目算术运算符

　　双目算术运算符有乘*、除 /、取余%、加+、减‒。前三个优先级为 3，后两个优先级为 4，符合算术运算中"先乘除，后加减"的原则。

　　乘*、除/、加+、减‒这 4 个运算符的运算数可以是任何类型。计算时首先要用算术转换把两个运算数转换成某种公共类型，而后进行运算，结果类型为此公共类型。

对于除运算/，如果两个运算数都是整数类型，完成的是整数除法。当有一个运算数为负时，那么整数除法的商取决于实现。例如，–5/2 可以为–2 也可以为–3，TC 和 VC 都取–2。如果两个运算数中只要有一个是浮点类型，那么结果也是浮点类型。例如：

```
5/2≡2
5.0/2≡2.5    5/2.0≡2.5    5.0/2.0≡2.5
```

取余运算符%的两个运算数必须都是整型的，完成的是第 1 个运算数除以第 2 个运算数所得的余数，例如 5％3 的值为 2。如果 a、b 都是整数，但是其中至少有一个为负时，那么得到的余数取决于实现，但是无论 a、b 的正、负如何，下式总成立：

```
a/b*b+a%b≡a
```

在 TC 和 VC 容易验证下列结果：

```
–5/3≡–1    –5%3≡–2
5/–3≡–1    5%–3≡2
–5/–3≡1    –5%–3≡–2
```

只包含算术运算符的表达式称为算术表达式。在书写算术表达式的时候特别应注意同数学写法的区别，见表 3-3。

表 3-3　数学写法和算术表达式的区别

数学算式	C 语言算术表达式	数学算式	C 语言算术表达式
a×b–c	a*b–c	$3x^2+2x+1$	3*x*x+2*x+1
$\dfrac{ab}{c}$	a*b/c	$\dfrac{x}{y}+z$	x/y+z

> **注意：算术运算的错误**
>
> 因为在 C 语言里，只能用有限位来表示浮点数，往往会产生误差。例如，float 类型占 32 位，就是说 float 型的数最多有 4G（=2 的 32 次方）个。而数学中[0, 1]区间就有无穷多个实数。所以用有限多个浮点数表示无穷多个实数，在大多数情况下会有误差，通常不是精确数而是近似数。
>
> 四则运算中最严重的错误是 0 做除数，这时系统会强迫退出程序，并显示错误信息。此时操作员毫无办法。所以程序员在编写程序时在完成除法之前一定要检查除数是否为 0。保证除数非 0，是程序员的责任。
>
> 还有一种溢出（overflow），因为各种类型都有一个表示范围，其中最大数加 1，就溢出了，这时结果一定与正确结果相去甚远，但是系统不会指出。程序员应该对于计算结果有所估计，避免得到溢出错误。

4．赋值运算符

程序中使用最多的运算符可能是赋值运算符。没有赋值运算符，运算的结果就无法保留。一个赋值运算符构成一个赋值表达式，赋值表达式可以出现在任何允许出现表达式的地方。

  C 语言的赋值运算符有简单赋值运算符和复合赋值运算符之分。简单赋值运算符=, 使用形式是:

```
lv=e
```

lv 是左值表达式, e 是右值表达式, 首先计算 e, 然后将 e 的值转换成 lv 的类型, 送入 lv 中。此表达式的值就是 lv 的新值。例如, 若 a≡2, b≡1, 表达式 b=a+1 的计算是先计算 a+1 得 3, 送入 b, 于是 b 值变成 3, 此赋值表达式的值也是 3。

  C 语言有 10 个复合赋值运算符, 都是由=号和另一个运算符组成的:

```
+=   -=   *=   /=   %=   <<=   >>=   &=   ^=   |=
```

  这里以+=为例来讨论它们的使用方法:

```
lv+=e
```

可以读作"把表达式 e 的值加到左值 lv 上", 它的功能相当于下面的表达式:

```
lv=lv+(e)
```

  注意, 这里的括号保证了表达式 e 计算完了再把 e 的值加到 lv 上, 即使 e 中有低于+的运算符。上面两个表达式的唯一区别是前者只计算一次左值表达式。前一个表达式的好处是简短、易读、易于理解、出错的可能性更小。对于简单的情况, 如 a=a+1 和 a+=1, 二者差别不大。对于复杂的情况差别就很明显了, 例如:

```
a[(j-1)*f(i)*i+k]=a[(j-1)*f(i)*i+k]+1
a[(j-1)*f(i)*i+k]+=1
```

显然, 用第一个表达式, []中的数组元素的下标表达式需要书写两次, 而且由于编译程序不知道函数 f 是否有副作用, 不得不把下标表达式计算两次。而在第二个表达式中只写了一次下标表达式, 写起来简便, 运算起来效率也要高得多。

  赋值表达式的右端只需要一个右值表达式, 而赋值表达式本身也是右值表达式, 当然可以作为另一个赋值表达式的右端, 因此下面的连续赋值的赋值表达式是正确的: c=b=a+1。因为=的结合性是从右到左的, 所以它等价于 c=(b=a+1)。它要首先计算赋值表达式 b=a+1, b 得到 3 值, b=a+1 的值也为 3, 再赋给 c。最后结果 b 和 c 都被赋予 3。

  作为例题, 假定:

```
int  i,j,k,m,n;
i=j=k=m=n=3;              /*连续赋值,5 个变量赋值 3*/
```

  下面列出等价的表达式及表达式的取值:

```
i+=++j+3      ≡   i=i+(++j+3)      ≡ 10
k%=m=1+n/2    ≡   k=k%(m=(1+n/2))  ≡ 1
1+3*n+=7/5        错误!1+3*n 不是左值
1+3*(n+=7)/5  ≡   1+3*(n=n+7)/5    ≡ 7
(i=3*5)=4*3       错误!(i=3*5) 不是左值
```

3.3.4　指针类运算符

与指针变量相关的运算符有间接访问运算符*、地址运算符&、强制类型转换、加、减、关系运算符等，本章只介绍前 3 个。

1.　地址运算符&（address operator）

其运算数必须是左值——除数组之外的变量名，包括结构变量名、结构变量的成员名。运算结果是运算数的地址。例如：

```
int a=3,*pa;
pa=&a;
```

或者写成：

```
int a=3,*pa=&a;
```

首先定义了 int 型变量 a 和 int 型指针变量 pa，然后把变量 a 的地址赋予了 pa，这时说指针 pa 指向了变量 a。另外，因为指针变量也是变量，所以对于指针变量也可以执行地址运算，其结果是指针变量的地址，而存放指针变量地址的变量是指向指针变量的指针变量，不妨叫做二级指针。例如：

```
int a=3,*p=&a,**pp=&p;
```

用类似的办法还可以定义三级指针、四级指针等，只是未必有用处。

2.　间接访问运算符*（indirection operator）

其运算数只能是有效的指针变量或地址，运算结果是指针或地址所指向的对象，是左值。*和&是互逆的，在上面的例子里：

```
*&a≡3          &*p≡p≡&a
**pp≡*(*pp)≡*p≡a≡3
```

没有赋值的指针变量指向的是无效的内存位置，对它使用间接访问运算是错误的，后果不可预测。类似地，取值 NULL 的指针变量不指向任何有效位置，所以对它也不能执行间接访问。

3.　强制类型转换运算符

我们知道，所谓地址包括一个内存对象的物理地址值和此对象具有的数据类型。所谓地址的类型转换不改变地址值，只改变数据类型。地址的类型转换是不能自动完成的（除了 void * 类型的指针，见第 7 章），必须使用强制类型转换运算符。使用方法是：

　　（类型 *）指针变量名　　　或者　　　（类型 *）地址

其作用是将某种类型的地址转换成指定类型的地址。例如：

```
char c=0x41,*cp=&c;
long *lp;
lp=(long *)cp;
printf("0x%lx,%ld\n",*lp,*lp);
```

显示为:

```
0x1dffee41,58722293
```

本来 cp 指向字符变量 c，c 中装有 65(≡'A')。lp 是 long 型指针，它接受 cp 的值——c 的地址经过转换得到的 long 型地址。这时 lp 和 cp 中的地址的地址值相同只是类型不同，换句话说，lp 指向由 c 所在字节开始的 4 个字节构成的 long 型对象。但是除了第 0 个字节以外另 3 个字节都不知道，所以显示的 lp 指向的 long 的值是不确定的。关于 cp 和 lp 的关系如图 3-2 所示。

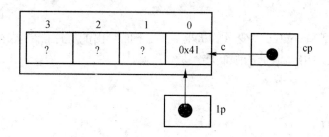

图 3-2 char 型指针 cp 和 long 型指针 lp

这个例子说明了地址的强制类型转换往往没有什么意义，除非程序员有特殊的考虑。请看下一个有意义的例子。

评论：关于表达式的名字

在 ANSI C 标准和所有教科书中，经常提到表达式的名字。表达式名字可以分为两种：一种说的是运算符的名字，如算术表达式、赋值表达式、关系表达式、逻辑表达式等。但是在一个表达式里往往有多个不同的运算符，那么表达式的名字就用优先级最低的那个运算符（也就是最后计算的那个运算符）的名字，例如：a=b+c 叫做赋值表达式。这样的名字作用不大，因为在 C 语言的语法里不大区分这种表达式。另一种表达式的名字指的是表达式的值，如常量表达式、整型表达式等，这种名字意义更大一些，比如定义数组时数组的长度要求是整型常量表达式，而 switch 语句要求整型表达式。

例 3-1 显示 float 类型所能表示的最大正值和最小正值的机器表示。第 2 章说过，在 C 语言实现的头文件 float.h 中符号常量 FLT_MAX 和 FLT_MIN 分别指明了该实现的 float 类型所能表示的最大正值和最小正值。本例题就是要用地址的强制类型转换的办法来显示它们的机器表示。

```
#include<stdio.h>
#include<float.h>
int main()
{  float max=FLT_MAX,min=FLT_MIN;                  /*定义 float 型变量 MAX 和 MIN*/
   printf("%e=%#010lx\n",max,*(long*)&max); /*显示 MAX 及其机器表示*/
   printf("%e=%#010lx\n",min,*(long*)&min); /*显示 NIN 及其机器表示*/
   return 0;
}
/*                                        运行会话
3.40282e+38=0x7f7fffff                    FLT_MAX 及其机器表示
```

```
1.17549e-38=0x00800000                    FLT_NIN 及其机器表示
*/
```

关于程序中的 printf 的格式控制字符串将在第 4 章讨论，现在来看表达式*（long*）
&max：

&max：是 float 型的变量 max 的地址。

（long*）&max：将 max 的地址转换成 long 型的地址，这个地址还是指向 max，只是
把 max 的 4 个字节当做 long。

（long）&max：就是取出那 4 个字节作为 long 来解释，用十六进制显示实际上显示
了 max 的机器表示。

例3-2   float 型和 double 型变量的机器表示。下面给出的程序能够显示 float 型和 double
型的机器表示，其中用到地址的强制转换。

```c
#include<stdio.h>
int main()
{  float a=10.375f;
   double b=10.375;
   printf("a=%ff=%#010lx\n",a,*(long*)&a);
   printf("b=%lf=%#010lx%08lx\n",b,*((long*)&b+1),*(long*)&b);
   return 0;
}
/*
a=10.375000f=0x41260000
b=10.375000=0x4024c000 00000000
*/
```

本程序显示了 float 型变量 a 和 double 型变量 b 的机器表示，其中用到了类型转换：

（long）&a：把 a 的 4 字节的机器表示按 long 型解释。

（long）&b：把 b 的 8 字节的机器表示中的低阶 4 字节按 long 型解释。

（（long）&b+1）：把 b 的 8 字节的机器表示中的高阶 4 字节按 long 型解释。

在第 7 章，会看到"一个*等价于一个[]"的说法，就是说：

```
*(long*)&a≡((long*)&a)[0]
*(long*)&b≡((long*)&b)[0]
*((long*)&b+1)≡((long*)&b)[1]
```

习   题   3

3-1   假设有声明"int a=10，b=5;"，计算下列表达式的值。

（1）(a+b)/4*2

（2）a++*b--

（3）a=a*=b

（4）a+b/3–b%3

（5）a/4.0–a/4*a++

（6）(int)4.89+7%2–5

3-2　假定有声明"int c;float d;"，说出下列表达式值的数据类型。

（1）'r'–1;

（2）123+'8'–48;

（3）(int)3.45*5/3;

（4）78.6–fabs('a'–'u')+(float)(4.5);

（5）(long)c–d;

（6）c=d+4;

（7）d=2*c+8/3–c++;

（8）c+=d+2U;

（9）"1234567"

（10）"you" + 2

3-3　将下列数学式子写成 C 表达式：

（1）ab+cd

（2）$\dfrac{a-b}{|a+b|}+\dfrac{cd}{|c+d|}$

（3）$F=\dfrac{2PR}{P+R}$

（4）$S=\pi r^2+2\pi rh$

（5）$\dfrac{1}{2}\sqrt{a^2+b^2-4ac}$

3-4　在下面表达式的计算过程中，在什么地方将发生类型转换，各个转换是从什么类型转换到什么类型，表达式计算的结果是什么？

（1）3 * (2L + 4.5f)–012 + 44

（2）sqrt(34) + 0x2AF

（3）6 *27L + 1526–2.4L

3-5　写出下列程序的输出结果，并上机验证你的答案：

```c
#include<stdio.h>
int main()
{ int a=5,b,c;
  float ave;
  b=++a;
  c=b--+a;
  ave=(a+b+c)/3;
  printf("ave=%f\n",ave);
  return 0;
}
```

3-6　已知铁的比重是 7.86g/mm^3，金的比重是 19.3g/mm^3。编写程序，分别计算出直径为 100mm 和 150mm 的铁球与金球的重量。

第4章

编程初步

学习 C 语言的目的就是为了编写程序，我们从本章开始学习如何编写程序。本章首先介绍作为程序的主要部件——语句，其次介绍在程序中必须使用的预处理命令，以及 4 个输入输出函数，最后给出几个简单的"顺序结构"程序的例子。

4.1　语句

前面两章介绍了数据（包括变量和常量）和运算符，它们不能独立存在，它们的作用只有构成表达式。同样，表达式也不能独立存在，只能作为语句（statement）的组成部分而存在。我们知道，函数中除了声明就是语句，声明也是为语句服务的。C 语言只有 4 种语句。

4.1.1　空语句

C 语言中最简单的语句就是空语句（null statement），只是一个分号而已。空语句什么都不做，但有时候却是必不可少的。它往往出现在语法上需要一个语句但又不需要做任何事情的地方，没有它就会出现语法错误。在第 5 章将给出含有空语句的例子。

4.1.2　表达式语句

在任何表达式之后加一个分号，就构成了一个表达式语句。例如，下面是 6 个正确的表达式语句：

```
c=a+b;
i++;
y=sqrt(x);
scanf("%d",&n);
a+b;
fabs(x);
```

前 3 个是有效的语句，因为它们含有有副作用的运算符，所以能改变某个变量的内容。注意 1、3 两句是由赋值表达式构成的表达式语句，简称为赋值语句。

第 4 个语句也是有效的,这是一个由函数调用表达式构成的表达式语句,简称为函数调用语句。虽然没有利用函数的返回值,但是此函数调用有副作用——改变了 n 的值。后两个都是无效的语句,因为其中的表达式的运算符没有副作用。这样的语句可以从程序中删除而不会影响程序的执行。

C 语言把作为函数调用的()当做运算符,所以函数调用也就看做是表达式。从而函数调用后接分号构成了表达式语句。即使此函数调用没有返回值,C 语言把它说成是返回 void 类型的值。另外除返回值外,在函数内还可能改变某些变量的值。所以说有副作用的运算符有自增、自减和赋值,而函数调用有无副作用取决于函数定义。

4.1.3　复合语句

复合语句(compound statement)也叫做语句块(block)或块,是由一对花括号包围的若干条声明和语句组成的,其作用是把花括号之内的所有声明和语句捆绑起来作为一个整体,可以出现在只允许一个语句出现的任何地方。例如:

```
int a=5,b=3;
…
if(a>b)          /*如果 a>b,则交换之*/
{ int t;         /*定义本块的局部变量 t*/
  t=a;
  a=b;
  b=t;
}
```

在这个例子里,假定 a 和 b 都是已有初值的 int 型的变量,打算把它们整理成 a 装它们中的较小者,b 装较大者。那么下面要做的是比较它们,如果 a 大于 b 就交换它们。但是用于比较的 if 语句的格式是:

```
if(条件) 语句
```

这里的条件是 a>b,如果满足则执行后面的语句,但是交换 a 和 b 需要 3 条语句和一个中间变量,所以这里把它们捆绑成一个复合语句,当做一个语句使用。

在复合语句里可以有变量声明,声明的变量“局部”于本块,换句话说,t 只能用在它的定义处到块尾。复合语句可以嵌套的,比如上面的 if 语句必定位于某个块(很可能是作为 main 函数体的块)之内。

在 C 语言程序中每个块都可以定义自己的局部变量,但是人们通常不喜欢这样做,而是把所有变量定义放在外层块的开始处。例如,下面的写法等价于上面的写法:

```
int a=5,b=3,t;          /*把 t 的定义挪到外层*/
…
if(a>b)
{ t=a; a=b; b=t;        /*在一行上写出 3 个语句*/
}
```

4.1.4　逗号运算符

在 45 个运算符中逗号运算符优先级最低（15），它是双目运算符，能构成逗号表达式：

表达式 1, 表达式 2

结合性是从左到右。它的功能是从左到右依次计算两个表达式，整个逗号表达式的值是表达式 2 的值。把一个逗号表达式当做一个表达式，放在另一个逗号表达式中，可以得到有 3 个表达式运算数的逗号表达式，依此类推可以得到任意多个表达式运算数的逗号表达式：

表达式 1, 表达式 2, …, 表达式 n

这个表达式的计算过程是，计算表达式 1，再计算表达式 2，如此继续，最后计算表达式 n，表达式 n 的值就是整个逗号表达式的值。

逗号表达式的作用就是把多个表达式捆绑成一个表达式，这样它就可以出现在只允许一个表达式出现的地方。例如，表达式语句就是一个表达式后接一个分号，逗号表达式后接一个分号同样得到一个表达式语句，这个"逗号表达式语句"当然可以出现在只允许出现一个语句的地方，可以代替只含表达式语句的复合语句。例如下面写法省去一对花括号，显得更紧凑。

```
if(a>b)t=a, a=b, b=t;
```

另外，在下面研究的控制语句中，所有需要一个表达式的地方都可以使用逗号表达式，需要一个语句的地方都可以使用逗号表达式语句。

4.1.5　控制语句

如果 C 语言只有前面介绍的 3 种语句，那么程序只能一个语句一个语句地顺序执行。这样一来程序每次执行都只做同样的事情。而且程序会非常非常长，即使有上万行也会很快执行完。所以 C 语言定义了一些控制语句，能够控制语句执行的次序。控制语句是用关键字区分的，C 语言包含以下 10 个控制语句：if 语句、switch 语句、while 语句、do 语句、for 语句、break 语句、continue 语句、exit 语句、return 语句、goto 语句。第 5 章将详细介绍它们。

4.2　预处理命令

一个 C 语言程序除了包含 C 的声明和语句之外还会包含一些预处理命令，例如 #include<stdio.h>。预处理命令的特点是：必须独占一行，必须开始于井号（#），而且末尾不需要结束的分号（;）。预处理命令有三种：定义宏、文件纳入和条件编译。C 编译程序负责把 C 语言源程序翻译成二进制的目标程序，整个编译分成几个阶段，其中第一个阶段就是预处理。预处理阶段的任务是对 C 源程序进行一些正文处理使之成为不含预处理命令的 C 语言源程序。

4.2.1　定义宏命令#define

定义宏预处理命令有两种形式：

1. 定义无参数的宏

#define　宏名　等价正文

这里的宏名是一个标识符，为便于区分，通常用大写。等价正文有任意多个字符，往往是一个常量或一个表达式。这条预处理命令的意义是给等价正文起一个名字，而后就可以在程序中用此名字代表等价正文，这叫做宏调用。编译程序在预处理阶段会把所有宏名用其代表的等价正文代换之。正文代换叫做宏展开，宏展开时不做语法检查，也不做任何计算。例如：

```
#define  PI  3.14159
#define  TWO_PI  2*PI
#define  ASIZE  sizeof(a)
```

然后在程序中可以这样调用这三个宏：

```
len=TWO_PI*r;
area=PI*r*r;
printf("size of a=%d\n",ASIZE);
```

第 1 条宏调用需要两次代换，第 1 次用 2*PI 代替 TWO_PI，第 2 次用 3.14159 代替 PI，结果为：

```
len=2*3.14159*r;
```

第 2 条将展开成：

```
area=3.14159*r*r;
```

第 3 条将展开成：

```
printf("size of a=\n",sizeof(a));
```

2. 定义有参数的宏

#define 宏名(形参表)　等价正文

形参表中可以有任意多个用逗号隔开的参数，它们一般都会出现在等价正文中。在宏调用时要给出对应的实参表，宏展开时会把等价正文中的所有形参用对应实参代替之。

例如：求平方的宏定义。

```
#define SQUARE(x)  x*x
```

宏调用:

```
s=SQUARE(5);
```

将被代换成:

```
s=5*5;
```

定义宏时要注意:宏名与左括号之间不得有空格,不然就会当成第 1 种形式,而形参表也成了等价正文的一部分了。如果宏定义写成了:

```
#define SQUARE (x) x*x
```

那么同一个宏调用 s=SQUARE(5);就会展开成:

```
s=(x) x*x(5);
```

下一步编译程序就会发现错误。

还是这个宏定义,宏调用:

```
s=SQUARE(5+1);
```

将被代换成:

```
s=5+1*5+1;
```

显然错误。如果把宏定义重写成:

```
#define SQUARE(x)  (x)*(x)
```

那么上面的宏调用就能正确地被代换成:

```
s=(5+1)*(5+1);
```

如果把此宏定义用于计算压强:

```
p=f/SQUARE(a);
```

将被代换成:

```
p=f/(a)*(a);
```

这显然不是程序员的目的。为此再次修改宏定义成:

```
#define SQUARE(x)  ((x)*(x))
```

于是上面的宏调用就被正确地代换成:

```
p=f/((a)*(a));
```

从而得出结论:编译程序在宏替换时只做正文代换,不做任何计算。在用有参数的宏表示一个表达式时,在等价正文中要给每个形参加上括号,还要给整个表达式加上括号。

例 4-1　宏的陷阱。在计算机等级考试中经常有这样的题目，写出以下程序的输出结果：

```
#include<stdio.h>
#define ADD(x,y) x+y
int main()
{ int a=15,b=10,c=20,d=5;
  printf("%d\n",ADD(a,b)/ADD(c,d));
  return 0;
}
```

这里定义的有参数的宏 ADD 没有给参数和表达式加括号，这是一个陷阱。如果认为：

ADD(a,b)≡ADD(15,10)≡15+10≡25
ADD(c,d)≡ADD(20,5)≡25

就会得出 1 的错误结果。正确的对策就是首先老老实实地做正文代换不做计算，得到预处理后的结果：

```
printf("%d\n",a+b/c+d);
```

这时再计算，容易得到结果 15+10/20+5≡15+0+5≡20，所以程序输出结果是 20。

例 4-2　简化输入。在程序开始时都会输入一些数据，比如从键盘读入一个整数赋给 int 型变量 n，通常要先显示一个提示，然后再读输入：

```
printf("n :"); scanf("%d",&n);
```

为简化程序，下面这样定义一个宏：

```
#define READI(x)  printf("x :"); scanf("%d",&x)
```

程序中调用此宏"READI(n);"读变量 n，执行时运行会话是：

```
x : 5
```

变量 n 确实得到了值 5，但是显示的提示不是实参 n 而是形参 x。这说明宏展开时不代换字符串中的形参。为解决这个问题，ANSI C 增加了一个预处理运算符#，称为构串运算符（stringizing operator），它用在等价正文中放在形式参数的前面，指示预处理要用实参代换此形参，代换后再在实参两侧加上双引号。下面改写宏定义：

```
#define READI(x) printf(#x":"); scanf("%d",&x)
```

于是宏调用：

```
READI(n);
```

被代换成：

```
printf("n"" : "); scanf("%d",&n);
```

ANSI C 规定连续放置的两个字符串将自动衔接起来。这样就得到：

```
printf("n :"); scanf("%d",&n);
```

前面说过，预处理命令只能放在一行上，而且等价正文可以有任意多个字符，这是一个矛盾。为此 C 语言利用反斜杠作为预处理命令的续行符，使一条预处理命令可以连续占据几行。例如：

```
#define READI(x) printf(#x":"); \
                 scanf("%d",&x)
```

另外，ANSI C 还增加一个预处理运算符##，叫做合并运算符（merging operater），放在等价正文中的两个形式参数之间或者一个记号和一个形参之间，指示预处理程序在参数替换之后将两个实参或者记号和实参连成一体。例如，定义了宏：

```
#define mul(i,j)  z##i##j=x##i*y##j
```

那么宏调用：

```
mul(1,2);
```

将展开成：

```
z12=x1*y2;
```

4.2.2　文件纳入命令#include

ANSI C 规定 C 语言实现必须包含所有标准函数，供应用程序调用。但是在调用之前应用程序必须给出被调函数的原型。因为标准函数的数量太多，让程序员写出它们的原型实在太困难了。为此 C 语言中把它们的原型分门别类地集中到一些头文件中。例如，头文件 stdio.h 就含所有标准输入输出函数的原型，而 math.h 就集中了所有数学函数的原型。此外头文件还可能定义了一些宏和符号常量。只要你使用了其中的函数、宏和符号常量，你就应该用#include 预处理命令把相应的头文件纳入到你的程序中。

另外，#include 预处理命令也可以用来纳入程序员自己的头文件。每个程序员可能都会按照自己的需要和爱好积累一些宏，为了免除把它们的定义抄录到每个程序的开头处的麻烦，应该把它们组织到几个头文件中，再在程序中用#include 命令把头文件纳入到程序中。

对于以上两种情况，#include 预处理命令有两种形式：

#include<头文件名>

和

#include "头文件名"

这里的头文件名通常不包含头文件的路径名，使用的文件类型为.h。

第一种形式表示，预处理只在 C 编译器的标准头文件目录（目录名通常为 include）中查找要纳入的头文件，找到后把它的内容全部抄录到源程序中取代本条命令。

第二种形式要求预处理先在源文件所在的当前目录（往往是程序员的私有目录）中查找，如果没有找到再到标准头文件目录中查找。

当然可以在所有情况下总使用第二种形式，但是这样做有缺点。首先对于标准头文件先查找当前目录，浪费了预处理时间。其次，尖括号和双引号可以看做是区分标准头文件和私有头文件的标志，都用双引号就难以区分了，也就降低了程序的可读性。

需要指出的是，如果在上面两种形式的头文件名处使用了全路径名，如 #include"C:\zyl\myio.h"，就直接按此路径查找，不再涉及标准头文件目录和当前目录。

请注意，文件纳入命令允许嵌套，就是说允许在头文件中用 #include 要求纳入别的头文件。

4.2.3   条件编译命令#if

条件编译允许选择编译或者不编译源文件中某些段落。这样一来，可以从一个源程序生成多个版本的可执行程序，以适应多方面的需求。

30 年前编写程序往往使用批处理方式的计算机系统，程序员不能接触计算机，他要把准备好的含有程序和数据的介质（纸带或穿孔卡片）交给机房，执行过后机房会把印有执行结果的打印纸交给程序员。程序员只能根据打印纸上的信息判断程序执行正确与否，如果有错，还要找出错在哪里。当时的程序员唯一的排错手段叫做抽样打印（snap-shot），就是在程序中适当位置插入打印语句，印出关键变量当时的值。（时至今日，有些大师们仍然认为这种方法是最好的排错方法[2]）这样一来，程序就有了两个版本：原版和排错版。利用条件编译可以把两个版本合二而一。

最简单的条件编译结构是：

```
#if   常量表达式
      程序片段
#endif
```

这里#if 和#endif 都是预处理命令，常量表达式只能包含立即数常量或由#define 定义的符号常量；程序片段可以包含任意多条预处理命令、声明和语句。#endif 结束了此条件编译结构。对于排错的情况，可以在程序中这样安排：

```
#define DEBUG   0 或 1
...
#if DEBUG
    printf("%s %d,%s%s,n=%d a=%.2f\n",_FILE_,_LINE_,_DATE_,_TIME_,n,a);
#endif
...
```

这里的"_FILE_,_LINE_,_DATE_,_TIME_"是预处理定义的符号，表示被编译的文件名、所在行行号、编译的日期和时间，其中行号是整数型常量，其余三个都是字符串常量。这里的 printf 语句的显示可能类似于：

```
PROGRAM.C 16,Dec 06 2008,18:27:33, n=123  a=4567.79
```

上面的结构只有两种选择——执行程序片段或者不执行，更一般的结构可以给出多种选择。例如，一个应用程序要面对多个用户集团，不同集团的需求只有微小的差别，我们只需编写一份源程序，其中用条件编译手段为不同集团选取不同的段落。这时的程序结构可以是：

```
#define USER_GROUP  1 或其他正整数
#if  USER_GROUP==1
    集团 1 相关段落
#elif  USER_GROUP==2
    集团 2 相关段落
#else
    其他集团相关段落
#endif
    程序其余部分
```

在程序开始处，要指定用户集团编号，在条件编译结构中要根据此编号选择相应段落编译之。

预处理在处理#if 时要计算常量表达式的值，再根据其真、假决定取舍。其实预处理还有判定某符号是否定义过的能力。判定符号是否定义可以采取以下形式之一：

（1）#if defined（符号）：符号有定义为真。

（2）#if !defined（符号）：符号无定义为真。

（3）#ifdef 符号：符号有定义为真。

（4）#ifndef 符号：符号无定义为真。

因为文件纳入允许嵌套，搞不好有可能造成无限递归，所以在所有的头文件中首先要判断本文件是否被纳入过，如果没有则纳入之，不然则跳过。下面是 stdio.h 的基本结构：

```
#if  !defined(__STDIO_DEF_)
#define  __STDIO_DEF_
…stdio.h 文件的全部内容…
#endif
```

这个文件刚开始就判断_STDIO_DEF 是否定义过。如果没有，就先定义它，而后给出 stdio.h 的全部内容，所以说_STDIO_DEF 标志着 stdio.h 是否是首次纳入。注意，虽然这里把_STDIO_DEF 定义成空，但毕竟定义过。如果已经定义过，说明 stdio.h 已经纳入过，不再重复纳入。

例 4-3 建立私有头文件。在编程过程中总感觉 scanf()和 printf()用起来比较麻烦，下面编写两条宏，并把它们写进头文件 myio.h 中，就可以解决这个问题：

```
#if  !defined(_MYIO_DEF_)
#define  _MYIO_DEF_
#include<stdio.h>
#define READ(x,t)  printf(#x"(%%"#t"):");scanf("%"#t,&x)
#define WRITE(x,t)  printf(#x"(%%"#t")=%"#t"\n",x)
```

```
    #endif
```

在这个头文件里，也用符号名_MYIO_DEF_表明本文件是否纳入过。这里包含一条纳入 stdio.h 的纳入预处理命令，由于 stdio.h 的结构，避免了重复纳入的可能。本文件主体是定义了两条宏，一条定义了宏 READ，能够以格式符%t 读取输入到变量 x；另一条宏 WRITE 能够用%t 格式显示变量 x。下面给出一个测试上述定义的宏的程序：

```
/*4_3.c 测试宏 READ 和 WRITE */
#include "myhfile.h"
int main()
{ int a;
  float b;
  READ(a,d);
  READ(b,f);
  WRITE(a,05d);
  WRITE(b,10.2f);
  WRITE(sizeof(b),d);
  WRITE(b,-10.2f|);
  return 0;
}
/*                              运行会话
a(%d) : 123                     以格式说明%d 读取变量 a
b(%f) : 345.6789                以格式说明%f 读取变量 b
a(%05d) = 00123                 以格式说明%5d 显示变量 a
b(%10.2f) =     345.68          以格式说明%10.2f 显示变量 b
sizeof(b)(%d) = 4               以格式说明%d 显示 sizeof(b)
b(%-10.2f|) = 345.68     |      以格式说明%-10.2f|显示变量 b
*/
```

4.3 格式化输入和输出

简单说来，一个程序都包括 3 个部分：输入、计算、输出。没有输入输出，就写不出完整的程序。人靠衣服马靠鞍，程序的好坏在很大程度上表现在它的输入输出上。输入输出首先要正确，其次要易读，还要美观清晰。与其他高级语言不同（如 PASCAL、BASIC），C 语言没有专门的输入输出语句，ANSI C 定义了一些标准的输入输出函数，可以用在所有的 C 语言实现上。这些函数分成两类：格式化的和非格式化的。

计算机的 CPU 同键盘和显示器之间传送的只有字符。因为 PC 使用的是 ASCII 代码标准，所以在键盘上按一下 1 键，CPU 接收到的不是数值 1 而是 49——1 字符的 ASCII 代码。反之，CPU 把数值 1 送往显示器，屏幕出现的不是 1 而是一个笑脸☺，只有送一个 49 屏幕才会显示 1。为了接收和显示数值，程序需要做一些转换工作。所谓的格式化包括这些转换工作，还包括一些输入输出方面的简化和美化工作。

下面先来介绍前面例题都用到的两个函数：scanf 和 printf，它们是格式化的输入输出函数，使用最广泛，功能最强大。而后再介绍读写字符用的非格式化输入输出函数 getchar 和 putchar。

4.3.1 格式化输出函数 printf

printf 函数可以按照指定格式一次输出多个不同类型的数据到输出设备（默认是显示器），它的用法是：

printf(格式控制串, 输出参数表)

格式控制串中包含了若干个从%开始到转换字母为止的格式指定符，它们依次对应于输出参数表中的参数，规定了对应参数的显示格式。%和转换字母之间可以嵌有几个修饰符，进一步描述显示的格式。

1. 格式控制串

表 4-1 给出了常用的转换字母和修饰符。

表 4-1　printf 函数的常用的转换字母和修饰符

转换字母	含　义	数据类型	适用的修饰符	
d 或 i	以十进制显示 int 类型整数	int	h	表示 short int 型整数
u	以十进制显示 unsigned int 类型整数		l	表示 long int 型整数
o	以八进制显示 int 类型整数		宽度 m	取正整数，指明显示数据占用的屏幕宽度
x 或 X	以十六进制显示 int 类型整数，x 表示用 a~f 代表超过 9 的数字，X 表示用 A~F		–	靠左对齐
			0	当 m 大于显示数据的实际位数时用 0 填充多余空位
f	以小数形式输出 float 或 double 型数值	float	l	表示 ldouble 型浮点数
e 或 E	以指数形式输出 float 或 double 型数值，用 e 时指数符号用小写"e"，用 E 时指数符号用大写"E"		L	表示 long double 型浮点数
g 或 G	选用%f 或者%e 格式，当指数小于–4 或者大于等于指定精度（默认值为 6）时采用 %e 格式，否则采用%f 格式。不输出无意义的零，用 G 时若以指数形式输出则指数符号用大写"E"		精度.n	取非负整数，指明显示的小数位数
			宽度 m	同上
			–	同上
			0	同上
c	输出单个字符	char	宽度 m	同上
			–	同上
s	输出字符串	char *	精度.n	取非负整数，指明只显示字符串的前 n 个字符
			宽度 m	同上
			–	同上

格式控制串除包含格式指定符外还可以包含普通字符（包括转义字符），这些字符将原样输出。例如：

```
int  s=1234;
printf("sum=%d\n",s);
```

屏幕显示为：

```
sum=1234
```

此处的"sum=%d\n"是格式控制字符串，其中的%d 是一个格式指定符，对应于输出参数表中的唯一参数 s，意为把 s 的值 1234 当做 signed int 型数值以十进制显示到屏幕上。如果格式控制字符串改为"sum=%6d\n"，屏幕显示就变成：

```
sum=  1234
```

格式串中的格式指定符是%6d，d 是转换字母，6 是修饰符，指明显示的数值在屏幕上宽度为 6，如果数值不足 6 位用空格填充；如果 sum 超过 6 位，宽度不起作用。

编程经验：提示信息

　在显示数据时利用格式控制串中的普通字符给数据增加一些提示信息，是一种良好的习惯，使操作员很容易知道显示的是什么数据。

下面将分别介绍整数、实数及字符数据的格式化输出方法。

2．输出整数数据

利用 printf 函数可以显示各种长度的正、负整数，还可以按照十进制、八进制和十六进制显示。例如：

```
int i=4660;
printf("i=%d=%o=%x=%#o=%#x\n",i,i,i,i,i);
```

运行结果如下：

```
i=4660=11064=1234=011064=0x1234
```

分别显示出 i 的十进制、八进制和十六进制形式。控制串的最后一个是转义字符'\n'，输出一个回车换行，使得下一次输出结果可以在显示器屏幕上另起一行显示。格式修饰符#放在%和格式指定符 o 与 x 之间，作用是给显示的八进制数和十六进制数加上前缀 0和 0x。

再例如：

```
int j=-1;
printf("j=%d=%u=%o=%x\n",j,j,j,j);
```

在 TC 和 VC 中的运行结果如下：

```
j=-1=65535=1777777=ffff                    (TC)
j=-1=4294967295=37777777777=ffffffff       (VC)s
```

这些转换字母都适合于显示 int 型和 unsigned int 型的数值，上面对 printf 的调用交给
printf 的信息有格式控制串和变量 j 值的 4 份机器表示，没有 j 的类型方面的信息。printf
按照格式指定符%d、%u、%o、%x 的指示，把第一个机器表示当做 int 型数值以十进制显
示，把第二个机器表示当做 unsigned int 型数值以十进制显示，把后两个机器表示分别以八
进制和十六进制显示出来。

在%和控制字符之间还可以加一些修饰符来实现更加丰富的格式输出。例如：

```
int i=4660,j=-1;
printf("i=%6d,i=%3d,i=%-6d,i=%06d,j=%3d\n",i,i,i,i,j);
```

的运行结果如下：

```
i=  4660,i=4660,i=4660  ,i=004660,j= -1
```

再如：

```
long a=0x12345678;
short b=0xabcd;
printf("a=%hx,b=%lx\n",a,b);
```

的运行结果如下：

```
a=5678,b=abcd1234    （TC）
a=5678,b=ffffabcd    （VC）
```

这个结果显然是错误的，错就错在格式指定符与后面的输出参数不对应：a 是 long 型的，
它的格式指定符只能用%ld、%lu、%lx 或者%lo，而 b 是 short 型的，格式指定符只能是
%hd、%hu、%hx 或者%ho。

3. 输出浮点数据

浮点数的输出格式有两种：小数形式和指数形式。默认情况下，输出的浮点数保留 6
位小数。小数位数还可以用修饰字符规定。例如：

```
float f=123.45;  double d=12345678.9;
printf("f=%f=%e=%g\n",f,f,f);
printf("d=%f=%e=%g\n",d,d,d);
```

运行结果如下：

```
f=123.449997=1.23450e+02=123.45                （TC）
d=12345678.900000=1.23457e+07=1.23457e+07
f=123.449997=1.234500e+002=123.45              （VC）
d=12345678.900000=1.234568e+007=1.23457e+007
```

f 的输出值之所以是 123.44997，是由于常数 123.45 是 double 类型，赋给 float 类型的
f 时会产生误差。默认情况下显示 6 位小数，注意一个例外：在 TC 上以%e 格式输出时显
示 6 位有效数字。

下面来看%g 的情况：

```
float x=123400 ,y=0.0005678;
```

```
printf("%g %g %g\t %g %g %g\n",x,x*10,x*100,y,y/10,y/100);
```

屏幕显示为：

```
123400 1234000 1.234e+07     0.0005678 5.678e-05 5.678e-06   (TC)
123400 1.234e+006 1.234e+007  0.0005678 5.678e-005 5.678e-006 (VC)
```

在 TC 上指数大于 6 或小于–4 时采取%e 格式，而在 VC 上指数大于 5 或者小于–4 就采用
%e 格式了。

同样，输出浮点数时，在%和控制字符之间也可以加一些修饰字符。例如：执行以下
2 条语句：

```
float f=1234.5678;
printf("f=%12.3f=%-12.3f=%12.1f\n",f,f,f);
printf("f=%12.3e=%-12.3e=%12.1e\n",f,f,f);
```

屏幕显示为：

```
f=    1234.568=1234.568    =       1234.6   (TC)
f=    1.23e+03=1.23e+03    =       1e+03
f=    1234.568=1234.568    =       1234.6   (VC)
f=    .235e+003=1.235e+003 =      1.2e+003
```

可见格式控制符 m 表示包含小数点和指数符号在内的所有数据占用的列宽，n 指定了
显示小数位数，只有对于 TC 的%e 格式显示的是有效数字的位数。

%f 要求输出参数是 float 或者 double，这是因为 float 的输入参数将自动转换成 double。
为与 scanf 保持一致，%lf 也可用于 double 型，而%Lf 用于 long double 型。

4．输出字符数据

利用 printf 函数可以输出单个或整串字符。例如：

```
printf("|%s|%8.3s|%-8.2s|%8c|\n","12345" ,"12345" ,"12345",'!');
```

屏幕显示为：

```
|12345|     123|12      |       !|
```

5．在宽度和精度修饰符中使用*

宽度修饰符可取正整数，可以用在所有数据的显示中，而精度修饰符可取非负整数，
主要用在浮点数和字符串的显示中。其实它们都可以取*，表示它们的数值取自后面的对应
的输出参数。例如：

```
printf("%*.*s\n",8,3,"12345");≡ printf("%8.3s\n","12345");
```

上面两个语句完全等价，但是在第 1 个语句中作为输出参数的 8 和 3 可以用变量替换，这
样往往能够简化程序的编写。这是一个强大的功能，但是大多数教材没有介绍。

例 4-4　输出练习。读取正整数 m 和 n，要求在一行上显示 m 个空格和数字 12…n。

```
/* 4_4.c 输出练习*/
#include<stdio.h>
```

```
int main()
{ int m,n;
  printf("m,n:");                              /*显示提示*/
  scanf("%d%d",&m,&n);                         /*读取 m 和 n*/
  printf("%*.*s\n",m+n,n,"123456789");         /*显示 12…n,宽度为 m+n*/
  return 0;
}
/*                                             运行会话
m,n:3 4                                        读取 m=3,n=4
   1234                                        从第 3 个位置开始显示 1234
*/
```

4.3.2 格式化输入函数 scanf

scanf 函数的功能可以从输入设备（默认是键盘）读取各种类型的数据，它的调用形式如下：

scanf（格式控制串,输入参数表）

格式控制串包含若干个从%开始的、到转换字母为止的格式指定符，它们同输入参数表中的内存对象的地址一一对应，它们决定了对于键入数据的转换方法。例如语句：

scanf("%f",&r);

的作用是从键盘读取数值送入到 float 类型的变量 r 中。"%f"是格式控制字符串，表示输入的数要送入 float 类型的变量中。&r 是用地址运算符"&"对 r 取地址，表示输入的数据将送入变量 r 中。注意这里的"&"符号不能丢，就像寄信一样必须在信封上写下收信人的地址一样。

1. 格式控制串

printf 函数是按照格式控制串输出数据，scanf 则必须按照格式控制串读取数据，例如将上述语句改为 scanf("r=%f",&r);，则输入数据时必须输入 r=3.5，仅仅输入数据 3.5 是非法的。与 printf 函数相似，scanf 也有类型转换字母和修饰符，详见表 4-2，含义与 printf 函数的类似。

表 4-2　常用 scanf 控制字符

转换字母	含　义	默认对象类型	可用的修饰符	
d 或 u	以十进制输入整数		h	加在转换字母前将输入对象类型改为 short int
x 或 X	以十六进制输入整数			
o	以八进制输入整数	int	l	加在转换字母前将输入对象类型改为 long int
i	以十、十六或八进制输入整数		宽度	指定输入数据占用的宽度
			*	抑制传送
f, e, E, g, G	以小数或指数形式输入浮点数	float	l	加在转换字母前将输入对象类型改为 double
			L	加在转换字母前将输入对象类型改为 long double
			宽度 和 *,同上	
s,	输入字符串	char [ ]	宽度 和 *,同上	
c	输入单个字符	char	宽度 和 *,同上	

利用一条 scanf 可以读取多个对象，这时格式控制串中的每一个格式指定符都必须对应一个输入参数，而且还必须对应于一个键入的数据项。所有输入参数必须是地址，除了数组名之外，输入对象之前都应该有地址运算符&。

注意：&
　　在 scanf 调用的参数中缺少&运算符，几乎是一切初学者必犯的错误！

例如：

```
int n;                         /*定义 int 型变量 n*/
float a;                       /*定义 float 型变量 a*/
printf("Enter n and a :");     /*1 提示操作员输入 n 和 a*/
scanf("%d%f",&n,&a);           /*2 读取键盘输入并送入 n 和 a*/
printf("n=%d\ta=%f\n",n,a);    /*3 显示输入结果*/
```

运行会话如下：

```
Enter n and a : 123 456.78
n=123    a=456.779999
```

行 1 给操作员显示一个提示 "Enter n and a："。因为在执行 scanf 调用时，出现 DOS 屏幕等待操作员键入数据，可操作员也许摸不着头脑，所以在此之前应该显示提示以便提示操作员输入。

行 2 调用 scanf 函数，等待读取数据。如果操作员键入了：

```
123    456.78<Enter>
```

随着<Enter>的键入，所有字符都进入了一个行缓冲区，scanf 函数开始逐字符扫描此缓冲区，跳过所有空白字符（空格、Tab、Enter），从 1 字符开始进行转换遇非数字字符结束，得到 int 型数值 123 送入变量 a。然后再照此办理，得到 float 型数值 456.78 送入变量 b。调用 scanf 时，交给 scanf 的信息有格式控制串，还有 a 和 b 的地址值，没有类型信息。scanf 就是按照格式控制串中的格式指定符转换键盘输入并传送到变量 a 和 b 的。所以格式指定符必须与输入参数一一对应。

行 3 显示输入的变量 n 和 a 的当前值，目的是检查上面输入是否正确，以便及早发现错误。

编程经验：输入错误
　　输入错误是初学者最常犯的错误。及时检查输入正确性是程序中的必要步骤，当程序开发完成之际再根据需要去除之。

2．键入数据的间隔

一条 scanf 调用可以读入多项数据，对于整数、浮点数和字符串，scanf 会跳过键入的所有空白字符。所谓空白字符，指的是空格、制表 Tab 和回车 Enter，直到遇非空白字符才开始转换，转换进行到不允许字符时为止。空白字符是整数、浮点数和字符串的不允许字符，换句话说在这些数据里不能出现空白字符。所以读取这些数据最简单最可靠的方法是在格式控制串中只写简单的格式指定符。例如：

```
scanf("%lu%s%f",&id,name,&mark);
```

用来读取学号、姓名和成绩，执行时可以这样键入：

```
6100526  Liming  89.5<Enter>
```

当然在各数据之间可以加入随便多少个空白字符。这种方法简单，不易出错。

　　printf 中的格式控制串除了格式指定符之外还可以有其他字符,程序员可以用来给显示的数据增加说明性信息。在 scanf 的格式控制串中也可以含其他字符。这些字符分成两种：空白字符和非空白字符。

　　在格式控制串中和键入的数据项中多个空白字符的作用和一个空白字符相同。在格式控制串中一个空白字符的作用是跳到下一个非空白字符，所以：

```
scanf("%lu %s %f",&id,name,&mark); ≡ scanf("%lu%s%f",&id,name,&mark);
```

但是

```
scanf("%lu",&id); ≠ scanf("%lu ",&id);
```

对于前者键入 6100526<Enter>即可，后者的格式控制串最后一个字符是空白字符，它要求跳到下一个非空白字符，所以应该键入 6100526x<Enter>，这里的 6 和 x 之间可以有任意多个空白字符。这样 id 得到学号 6100526，留在缓冲区的'x'和'\n'将提供给下一条输入语句，如果下面没有这样的语句，剩余键入就被丢弃了。

　　格式控制串中的非空白字符要求操作员照样键入，稍有不同就会出现错误。对于语句：

```
scanf("a=%d,b=%d",&a,&b);
```

可以这样键入 a=1,b=2<Enter>，这里的 1 和 2 之前可以加入空白，其他地方不能加入任何字符。这里的非空白字符要求操作员准确地键入，没有任何提示作用，只会带来麻烦。

　　在格式指定符中还有两个修饰符——宽度和*号。宽度 m 取正整数，表示取键入的前 m 个字符进行转换，除非提前遇到不允许字符。*号所在的格式指定符不对应内存对象，表示要丢弃经过正常转换得到的数值。例如：

```
scanf("%4d%2c%d",&a,&b,&c);
scanf("%4d%*2c%d",&d,&e);
printf("a=%d,b=%c,c=%d,d=%d,e=%d\n",a,b,c,d,e);
```

运行会话如下：

```
12345678                     键盘输入：连续输入 3 个数据项
78901234                     键盘输入：输入 3 个数据项,丢弃第 2 项
a=1234,b=5,c=78,d=7890,e=34  屏幕显示
```

第 1 行输入 12345678，其中 1234 对应于 a，56 对应于 b，78 对应于 c。第 2 行输入中的 12 转换成字符后没有传送就丢弃了。

评论：scanf 中的宽度

　　在 20 世纪 70 年代，在计算机使用方面批处理方式还占有很大的比重。使用批处理方式，输入数据要预先打在穿孔卡片上，放在与计算机相连的卡片阅读器上供程序读取。为了节省卡片，卡片上的数据可以连续放置，所以需要指定读取的宽度。为了便于人识别，卡片上除有数据还会有说明性信息，因此在格式控制串里也要写出这些信息以便读入时跳过。有时发现卡片上某个数据不需要了，可以用*号跳过它。scanf 的宽度、*修饰符和格式指定符之外的其他字符明显是批处理时代的产物，现已过时，除非特殊需要几乎不再使用。

3. 输入整数

　　格式指定符%d 和%u 作用完全相同，它们把输入的正、负十进制数转换成机器表示，送入输入参数给出的地址，与接收的变量有无符号没有关系。

　　%x 和%X 完全相同，把输入的数当做十六进制数进行转换，例如输入 12 和 0x12 都当成十进制的 18。类似地，八进制的格式指定符%o 把 12 和 012 都当成十进制的 10。

　　利用%i 可以输入十进制数、十六进制数和八进制数，例如它把输入的 12、0x12 和 012 分别看做十进制数、十六进制数和八进制数。

　　%d、%u、%x、%X、%o 要求对应的输入参数一定是 int 型对象的地址，在转换字母之前加修饰符 h 和 l 则分别要求 short 和 long 型地址。

4. 输入浮点数

　　为了和 printf 的浮点数的转换字母一致，scanf 允许使用转换字母 f、e、E、g、G，它们的作用完全相同，把输入的数值转换成浮点数送入 float 型的内存对象中。输入的数可正可负，可以用小数形式或者指数形式，如 123.4567，−123.45e3。

　　%lf 和%Lf 分别要求 double 和 long double 类型的内存对象。

5. 输入字符串

　　输入字符串，必须用足够大的字符数组接收（定义字符数组的方法将在第 7 章介绍），输入参数用数组名，数组名代表数组第 0 个元素的地址。例如：

```
char str[81];                 /*定义字符数组 str*/
printf("Enter str :");        /*显示提示*/
scanf("%s",str);              /*读取字符串到字符数组 str 中*/
```

这样读取字符串会跳过空白字符，开始于非空白字符又结束于空白字符，所以得到的字符串中不可能包含空白字符。

6. 输入字符

　　读取字符时，输入参数可以是 char、short int 和 int 型的地址，对于后两者，输入的字符的代码送入低字节。与整数、浮点数和字符串不同，scanf 在读取字符时不跳过空白，读取缓冲区中的当前字符。例如：

```
scanf("%c%c%c",&c1,&c2,&c3);
printf("%c%c%c\n",c1,c2,c3);
```

如果输入 a b c<Enter>，那么显示的是 a b。就是说 c1、c2、c3 分别得到'a', ' '和'b'，所以

应该输入 abc<Enter>，才能显示出 abc。如果把 scanf 语句改成：

```
scanf("%c %c %c",&c1,&c2,&c3);
```

这里在每个%c 之前加了空白，作用是跳到下一个非空白字符，如果没有空白就不跳。所以现在就可以键入 a b c<Enter>或者 abc<Enter>，这时 c1、c2、c3 就会得到'a', 'b'和'c'。

> **编程经验：输入格式串中的空白符**
>
> 　在用 scanf 调用读取数据时，在%c 之前要加一个空白字符，在其他格式指定符前可加也可不加。此外再也不用加入其他修饰符和其他字符。这样输入最方便。

4.3.3　字符输入输出函数 getchar 和 putchar

最简单的输入输出操作是从键盘读取一个字符，或者在显示器上写一个字符。读字符用函数（实际是宏）getchar 完成。其原型是：

```
int getchar(void);
```

括号中的 void 表示此函数没有参数，返回输入的字符值。使用方法是：

变量名=getchar();

这里的变量可以是 char 或者 int 型的。例如：

```
char c;
c=getchar();
printf("c=%c\n",c);
```

当键入 A<Enter>时，屏幕显示 c=A。

注意，getchar 只读取当前字符，即使是空白字符也照读不误。

写字符函数 putchar 的原型是：

```
int putchar(int ch);
```

此函数把字符 ch 显示到屏幕上。例如函数调用：

```
putchar('\n');
```

把屏幕上的光标挪到下一行开始处。

4.4　程序例题

例 4-5　读取并显示 3 个学生的资料，每份资料包括学号、姓名、性别和成绩。因为数据很多，这里采取表格式输入和输出。首先显示一行"栏头"，然后显示 1>提醒操作员输入第 1 份数据，操作员对照栏头输入各项数据，数据之间用键入 1 或 2 个<Tab>以便对齐。3 份数据输入完了，就按同样格式显示它们。详见运行会话。

```
/* 4_5.c 读写资料*/
#include<stdio.h>
#define read(i)   printf(#i">\t");scanf("%ld%s %c %f", \
                      &id##i,&name##i,&sex##i,&mark##i)
#define write(i)  printf(#i"\t%-16ld%-16s%c\t%.2f\n", \
                      id##i,name##i,sex##i,mark##i)
int main()
{  long id1,id2,id3;                              /*定义 3 人的学号*/
   char name1[15],name2[15],name3[15],sex1,sex2,sex3;  /*   姓名,性别*/
   float mark1,mark2,mark3;                       /*      和成绩*/
   printf("ORDER\tID\t\tNAME\t\tSEX\tMARK\n");     /*显示输入栏头*/
   read(1);read(2);read(3);                        /*读 3 人的数据*/
   printf("\nORDER\tID\t\tNAME\t\tSEX\tMARK\n");    /*显示输出栏头*/
   write(1);write(2);write(3);                      /*显示 3 人数据*/
   return 0;
}
/*                                            运行会话
ORDER   ID          NAME        SEX     MARK      输入栏头
1>      6100523     zhangsan    f       78.5      输入的第 1 人数据
2>      7090432     liming      m       67.4      输入的第 2 人数据
3>      11081145    wanglina    f       98.6      输入的第 3 人数据

ORDER   ID          NAME        SEX     MARK      输出栏头
1       6100523     zhangsan    f       78.50     输出的第 1 人数据
2       7090432     liming      m       67.40     输出的第 2 人数据
3       11081145    wanglina    f       98.60     输出的第 3 人数据
*/
```

例 4-6　交换两个数。读入整数 a 和 b，交换它们再显示。

```
/* 4_6.c 交换两个数*/
#include<stdio.h>
int main()
{  int a,b,t;                    /*定义 a,b 和中间变量 t*/
   printf("a,b :");              /*显示提示*/
   scanf("%d%d",&a,&b);          /*读入 a 和 b*/
   printf("a=%d  b=%d\n",a,b);   /*显示读入数据*/
   t=a; a=b; b=t;                /*交换 a 和 b*/
   printf("a=%d  b=%d\n",a,b);   /*显示交换后的 a 和 b*/
   return 0;
}
/*                           运行会话
a,b : 12 345
```

```
a=12  b=345
a=345  b=12
*/
```

例 4-7 分解整数各个位。读入一个 4 位正整数，然后以两位之间夹以空格的形式显示此数。

```
/*4_7.c 分解整数各个位*/
#include<stdio.h>
int main()
{  unsigned int n,d0,d1,d2,d3;          /*定义数 n 和个,十,百,千位 */
   printf("n : ");                       /*显示提示*/
   scanf("%d",&n);                       /*读取 n*/
   d0=n%10;                              /*分离个位 d0*/
   d1=n/10%10;                           /*分离十位 d1*/
   d2=n/100%10;                          /*分离百位 d2*/
   d3=n/1000;                            /*分离千位 d3*/
   printf("%d %d %d %d\n",d3,d2,d1,d0);  /*显示各位并夹以空格*/
   return 0;
}
/*                                       运行会话
n : 1976
1 9 7 6
*/
```

例 4-8 求三角形的面积。读入一个三角形的三边的长度，计算并显示其面积。依据的公式是：

$$s=(a+b+c)/2$$
$$area=\sqrt{s(s-a)(s-b)(s-c)}$$

```
/* 4_8.c 求三角形的面积*/
#include<stdio.h>
#include<math.h>
int main()
{  float a,b,c,s,area;                    /*定义三边 a,b,c,中间变量 s,面积 arear*/
   printf("a,b,c : ");                     /*显示提示*/
   scanf("%f%f%f",&a,&b,&c);               /*读取三边 a,b,c*/
   printf("a=%.2f  b=%.2f  c=%.2f\n",a,b,c); /*显示输入数据*/
   s=(a+b+c)/2;                            /*计算三边和之半 s*/
   area=sqrt(s*(s-a)*(s-b)*(s-c));         /*1 计算面积 arear*/
   printf("arear=%.2f\n",area);            /*显示面积*/
   return 0;
}
/*                                        运行会话
a,b,c : 4 5 6
```

```
a=4.00  b=5.00  c=6.00
arear=9.92
*/
```

行 1 处用到了标准函数 sqrt，所以必须在开始处纳入头文件 math.h。

习　题　4

4-1　设有以下宏定义：

```
#define  N  3
#define  Y(n)  ((N+1)*n)
```

那么在执行"z=2*(N+Y(5+1));"后 z 的值是多少？

4-2　读下面的程序，写出程序的输出：

```
#include<stdio.h>
#define  PI  3.14
#define  S(x)  PI*x*x
int main()
{  int a=2;
   printf("%4.1f\n",6.28/S(2));
   return 0;
}
```

4-3　写出下列语句的输出结果。

(1) printf("%d\t%c\t%f\n",1234, 'a',3.5);
(2) printf("|%2d|%6d|%x|\n",128,128,127);
(3) printf("\"Average=\"%.2f%%\n",97.8);
(4) printf("%f,%e,%g,%7.2f\n",54.457,54.457,54.457,54.457);
(5) printf("%8s,%3s,%8.2s,%-8.2s\n","hello","hello","hello","hello");
(6) printf("%*.*s\n",8,3,"hello");
(7) printf("%hx,%lx\n",0x12345678,0x12345678);
(8) printf("%d,%ld,%ld\n",0x0007ffff,0x0007ffff,0x0007ffffU);

4-4　若有定义"enum seq{mouse,cat,dog,monkey=0,sheep,ox=6,tiger};"，则执行语句：

printf("%d",cat+sheep+ox);

后输出结果是什么？

4-5　编写程序读取下面这样的实数：

```
35.7    50.21    -23.73    -46.45
```

而后把它们四舍五入成最接近的整数。

4-6　已知程序中有声明"int a;long b;"，若需要接收从键盘输入的电话号码字符串（025）65437890（其中 025 是区号，65437890 是该区内的电话号码），并将其中的区号、电话号码分别存储到变量 a 和 b 中，则实现该功能的输入语句应为 "scanf("_____",&a,&b);"。

4-7　定义 5 个变量："int i;long l;char c;float f;double d;"。分别从键盘输入、输出它们以体会 scanf 和 printf 的用法。要求浮点型数据分别用%f, %e 和%g 形式输出，保留 3 位小数。

4-8　输入一个大写字符，将它转换为小写字符输出。

4-9　从键盘输入平面上两点的坐标值（x1，y1）和（x2，y2），计算并输出两点间的距离 dist。要求程序有必要的输入提示，输出的浮点数保留 2 位小数。

4-10　编写程序，显示下面 4 种图案：

```
(1) *              (2)          *     (3)  *****    (4) *****
    **                         **          ****          ****
    ***                       ***          ***            ***
    ****                     ****          **              **
    *****                   *****          *                *
```

4-11　从键盘输入 a，b，c 的值，求解一元二次方程 $ax^2 + bx + c = 0$，假设 a 大于 0。

4-12　打印如下商品价格表，其中商品名称、单价和数量由键盘输入，总价通过计算得出。

NAME	PRICE	NUMBER	TOTAL
Pxx	3.0	2	6.0
Mxx	1.2	4	4.8
Lxx	2.5	2	5.0

第 5章

控制语句

至此我们已经做好了编程的准备，从本章开始研究编程的各个方面。本章首先介绍编程的一般步骤。因为 C 语言的控制语句是依据结构化程序设计原理而设计的，所以本章要简单地介绍结构化程序设计的原理。控制语句有一个重要的部件——测试表达式，在测试表达式里经常出现关系运算符和逻辑运算符，所以本书把关系运算符和逻辑运算符的描述放在这一章。控制语句并不复杂，但是有了它们就能够编织出无限精彩、无限复杂的程序来，所以在介绍控制语句的同时要给出较多的例题。

5.1 程序开发步骤

无论我们打算用 C 语言开发一种应用程序，还是要完成教师布置的编程习题，一般说来要采取以下步骤。

（1）明确题目：搞清题目的含义和要求，以及输入输出数据的个数、次序、范围、格式。哪怕只有一点点含糊之处，也必须彻底搞清，然后才能进行下一步。

（2）确定算法：所谓算法就是一种解决问题的方法，更确切地说，就是解决特定问题的一系列的操作步骤。程序的质量在很大程度上取决于算法的好坏。评价算法的标准首先是正确性，不正确的算法得不到正确的结果，毫无用处。其次是有效性和可理解性，二者之中哪个更重要往往与问题的规模和背景有关。

（3）用图形表示算法：有了算法，就要用图形把它表示出来。算法的图形表示法有许多种，最传统、最简单的当数程序流程图（flowchart）。其优点是简单、直观，甚至是不言自明，但是难以用它表示程序开发的动态过程。本书只用流程图表示程序中的基本结构。对于复杂程序将用 warnier 图展示其开发过程。

（4）编写程序：经检查确认算法正确，于是就开始用 C 语言编写程序。这一步实际上是一种翻译，把算法翻译成 C 语言程序。

（5）上机开发：上一步是在纸上编写程序，这一步要在计算机上对程序进行编辑、汇编、链接和排错。如果这一步的结果是一个完全正确的程序，而后就可以投入运行了。

上面的 5 个步骤依次进行，后一步的正确性依赖于前一步的正确性。因此我们应该在前一步正确完成之后再开始下一步。发现错误要及时纠正，否则拖到后面往往要付出更大的代价。

（6）程序维护：通过上面的 5 步，得到了正确的程序，但未必是满意的程序。只要不满意就应该进行修改。对于一般的应用程序，程序维护是持续时间最长的步骤。通过使用，会发现一些错误，以及使用不便之处，用户也会提出新的要求，开发者应尽可能地修正、完善。

三十年前，个人计算机还没有普及，计算机极为贵重，只有很少的专门单位才有公用的计算机。那时候上机花销很大，所以程序员必须在上机前尽量做好前 4 步工作，以便节省机器时间。现在情况不同了，人们随时随地都可以使用计算机，于是出现了一种不好的倾向，不做好甚至根本不做前 4 步的工作就贸然上机。结果，花很多的时间得到很差的程序。无论计算机怎样进步，前 4 步所表现的逻辑思考总是必要的，是不能省略的。好程序是想出来的，此言不虚。当然把第 4 步和第 5 步合起来在机器上完成应该是允许的，但是必须做充分的准备。

5.2　结构化程序设计

计算机发展之初还没有软件，程序员在"裸机"上用数字化的机器语言开发应用程序。后来随着计算机应用领域的迅速拓宽，出现了汇编语言、高级语言、管理程序（20 世纪 70 年代发展成为操作系统）和一些专用软件，软件的数量和规模与日俱增。但是当时对于程序设计方法缺少系统的研究，人们可以随心所欲、不拘一格地编写出价格昂贵、质量低劣、可靠性差、难以维护的程序。这种状况严重阻碍了计算机事业的发展，造成了"软件危机"。形势逼人，20 世纪 60 年代后期程序设计方法成为了当时研究的热点。

结构化程序设计（structure programming）的概念最早是 1965 年由荷兰科学家 E.W.Dijkstra 提出的，他发现高级语言中的 GOTO 语句是万恶之源，大量的 GOTO 语句能把程序的结构搞得混乱不堪。他说："程序的质量与它所包含的 GOTO 语句的个数成反比"。1966 年 Bohm 和 Jacopini 证明了只使用顺序、分支和循环这三种基本控制结构就可以实现任意复杂的程序，这一结论奠定了结构化程序设计的理论基础。1971 年 IBM 的 Mills 提出"任何程序都应该只有一个入口和一个出口"。这一阶段的研究成果是结构化程序设计技术，其基本思想可以概括如下。

1. 三种程序构件

程序可以只包括顺序、分支和循环这三种基本结构。图 5-1 是它们的流程图表示。

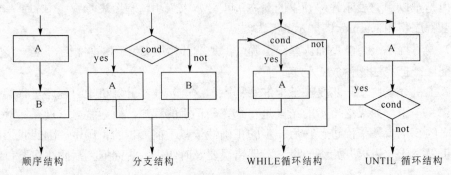

图 5-1　程序的三种结构

图中的矩形框是处理框，菱形框是测试框，其中的 cond 代表一个测试表达式。分支结构的意义是当 cond 为真时执行 A 操作，否则执行 B 操作。循环结构有两种形式——WHILE 型循环和 UNTIL 型循环，它们的差别是测试框和处理框的次序。这三种基本结构的共同特点是只有一个入口和一个出口。

2. 自顶而下的逐步求精的设计方法

简言之，这是一种先全局后局部、先整体后细节、先抽象后具体的设计方法。对于一个稍微复杂的问题，不可能立刻精确地给出求解的详细步骤，但是可以从问题的描述开始，首先得到求解的大致步骤，并表示成三种基本结构之一，然后再将上一结构中的矩形处理框进一步分解、细化，仍然代之以三种基本结构之一，如此继续，直到最后的流程图细致到可以编程的程度为止。

3. 模块化设计方法

问题规模愈大，求解程序的尺寸也愈大，编写和排错也就愈困难。通常认为程序的编写和排错的难度与程序尺寸的平方成正比。模块化设计主张在求解一个规模较大的问题时，把求解程序按功能分成若干模块，每个模块有自己的相对独立的功能，尺寸较小，通常不超过一页（60 多行）。这里的模块一般是作为 C 语言的函数实现的。

20 世纪 60 年代末，结构化程序设计的概念一经出现，就引发了一场程序设计的革命。最初按照这一要求设计的高级语言是 Pascal。尽管它仍保留 GOTO 语句，但是任何程序都不必使用它。以后出现的语言都必然是结构化的，例如 C 语言。同时原有的 Fortran 和 Basic 之类的高级语言，也经受了一番结构化改造。其结果是极大地提高了程序员的生产率和程序的质量。

5.3 关系表达式和逻辑表达式

第 4 章介绍了空语句、表达式语句和复合语句，使用这些语句只能实现顺序结构。本章主要介绍控制语句，在介绍控制语句之前先来介绍在控制语句中条件测试用的表达式。实际上测试表达式可以是任何表达式，但是用得最多的是关系表达式和逻辑表达式。

测试表达式的成立与否要用逻辑值表达，C 语言里没有专门的逻辑值类型，但是任何类型的值都可以当作逻辑值用：0 值（或者 0.0、'\0'、NULL）当做逻辑值"假"，表示条件不成立，而非 0 值当做逻辑值"真"，表示条件成立。

5.3.1 关系运算符

关系表达式由一个关系运算符和它的两个运算数构成。C 语言的关系运算符共有 6 个，它们是：

大于>   大于等于>=   小于<   小于等于<=

等于==   不等于!=

> **注意：两个字符组成的运算符**
>
> 　　所有的两个字符组成的运算符（>=、<=、==、!=、++、--、+=、->、<<、>>等）中间不能插入空格，否则会被视为两个运算符。
>
> 　　特别要注意，等于运算符"=="与赋值运算符"="的区别，这也是初学者最容易搞错的地方。

前 4 个运算符的优先级为 6，后两个运算符的优先级为 7。它们都有两个运算数，运算数可以是任何类型的表达式。如果关系表达式中的两个运算数的数据类型不同，那么就按照算术转换规则进行数据类型转换，转换成相同类型之后再做比较。

关系表达式的运算结果只能是一个 int 类型的值：0 或 1。当关系成立时，关系表达式的值是 1；关系不成立时，关系表达式的值是 0。例如关系表达式：

```
12.34>=56.78      ≡ 0
5 == 3 + 2        ≡ 1
1 > -1            ≡ 1
1u > -1           ≡ 0
```

前 3 个表达式的值是显然的，第 4 个需要解释一下：1u 是 unsigned 类型，–1 是 int 类型，按算术转换规则，int 类型要转换成 unsigned 类型，所以–1 要转换为–1u≡65535u(TC)或 4294967295u（VC），显然要大于 1u，所以 1u>–1 不成立。

关系运算符的结合性是从左到右，但是在 C 语言里很少采用连续计算关系运算符的情况，因为这样写出的表达式的计算结果往往使人感到意外。例如，关系表达式：

```
0 <= x <= 10
```

在语法上是正确的，但是由于关系运算符的结合性是从左到右，所以：

```
0 <= x <= 10   ≡   (0 <= x) <= 10
```

而(0 <= x)的值只能取 0 或 1，当然小于 10，所以 0 <= x <= 10 恒为 1，没有什么意义。至于如何在 C 语言程序中表示[0,10]之间的数，还需要使用逻辑运算符。

5.3.2　逻辑运算符

C 语言提供的逻辑运算符有：单目的非"!"、双目的与"&&"、双目的或"||"，分别表示"否定"、"并且"和"或者"。利用这 3 个运算符可以写出各种复杂的逻辑表达式。逻辑表达式的计算结果都是整数类型的 0 或者 1。表 5-1 解释了这三个逻辑运算符的意义及其计算方式。

表 5-1　逻辑运算符

x	y	!x	x && y	x || y
非0	非0	0	1	1
非0	0	0	0	1
0	非0	1	0	1
0	0	1	0	0

!x 把表达式 x 的值看作逻辑值，以该值的否定作为结果：如果 x 的值非 0，则结果为

0；如果 x 值是 0，则结果为 1。

x && y 只有表达式 x 和 y 都非 0，结果才为 1，否则为 0。

x || y 只有表达式 x 和 y 都为 0，结果才为 0，否则为 1。

在图 5-2 所示中给出了 3 个逻辑运算符和 6 个关系运算符的优先级及与其他运算符的优先次序。"!"是单目运算符之一，优先级为 2；逻辑运算符占据了优先级 11(&&)和 12(||)，而 6 个关系运算符占据了优先级 6 和 7。此外还列举了赋值运算符和下面要介绍的条件运算符。

括1 单2 算3-4 移5 关 6 -------- 7 位8-10 逻11-12 条13 赋 14 逗15
! > >= < <= == != && || ?: = op= ,

图 5-2 关系运算符和逻辑运算符的优先级

运算符的优先级十分重要，一定要记住。只有记住优先级，才能写出正确、简捷的表达式。例如，为判断变量 x 是否处在[0,10]区间，应该写出测试表达式：

```
0 <= x && x <= 10
```

再如，根据运算符优先级关系，对逻辑表达式：

```
(((x + 3) > (y + z)) && (y < 10)) || (y > 12)
```

可以去掉其中所有括号，简写为如下形式，其意义不变：

```
x+3 > y+z && y<10 || y>12
```

为醒目计，这里利用空格的有无来提示计算次序。

"&&"和"||"的"捷径"计算方法如下：

设 x 和 y 是表达式，ANSI C 并没有规定在计算"x+y"时 x 和 y 哪一个先计算。但是，ANSI C 对于"x && y"和"x || y"却规定：先计算 x，如果 x 的值能够决定整个表达式的值，就不再计算 y 了，否则再计算 y。具体地说，在计算"x && y"时先计算 x，如果为 0 则无须计算 y 值就能得到整个表达式值 0。如果 x 的值为 1，则整个表达式的值取决于 y 的值，所以必须计算 y。类似地，如果计算的 x 值为 1，不计算 y 也能得到 x||y 的值，为 1，否则 x 为 0 再计算 y，y 值就是 x||y 的值。

这种捷径计算方法有时很有用处。例如，0 做除数是一种严重错误，而表达式：

```
a != 0.0 && b/a > 1.0
```

就可以避免。如果 a 的值为 0，就会跳过除法运算并得到表达式的值为 0。另一方面，如果表达式有副作用，那么捷径计算方法可能给你设下一个陷阱，必须小心谨慎。例如在计算表达式：

```
i && i++
```

的值时，如果 i 原来为 0，计算后仍为 0；如果 i 原来为 1，计算后为 2。

这两个运算符还有一个特殊之处，它们的两个运算数的类型互不相关，即使不同也不做通常的算术转换。

> **注意：别把数学表示法搬到程序中**
>
> 　　为测试 x 是否处于[0, 10]之间，常见下面写法：
>
> 　　0<=x<=10
>
> 这是数学的写法，虽然在 C 语言的语法上没有错误，但是没有意义，因为这是一个恒真的表达式。

　　例 5-1　判断某年是不是闰年。已知，闰年年份是 4 的倍数但不是 100 的倍数，或者是 400 的倍数。在 C 语言里，测试是某数的倍数可以用测试求余运算的结果是否为 0 来判断，所以 year 年为闰年的条件可以写为：

```
year%4 == 0 && year%100 != 0 || year%400 == 0
```

　　由于优先级的规定，这个表达式里完全不需要写括号。当然，为了看起来更清楚，也可以适当加一些括号。如果此表达式的值为 1，说明 year 年是闰年。

5.3.3　关系表达式和逻辑表达式的简化

　　编程时需要对关系表达式和逻辑表达式进行简化，目的是改善可读性和有效性。例如在逻辑值的意义下：

　　（1）x　　　　　　≡　　x!=0
　　（2）! x　　　　　≡　　x==0
　　（3）!(x>y)　　　≡　　x<=y
　　（4）!(x<y)　　　≡　　x>=y
　　（5）!(x==y)　　 ≡　　x!=y
　　（6）!(x&&y)　　 ≡　　!x || !y　　　　摩根定律
　　（7）!(x||y)　　 ≡　　!x && !y　　　　摩根定律

　　（1）的两个表达式是在逻辑值的意义下等价，如果 x 值为 5，而 x!=0 的值为 1，但它们表示的都是逻辑的真值。其他各行的两个表达式在数值上也是等价的。(3)、(4)、(5) 的两个关系表达式是互非的，或者说是互补的，例如 !(x>y) ≡ x<=y，说明(x>y)&&(x<=y)≡0 而且(x>y)||(x<=y)≡1，就是说大于的反面是小于等于。(6)、(7)两行叫做摩根定律（Morgan law），它把"与的非"转化成"非的或"，把"或的非"转化成"非的与"。例如：

```
!(x&&y||!z) ≡ !(x&&y)&&!!z ≡ (!x||!y)&&z
!(x<=0||!y) ≡ !(x<=0)&&!!y ≡ x>0 &&y
```

5.4　分支语句

　　所谓分支，指的是根据不同的条件完成不同的动作。实现分支的语句有 if 语句和 switch 语句。分支语句（conditional statements）是用来实现分支结构的。

5.4.1　if 语句

　　if 语句有两种形式，分别是：

（1）**if（表达式）语句**
（2）**if（表达式）语句 1 else 语句 2**

注意，if 之后的括号是语句的一部分，不是表达式的一部分，所以是必不可少的。这两种 if 语句的执行过程如图 5-3 所示。

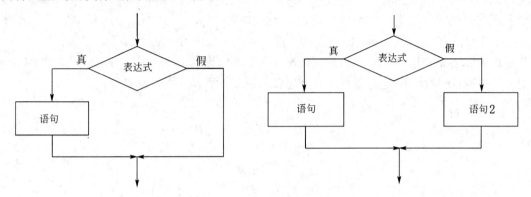

图 5-3　if 语句的两种形式

对于第一种形式，如果表达式非 0，就执行语句，否则什么都不执行。对于第二种形式，如果表达式非 0，就执行语句 1，否则执行语句 2。例如：

```
if(a>b)
    max=a;
else
    max=b;
```

的作用是在 max 中存入 a 和 b 中的较大者。当然，也可以用下面的两条语句实现同样功能：

```
max=a;
if(max<b)max=b;
```

if 语句中的"语句"可以是任何语句，当然可以是复合语句。例如，下面的语句能够把 a、b 原有值中的较大者存于 a 中，较小者存于 b 中：

```
if(a<b)
{   t=a;
    a=b;
    b=t;
}
```

其实这个复合语句还可以用一个"逗号表达式语句"代替：

```
if(a<b)
    t=a, a=b, b=t;
```

这样可以更紧凑一些。

如果 if 语句中的"语句"也是 if 语句，那就构成了嵌套的 if 语句。例如：

```
if(i>=1)
    if(i<=10)
        printf("i in [1,10]\n");
```

```
else
        printf("i not in [1,10]\n");
```

这个嵌套的 if 语句可能有两种解释：一是 1 型 if 语句中的"语句"是一个 2 型 if 语句，这时如果 i≡0，什么都不显示；如果 i≡11，则会显示"i not in [1,10]"。第 2 种解释是 2 型 if 语句中的语句 1 是一个 1 型 if 语句，这时如果 i≡0，显示"i not in [1,10]\n"；如果 i≡11，则什么都不显示。于是出现了歧义性，这是不允许的。为此，C 语言规定：一个 else 总是与其前的尚未与 else 匹配的 if 相匹配。在上面的嵌套 if 语句中，else 同第 2 个 if 相匹配，就是说第一种解释是正确的。如果想表示第 2 种解释，可以这样写：

```
if(i>=1)
{  if(i<=10)
        printf(" i in [1,10]\n");
}
else
    printf("i not in [1,10]\n");
```

这个新加的花括号表示其中的 if 语句已经是一个完整的语句了，所以后面的 else 只能与第 1 个 if 匹配。

例 5-2　四数选大。读入 4 个数，选取其中最大值并显示之。首先采取"淘汰赛"方法，先把 4 数分成 2 组，捉对厮杀，两个胜者再决赛。

```
/* 5_2.c 四数选大：淘汰赛方法*/
#include<stdio.h>
int main()
{  int a,b,c,d,m1,m2,max;
   printf("a,b,c,d : ");                /*提示输入数字*/
   scanf("%d%d%d%d",&a,&b,&c,&d);       /*读取 4 数*/
   if(a>b)m1=a; else m1=b;              /*选取 a、b 中较大者 m1*/
   if(c>d)m2=c; else m2=d;              /*选取 c、d 中较大者 m2*/
   if(m1>m2)max=m1; else max=m2;        /*选取 m1、m2 中较大者 max*/
   printf("max=%d\n",max);              /*显示 4 数较大者 max*/
   return 0;
}
```

四数选大问题还可以采取"擂台赛"方法：首先让 a 作为擂主，b，c，d 依次攻擂，胜者上，败者下。下面只给出修改的代码段：

```
max=a;
if(max<b)max=b;
if(max<c)max=c;
if(max<d)max=d;
```

比较一下，可以发现擂台赛方法更简短、整齐，更重要的是擂台赛方法更容易扩展，每增加一个数只需再加一条 if 语句。

如果第 1 个 2 型 if 语句中的语句 2，用第 2 个 2 型 if 语句代替，而第 2 个 2 型 if 语句中的语句 2，用第 3 个 2 型 if 语句代替，依此类推，会得到下面的多分支的 if 语句：

```
if(表达式 1) 语句 1
else  if(表达式 2) 语句 2
    else  if…
        else  if(表达式 n) 语句 n
            else  语句 n+1
```

经常把上面的所有行靠左对齐：

```
if(表达式 1) 语句 1
else  if(表达式 2) 语句 2
else  if…
else  if(表达式 n) 语句 n
else  语句 n+1
```

这是一种常用的多选择结构。其执行过程如图 5-4 所示。

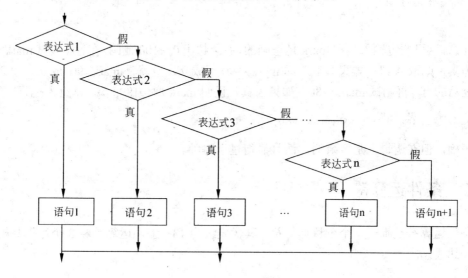

图 5-4   多选择结构

例 5-3   给考试分数分级。编写程序，读入一个百分制的分数，按下面的标准，计算此分数对应的级别。

100～90   为 A 级
89～80   为 B 级
79～70   为 C 级
69～60   为 D 级
59～0   为 E 级

```
/* 5_3.c 给考试分数分级*/
#include<stdio.h>
int main()
```

```
{  int mark;
   char grade;
   printf("Your mark (0-100) : ");        /*显示提示,请输入一个分数*/
   scanf("%d",&mark);                     /*读入 mark*/
   if(mark>=90)grade='A';                 /*1 [100,90]为 A 级*/
   else if(mark>=80)grade='B';            /*2 [89,80]为 B 级*/
   else if(mark>=70)grade='C';            /*  [79,70]为 C 级* /
   else if(mark>=6)grade='D';             /*  [69,60]为 D 级*/
   else grade='E';                        /*  [59,0] 为 E 级*/
   printf("You get a %c !\n",grade);
   return 0;
}
/* 运行会话
Your mark (0-100) : 83
You get a B !
*/
```

注意,这里假定输入数据 mark 是正确的,不会超出 0～100 范围。在行 1 测试 mark>=90,如果为真,则取 A 级。如果为假,即 mark>=90 不成立,也就是 mark<90 成立,才会执行行 2 之后的 if。再测试 mark>=80,如果为真,说明 mark 取值[89,80]。常有人把行 2 写成:

```
else if (mark<90 && mark>=80) grade='B';
```

尽管正确,但在逻辑上是多余的,而且显得过于臃肿。

5.4.2 条件运算符

条件运算符是唯一一个三目运算符,其优先级为 13,条件运算符和 3 个运算数构成了条件表达式:

表达式 1？表达式 2：表达式 3

其计算过程如下:首先计算表达式 1,如果为真,就计算表达式 2,得到的值就是整个表达式的值,不再计算表达式 3 了。否则计算表达式 3,得到的值就是整个表达式的值,不再计算表达式 2 了。结果值的类型取决于表达式 2 和表达式 3 的类型,经过算术转换后得到的公共类型。例如:

```
x>3 ? 2.5 : 1
```

这里的表达式 2 和表达式 3 类型不一致,就像做加法一样,须进行类型转换。如果 x 为 4,此条件表达式的值是 2.5;如果 x 为 2,此条件表达式的值是 1.0。

条件运算符的结合性是从右到左的,所以:

```
a?b:c?d:e?f:g  ≡  a?b:(c?d:(e?f:g))
```

例 5-4 计算符号函数。数学中的符号函数的定义为:

$$sign(x) = \begin{cases} -1 & x<0 \\ 0 & x=0 \\ 1 & x>0 \end{cases}$$

可以用多分支的 if 语句编写：

```
if(x<0)sign=-1;
else if(x==0)sign=0;
else sign=1;
```

还可以用嵌套的条件表达式语句编写：

```
sign = x<0? -1:x!=0?1:0;
```

因为条件运算符的结合性是从右到左的，所以上面的语句等价于

```
sign = x<0?-1:(x!=0?1:0);
```

而

```
x!=0?1:0≡x!=0
```

这两个表达式等价，意味着无论 x 取何值，两个表达式都得到相同的结果。所以更简单的做法是：

```
sign = x<0?-1:x!=0;
```

5.4.3 switch 语句

switch 语句的作用是根据测试表达式的值完成多路分支，其使用方法是：

```
switch(整型表达式)
{    case 整型常量表达式 1：语句序列 1；
     case 整型常量表达式 2：语句序列 2；
     …
     default:              语句序列 n；
}
```

这里的 switch、case、default 都是关键字，花括号中可以有任意多个开始于 case 的子句和一个可选的 default 子句。case 后是一个整型常量表达式，其中只能有常量和运算符，不能有变量。各个整型常量表达式的值必须互不相同。语句序列可以包含任意多条任意语句，不过最后一条通常是"break;"语句。

switch 语句的执行过程是这样：首先计算整型表达式，然后将得到的值依次同各整型常量表达式的值相比较。如果发现此值等于整型常量表达式 i 的值，就执行语句序列 i。如果此值与所有的整型常量表达式都不相等，就执行 default 后的语句序列 n（如果有的话），或者跳到右花括号之后继续执行。在执行语句序列 i 时一条语句接一条语句地执行，如果遇到"break;"语句则跳到右花括号之后继续执行，不然继续执行语句序列 i+1，直到遇到"break;"语句或者右花括号为止。

例如下列程序段：

```
switch(grade)
{  case 'A': printf("Excellent!\n");break;
   case 'B': printf("Good!\n");       break;
   case 'C': printf("Not bad!\n");  break;
   case 'D': printf("Pass!\n");       break;
   default : printf("Not pass!\n");
}
```

当 grade 的值为 A、B、C 或 D 时就分别输出 Excellent!、Good!、Not bad!或 Pass!，如果输入其他字符就输出"Not pass!"。注意 case 语句后面的 break 语句使控制直接跳出 switch 语句。多个 case 可以共用同一个语句序列。例如，以下程序段：

```
switch(grade)
{  case 'A':
   case 'B':
   case 'C':
   case 'D': printf("Pass!\n"); break;
   default : printf("Not pass!\n");
}
```

当 grade 的值为 A、B、C 或 D 时，都会输出"Pass!"。

例 5-5　用 switch 语句重编例 5-2 的给考试分数分级问题。由于 case 只能接一个常量表达式而不能接一个如"90<=mark&&mark<=100"这样的含有变量的表达式，因此必须逐一测试 mark：

```
switch(mark)
{ case 100:
  case 99:
  ...
  case 90: printf("rank A\n");break;
  ...
}
```

这里的 case 子句得有 100 个！显然太多了。解决的办法是测试 mark/10，程序如下：

```
/* 5_5.c 给考试分数分级*/
#include<stdio.h>
int main()
{   int mark;
    printf("Input a mark(0~100) : ");
    scanf("%d",&mark);
    switch(mark/10)                        /*1 测试 mark 的十位数*/
      {  case 10:
         case 9:  printf("A\n"); break;
```

```
      case  8:  printf("B\n");  break;
      case  7:  printf("C\n");  break;
      case  6:  printf("D\n");  break;
      default:  printf("E\n");  break;
    }
    return 0;
}
```

行 1 测试的是表达式 mark/10 的值，可取 0，1，…，10，这样使 case 子句的个数不超过 11 个。由此可见，if 语句可以代替 switch 语句，而 switch 语句更适合处理整型表达式的取值个数很少的情况。ANSI C 规定：一个 switch 语句中最多可以有 257 个 case 子句（不包括嵌套的）。一般而言，当情况个数不超过 10 时，适于使用 switch 语句。

例 5-6　显示星期几。为简单计，程序中可以用 0～6 代表星期日、星期一到星期六，但是在显示时就要翻译成 Sunday、Monday、…。编写程序，读取 0～6，显示对应的星期几。

```
/* 5_6.c 显示星期几*/
#include<stdio.h>
int main()
{ int n;
  printf("n : "); scanf("%d",&n);              /*提示并读取 n */
  switch(n)                                     /*根据 n 值显示星期几*/
  { case 0: printf("Sunday\n");break;
    case 1: printf("Monday\n");break;
    case 2: printf("Tuesday\n");break;
    case 3: printf("Wednesday\n");break;
    case 4: printf("Thursday\n");break;
    case 5: printf("Friday\n");break;
    case 6: printf("Saturday\n");break;
    default : printf("Illegal!\n");break; /*如 n 超出[0,6]则显示错误*/
  }
  return 0;
}
```

例 5-7　用 switch 语句实现菜单项选择。处理菜单项选择是 switch 语句的一个典型应用。没有图形界面时，程序员要用文本行来构造菜单，一般的菜单只有几个选项。程序首先显示所有选项，而后读入用户键入的菜单选项编号，程序就转入相应的功能模块执行。下面的程序有 4 个菜单项，用 switch 语句可以很方便地转向用户选中的选项对应的动作。

```
/* 5_7.c 用 switch 语句实现菜单项选择*/
#include<stdio.h>
int main()
{  int choice;
```

```
    printf("------------------\n");
    printf("1. Item One\n");
    printf("2. Item Two\n");
    printf("3. Item Three\n");
    printf("4. Exit\n");
    printf("------------------\n");
    printf("Input your choice:");
    scanf("%d",&choice);
    switch(choice)
    { case 1: printf("You selected Item One\n");   break;
      case 2: printf("You selected Item Two\n");   break;
      case 3: printf("You selected Item Three\n"); break;
      case 4: printf("Good bye!\n");               break;
      default: printf("Illegal choice!\n");
    }
    return 0;
}
```

if 语句可以嵌套，switch 语句也可以嵌套。用嵌套的 switch 语句容易实现多级菜单。

例 5-8　用嵌套的 switch 语句实现多级菜单选择。

```
/* 5_8.c 用 switch 语句实现多级菜单选择*/
#include<stdio.h>
int main()
{   int choice1,choice2;
    printf("------------------------------------\n");  /* 显示二级菜单*/
    printf("1.File        2.Edit          3.Exit\n");
    printf("  1.Open         1.Copy\n");
    printf("  2.Close        2.Paste\n");
    printf("------------------------------------\n");
    printf("Input your choice : ");              /*显示输入提示*/
    scanf("%d-%d",&choice1,&choice2);            /*读取两个选项*/
    switch(choice1)                              /*一级 switch,有 4 个选项*/
    { case 1: switch(choice2)                    /*二级 switch,有 3 个选项*/
              { case 1: printf("Open a file!\n");break;
                case 2: printf("Close a file!\n");break;
                default:printf("Illegal choice2!\n");break;
              }
              break;
      case 2: switch(choice2)
              { case 1:printf("Copying a file!\n");break;
                case 2:printf("Pasting a file!\n");break;
                default:printf("Illegal choice2!\n");break;
              }
```

```
            break;
    case 3: printf("Good bye!\n");break;
    default:printf("Illegal choice1!\n");
    }
    return 0;
}
```

此程序要求一次输入两个选项，例如 1-2 代表 File-Close，3-0 代表退出。

例 5-9　运费计算。运输公司是按照承运货物重量 w 和路程 s 收费的，每吨公里运费为 p，但是路程愈远单位重量的运输成本应该愈低，下面给出不同路程的折扣率 d 为：

s<250	0%
250≤s<500	2%
500≤s<1000	5%
1000≤s<2000	8%
2000≤s<3000	10%
3000≤s	15%

编写程序，读入吨公里价格 p，货物重量 w 和运输路程 s，计算并显示应收取的运费。

```
/* 5_9.c 运费计算*/
#include<stdio.h>
int main()
{   float p,w,s,d,price;
    printf("p,w,s : ");              /*显示输入提示*/
    scanf("%f%f%f",&p,&w,&s);        /*读p,w,s*/
    if(s<250)d=0;                    /*1 若 s<250          则 d=0%*/
    else if(s<500) d=0.02;           /*  若 250≤s<500      则 d=2%*/
    else if(s<1000)d=0.05;           /*  若 500≤s<1000     则 d=5%*/
    else if(s<2000)d=0.08;           /*  若 1000≤s<2000    则 d=8%*/
    else if(s<3000)d=0.1             /*  若 2000≤s<3000    则 d=10%*/
    else           d=0.15;           /*  若 3000≤s         则 d=15%*/
    price=p*w*s*(1-d);               /*计算运费*/
    printf("price = %f\n",price);    /*显示运费*/
    return 0;
}
/*                               运行会话
p,w,s : 100 20 3000
price=588000.0000
*/
```

行 1，因为路程 s 是 float 类型的，与整型常量 250 比较时 250 自动转换成 float，然后比较。

因为 s 是 float 类型，适合用多分支的 if 语句，不适合用 switch 语句。但是此问题中的

几个分界点的最大公约数恰好是 250，用 switch 语句代替上面的多分支 if 语句，看起来更
自然、更整齐。

```
switch((int)s/250)
{  case 0:                          d=0;  break;
   case 1:                          d=0.02;break;
   case 2:case 3:                   d=0.05;break;
   case 4:case 5:case 6: case 7:    d=0.08;break;
   case 8:case 9:case 10:case 11:   d=0.1; break;
   default:                         d=0.15;break;
}
```

> **评论：switch 语句**
> 　　switch 语句的优点是能给出一种整齐醒目的形式，但是它的表达能力只是 if 语句的
> 一小部分，而且它依靠 break 退出的办法容易诱人掉入陷阱。

5.4.4　标准的字符操作

程序段：

```
char c;
if('A'<=c && c<='Z') c=c-'A'+'a';
```

的作用是测试字符型变量 c 是不是大写字母，如果是就改为小写字母。这个程序段在 TC
和 VC 上都是正确的，但是在其他不使用 ASCII 字符集的机器上可能失败。因此说，直接
测试和操作字符会降低程序的可移植性。为此 ANSI C 定义了一批字符操作功能，它们是
在标准头文件 ctype.h 中定义的宏。这些宏分为两组，第 1 组用于字符分类，第 2 组用于字
符转换。

请注意，为使用这些宏，必须纳入头文件 ctype.h。

1. 字符分类宏

这组宏都采取：

```
is…(c)
```

的形式，其中的"…"是一个字符分类的英语单词，如 upper，c 是一个字符变量。其功能
是测试 c 是否属于"…"类，如是返回 1，否则返回 0。表 5-2 列出了常用的字符分类宏及
其完成的测试。

表 5-2　字符分类宏

宏名	如果参数 c 满足以下条件就返回 1 值
iscntrl	任何控制字符
isspace	空白字符：空' '，换页 '\f'，换行'\n'，回车'\r'，制表'\t'

续表

宏名	如果参数 c 满足以下条件就返回 1 值
isdigit	十进制数字：0～9
isxdigit	十六进制数字：0～9，A～F，a～f
islower	小写字母 a～z
isupper	大写字母 A～Z
isalpha	英文字母：a～z 或 A～Z
isalnum	字母或数字：0～9，A～Z，a～z
isprint	可显示字符，不包括控制字符
ispunct	标点符号，除字母和数字外的可显示字符

2. 字符转换宏

这组宏包括：

```
tolower(c)    把大写字母转换成小写字母
toupper(c)    把小写字母转换成大写字母
```

如果 c 是大写字母，tolower(c)返回对应的小写字母，如果 c 不是大写字母返回 c 的原值。前面的代码段就可以改写成：

```
#include<ctype.h>
…
char c;
if(isupper(c))c=tolower(c);
```

5.5　循环语句

　　现代计算机的运算速度愈来愈快，每秒钟能够执行上亿条机器指令。如果程序只有顺序结构和分支结构的话，每秒钟不得不给它提供上亿条指令，这是无法实现的。幸好有一种循环结构，这种结构允许反复多次地执行有限条指令。循环结构大大地增强了程序的能力，同时它也给程序设计增加了难度。循环结构的实现方法花样繁多：从结构上可以分为 WHILE 型和 UNTIL 型循环；从嵌套的重数可以分为单重循环和多重循环；从循环的执行控制方面可以分为计数控制型、条件控制型以及混合控制型循环。

　　C 语言提供了 3 种循环语句（iterative statements）：for 语句、while 语句和 do 语句。前两种实现的是 WHILE 型循环结构，do 语句实现的是 UNTIL 型循环结构。

5.5.1　for 语句

　　ANSI C 提供的 3 种循环语句中 for 语句功能最强，形式也最为灵活，它实现的是 WHILE 型循环。其一般语法形式如下：

for (表达式 1; 表达式 2; 表达式 3) 语句

for 语句开始于关键字 for, 其后的括号里有 3 个用分号分隔的表达式, 括号之后有一个语句, 此语句也叫做循环体。3 个表达式可以是任何表达式, 而且都可以省略, 但是括号和分号必不可少。

通常的循环由 4 个部分组成: 初始化部分、测试部分、修改部分和工作部分, 如图 5-5 所示。for 语句的 3 个表达式和语句, 分别对应于这 4 个部分。for 语句把循环的 4 个部分勾画得清清楚楚, 而且紧凑、有效。

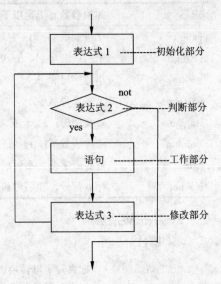

图 5-5　for 语句的执行过程

for 语句的执行过程如下: 首先计算表达式 1——初始化部分, 只算一次。而后计算表达式 2——测试部分, 如果为假就退出循环, 为真则继续执行作为工作部分的语句, 随后执行表达式 3, 修改循环条件, 而后再次进入测试部分。如此继续, 直到表达式 2 为假时退出循环。

for 语句非常灵活, 做同样事情可以有多种做法, 例如, 计算 1+2+…+10。

（1）通常做法:

```
sum=0;                    /*和变量 sum 初始值取 0*/
for(i=1; i<=10; i++)      /*循环变量 i 从 1 变到 10*/
    sum+=i;               /*工作部分把 i 累加到 sum*/
```

这里的 i 叫做循环变量, 它控制了工作部分重复执行的次数, 其初值为 1, 终值为 10, 每次加 1, 所以工作部分执行了 10 次。

（2）表达式 1 可以是一个逗号表达式, 用来初始化多个与循环有关的变量。

```
for(i=1,sum=0; i<=10; i++)
    sum+=i;
```

（3）表达式 3 也可以是一个逗号表达式, 而且"语句"和表达式 3 是相继执行的, 如果工作部分是表达式语句, 就可以合并到表达式 3 处。于是"语句"就成了空语句, 但是空语句的分号不可少。

```
for(i=1,sum=0; i<=10; sum+=i,i++)
    ;
```

也可以把"语句"和表达式 3 合并到语句处, 这时表达式 3 就空了:

```
for(i=1,sum=0; i<=10;)
    sum+=i++;
```

（4）for 语句中的 3 个表达式都可以省略, 但要注意括号中的两个分号不能省略。下面是省略表达式 1 的 for 语句:

```
sum=0; i=1;
for( ; i<=10; i++)
    sum=sum+i;
```

还可以同时省略表达式 1 和表达式 3：

```
sum=0; i=1;
for(;i<=10;)
{  sum=sum+i;
   i++;
}
```

如果省略了表达式 2，相当于表达式 2 总取 1 值，就会造成无限循环，就是永不停止的循环，这是不允许的。所以这时在工作部分内一定要有退出循环的方法。下面的 for 语句省略了 3 个表达式，在工作部分中用 break 语句（参见 5.6 节）退出循环：

```
sum=0; i=1;
for( ; ; )
{  if(i>10)
      break;
   sum=sum+i;
   i++;
}
```

上面几个程序片段完成的任务完全一样，只是把循环的 4 个部分要做的事情放在 for 语句的不同位置，至于哪种更好，取决于个人的习惯和偏好。

（5）循环变量 i 从 1 变到 10，同样也可以从 10 变到 1，例如：

```
for(i=10,sum=0; i>=1; i--)
    sum+=i;
```

这里 i 初始值是 10，每执行一次，i 就减 1，当 i 等于 0 时退出循环。

（6）在上面的例子里 i 每次都要加 1 或减 1，就是说循环变量 i 的增量是 1 或–1。其实增量可以是任何值，下面的例子用来累加 20 以内的所有奇数：

```
for(i=1,sum=0; i<20; i+=2)
    sum+=i;
```

（7）上面的 for 语句都是循环次数固定的，另外还有循环次数不定的。例如：

例 5-10 计算平均值。读取任意多个整数，计算并显示它们的平均值。

```
/* 5_10.c  计算平均值*/
#include<stdio.h>
int main()
{   int x,n;                            /*x=读取的整数,n=读取整数的个数*/
    float sum,ave;                      /*sum=和数,ave=平均数*/
    printf("Input some numbers, ended by <Ctrl+z> : \n"); /*提示输入*/
    for(sum=n=0;scanf("%d",&x)>0;n++)   /*1 反复读入 x 值,遇<Ctrl+z>时为止*/
```

```
        sum+=x;                          /*2  将读入的 x 值累加到 sum*/
    ave=sum/n;                           /*求出平均值 ave*/
    printf("ave=%.2f\n",ave);            /*显示平均值 ave*/
    return 0;
}
/*                                   运行会话
Input some numbers, ended by <Ctrl+Z> :提示输入
87 95 67 77 99 100 60 48 83 58        键入 10 个整数,<Ctrl+Z>结束输入
^Z                                    VC 要求<Ctrl+Z>独占一行
ave=77.40                             显示平均值
*/
```

特别要注意行 1 和行 2 构成的 for 循环。表达式 1 把和数 sum 和已读整数个数 n 清为 0，表达式 2 是 scanf 调用，读取整数 x，其返回值是本次调用正确读取的对象个数，正常情况是 1，遇非数字字符返回 0，遇<Ctrl+Z>返回 EOF（End Of File）。EOF 是在 stdio.h 中定义的符号常量，等于–1。如果返回值为 1，说明正确读入了一个 x，于是执行行 2，进行累加。累加后，计算表达式 3，将已读个数 n 加 1。完成一次循环，再计算表达式 2 继续下一次循环，直到键入<Ctrl+Z>为止。

这里的表达式 2 中没有出现循环变量,循环次数是由操作员用键盘输入的数据决定的,所以说这是一个循环次数不定的循环结构。

评论：循环的用途

循环的用途有二：

（1）让一个循环体反复执行多次，那么一个循环语句缩写了重写多次的循环体。例如：

```
for(i=1,sum=0; i<=10; i++)sum+=i;
```

可以看做是：

```
sum=0;
sum+=1;
...
sum+=10;
```

的缩写。循环次数愈多，节省愈多。

（2）循环语句容易处理数目不定的情况。例如，循环语句：

```
for(i=1,sum=0; i<=n; i++)sum+=i;
```

不管 n 取什么值，都能完成 1+2+…+n 运算。不用循环，难以实现这种功能。

5.5.2 while 语句

while 语句可以用来实现 WHILE 型循环，语法形式如下：

while(表达式)语句

这里的表达式可以是任何表达式，这里的语句可以是任何语句——空语句、表达式语句、复合语句，甚至是控制语句。其执行过程如图 5-6 所示：先计算表达式，如果为真则执行"语句"，过后再重复计算表达式。直至表达式为假，就结束本条 while 语句。

因为 while 语句的测试在先，所以作为循环体的语句可能执行 0 次。

while 语句只有一个表达式和一个语句，所以为了实现通常的循环结构，要把初始化部分放在循环前，而循环体"语句"要包括工作部分和修改部分，于是得到下面的常用构造：

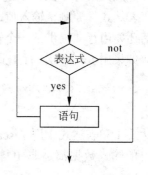

图 5-6　while 语句的执行过程

```
初始化部分
While(测试部分)
{   工作部分
    修改部分
}
```

例如，下面的程序段还是计算 1+2+…+10：

```
sum=0;  i=1;
while(i<=10)
{  sum+=i;
   i++;
}
```

例 5-11　整数求和。读取任意多个非 0 整数，计算并显示它们的和数。

```
/* 5_11.c 整数求和*/
#include<stdio.h>
int main()
{   int x,sum=0;                    /*定义 x 和 sum,并清 sum 为 0*/
    printf("Input some numbers, ended by 0 :\n");  /*提示输入*/
    scanf("%d",&x);                 /*1 输入第 1 个加数*/
    while(x!=0)                     /*2 循环：测试加数非 0*/
    {  sum+=x;                      /*3 工作部分,累加*/
       scanf("%d",&x);             /*4 输入下一个加数*/
    }                               /*5 */
    printf("sum=%d\n",sum);         /*显示和数*/
    return 0;
}
/*                                  运行会话
Input some numbers, ended by 0 :    提示输入
4 2 6 1 9 0                         键入 4 数,结束于 0
sum=22                              显示和数
*/
```

注意，从行 1 到行 5 是一个常用的构造，其中行 1 和行 4 完全相同。因为 while 语句的"表达式"要测试输入值，所以此前必须用行 1 提供一个输入值。进入循环体完成累加之后还要用行 4 提供下一个输入值。

如果用 for 语句，行 1 到行 4 可以改写成更紧凑的写法：

```
for(scanf("%d",&x); x!=0; scanf("%d",&x))
    sum+=x;
```

表达式 1 和表达式 3 用了 scanf 函数调用，它有返回值，能构成表达式，就可以放在这里。这里的输入数据都是非 0 整数，所以可以把 0 作为输入结束的标志，经常叫它做"哨兵"（sentinel）。

编程经验：xx-while-xx 结构

这是一种常用的 while 语句的使用方法：

```
准备语句
while(…)
{   …
    准备语句
}
```

所谓准备语句，就是准备进入下一次循环所需要的语句。为便于提及，下面把这种模式叫做 xx-while-xx 循环结构。

例 5-12　n 数求大。读取任意多个整数，计算并显示它们中的最大值。假定所有数处于[–32767,32767]之间，键入–32768 表示结束输入。使用擂台赛方法很容易实现，如果改用淘汰赛就要麻烦多了。

```
/* 5_12.c  n 数求大：擂台赛方法*/
#include<stdio.h>
int main()
{   int x,max=-32768;               /*1 定义 x 和 max,并把 max 初始化为-32768*/
    printf("Input some numbers, ended by -32768 :\n");  /*提示输入*/
    scanf("%d",&x);                 /*2 输入第 1 个数到 x*/
    while(x!=-32768)                /*3 循环,测试输入数非-32768*/
    {   if(max<x)max=x;             /*4 工作部分,如果 x 大于 max 则取代之*/
        scanf("%d",&x);             /*5 输入下一个数到 x*/
    }                               /*6 */
    printf("max=%d\n",max);         /*显示最大数*/
    return 0;
}
```

行 1 定义了 max 并初始化为 x 的下界–32768，而后不管读入的第一个数 x，都必然大于 max，于是取而代之。行 2 到行 6 构成一个 xx-while-xx 循环结构，行 2 读入第 2 个数，行 5 读入以后的数。–32768 作为哨兵，行 3 如果发现哨兵出现，就退出循环。如果第一次输入的就是–32768，说明没有有效数，得到的最大值是–32768。

例 5-13　大写改小写。读取以<Enter>结束的一句话，将其中的大写字母改成小写再输出。

如果用 scanf("%c",&c)读取句中字符，此题就与上题相似，当然可以使用上面的模式。这里使用 getchar()读取字符，此函数调用的返回值恰好是读取的字符，所以可以把"准备语句"合并到表达式中。

```
/*5_13.c 大写改小写*/
#include<stdio.h>
int main()
{ char c;
  printf("Enter a sentence : ");    /*提示输入*/
  while((c=getchar())!='\n')        /*1 读字符到c,如非<Enter>进入循环体*/
  { if('A'<=c && c<='Z')            /*2 如果c是大写字母,*/
      c=c+'a'-'A';                  /*3 则改为小写字母*/
    putchar(c);                     /*输出c中字符*/
  }
  putchar('\n');                    /*4 输出换行*/
  return 0;
}
/*                                  运行会话
Enter a sentence : I Am A Student!  提示及输入
i am a student!                     程序输出
*/
```

行 1 首先将键入的字符送入 c 中，再测试 c 非'\n'。如果成立，进入循环体，不成立则退出循环。注意，运算符!=优先于=，所以包围赋值表达式的括号必不可少。

行 2 的作用是测试 c 是大写字母吗？如果是大写字母，就执行行 3。行 3 的作用是把大写字母转换成小写字母。其中的'a'–'A'≡32，这种写法比"c=c+32;"更规范、更好理解。

行 4 显示一个'\n'，我们约定：所有程序显示的最后一个字符必须是'\n'。

5.5.3　do 语句

do 语句的语法形式如下：

do
{ 语句
} while(表达式);

此处的作为循环体的"语句"可以是任何语句，测试表达式可以是任何表达式。如果循环体语句只是一个简单语句，那么花括号可以省略，但是使用花括号会使循环体更醒目，增加可读性。

do 语句的执行过程如图 5-7 所示：先执行循环体语句，再计算测试表达式，当测试为真时重复执行循环体，为假时退出循环。

do 语句与 for 语句和 while 语句的最大差别是：它实现的是 UNTIL 型循环结构。因为"语句"执行在前，表达式测试在后，所以循环体语句至少被执行一次。这正像外出乘车，上车刷卡，若卡里没钱就不能上车了；如果改成下车刷卡，即使卡里没钱也没关系，反正已经到达目的地了。

比起 for 语句和 while 语句，do 语句用得较少。下面的例子更适合使用 do 语句，读者不妨试试怎样改用 while 语句和 for 语句。

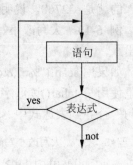

图 5-7   do 语句的执行过程

例 5-14   逆序显示正整数。这个题目要求将输入的整数的各个位逆序地显示出来，如果输入的是 1234，就显示 4321。这就要求把该数的各个位从右到左地分离出来。一个整数的个位数字最容易分离出来，只需两个动作：除 10 取余——求出个位，整数除 10——去除个位，依此类推直至整数成 0。

```
/* 5_14.c 逆序显示正整数*/
#include<stdio.h>
int main()
{   unsigned n,d;              /*定义 n 和 d*/
    printf("Input a integer : ");   /*提示输入*/
    scanf("%u",&n);            /*读入 n*/
    do                        /*1 do 的循环体至少执行一次*/
    {   d=n%10;               /*求出最低位*/
        n=n/10;               /*去除 n 的最低位*/
        printf("%u ",d);      /*显示已求出的最低位*/
    }while(n>0);              /*如 n 非 0 继续循环*/
    printf("\n");
}
/*                          运行会话
Input a integer : 12345     第 1 次输入
5 4 3 2 1                   第 1 次输出
Input a integer : 0         第 2 次输入
0                          第 2 次输出
*/
```

如果用 while 语句的话，若输入值是 0，使控制表达式为假就不会进入循环，就不会显示任何位。而 do 语句先执行后测试，因此可以正确处理输入数为 0 的情况。

5.5.4   循环的嵌套

像分支语句一样，循环语句可以嵌套。在 3 种循环语句的语法形式里都有作为循环体的"语句"，这个语句可以是任何语句，当然也可以是循环语句了，这样就构成了循环语句的嵌套。ANSI C 规定循环语句的嵌套层次可达 15 层。在写法上循环嵌套的内层循环应该向右缩排一个层次。本书后面的例题有许多属于循环嵌套，特别是二重的循环嵌套，如例 5-15、例 5-16、例 5-19、例 5-22 等。

注意：分号和花括号

对于循环语句，特别要注意其循环体语句是空语句、简单语句，还是复合语句。需要的分号不可多也不可少，必要的花括号也不可少。多分号、少分号和少花括号，是常见的错误。甚至在把书上程序敲入机器时也常发生这种情况，可能是因为它们太不显眼了。例如，计算并显示 1+2+…+10：

```
(1) for(sum=0,i=1;i<=10;i++);              /*多了个分号*/
        sum+=i;
    printf("sum=%d\n",sum);
(2) for(sum=0,i=1;i<=10;sum+=i,i++)        /*少了个分号*/
    printf("sum=%d\n",sum);
(3) sum=0; i=1;
    while(i<=10)
      sum+=i;                              /*少了花括号*/
      i++;
    printf("sum=%d\n",sum);
```

建议在编写循环时考虑一下，循环的 4 个部分在哪里？

5.6　其他控制语句

除了实现分支结构和循环结构的 5 条控制语句之外，ANSI C 还提供了另外 4 条控制语句：break、continue、go 和 return 语句。return 语句用在被调函数之中以便返回到发调函数，对它的讨论详见第 7 章。

5.6.1　break 和 continue 语句

在介绍 switch 语句时已经用到了 break 语句。break 语句有两个功能：第一，放在 switch 语句的 case 后的语句序列中，起到退出 switch 语句的作用。第二，放在 3 种循环语句的循环体"语句"中，起到退出本层循环的作用。

continue 语句只能放在 3 种循环语句的循环体"语句"中，用于跳过循环体中的本条语句之后的部分，继续下一次循环。图 5-8 画出了 break 和 continue 语句在循环语句中转向的位置。

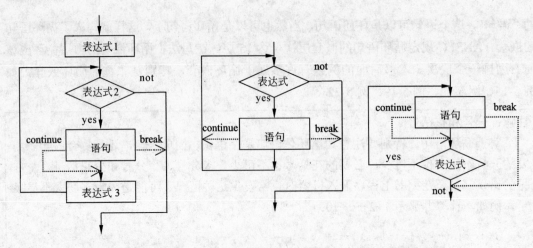

图 5-8　break 和 continue 语句在 for、while 和 do 语句中的转向位置

　　break 用于提前退出循环，例如下面的代码段是读取并累加键入的 10 个正整数，如果键入了 0 则提前退出：

```
for(i=1,s=0; i<=10; i++)
{  scanf("%d",&x);
   if(x==0)break;
   s+=x;
}
```

　　毫无疑问，这是 break 语句的标准用法，但是这个 for 有了两个出口，不大符合结构化程序设计的要求。为此往往采取下面的做法：

```
for(i=flag=1,s=0; flag && i<=10; i++)
{  scanf("%d",&x);
   if(x==0)flag=0;
   else s+=x;
}
```

这里增加了一个标志变量 flag，初始值为 1；在循环测试里增加对 flag 的测试；在循环体里发现读入的 x 为 0 就将 flag 清为 0；再进行测试就会为假，于是提前退出。这种做法是结构化的，美中不足是显得啰嗦了一点。

　　continue 语句用途不大，下面的例子显示整数 1～20，每行显示 5 个。循环中用到了 continue 语句：

```
for(i=1; i<=20; i++)
{  printf("%6d",i);
   if(i%5!=0)continue;
   printf("\n");
}
```

这也是一个非结构化的结构，不如改成：

```
for(i=1; i<=20; i++)
{  printf("%6d",i);
   if(i%5 == 0)printf("\n");
}
```

或者：

```
for(i=1; i<=20; i++)
    printf("%5d%c",i,i%5==0? '\n':' ');
```

最后一个语句首先显示 i 的值，而后显示的一个字符取决于 i 是不是 5 的倍数，是则显示换行，否则显示空格。这种做法更紧凑，以后本书都用此法完成多个数的分行显示。

5.6.2　goto 语句

goto 语句曾经是结构化程序设计的革命对象，当时结构化程序设计也叫做无 goto 的程序设计。goto 语句会把程序结构搞得混乱不堪，使程序变得晦涩难懂，现在的程序员几乎都不使用 goto 语句了。C 语言完全可以不提供 goto 语句，仍然可以编写出任意复杂的程序，但是 C 语言还是提供了，因为 goto 语句偶尔可以起到简化程序的作用。

goto 语句的使用形式是：

goto 语句标签；

goto 语句的作用是使控制转移到某个语句标签处。语句标签是一个标识符，它的唯一用途是作为 goto 语句的转移目标。其定义方法是把它写在某语句之前，后随一个冒号。下面的例子用 goto 语句实现了一个循环结构：

```
       sum=0;  i=1;              /*初始化部分*/
again: if(i>10)                  /*测试部分,定义了标号 again*/
           goto quit;            /*循环结束时转向 quit 标号处*/
       sum+=i;                   /*工作部分*/
       i++;                      /*修改部分*/
       goto again;               /*转向 again 标号处*/
quit:  printf("sum=%d\n",sum);
```

这段程序使用了两条 goto 语句和两个标签，实现了一个循环结构，但这实在不是好程序。尽管 C 语言提供了 goto 语句，但是它的作者仍然说 goto 语句是不必要的。没有 goto 语句照样能够写出好程序，有了它有时却会适得其反，所以有的教材对于 goto 语句只字不提。

现在可以使用 goto 语句的场合唯有退出多重循环的情况。break 语句能够退出循环，但是它只能退出一重循环。C 语言没有退出多重循环的有效手段，中途退出多重循环就挺麻烦。例如，要在 5 个学生的 3 科考试成绩中找出一个优秀的成绩，编程方法很多，下面是一种简短可行的编法：

```
for(i=1;i<=5;i++)                       /*1 外层循环,i=学生序号*/
{  printf("3 marks of student %d :",i); /*显示输入提示*/
```

```
    for(j=1;j<=3;j++)                /*2 内层循环,j=科目序号*/
    {  scanf("%d",&mark);            /* 读入学生 i 的科目 j 的成绩*/
       if(mark>=90)break;            /*3 如果优秀,退出内层循环*/
    }
    if(j<4)break;                    /*4 如果找到,退出外层循环*/
}
if(j>=4)printf("Not found!\n");      /*5 显示查找结果*/
else printf("student %d gets an excellent on couse %d !\n",i,j);
```

行 1 到行 4 是一个二重循环,依次测试 5 个学生的 3 科成绩,发现优秀成绩就退出。行 2 开始的内循环,有两个出口:表达式 j<=3 不成立说明学生 i 的 3 科成绩都不优秀;行 3 处如发现成绩 j 优秀,就用 break 退出循环。在行 4 处第 1 个出口导致 j≡4,所以还要根据这个条件退出外循环。这里的两重循环需要两个 break 才能提前退出。如果是 n 重循环就得用 n 个 break 了。下一个版本用一条 goto 语句取代了这样的 n 条 break 语句:

```
for(i=1;i<=5;i++)                        /*1 外层循环,i=学生序号*/
{ printf("3 marks of student %d :",i);   /*显示输入提示*/
  for(j=1;j<=3;j++)                       /*2 内层循环,j=科目序号*/
  {  scanf("%d",&mark);                   /*读入学生 i 的科目 j 的成绩*/
     if(mark>=90)goto found;              /*3 如果优秀,退出多重循环 1*/
  }
}
found:  if(j>=4)printf("Not found!\n");   /*4 根据 j 值显示查找结果*/
        else printf("student %d gets an excellent on couse %d !\n",i,j);
```

5.7 编程风格

C 语言的写作风格极为自由,故而容易产生格式混乱、难以阅读、难以理解的程序。所以编写程序也有一个写作风格的问题,良好的编程风格能够帮助程序员写出容易理解的程序。程序只有容易理解,才能容易排错,容易维护。其实编程风格涉及的主要是形式的问题,掌握起来并不困难,但是它能带来的好处却是巨大的。良好的编程风格的直接后果就是使程序更容易正确运行,间接后果是使程序更容易维护。初学者在学习程序设计的同时也要建立自己的良好的编程风格,并且不断地完善它、坚持它。

什么是良好的编程风格,是一个争论不休的问题,仁者见仁,智者见智。程序员不必追求标准的编程风格,可以根据自己的需要和兴趣建立自己的风格。下面推荐的风格是作者在多年编程实践中学习、积累的结果,仅供参考。

5.7.1 命名约定

标识符(identifier)其实就是名字,自定义的类型、变量、符号常量、宏、函数、语句的标签都要有名字,当然用得最多的是变量名。C 语言规定,名字只能由字母、数字、下划线组成，但数字不能作为名字的第一个字符，允许的最大长度至少为 31 个字符。为了提高程序的可读性，专家们通常主张使用"见名知意"的名字。许多软件厂家都制定了严格的命名规则，推崇"匈牙利命名法"之类的名字，就是要求一个名字包含尽可能多的信息，比如一个变量名要包含类型、用途，甚至还有存储类（全局的、静态的等）方面的信息。如果所有名字都如此详尽，未免太啰唆了。

B. W. Kernighan[2]主张一个变量的作用域愈大，它的名字所携带的信息应该愈多。全局变量使用具有说明性的名字，局部变量用短名字。全局变量可以出现在整个程序的任何地方，因此它们的名字应该具有说明性，以便读者能够知道它们是干什么用的。

对于局部变量，可以使用短名字。在函数内部使用 n 就够了，npoint 也可以，numberOfPoints 或者 number_of_points 就嫌过分了。按常识使用的局部变量可以采取极短的，甚至单字母的名字，例如 i、j、k 作为循环变量，p、q 作为指针变量，s、t 表示字符串。直接使用数学符号也是不错的选择，比如 x、y 代表坐标值，a、b、c 代表一元二次方程的系数。这些名字使用得如此普遍，采用长名字不会有什么益处，可能适得其反。试比较：

```
for(theElementIndex=0;theElementIndex<numberOfElenments;theElementIndex++)
        elementArray[theElementIndex]=theElementIndex;
```
和

```
    for(i=0; i<nelems; i++)
        elem[i]=i;
```

在一本教材上有这样一个语句：

```
    indiv=(int)(num-ten_thousand*10000-thousand*1000-hundred*100-ten*10);
```

意思是在求出整数 num 的十位数字、百位数字、千位数字和万位数字之后再求个位数字，倒是见名知意了，可是太长，实在是难为中国人，不如写成：

```
    d0=num-d4*10000-d3*1000-d2*100-d1*10;
```

多数教材常常鼓励不管在什么地方都使用长的变量名，这种认识完全是错误的，清晰性往往是伴随着简洁性而来的。

每个程序员都应该有自己的命名约定，而且还要始终如一地坚持下去。好的命名约定至少会使自己少犯错误，使别人更容易理解自己的程序。

在给变量起名字的时候注意要保持一致性。比如学生姓名可有多种选择：

```
Name_of_student nameOfStudent studentName stdnm    stunam
```

前 3 种用的是全词，后两个是缩写，每个词可以取前 3 个字母，也可以只取辅音字母。只要选定了某种做法，就应该在整个程序中都用这种做法，甚至在自己编写的所有程序中都坚持使用。不要忽而这样忽而那样，一会儿就把自己搞糊涂了。

变量名常用一个或几个名词，符号常量用大写。函数采用动作性的名字，可以是动词或者动宾结构，如 read、readname。对于返回真假值的函数，取名时要保证名副其实。如果函数 isleap 返回 1 值，说明一定是闰年，而函数 notleap 返回 1 值一定是平年。

5.7.2 表达式

表达式应该在保证清晰的前提下力求简短。C 语言为做同样一件事往往提供了多种选择，应该采取最清晰、最简短、最习惯的一种。当然，清晰和简短这两个目标往往难以同时满足，需要权衡，最终目标只是达到最好的可读性。例如，下面 4 种做法是等价的：

```
(1) i=0;
    while(i<=n-1)
      array[i++]=0.1;
(2) for(i=0; i<n;)
      array[i++]=0.1;
(3) for(i=n; --i>=0;)
      array[i++]=0.1;
(4) for(i=0; i<n; i++)
      array[i]=0.1;
```

4 种做法都是正确的，但是应该选择第 4 种。这样对于熟悉 C 语言的人不用思考就能正确地写出来，读者不用琢磨就能理解。

C 语言有 45 个运算符，并且把它们安排在 15 个优先级上。很明显，C 语言的运算符优先级的设计目标是让程序员写表达式时尽量少用括号。所以作为程序员，应该记住所有运算符的优先级。有人认为没有必要记住优先级，只要多加括号就行了。还有人认为记住优先级是件很困难的事。其实并非如此，程序员自己编程时可以多加括号，但是他无法要求他读的程序也是这样的。记住优先级其实很简单，就跟记住两个手机号码差不多。笔者记忆力不好，但是背诵几遍"口诀"，默写两次，大概只用了十几分钟，过了一段时间又默写了两次，就再也不忘了。如果暂时记不住，那么可以充分利用"先乘除后加减"、"=只高于，"这样的常识，只在没有把握的地方使用括号。在写表达式时可以使用括号和空格来指明优先级的高低。例如：

```
a*b + c*d
```

不需要加括号。而表达式语句：

```
leap= ((((year%4)==0)&&((year%100)!=0))||((year%400)==0));
```

当然正确，但是它有 9 个运算符、8 对括号，看起来眼花缭乱，写起来也非易事。如果你知道这里的"%"的优先级最高，"="最低，就可以去掉 4 对括号，如果你还知道关系运算符高于逻辑运算符，又可以去掉 3 个，这时变成了：

```
leap=(year%4==0 && year%100!=0) || year%400==0;
```

这里用空格表明较低的优先级别。

编程经验
记住优先级轻而易举，益处多多。

前面强调了，有副作用的运算符只有++、－－和赋值。要注意运算符的副作用，特别是++、－－的副作用。使用++、－－时一定要多加小心，它们的运算数不要在同一个表达式中重复出现。例如，语句：

```
{ int i=1,j; j=i + ++i + 2 * ++i;}
```

执行过后 i 肯定为 3，但是 ANSI C 并没有定义 3 个加数的运算次序，而且前缀++运算符的副作用之后何时完成主作用也无定义，所以 j 的取值有多种可能，TC 上是 12，VC 上是 10。这种情况如果改成：

```
{ int i=1,j; j=i; j+=++i; j+=2* ++i;}
```

就能保证 j 有唯一的值。

5.7.3　语句排列

许多教材都主张：程序段落之间要留有空行；一行只写一个语句；循环体语句必须用复合语句，即使其中只有一个简单语句；左、右花括号各占一行等，就可以轻而易举地把一个屏幕容纳得下的程序扩大到 4、5 个屏幕，这样真的就容易理解了吗？

30 年前程序大多是写在或者印在纸上的，所以通常要求一个函数不应超过一页打印纸——60 行的容量。纸上的程序可以铺在桌子上，前后参考很容易。现在程序大多是显示在屏幕上，在 TC 上一屏只能容纳 20 行，在 VC 上也不过 40 行，而且前后参考非常困难。所以程序员应该"惜行如金"，尽量让一个函数或者一个程序能够放在一屏之内。所以本书主张：

（1）程序段落间不留空行，可以用右侧注释指明段落的区分。

（2）尽量采用右侧注释，避免整行注释。

（3）关系密切的多个语句可以放在同一行上，例如：

```
t=a; a=b; b=t;
```

（4）if 语句和循环语句都可以只占一行，例如：

```
if(a>b)m=a; else m=b;
if(a>b){ t=a;  a=b;  b=t; }
for(sum=0,i=1;i<=10;i++)sum+=i;
```

（5）可以用逗号表达式语句代替只含表达式语句的复合语句。例如：

```
if(a>b) t=a,  a=b,  b=t;
```

（6）左花括号不独占一行。多行的复合语句左、右花括号上下对齐，便于匹配。如果复合语句从属于 if 语句或循环语句，左、右花括号要同整个语句的开始关键字对齐。例如：

```
if(a>b)
{ t=a; a=b; b=t;
}
```

（7）程序必须缩排，缩排可以凸显程序的结构。Tab 键可以缩进 8 个格子，似乎多了一点，4、5 个可能更好。

5.7.4　什么是好程序

若想编出好的程序，必须要明确什么是好的程序。好程序的标准不应该是唯一的，应该与程序的大小、用途、对象、使用频率、寿命等因素有关系。但是程序质量至少应涉及如下 4 个方面。

（1）正确性：正确性是程序的最基本属性，错误的程序毫无用处。而程序正确与否难以证明。平常所说的正确程序往往意味着没有发现错误。通常采取程序测试的办法，测试数据应该尽可能的全面、有代表性，以保证测试结果是可靠的。

（2）可读性：好的程序应该是容易读懂的，只有好读，才能好修改、好维护。好读与否，与读者的经验相关，"i=i+1" 一定比 "i+=1" 或者 "i++" 好读吗？初学时可能是这样，用了一段时间会认为差不多，用熟了可能更喜欢后者。程序的可读性还应该包含程序的书写风格，是否整齐醒目。虽然程序风格是形式问题，但是好的风格使读者很容易辨别出程序的各种成分，对于程序可读性有巨大贡献。

（3）有效性：源程序应该更简短，可执行程序应该执行得更快、占用的内存空间应该更少。这一目标有时可能与可读性目标发生矛盾，但一般说来是一致的。因为简洁意味着清晰。

（4）可移植性：可移植性就是在一个机器上编写的程序用到其他机器的难易程度，如果不加修改就能使用到一切机器当然最好。如果只需做一点修改，那也不错。如果必须推倒重来，就太糟了。对于大型软件产品，可移植性是重要的。由于 C 语言的通用性和普遍性，ANSI C 对于可移植性最为重视，利用 C 语言可以编写出可移植性最好的程序。对于临时使用的程序，可以不考虑可移植性。但是对于编程练习，如果能考虑到可移植性，相信编程能力容易得到更大的提高。

5.8　用 Warnier 图表示算法

对于稍微复杂的问题，必须先设计适合的算法。按照结构化程序设计技术的原则，算法设计必定是一个自顶向下、逐步求精的过程。在我国程序设计教材普遍采用流程图和 N-S 图作为表达算法的工具。流程图极为古老，而 N-S 图是 1973 年 Nassi 和 Shneiderman 提出的，实际上是一种改进的流程图。它们的优点是形象直观、简单易学，但它们难以表达自顶向下的开发过程，算不上结构化的工具，无法体现和贯彻结构化程序设计思想。

Warnier 图是法国计算机专家 J.D.Warnier 设计的，原是 LCP 方法的专用工具，现在已成为一种通用设计工具。Warnier 图主要由左花括号和一种伪语言组成，花括号表达模块的细化、展开过程。伪语言是相对于计算机语言而言的，是给人看的，可以包含描述性文字，为简便计，这里将采取 C 语言的控制语句的形式。下面用一个"斜纹矩阵"的例题，说明如何用 Warnier 图完成程序设计。

例 5-15　显示斜纹矩阵。读入矩阵尺寸 n，显示一个 n 行 n 列的斜纹矩阵。5 行 5 列的斜纹矩阵形如：

```
1  2  3  4  5
2  3  4  5  6
3  4  5  6  7
4  5  6  7  8
5  6  7  8  9
```

这个矩阵的元素取值很有规律，假如能够根据位置算出该处的元素值，就可以采取自上而下从左到右的次序计算并显示所有元素的值。所以关键在于如何根据位置(i,j)算出元素值 $a_{i,j}$。显然，$a_{i,j}$ 是 i 和 j 的函数。容易看出，在同一行依次加 1，在同一列上也是依次加 1，所以 $a_{i,j}$ 可以表示成 "$a_{i,j}=i+j+x$" 的形式，经过实验发现，x=−1，所以得到公式：

$a_{i,j}=i+j-1$

图 5-9 是本题的 Warnier 图，它是从左到右画起的。最左是 "顶"——题目，它展开成一个顺序结构：第一个动作是读矩阵尺寸 n，第 2 个是显示矩阵。读矩阵尺寸 n 又可以展开成顺序结构：提示和读。而显示矩阵导致一个循环结构——依次显示第 1 行到第 n 行。其中的循环体 "显示第 i 行" 和 "显示换行"，注意，为了简单，这里没有用花括号而是用缩排表示循环体。"显示第 i 行" 又导致一个内嵌的循环结构，依次显示第 i 行上的 n 个元素。其循环体 "显示 $a_{i,j}$" 展开成顺序结构——计算和显示 k 值。

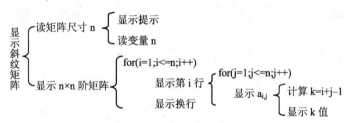

图 5-9　斜纹矩阵问题的 Warnier 图

这个图很像写文章时用的写作提纲，可以逐步加细。画起来不用直尺，容易画，容易懂。这个图从左到右不管到达哪一层，都是一种完整描述，只是层次愈深愈详细，程序员可以根据情况画到适当的深度，就可以编程了。

```c
/*5_15.c 显示斜纹矩阵*/
#include<stdio.h>
int main()
{   int i,j,k,n;
    printf("n : ");              /*提示输入数据*/
    scanf("%d",&n);              /*读变量n*/
    for(i=1;i<=n;i++)            /*显示矩阵,由第1到第n行*/
    {   for(j=1;j<=n;j++)        /*显示第i行的第1到第n个元素*/
        {   k=i+j-1;             /*计算k值*/
            printf("%4d",k);     /*显示k值*/
        }
```

```
        printf("\n");                    /*显示换行*/
    }
    return 0;
}
```

这个解法的特点是能够写出由位置算出元素值的公式，所以可以按照自上而下从左到右的显示次序算出元素值，这种方法叫做"解析法"。

5.9   程序例题

例 5-16   显示菱形。显示下面的 7 行 7 列的菱形。

```
   *
  ***
 *****
*******
 *****
  ***
   *
```

整个菱形可以分成两部分分别处理：上半部 4 行，下半部 3 行。容易编出下面程序。

```
/*5_16.c 显示菱形*/
#include<stdio.h>
int main()
{ int i,j,bn,sn;
  for(i=1;i<=4;i++)                  /*1 循环,显示上半部的 4 行*/
  { bn=4-i; sn=2*i-1;                /*2 bn=本行空格数,sn=本行星号个数*/
    for(j=1;j<=bn;j++)printf(" "); /*3 显示 bn 个空格*/
    for(j=1;j<=sn;j++)printf("*"); /*4 显示 sn 个星号*/
    printf("\n");                    /*5 换行*/
  }
  for(i=1;i<=3;i++)                  /*6 循环,显示下半部 3 行*/
  { bn=i; sn=7-2*i;
    for(j=1;j<=bn;j++)printf(" ");
    for(j=1;j<=sn;j++)printf("*");
    printf("\n");
  }
  return 0;
}
```

程序分成两部分，分别显示菱形的上半部和下半部。行 1 和行 6 的循环变量 i 不仅要控制循环次数，而且还要决定第 i 行的空格个数和星号个数。行 2 计算本行（第 i 行）的空格个数 bn 和星号个数 sn。计算的方法是把各行的 bn 和 sn 看做是等差数列，等差数列

的通项公式是:

$$a_i=a_1+(i-1)\times d$$

上半部第 1 行有 3 个空格,每一行比前一行少一个。所以第 i 行的空格数:

$$bn=3+(i-1)\times(-1)=4-i$$

类似地:

$$sn=1+(i-1)\times 2=2\times i-1$$

行 3 和行 4 分别显示 bn 个空格和 sn 个星号,行 5 再显示换行。

这个程序并不好,功能差——只能显示 7 行的菱形,而且还嫌太长。其实只为显示这样一个菱形,写 7 个 printf 调用就行了。下面我们来改进它。改进有 3 个方面。第一,程序参数化:程序通常都要根据输入参数采取不同的动作,下面程序读取菱形尺寸 n,然后显示 n 行的菱形。第二,把上、下两部分统一处理,这要求找出它们的异同点,因为有同才能统一处理,有异才要分别对待。第三,利用 "%*.*s" 取代两个内层 for 循环。

图 5-10 是改进程序的 Warnier 图。

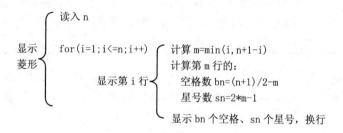

图 5-10   程序 5_16a.c 的 Warnier 图

Warnier 图是在思考的过程中画出来的,它是思考过程的记录,也是思考过程的结果。有了这张图,编程就成了机械的翻译。

```
/*5_16a.c 显示菱形的改进版本*/
#include<stdio.h>
int main()
{  int n,i,m, bn,sn;
   printf("n(<22) : ");              /*1 提示输入数据*/
   scanf("%d",&n);                   /* 读取菱形行数 n*/
   for(i=1;i<=n;i++)                 /*2 循环:统一处理上、下两部分*/
   {  m=i<n+1-i?i:n+1-i;             /*3  m=行号和倒数行号中的较小者*/
      bn=(n+1)/2-m; sn=2*m-1;        /*4 计算第 m 行空格数 bn 和星号数 sn*/
      printf("%*.*s\n",bn+sn,sn,     /*5 显示 bn 个空格,sn 个星号和换行*/
             "*************************************");
   }
   return 0;
}
```

行 1 提示并读取菱形行数 n,n 处在[1,21]之间,其值受到屏幕大小和行 5 中星号串中的星号个数的限制。

行 2 中的循环变量 i 表示菱形各行的行号,由 1 变到 n,循环体只显示第 i 行。

行 3 处理上、下半部的差异，显然第 1 行和倒数第 1 行是一样的，菱形的第 i 行和倒数第 i 行是一样的。第 i 行也就是倒数的第 n+1–i 行，如果 i>=n+1–i，说明第 i 行属于下半部，并且显示如同上半部的第 n+1–i 行。由于 m=行号和倒数行号中的较小者，下面就可以按第 m 行显示，这样上、下两部分就统一起来了。

行 4 计算第 m 行的空格数 bn 和星号数 sn，这里特别要注意推导时要考虑到 n 取奇数和偶数的情况，n=7 和 n=8 时(n+1)/2 都为 4，输出的 bn 也是相同的。

行 5 显示了 bn 个空格和 sn 个星号以及换行。%*.*s 中第 2 个*取值 sn，表示要从"星号串"中取 sn 个星号，第 1 个*取值 bn+sn 表示显示的字符串所占的屏幕宽度，其中包括 sn 个星格，剩下 bn 个就是空格了。这个例子说明了好程序是想出来的，也是改出来的，也说明了%*.*s 的巨大威力。注意，在此行中插入了一个注释，注释可出现在语句中，但不能出现在字符串中。

评论：求大同存小异

"求大同存小异"是程序设计的基本准则，也是程序员的最重要的能力之一。正因为有大同，才能用一个循环体多次重复相同的运算。正因为有小异，才能用不同的分支完成不同的运算。只有同大异小，才能使程序更紧凑。

例 5-17　求最大公约数。读取正整数 m 和 n，求出并显示它们的最大公约数。

在数学里用辗转相除法求最大公约数，例如求 70 和 42 的最大公约数：

$$70 \% 42 \equiv 28$$
$$42 \% 28 \equiv 14$$
$$28 \% 14 \equiv 0$$

最后余数为 0，得到结论：70 和 42 的最大公约数是 14。可以用程序来模拟这样的手工运算，归纳一下上面的做法：把 m 作为被除数，n 作为除数，执行求余操作，得到余数 r。如果 r 为 0，则 n 为所求。不然就进行窜位——把 n 作为新的被除数 m，r 作为新的除数 n，重复以上运算，直至 r 为 0。直接编成程序应该是这样的：

```
while(1)
{  r=m%n;
   if(r==0)break;
   m=n; n=r;
}
```

编程经验：拟人法

人们编写的程序大部分都是模仿人手工操作，所以在编程之前一定要把手工操作总结归纳，找出规律，才好编程。人不会做的，程序也不会做。

当退出循环后，n 中装有最大公约数。程序正确，但有不足：这不是标准的循环结构，而且如果最初 n 为 0 则后果不可预料。稍加改造得到以下程序：

```
/*5_17.c 求最大公约数*/
#include<stdio.h>
int main()
```

```
{ unsigned int m,n,r,t;
  printf("m,n : ");                /*显示提示 */
  scanf("%d%d",&m,&n);             /*1 读取 m 和 n */
  while(n>0)                       /*2 如果 n 为 0,m 为 gcf*/
  { r=m%n;                         /*求余*/
    m=n; n=r;                      /*窜位,准备下次求余*/
  }
  printf("gcf=%d\n",m);     /*显示结果*/
  return 0;
}
```

此程序的主体行 2 开始的 while 语句与前面的 while 语句基本等价。原来求余后测试 r,如果为 0,n 是最大公约数。现在改为求余后窜位,结果余数 r 已经进入了 n,除数 n 已进入了 m,所以测试 n,如为 0,m 就是最大公约数。不同的是这个版本先测试 n,保证了求余运算的除数不为 0。

编程经验：改进程序

有的教材在行 1 和行 2 之间增加了这样一段:

```
if(m<n)
{ t=m; m=n; n=t;
}
```

目的是保证 m 不小于 n,如果小于就交换它们,以便计算 "m%n"。其实无此必要,如果 m 小于 n,求余运算得到的余数 r 恰好为 m,这时执行的窜位恰好交换了 m 和 n 的内容。

编完程序要仔细检查,看看哪些可以删去,或者用更好的做法代替。改进程序是程序设计的必要工序。

例 5-18　菲波纳契数列是这样定义的:

$$\begin{cases} f_1=f_2=1 \\ f_n=f_{n-1}+f_{n-2} & \text{如果 } n>2 \end{cases}$$

把它们列举出来就是:

1, 1, 2, 3, 5, 8, 13, 21, …

编写程序,读取正整数 n,计算并显示菲波纳契数列的前 n 项。

```
/*5_18.c 菲波纳契数列*/
#include<stdio.h>
int main()
{ int n,i;
  long a,b,c;
  printf("n(<=40) : ");           /*1 提示输入数据*/
  scanf("%d",&n);                 /* 读取 n*/
  a=b=1;                          /* 设初值*/
  printf("%10ld %10ld ",a,b);     /* 显示:a=f1,b=f2*/
```

```
        for(i=3;i<=n;i++)                    /*2 循环：i 从 3 变到 n*/
        {  c=a+b;                            /*3 算出 c=fi,a=f(i-2),b=f(i-1)*/
           printf("%10ld%c",c,i%6?' ':'\n'); /*4 显示 fi,每行显示 6 项 */
           a=b; b=c;                         /*5 窜位,准备计算下一项*/
        }
        printf("\n");
        return 0;
     }
     /*                        运行会话
     n(<=40) : 40
             1         1         2         3         5         8
            13        21        34        55        89       144
           233       377       610       987      1597      2584
          4181      6765     10946     17711     28657     46368
         75025    121393    196418    317811    514229    832040
       1346269   2178309   3524578   5702887   9227465  14930352
      24157817  39088169  63245986 102334155
     */
```

在行 1 开始的循环中，i 指明此次循环计算的是 f_i，a 和 b 分别存放 f_{i-2} 和 f_{i-1}。行 3 算出 f_i，行 4 显示之。行 5 完成数据窜位，准备下次循环。

例 5-19 杨辉三角形是由二项式$(x+1)^i$的展开式的系数组成的，请看：

$$(x+1)^0 \qquad\qquad 1$$
$$(x+1)^1 \qquad\qquad 1 \quad 1$$
$$(x+1)^2 \qquad\quad 1 \quad 2 \quad 1$$
$$(x+1)^3 \qquad 1 \quad 3 \quad 3 \quad 1$$

第 i 行（i=0，1，2，…）有 i+1 项，第 j 项=C_i^j（j=0,1,2,…,i），容易推得：

$$\begin{cases} C_i^0 = 1 \\ C_i^j = \dfrac{i\times(i-1)\times\cdots\times(i-j)\times(i-j+1)}{1\times2\times\cdots\times(j-1)\times j} = C_i^{j-1}\times\dfrac{i-j+1}{j}, \quad j=0,1,\cdots,i \end{cases}$$

每一行第 0 项固定是 1，后面各项都可以从前面的项得到。这样的式子叫做递推公式。

```
/*5_19.c 显示杨辉三角形*/
#include<stdio.h>
int main()
{  int n,i,j,c;
   printf("n(<=13) : ");        /*  提示输入数据*/
   scanf("%d",&n);              /*  读取行数 n*/
   for(i=0;i<=n;i++)            /*1 外循环：i=行号,从 0 行到 n 行*/
   {  c=1;                      /*2 c(i,0)=1*/
      printf("%*d",(n+1-i)*3,c); /*3 留出左侧空格并显示 c(i,0) */
      for(j=1;j<=i;j++)         /*4 内循环：显示 c(i,1)到 c(i,i)*/
      {  c=c*(i-j+1)/j;         /*5 计算*/
         printf("%6d",c);       /*6 显示 c(i,j)*/
```

```
       }
       printf("\n");                    /* 每行末尾显示一换行*/
     }
   return 0;
}
/*                              运行会话
n(<=13) : 10
```

```
                          1
                       1     1
                    1     2     1
                 1     3     3     1
              1     4     6     4     1
           1     5    10    10     5     1
        1     6    15    20    15     6     1
     1     7    21    35    35    21     7     1
  1     8    28    56    70    56    28     8     1
1     9    36    84   126   126    84    36     9     1
1   10    45   120   210   252   210   120    45    10     1
*/
```

为了显示出等腰三角形的形状，行 6 在显示每个元素时必须给出显示宽度，这里取 6。那么每行显示的最左元素的宽度应该依次减 3，而且不能取 0，所以行 3 给出的宽度是 3*(n+1–i)。

例 5-20　利用泰勒展开式计算正弦值，已知公式：

$$\sin x = x - x^3/3! + x^5/5! - x^7/7! + \cdots$$

编写程序计算给定的角度 d（以度为单位）的正弦值，精确到小数点后第 6 位。

公式中 x 的单位是弧度，而人们习惯用"度"表示角度，所以要用公式：

$$x = d \times \frac{\pi}{180}$$

把 d 度换成 x 弧度。容易看出展开式的各项的通项公式是：

$$t_i = (-1)^{i-1} \times x^{2i-1}/(2i-1)!, \qquad i=1,2,\cdots$$

可以改写成递推公式：

$$\begin{cases} t_1 = x \\ t_{i+1} = -t_i \times x^2/(2i \times (2i+1)), & i \geq 1 \end{cases}$$

用一重循环就可以依次求出各项，并累加起来，直到求出项足够小为止。

编程经验：递推公式

　　递推公式包括两部分：开始项的值，以及从前面一、两项得到下一项的计算方法。用递推式比通项公式算得要快，因为计算每一项都充分利用了前一两项的计算结果。

```
/*5_20.c用泰勒级数计算正弦值*/
#include<stdio.h>
#include<math.h>
#define PI 3.1415926
```

```
int main()
{ int i;
  double d,x,t,sinx;
  printf("d : ");                            /* 提示输入数据*/
  scanf("%lf",&d);                           /*1 读取角度 d*/
  x=d*PI/180;                                /*把 d 度转换成 x 弧度*/
  for(sinx=t=x,i=1;fabs(t)>0.000001;i++)     /*2 循环到 t(i)足够小为止*/
  { t=-t*x*x/(2*i*(2*i+1));                  /*3 由 ti 算出 t(i+1)*/
    sinx+=t;                                 /*4 累加 t(i+1)到 sinx*/
  }
  printf("sin(%.2f deg)=%f\n",d,sinx);       /*5 显示结果*/
  return 0;
}
/*                                           运行会话
d : 0
sin(0.00 deg)=0.000000
d : 30
sin(30.00 deg)=0.500000
d : 45
sin(45.00 deg)=0.707107
d : 60
sin(60.00 deg)=0.866025
d : 90
sin(90.00 deg)=1.000000
*/
```

行 2 循环的初始化部分置 i 为 1，同时把 x 赋给 t 和 sinx，t 存放的是通项 t_i，i 是 1 时 t 就是 t_1。循环的测试条件是 t 是否足够小，如是则退出循环。修改部分让 i 加 1，使之始终指明已累加的项的序号。行 3 实际上是从 t_i 算出 t_{i+1}，行 4 把刚算出的 t_{i+1} 累加到 sinx 上。

在行 2 处调用了标准函数 fabs，它是在 math.h 中声明的，其函数原型是：

```
double fabs(double x);
```

功能是取浮点数形参 x 的绝对值并返回之。

> **注意：%lf**
>
> 　　行 5 处用 printf 显示 double 型数时，用的格式符是%f，也可以使用%lf。但是在行 1 处，用 scanf 读取 double 型数时，用的格式符一定是%lf，不能是%f，%f 只能用于读 float 型变量。

　　例 5-21　判断素数。如果正整数 n 只能被 1 和它本身整除，那么 n 就是素数。为了判断正整数 n 是否为素数，可以依次用 2，3，4，…，n–1 去试除 n，只要发现一次整除，就可以断定 n 不是素数，如果这些数都不能整除 n，则可断定 n 就是素数。

　　这样做有一个缺点，就是试除次数太多，运算量太大。但容易证明只需试除 2, 3, 4,…, $\lfloor \sqrt{n} \rfloor$ 即可判定 n 是否素数，这里的 $\lfloor \sqrt{n} \rfloor$ 是不大于 n 的平方根的最大整数。如果 n 是 101，前一种方法试除 99 次，后一种只需 9 次，大大提高了有效性。

```
/* 5_21.c 判断素数*/
#include<stdio.h>
#include<math.h>
int main()
{ int n,i,k;
  printf("Input a integer : ");      /*1 提示输入数据*/
  scanf("%d",&n);                     /*   读取 n 值*/
  k=sqrt(n);                          /*2 k 是不大于 n 的平方根的最大整数*/
  for(i=2;i<=k;i++)                   /*3 循环,依次用 2,3,…,k 去试除 n*/
    if(n%i==0)break;                  /*4   如果整除则退出循环*/
  if(i>k) printf("%d is a prime number.\n",n);    /*5 显示*/
  else printf("%d is not a prime number.\n",n);   /* 结论*/
  return 0;
}
/* 运行会话
Input a integer : 101
101 is a prime number.
*/
```

在程序开始处纳入了 math.h,其中包含标准函数 sqrt 的声明。如果少了这一行,运算结果错误。行 2 的函数调用 sqrt(n)要把 n 转换成 double 型再交给函数 sqrt,而 sqrt 返回的是 n 的平方根的 double 型,赋给整数 k 时舍去了小数部分,因此 k 得到的是不大于 n 的平方根的最大整数。行 3 和行 4 构成了一个循环结构,它有两个出口:当 i 大于 k 时破坏了循环条件,属于正常退出;在循环体内如果 n 被 i 整除,说明 n 不是素数则提前退出。从两个出口退出后会在行 5 汇合,在这里要测试退出条件看是从哪个口退出的。i>k 为真,说明是正常退出——n 是素数,否则就是 break 退出。

例 5-22　求出并显示 100 和 200 之间的所有素数。此题需要依次判断从 100 到 200 的每一个数是否为素数。判断一个数是否为素数需要一重循环,从 100 判断到 200 又需要一重循环,此题必然是两重循环结构。

```
/*5_22.c 显示 100 和 200 之间的所有素数*/
#include<stdio.h>
#include<math.h>
int main()
{ int n,i,k;
  for(n=100; n<=200; n++)      /*1 外循环,n 取 100 到 200 之间的所有数*/
  { k=sqrt(n);                 /*2   k 是不大于 n 的平方根的最大整数*/
    for(i=2; i<=k; i++)        /*3   内循环,依次用 2,3,…,k 去试除 n*/
      if(n%i==0) break;        /*4     如果整除则退出内循环*/
    if(i>k)printf("%d ",n)     /*5 如是正常退出,是素数,显示之*/
  }
  return 0;
}
```

> **编程经验：你的财富**
>
> 　　本程序是在上个程序基础上修改而来的，充分利用已有的程序是程序员必备的能力。你读过的、编过的程序都是你的财富，请珍惜它们！

　　注意，除了 2 以外，所有偶数都不是素数，所以 n 只取奇数就可以减少一半的计算量。同样，奇数不可能被偶数整除，如果只用奇数去试除 n，计算量又会减少一半。下面给出改进的程序段，请读者考虑是否还能进一步减少计算量？答案是肯定的，不妨试试看。

```
for(n=101; n<=200; n+=2)        /*1 外循环,n 取 101 到 199 之间的所有奇数*/
{  k=sqrt(n);                   /*2 k 是不大于 n 的平方根的最大整数*/
   for(i=3; i<=k; i+=2)         /*3 内循环,依次用 3,5,…,k 去试除 n*/
     if(n%i==0) break;          /*4 如果整除则退出内循环*/
   if(i>k)printf("%d",n);       /*5 如是正常退出,是素数,显示之*/
}
```

　　例 5-23　用牛顿法求平方根。计算机诞生以来，它的第一个应用领域是科学计算。围绕计算机发展起来的数学叫计算数学，其特点是充分利用计算机强大的计算能力完成人工难以解决的数学问题，牛顿法只是计算数学中比较简单的例子。牛顿法（Newton's method）是牛顿在 1736 年提出的，由于其中使用了切线的思想，所以也叫做切线法。

　　假定有一个数学函数 y=f(x)，求解方程 f(x)=0，就是要在笛卡儿坐标系下找出函数 f(x) 曲线与横轴的交点的横坐标。用牛顿法求解的过程如图 5-11 所示。首先选取解的近似值 x_0，计算出 $y_0=f(x_0)$，然后过 (x_0, y_0) 点做 f(x) 曲线的切线，设此切线交横轴于 x_1。因为 f(x) 曲线在 x 处的切线的斜率是 f(x) 的微商 f'(x)，所以：

$$f'(x_0) = \frac{y_0}{x_0 - x_1} \quad \Rightarrow \quad x_1 = x_0 - \frac{f(x_0)}{f'(x_0)}$$

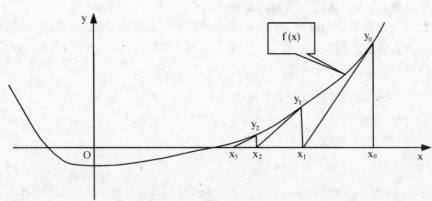

图 5-11　用牛顿法解方程 f(x)=0

　　推广到一般，得到牛顿法的运算步骤是，对于任意给定的 ε>0，选择方程 f(x)=0 的近似解 x_0，然后按照迭代公式：

$$x_{i+1} = x_i - \frac{f(x_i)}{f'(x_i)}$$

依次算出 x_1、x_2、…直到 $|f(x_n)|<ε$ 为止。

　　在计算数学中把从一个初始估计出发寻找一系列近似解来解决问题（一般是解方程或者方程组）的过程，称为迭代法（Iterative Method）。牛顿法是最典型的迭代法之一。

　　为求实数 $a>0$ 的平方根，$x=\sqrt{a} \Rightarrow x^2=a \Rightarrow x^2-a=0$，设：$f(x)=x^2-a$，那么 $f'(x)=2x$。于是得到迭代公式：

$$x_{i+1}=\frac{1}{2}\left(x_i+\frac{a}{x_i}\right), \quad i=0,\ 1,\ 2,\ \cdots$$

下面的程序对于输入的 a，选择 $x_0=a/2$，$\varepsilon=0.000001$，保证平方根精确到小数点后第 6 位。

```
/*5_23.c 用牛顿法求平方根*/
#include<stdio.h>
#include<math.h>
int main()
{  double a,x;
   int i;
   printf("a : ");                      /* 提示输入数据*/
   scanf("%lf",&a);                     /*  读取被开方数 a*/
   x=a/2;                               /*1 取近似值 x0=a/2*/
   for(i=0; fabs(x*x-a)>=1e-6; i++)     /*2 循环计算 x(i+1)*/
   {  printf("x%d=%f\n",i,x);           /*3 抽样显示 xi*/
      x=1/2.0*(x+a/x);                  /*4 由 xi 计算 x(i+1)*/
   }
   printf("x%d=%f\sqrt(%f)=%f\n",i,x,a,sqrt(a));    /*5 显示结果*/
   return 0;
}
/* 运行会话
a : 2
x0=1.000000
x1=1.500000
x2=1.416667
x3=1.414216
x4=1.414214
sqrt(2.000000)=1.414214          这是调用 sqrt 函数算出的,用作比较
*/
```

　　行 1，选取近似解 $x_0=a/2$，初始近似解的选取通常不会影响解本身，但是可能影响到迭代的次数，输入 a=2 的情况下，如果近似解取 10，需迭代 6 次，取 a/2 只需 4 次。行 2 用一个 for 循环依次计算各近似解，直至满足误差要求为止，这里的 i 用来指明迭代次数并非必要。在循环体内行 3 首先"抽样显示"近似解，而后行 4 从 x_i 算出 x_{i+1}。所谓抽样显示是最常用最有效的排错方法，而且可以观察程序的计算过程。程序通过之后可以删除抽样显示的语句。为便于比较，行 5 在显示结果的同时还显示了调用库函数 sqrt 算出来的平方根，可以看到两个结果的前 7 位有效数字是一致的。

　　例 5-24　统计单词数。读入一个结束于句点"."的句子，统计键入的字符数、空白字

符数、非空白字符数以及单词数。所谓单词是由几个连续的非空白字符构成的。

　　统计人数只需统计人头个数就行了，统计单词数只需统计单词头数就行了。单词头就是单词的第一个字符，它必须是非空白字符，而它的前一个字符必须是空白字符。空白字符指的是空格 Space、制表 Tab 和回车换行 Enter。

```
/*5_24.c 统计单词数*/
#include<stdio.h>
int main()
{ char c,lc;                          /*c=当前字符,lc=上个字符*/
  int cs,nbs,ws;                      /*cs=字符数,nbs=非空字符数,ws=单词数*/
  printf("Input a sentance ended by '.' :\n");
  cs=nbs=1; ws=0;                     /*1 设初值,至少有一个非空字符'.'*/
  for(lc=' '; (c=getchar())!='.'; lc=c)   /*2 循环,设 lc 初值为空格*/
  { cs++;                             /*3 每次循环,字符数加 1*/
    if(c!=' ' && c!='\t' && c!='\n')  /*4 如果当前字符不是空白*/
    { nbs++;                          /*5 非空白数加 1*/
      if(lc==' ' || lc=='\t' || lc=='\n') /*6 如果上个字符是空白*/
        ws++;                         /*   则单词数加 1*/
    }
  }
  printf("charcters=%d  blanks=%d nonblanks=%d words=%d\n",
              cs,cs-nbs,nbs,ws);      /* 显示结果*/
  return 0;
}
/*
Input a sentance ended by '.' :
it is a good program.
charcters=21  blanks=4 nonblanks=17 words=5
*/
```

　　行 1，设初值，因为句子结束于句点，所以句子至少有一个字符，而且是句点字符，这里要把字符数和非空白数置为 1。

　　行 2，循环读字符并处理。先设上个字符 lc 为空格。表达式 2 要读当前字符 c，并测试是否为句点，如果不是进入循环体。注意，其中的赋值表达式必须加括号。作为修改部分的表达式 3，使本次的当前字符成为下次的上个字符。

　　行 3，每执行一次循环体，处理一个字符，所以字符总数 cs 加 1。

　　行 4，测试当前字符是不是空白，如果不是，执行行 5 和行 6。

　　行 5，非空白字符数加 1。

　　行 6，测试上个字符是不是空白，如是单词数加 1。

　　注意，行 4 和行 6 两次测试是不是空白，操作重复。代替 lc，可以保存一种状态——上个字符是不是空白。这样只需在循环体中求出当前字符是不是空白。按照这种想法，得到下一个版本：

```
/*5_24a.c 统计单词数*/
```

```
#include<stdio.h>
int main()
{  char c;
   int cs,bs,ws,blnk,lblnk;                    /*1 定义 blnk,lblnk*/
   printf("Input a sentance ended by period :\n");
   cs=1; bs=0; ws=0;
   for(lblnk=1; (c=getchar())!='.'; lblnk=blnk)
                                   /*2 循环：开始上个字符为空白*/
   {  cs++;
      blnk=c==' ' || c=='\t' || c=='\n';       /*3 计算当前字符为空白否*/
      bs+=blnk;                                 /*4 修改空白字符数*/
      ws+=!lblnk && blnk;                       /*5 修改单词数*/
   }
   printf("charcters=%d  blanks=%d nonblanks=%d words=%d\n",
               cs,bs,cs-bs,ws);
   return 0;
}
```

行 1，去除了变量 lc，增加了 blnk 表示当前字符是否为空白符，以及 lblnk 表示上个字符是否为空白。

行 2，循环初始化部分设 lblnk 为 1。修改部分将 blnk 置入 lblnk。

行 3，用 blnk 记下"当前字符 c 是不是空白"这种状态，如是 blnk 置 1，否则清 0。

行 4，等价于"if(blnk==1)bs++;"，这里用一个表达式语句代替一个 if 语句。这种写法比较简捷，如果熟悉了会感到更好读。行 5 类似。

习 题 5

5-1 写出满足下列描述的 C 表达式：

（1）x 在区间[–10,10]范围内。

（2）x 的值大于等于 a 或小于等于 b。

（3）x 是大于 20 的偶数。

（4）x 可以被 5 整除但不能被 3 整除。

（5）x 能同时被 3 和 7 整除。

（6）字符 c 是小写英文字母。

（7）字符 c 是数字 0～9。

（8）三条边 a，b，c 可以组成一个三角形。

（9）年份 y 是闰年。

5-2 请说明 C 语言编译程序是如何对下面的表达式求值，并在不改变求值顺序的情况下去除多余的括号：

（1）a+(b/c)

（2）(a+b)/c

（3）(a*b)%c

（4）(a+(b+c))

（5）a%(b*c)

（6）(a+b)==c

（7）((a>='a')&& (a<='z'))

（8）– (a++)

（9）((a==2)||(a==4)) && ((b==2)||(b==4))

5-3　除了与、或、非以外还有一种叫做"异或"的逻辑运算，其定义为：运算数 a 和 b 的异或为真当且仅当 a 和 b 中只有一个为真。在以下的表达式中哪些能够正确表达逻辑异或运算？

（1）a||b　　　　　　（2）a&&b　　　　　（3）(a&&b) && !(a||b)

（4）(a||b) && !(a&&b)　（5）(a||b)>(a&&b)　（6）!a!=!b

5-4　已知 x＝65，ch＝'A'，zh＝'0'，y＝0；则表达式(x>=y && ch-=x && zh-=y)的值是多少？

5-5　设有声明"int a=1,b=2,c=3,d=4,m=2,n=2;"，执行(m=a>b)&& (n=c>d)后 n 的值是多少？执行(m=c>=b) &&(n+=a)后 n 的值是多少？执行 m && (m=d>c) && (n=a>b)后 n 的值是多少？

5-6　举例说明：在什么情况下，while 语句比 for 语句更适用？在什么情况下，do 语句比 while 语句更适用？

5-7　指出下面每个语句中的错误，并改正这些错误。

```
(1) while( c>=5)
    {  p *= c;
     ++c;
(2) scanf("%.4d",&n );
(3) if(g == 1)
       printf("Woman\n");
    else;
       printf("Man\n");
(4) while( x>=0 )
     sum += x;
```

5-8　阅读程序写出运行结果。

```
(1) #include<stdio.h>
    int main()
    {  int a,b,c,d,x;
       a=1,b=3,c=5,d=4;
       if(a<b)
       if(c<d) x=1;
       else
         if(a<c)
            if(b<d)x=2;
```

```
            else x=3;
          else x=6;
        else x=7;
      printf("x=%d\n",x);
      return 0;
    }
```

(2) ```
    #include<stdio.h>
    int main()
    { float a,b;
      a=2.0;
      if(a<0.0) b=0.0;
      else if((a<0.5) && (a!=2.0)) b=1.0/(a+2.0);
      else if(a<10.0) b=1.0/a;
      else b=10.0;
      printf("%f\n",b);
      return 0;
    }
```

(3) ```
    #include<stdio.h>
    int main()
    { int x,y;
      x=12;
      y=x>12 ? x+10 : x-12;
      printf("%d\n",y);
      return 0;
    }
```

(4) ```
    #include<stdio.h>
    int main()
    { int max=2,a=4,b=1,c=3;
      printf("%d\n",max<a?max : c<b?c:b);
      return 0;
    }
```

(5) ```
    #include<stdio.h>
    int main()
    { int x=0,i;
      for(i=0;i<3;i++)
        switch(x++)
        { case 0:
          case 1:
          case 2:
          case 3: printf("%d\n",x++);
        }
```

```
        return 0;
    }

(6) #include<stdio.h>
    int main()
    {   int i=7;
        do
        {   switch(i%2)
            {   case 0: i--;break;
                case 1: i--;continue;
            }
            i--;
            printf("%d\n",i);
        }while(i>0);
        return 0;
    }
```

5-9　编写程序，输入成绩等级（A，B，C，D，E），输出对应的分数范围（90～100，80～90，70～80，60～70，0～60）。

5-10　分别用 while 语句和 do 语句编写计算 1+2+3+…+100 的程序片段。

5-11　编程计算阶乘之和：1!+2!+3!+4!+…+10!，要求只使用一重循环。

5-12　利用泰勒公式：

$$\pi/4 = 1-1/3+1/5-1/7+\cdots$$

计算 π 的近似值，要求精确到 6 位小数。

5-13　利用泰勒公式：

$$e^x = 1 + x + \frac{x^2}{2!} + \frac{x^3}{3!} + \cdots, \quad 0<x<1$$

计算 e 的 x 次幂。要求精确到 6 位小数。

5-14　求输入的 n 个整数中正数的个数，并输出它们的个数和平均值。

5-15　输入一行字符，分别统计出其中英文字母、空格、数字和其他字符的个数。

5-16　用辗转相减法求正整数 m 和 n 的最大公约数。所谓辗转相减法，就是反复从大的数中减去小的数，直至二数相等。例如：

$$gcf(42,70)=gcf(42,28)=gcf(14,28)=gcf(14,14)=14$$

5-17　输入 n 个正整数(2<n<10)，求其最大公约数和最小公倍数。

5-18　输入一串字符（以回车结束），将其中的每 4 个数字字符拼成一个整数输出。例如，如果输入为 "12ab　345zxc 67<Enter>"，那么显示为 1234 567。

5-19　输入一个结束于句点的句子，这里把用一个或几个相连的非空格字符当做是一个单词，计算并显示句子包含的单词个数。

5-20　输出所有的 "水仙花数"，即一个 3 位整数，其各位数字立方和等于该数本身。

5-21　猴子吃桃问题。猴子第一天摘下若干个桃子，当即吃了一半，还不过瘾，又多吃了一个。第二天早上又将剩下的桃子吃掉一半多一个。以后每天都吃了前一天剩下的一半多一个。到第 10 天，它发现只剩下一个桃子了。求第一天猴子摘了多少个桃子。

5-22　读取不大于 20 的正整数 n，分别显示 n×n 的左上拐角、右上拐角、右下拐角、左下拐角的拐角矩阵。5×5 的 4 种矩阵如下所示：

```
1 1 1 1 1      1 1 1 1 1      5 4 3 2 1      1 2 3 4 5
1 2 2 2 2      2 2 2 2 1      4 4 3 2 1      1 2 3 4 4
1 2 3 3 3      3 3 3 2 1      3 3 3 2 1      1 2 3 3 3
1 2 3 4 4      4 4 3 2 1      2 2 2 2 1      1 2 2 2 2
1 2 3 4 5      5 4 3 2 1      1 1 1 1 1      1 1 1 1 1
```

5-23　读取不大于 20 的正整数 n，显示 n×n 的回形矩阵。7×7 的回形矩阵如下所示：

```
1 1 1 1 1 1 1
1 2 2 2 2 2 1
1 2 3 3 3 2 1
1 2 3 4 3 2 1
1 2 3 3 3 2 1
1 2 2 2 2 2 1
1 1 1 1 1 1 1
```

5-24　显示如下 3 种图案：

```
*                ***************              *
**               ************                **
***              **********                  ***
****             ********                    ****
*****            *****                       ******
******           ***                         *******
*******          *                           ********
```

5-25　按照以下格式打印九九乘法表。

```
1*1=1
2*1=2    2*2=4
3*1=3    3*2=6    3*3=9
4*1=4    4*2=8    4*3=12   4*4=16
5*1=5    5*2=10   5*3=15   5*4=20   5*5=25
6*1=6    6*2=12   6*3=18   6*4=24   6*5=30   6*6=36
7*1=7    7*2=14   7*3=21   7*4=28   7*5=35   7*6=42   7*7=49
8*1=8    8*2=16   8*3=24   8*4=32   8*5=40   8*6=48   8*7=56   8*8=64
9*1=9    9*2=18   9*3=27   9*4=36   9*5=45   9*6=54   9*7=63   9*8=72   9*9=81
```

5-26　给出年份和月份，计算并显示该年该月的天数。

5-27　读入一批正整数，键入 0 表示结束输入。找出连续出现次数最多的数和次数。例如键入：

1 2 1 1 2 0

连续出现次数最多的数是 1，它的连续出现次数是 2。

5-28　编程实现简单算术计算器。可以对两个数做加、减、乘或除运算，例如输入 5/2，输出 5/2=2.5。

5-29　输入正实数 a 和正整数 m，求 a 的 m 次方根，即 $\sqrt[m]{a}$，要求精确到 10^{-5}。

提示：使用牛顿法，设 $f(x) = x^m - a$，那么 $f'(x) = mx^{m-1}$。

5-30　用二分法求方程 $2x^3 - 4x^2 + 3x - 6 = 0$ 的一个根。二分法也是一种方程求根的近似解法。假定要求函数 $f(x) = 0$ 的根，其步骤是：

（1）先找出一对值 a 和 b，使得 a<b 并且 f (a) 与 f (b) 异号。根据中值定理，这时区间 [a,b] 内一定包含方程 f(x) 的一个根，所以取它为求解空间。

（2）求该区间的中点 m，并算出 f (m) 的值。

（3）若 f (m) 与 f (a) 同号，则取 [m,b] 为新的求解区间，否则取 [a,m]。

（4）重复第 2 和第 3 步直至求解空间的长度足够小。

第6章

数组与指针

前面学过的几种数据类型，如 int、float，都是标量类型，就是说每个变量只能装一个数据项，彼此之间没有什么联系。其实生活中数据之间往往要有许多联系，那么 C 语言就要提供把数据联系起来的方法。集合类型的变量能够包含多个数据项，本章介绍的数组和第 8 章介绍的结构都是集合类型，但是数组只能包含相同类型的数据项，而结构可以包含不同类型的数据项。

6.1 一维数组

为了使用数组，首先要用声明来定义数组变量，声明的形式是：

类型　数组变量名[数组尺寸] ={初始化符，…}，… ;

这里的类型可以是一切有效的类型，甚至是集合类型，数组变量名是程序员指定的标识符。数组尺寸是该数组包含的元素个数，必须是正整型常量表达式，不能是浮点数，更不能是变量。例如：

```
#define SLENGTH  80
char    str[SLENGTH+1]
int     a[10];
float   b[100];
```

定义了数组变量 str、a 和 b，数组变量 str 有 81 个 char 型元素，a 有 10 个 int 类型元素，b 有 100 个 float 型元素。

注意：使用整型常量表达式的场合

在 C 语言中必须使用整型常量表达式的场合有两处：switch 语句的 case 标签和定义数组时所用的数组尺寸。下面两个语句是常见的错误：

```
        switch(…)
        {  case a>b : …
           case 2.5 : …
           …
        }
和
        int n=20, a[n];
```

在定义数组变量的同时还可以为它的所有元素或部分元素赋予初值。例如：

```
int a[10]={1,2,3,4,5,6,7,8,9,10};
```

定义了包含 10 个元素的 int 型数组变量 a，而且还给这 10 个元素赋予了初值 1，2，…，10。由于这里的初始化符的个数与数组尺寸相同，所以可以省略数组尺寸，C 编译器会数出元素个数：

```
int a[]={1,2,3,4,5,6,7,8,9,10};
```

初始化符的个数可以少于数组尺寸，这时初始化符只能从第 0 个元素开始依次赋值。例如：

```
int a[10]={1,2};
```

定义了数组 a，它的 10 个元素依次取值 1，2，0，…，0。

初始化符的个数如果多于数组尺寸，编译程序视为非法。

定义数组时如果没有给出初始化符表，例如"int a[10];"，如果 a 是全局变量或静态局部变量，a 的所有元素自动取 0；如果 a 是局部自动变量，那么 a 的所有元素的值不确定。这里说的全局变量和局部变量等概念，将在第 7 章介绍，迄今为止程序中用到的所有变量全是局部自动变量。

上面的初始化是在定义数组时完成的，初始化还可以用赋值语句完成：

```
for(i=0;i<10;i++) a[i]=i+1;
```

或者从键盘读入初始值：

```
for(i=0;i<10;i++) scanf("%d",&a[i]);
```

6.2　一维数组的使用

在定义了一维数组：

```
int a[10];
```

之后就可以使用它了。定义了数组 a，实际上也就是定义了它的 10 个 int 型元素，它们是 a[0]，a[1]，…，a[8]，a[9]。[ ]中的数字是元素的编号，也叫做元素下标（subscript），元素下标必须是整形表达式。特别要注意：C 语言规定数组下标必须从 0 开始编号，因此不存在 a[10]元素，最大的元素下标等于数组尺寸-1。

注意：数组越界

　　如果使用的元素下标大于或等于数组尺寸，这是一种严重的错误，通常叫做"数组越界"。但是 C 编译程序并不检查，这样的程序运行起来，后果不可预测。

数组元素的用法就像一个同类型的变量一样，也是一种左值表达式。在表达式中，元素下标可以是整型常量、整型变量，甚至是复杂的整型表达式，其值必须处在 0 与数组尺

寸–1 之间。

例 6-1　数组练习。

```
/*6_1.c 数组练习*/
#include<stdio.h>
int main()
{   int a[10],i;              /*1 定义数组 a 和下标变量 i*/
    for(i=0;i<10;i++)         /*2 利用循环把数组 a 的 10 个元素*/
        a[i]=2*i+1;           /*       初始化为 1,3,…,19*/
    for(i=9;i>=0;i--)         /*3 按相反次序显示数组 a,*/
        printf("%4d",a[i]);   /*       每个数占 4 个字符位置 */
    printf("\n");             /*换行*/
    return 0;
}
/* 运行会话
  19  17  15  13  11   9   7   5   3   1
*/
```

行 1 定义了包含 10 个 int 型元素的数组 a，还定义了一个 int 型变量 i，用做下标变量。程序包括两个 for 循环：行 2 是第一个循环，其循环变量 i 也是下标变量，从 0 变到 9，将前 10 个奇数依次赋给这 10 个元素。在行 3 的第二个循环中，i 从 9 变到 0，按照相反次序显示出前 10 个奇数。注意，在显示数组各元素时为了整齐，通常要使用显示宽度。再有，为了同以后可能的输出分隔开，在显示完所有元素之后还要显示换行符。

> **编程经验：换行符**
> 所有程序最后显示的都应该是换行符，这样可以和以后的输出区分开，这是一种很好的编程风格。

注意，尽管一个数组变量是一个整体，但是对数组没有整体性操作，比如对于数组变量 a 不能用 "a=1;" 之类的语句把所有元素赋予 1，也不能用 "a=b;" 之类的语句把 b 数组所有元素的值赋予 a 数组。但是，sizeof 运算符可以作用在数组名上，得到的值是该数组所占的字节数，例如：

```
int a[10];
long double b[20];
printf("%d,%d\n",sizeof a,sizeof b);
```

显示的是 20,200(TC)或者 40,160(VC)。

例 6-2　杨辉三角形。上一章给出了一个显示杨辉三角形的程序，下面的程序将使用一维数组，应该更有效。杨辉三角形由二项式系数所组成，第 i 行第 j 个元素（i=0, 1, 2, …, 10, j=0, 1, 2, …, i) 的值可以用下面公式求出：

$$\begin{cases} c_0^0 = 1 \\ c_i^j = c_{i-1}^{j-1} + c_{i-1}^j \end{cases} \quad (i = 0, 1, \cdots \quad j = 1, 2, \cdots, i)$$

下面的程序显示一个 13 行的杨辉三角形。它使用一个一维数组 c，依次记录了所有行的所有项。算法思想是，在上一行（第 i−1 行）的基础上算出当前行（第 i 行）。为了不破坏上一行数据，采取从右到左的次序计算。杨辉三角形是左右对称的，第 i 行有 i+1 个元素（c[0]>⋯>c[i]），而且每一行都比上一行多一个元素。开始时 c[0]置为 1，其实所有行的第 0 个元素都是 1，所以该值不必再算。第 0 行只有 1 个元素，就是 c[0]。当第 i−1 行算好之后，先从右边开始计算 c[i]，方法是把 c[i−1]($\equiv C_{i-1}^{i-1} \equiv 1$)加到 c[i]（$\equiv 0$）得到 C_i^i（$\equiv 1$），而后依次计算 c[i−1]、c[i−2]直到 c[1]。

```
/* 6_2.c杨辉三角形：一维数组*/
#include<stdio.h>
int main()
{  int c[13]={1},i,j;              /*定义数组c,置a[0]=1*/
   for(i=0;i<13;i++)              /*1 循环,依次计算并显示第0行到第12行*/
   {  for(j=i;j>0;j--)            /*2 计算第i行的i个元素c[j],j=i,…,2,1*/
        c[j]+=c[j-1];             /*3 计算方法是把c[j-1]加到a[j]*/
      printf("%*c",(13-i)*2,' '); /*4 显示行前空格*/
      for(j=0;j<=i;j++)           /*5 循环,*/
        printf("%4d",c[j]);       /* 显示第i行的i+1个元素*/
      printf("\n");
   }
   return 0;
}
/*                              运行会话
                  1
                 1  1
               1  2  1
              1  3  3  1
            1  4  6  4  1
          1  5 10 10  5  1
         1  6 15 20 15  6  1
        1  7 21 35 35 21  7  1
      1  8 28 56 70 56 28  8  1
     1  9 36 84 126 126 84 36  9  1
   1 10 45 120 210 252 210 120 45 10  1
  1 11 55 165 330 462 462 330 165 55 11  1
 1 12 66 220 495 792 924 792 495 220 66 12  1
*/
```

行 1，程序的外层循环的循环变量 i 代表杨辉三角形中的行号 i，从 0 变到 12。循环体包含两部分：行 2 计算第 i 行元素 c[i]到 c[1]，行 5 显示该行元素 c[0]到 c[i]。观察运行会话，每一行比上一行少了两个空格，所以行 4 显示的空格数一定包括(x−i)*2。同时为使空格数大于 1，x 必须大于所有 i 值，取 x 为 13 即可。

下面对此程序做一点改进：把内层的两个 for 循环合并起来。这里要有以下考虑：两个循环的 j 的变化方向和循环次数不同，因为每一行都是左右对称的，可以把第 2 个改成上升次序，同时把它的循环次数改成 i 次，剩下的 c[0]显示挪到内循环之外。于是程序主体改为：

```
for(i=0;i<13;i++)              /*1 循环,依次计算并显示第 0 行到第 12 行*/
{  printf("%*c",(13-i)*2,' ');  /*2 显示第 i 行前空格*/
   for(j=i;j>0;j--)             /*3 循环,计算第 i 行的 i 个元素,j=i,…,2,1*/
   {  c[j]=c[j-1]+c[j];         /*4 计算方法：c[j-1]加到 c[j]*/
      printf("%4d",c[j]);        /*5 显示 c[j]元素*/
   }
   printf("   1\n");            /*6 显示 c[0]=1 及换行*/
}
```

6.3　一维数组与指针

编译程序在看到声明：

```
short b[4]={1,2,3,4};
```

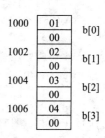

图 6-1　数组 b 的内存分配

之后，就为数组 b 分配 4 个连续的 short 对象，在 TC 和 VC 上每个 short 对象占 2 个字节。假定数组 b 分得了从地址值 1000 开始的 8 个字节，那么元素 b[0]分得的地址为 1000 和 1001 两个字节，b[1]分得 1002 和 1003 两个字节，等等。如图 6-1 所示，也就是说：

　　&b[0]≡1000　　&b[1]≡1002　　&b[2]≡1004　　&b[3]≡1006

&b[i]是 b[i]的地址，可以看做是常量，一经分配，就确定下来，不可更改。

　　C 语言规定：数组名表示它的第 0 个元素的地址，数组名+i 表示它的第 i 个元素的地址。即

　　b≡b+0≡&b[0]　　b+1≡&b[1]　　b+2≡&b[2]　　b+3≡&b[3]　　b+i≡&b[i]

　　注意，b≡1000，表达式 b+1≡1002 而不是 1001，这是因为 b 是一个 short 对象的地址，b+1 是下一个 short 对象的地址。

　　由于 b+i 是元素 b[i]的地址，当然可执行间接访问运算：

　　*b ≡ *&b[0] ≡ b[0]　　*(b+i) ≡ *&b[i] ≡ b[i]

于是访问数组的任何元素，都有两种等价的方法—— * 和 [ ]，在这种意义下可以说一个*等价于一个[ ]。

　　紧接着还有一个声明：

```
short *p=b;
```

定义了 short 型指针变量 p，并被赋予了地址常量 b，即&b[0]。注意，b 是赋给 p 的，不是赋给*p 的。可以说，从 p 向前看 p 的类型，向后看 p 的初值。

p 是指针变量，b 是地址常量，它们都指向 short 型变量 b[0]。p+1 指向下一个 short 型变量 b[1]，p+i 指向第 i 个 short 型变量 b[i]。因此：

```
p≡b≡&b[0]          p+i≡b+i≡&b[0]+i≡&b[i]
*p≡*b≡b[0]          *(p+i)≡*(b+i)≡b[i]≡p[i]
```

为访问数组元素 b[i]，有了 4 种不同写法。那么指针变量 p 和数组名 b 有什么区别呢？根本区别还是：p 是指针变量，是左值表达式，可以改变；b 是地址常量，不是左值表达式，不能改变。下面的例子是利用这一特点改写了例 6-1：

```
/*6_1a.c 改写的例 6-1*/
#include<stdio.h>
int main()
{ int a[10],*p;
  for(p=a;p<a+10;p++)          /*1 p 由 a 变到 a+9,退出时取 a+10*/
      *p=2*(p-a)+1;            /*2      p-a 依次取 0 到 9*/
  for(--p;p>=a;--p)            /*3 p 依次取 a+9 到 a*/
      printf("%4d",*p);        /*      显示 a[9]到 a[0]*/
  printf("\n");
  return  0;
}
```

在行 1 的第一个 for 循环中 p 依次取 a、a+1、…、a+9，即依次指向 a[0]、a[1]、…、a[9]，当 p 取 a+10 时退出循环。行 2，在循环体中（p-a）是 p 和 a 所指的元素之间元素个数，恰好取代上个程序中的 i。行 3 在第二个 for 循环中先让 p 指向数组 a 的最后一个元素 a[9]，以后依次递减，最后取 a-1 时退出。

6.4　指针变量的运算

说到指针变量的运算，需要区别指向简单变量和数组元素的指针变量。对于连续定义的简单变量，ANSI C 不要求分配连续的内存空间，所以它们的地址之间没有固定的联系。而同一个数组的所有元素在内存中必然是按照次序连续存放的。在下面的程序片段里：

```
int a[3]={1,2,3},b=4,c=5,d=6,*p=a+1,*q=&c;
printf("%d,%d,%d\t%d,%d,%d\n",*(p-1),*p,*(p+1),*(q-1),*q,*(q+1));
```

指针 p 指向数组元素 a[1]，所以 p-1 一定指向 a[0]，p+1 一定指向 a[2]。而指针 q 指向标量变量 c，所以 q-1 和 q+1 都没有意义，在不同的实现上可能得到不同的结果。这个片段在 TC 和 VC 上得到不同的结果：

```
1,2,3    4,5,6    (TC)
1,2,3    6,5,4    (VC)
```

在 3.3.4 节里介绍的与指针变量相关的运算符适用于所有指针变量：地址运算符&适用于内存对象，包括指针变量；间接访问运算符*和强制类型转换运算符（类型*）适用于指针变量和地址。下面再介绍几种与指针变量相关的运算：

（1）相等运算符==以及不等运算符!=：适用于所有的指针变量和地址，两个运算数相等表明它们指向同一个内存对象。

（2）大于>、大于等于>=、小于<、小于等于<=运算符：适用于指向同一个数组的指针变量和地址，如果有：

```
int a[10],*p=a+1,*q=a+3;
```

那么 p<q 成立，说明 p 指向的元素的下标小于 q 指向的元素下标，也就是说在内存中 p 指向的元素位于 q 指向的元素之前。

（3）自增++和自减--运算符：适用于指向同一个数组的指针变量，例如：

```
int a[10],*p,i;
for(p=a,i=1;i<=10;i++)*p++=i*i;
```

在此循环中 p 最初指向 a[0]，循环体语句把 i*i 的值赋予 p 指向的元素，并且 p 加 1 指向了下一个元素。最后把 100 送入了 a[9]，此时 p 指向了 a[9] 之后的位置。这个位置超出数组 a 的范围，但 C 语言认为是合法的，只是不能间接访问它。

（4）+n 和-n 运算，此处 n 是整数：适用于指向同一个数组的指针变量和地址，例如：

```
int a[10],*p=a+5;
```

那么，

```
p+2 ≡ &a[7]      p-3 ≡ &a[2]
```

（5）减法运算符-：适用于指向同一个数组的指针变量和地址，例如：

```
int a[10],*p=a+5,*q=a+7;
```

那么，

```
q-p ≡ 2
```

这里的 2 是二指针指向的元素之间的元素个数。

6.5　从键盘输入数组元素

例 6-3　输入数组。从键盘读入 10 个整数，而后显示它们：

```
/* 6_3.c 输入数组：读 10 个元素*/
#include<stdio.h>
int main()
{ int a[10],i;
  printf("Enter 10 numbers:\n");    /*提示输入 10 个整数*/
  for(i=0;i<10;i++)                 /*读取   */
     scanf("%d",&a[i]);             /*  10 个整数*/
```

```
    printf("array a :\n");
    for(i=0;i<10;i++)                    /*显示 10 个整数*/
        printf("%4d",a[i]);
    printf("\n");
    return 0;
}
/* 运行会话
Enter 10 numbers:
1 2 3 4 5
6 7 8 9 10
array a :
   1   2   3   4   5   6   7   8   9  10
*/
```

本程序运行时只能键入固定多个整数，如例 6-3 中的 10 个，这是很不方便的。实际应用时 10 个嫌太少，排错程序时又嫌太多。最好把数组尺寸开大一些，允许输入任意多个元素。下面给出上个程序的 3 种改进版本。

（1）首先讯问并读取要输入的数据个数 n，然后读取并显示 n 个数据。程序如下：

```
/* 6_3a.c 输入数组：先读个数 n,再读 n 个元素*/
#include<stdio.h>
int main()
{ int a[20],n,i;
  printf("how many numbers ? ");        /*提示要读数据的个数*/
  scanf("%d", &n);                       /*读个数 n*/
  printf("Enter %d numbers:\n",n);       /*提示读数据元素*/
  for(i=0;i<n;i++)                       /*循环读取*/
     scanf("%d",&a[i]);                  /*n 个数*/
  printf("array a = ");                  /*显示 n 个数*/
  for(i=0;i<n;i++)
     printf("%4d",a[i]);
  printf("\n");
  return 0;
}
/* 运行会话
how many numbers ? 3
Enter 3 numbers:
1 2 3
array a =    1   2   3
*/
```

（2）首先指定–32768 作为输入结束标志——"哨兵"，而后循环读取数据到整数变量 t 中，判断 t 是否为哨兵，如果不是则把 t 复制到数组元素中。程序如下：

```
/* 6_3b.c 输入数组：读数组,结束于哨兵*/
#include<stdio.h>
```

```
int main()
{ int a[20],n,t,i;
  printf("Enter some numbers,ended by -32768:\n");
  scanf("%d",&t);              /*1 读入 t*/
  for(n=0;t!=-32768;n++)       /*2 循环,直至遇哨兵为止*/
  { a[n]=t;                    /*  如非哨兵则记入数组*/
    scanf("%d",&t);            /*3 再读入 t*/
  }
  printf("array a = ");        /*显示数组*/
  for(i=0;i<n;i++)
      printf("%4d",a[i]);
  printf("\n");
  return 0;
}
/*                           运行会话
Enter some numbers,ended by -32768:
1 2 3 4 5 -32768
array a =    1   2   3   4   5
*/
```

行 2 处的 for 语句中表达式 1 和 3 是关于 n 的,n 表示已读数的个数。而表达式 2 测试的是读取的数。所以说三个表达式可以不相关。在行 3 又读取 t,行 1 到行 3 构成了一个 **xx-while-xx** 结构。

这里的哨兵（sentinel）,指的是输入范围之外的数。如果输入数都是正数,可以用-1作为哨兵。如果输入数都是 3 位数,可以选用 1000 作为哨兵。这里允许输入的整数处于[-32767,32767]中,所以用-32768 作为哨兵。使用这种方法,提示输入时应该指明哨兵值。

（3）利用了函数调用 scanf("%d",&a[n]) 的返回值——本次调用正确读入的数据项个数,如果键入正确（开始于 0~9、+、-）就返回 1 值,否则返回 0 值,如果键入的是 Ctrl+Z,则返回-1。这种输入方法简单、自由,值得提倡。注意,VC 要求作为结束输入的 Ctrl+Z 必须独占一行。

```
/* 6_3c.c输入数组：利用 scanf 的返回值读数组*/
#include<stdio.h>
int main()
{ int a[20],n,i;
  printf("Enter some numbers,ended by Ctrl+Z:\n"); /*提示*/
  for(n=0;scanf("%d",&a[n])>0;n++)                  /*1 循环读数组 */
      ;                                             /*2 循环体是空语句*/
  printf("array a = ");                             /*显示所有*/
  for(i=0;i<n;i++)                                  /*数组元素*/
      printf("%4d",a[i]);
  printf("\n");
  return 0;
}
```

```
/* 运行会话
Enter some numbers,ended by Ctrl+Z:
1 2 3 4 5
^Z
array a =   1   2   3   4   5
*/
```

在执行行 1 的循环语句时操作员如果正确键入一个整数，函数 scanf 返回 1 导致继续循环；当操作员键入 Ctrl+Z 时屏幕上回送（echo）的是^Z，这时返回-1，循环条件不成立，退出循环，此时 n 恰好是已输入的元素个数。行 2 表明此循环的循环体是一个空语句，为强调这一点，让分号独占一行。

6.6 查找与排序

查找和排序是软件中执行最为频繁的操作，其效率对于软件性能有很大影响，所以它们成为许多相关课程的基本内容，在程序设计课程中是必不可少的例题。这里只介绍一些简单的算法，在后续课程如"数据结构"和"算法设计与分析"中，将进行深入地研究。

6.6.1 查找

所谓查找（searching）就是在一组数据中寻找一个给定的数值。最简单的查找方法叫做线性查找（linear searching），就是对此数组逐一比较，直至找到时或者找遍时为止。

例 6-4 线性查找。在读入的一批整数中依次查找一些输入值并显示查找结果。

```
/* 6_4.c 线性查找 */
#include<stdio.h>
int main()
{ int a[20],n,i,x;
  printf("array a : ");                    /*1 提示并 */
  for(n=0;scanf("%d",&a[n])>0;n++)         /*     读取*/
     ;                                     /*          数组 a */
  rewind(stdin);                           /*2 重新打开键盘*/
  printf("Array a = ");                    /*3 显示*/
  for(i=0;i<n;i++)printf("%4d",a[i]);      /*     数组*/
  printf("\n");                            /*4      元素*/
  printf("value to be found : ");          /*5 提示键入被查数*/
  while(scanf("%d",&x)>0)                  /*6 读入 x,如是 Ctrl+Z 退出循环 */
  { for(i=0;i<n;i++)                       /*7     线性查找 */
        if(a[i]==x)break;                  /*         找到则退出循环*/
    if(i<n)printf("found! a[%d]=%d\n",i,x); /*8 如找到,显示找到信息*/
    else printf("%d was not found!\n",x);  /*否则显示未找到*/
    printf("value to be found : ");        /*9 提示键入被查数*/
```

```
    }
    return 0;
}
/* 运行会话
array a : 5 7 1 9 3                   输入数组
^Z
array a =   5   7   1   9   3         显示数组
value to be found : 1                 查找 1
found! a[2]=1                          找到
value to be found : 7                 查找 7
found! a[1]=7                          找到
value to be found : 4                 查找 4
4 was not found!                      没找到
value to be found : ^Z                停止查找
*/
```

行 1 提示读入数组 a，而后循环读入若干数组元素。注意当键入<Ctrl+Z>时退出循环，而<Ctrl+Z>标志着文件尾（EOF），由于系统把标准输入设备——键盘当做文件看待，所以系统看到文件尾就认为再无数据可读了。可是下面还要读入被查数，于是行 2 调用 rewind 函数，以便继续读入要查找的数据 x。行 3 显示刚刚读入的数组 a。关于 rewind 函数请看第 9 章。

行 5 到行 9 构成一个 xx-while-xx 结构，行 6 是读被查数 x，如果键入〈Ctrl+Z〉则退出循环。否则进入循环查找。行 7 就是线性查找，其实是一个 for 循环，i 由 0 变到 n–1，只要 a[i]==x 成立就退出循环。此循环有两个出口：如果找不到，i 达到 n 时退出；如果找到，i 必然小于 n。所以 for 循环后可以用 i 值判定是否找到 x。

因为读入和显示数组是最常用的操作之一，为了缩短程序节省篇幅，在头文件 myhfile.h 中加入两条宏：

```
#define READA(a,n,t)   printf("array "#a" : ");\
                       for(n=0;scanf("%"#t,&a[n])>0;n++);\
                       rewind(stdin)
#define WRITEA(a,n,t) {  int _i; printf("array "#a" = ");\
                       for(_i=0;_i<n;_i++)printf("%"#t,a[_i]);\
                       printf("\n"); }
```

宏 READA 和 WRITEA 的功能是读数组和写数组，都有三个形参：a 代表数组名，n 是数组的有效元素个数，t 是格式控制符。为避免 WRITEA 中的_i 同程序中可能出现的变量重名，这里把等价串写成一个复合语句，在其中可以定义只在此复合语句中有效的_i 变量。

下面给出的版本是由上个例子改写而成的，它纳入了 myhfile.h，并调用了其中的宏。

```
/* 6_4a.c 线性查找：使用读写数组的宏 */
#include "myhfile.h"
int main()
{  int a[20],n,i,x;
```

```
        READA(a,n,d);                              /*1 读入数组*/
        WRITEA(a,n,4d);                            /*2 显示数组*/
        printf("value to be found : ");           /*3 提示键入被查数*/
        while(scanf("%d",&x)>0)                    /*4 读入 x,Ctrl+Z 退出循环 */
    .  {  for(i=0;i<n;i++)                          /*5 线性查找 */
               if(a[i]==x)break;                    /*       找到则退出循环*/
           if(i<n)printf("found! a[%d]=%d\n",i,x); /*6 如找到,显示找到信息*/
           else printf("%d was not found!\n",x);   /*       否则显示未找到*/
           printf("value to be found : ");         /*7 提示键入被查数*/
       }
       return 0;
   }
```

设数组 a 中有效元素个数为 n,在 a 中包含 x 的情况下平均查找次数为 n/2。线性查找的优点是程序简单,并且对于数组元素的排列情况没有特殊要求,在元素个数不多的情况下是很好的选择。如果元素个数很多,比如 n=1000,那么每查找一个数值就要比较 500 次,太慢了,难以容忍。

更好的方法是二分查找(binary search),其好处是快,在 1000 个元素中查找一个值只需比较 $\log_2 1000 \leqslant 10$ 次。缺点是程序稍嫌复杂,而且要求数组元素必须是排好次序的。

评论:时间复杂度

一个程序的运行时间通常随处理问题的规模变大而变长。比如,查找问题的规模用查找空间中的元素个数 n 来表示,程序算法所用的时间的数量级叫做时间复杂度。线性查找的时间复杂度为 O(n),这里用的是大 O 记法,意思是时间复杂度是 n 数量级的。而二分查找的时间复杂度为 $O(\log_2 n)$。除非 n 很小,实际应用都使用二分查找法。

例 6-5   二分查找。在一组按上升次序输入的整数数组中查找某个整数。

```
/* 6_5.c 二分查找 */
#define DEBUG 1
#include "myhfile.h"
int main()
{ int a[20],n,i,x,left,right,m;
  READA(a,n,d);                              /* 读入数组 */
  WRITEA(a,n,4d);                            /* 显示数组*/
  printf("value to be found : ");           /* 提示键入被查数*/
  while(scanf("%d",&x)>0)                    /* 循环读 x,Ctrl+Z 退出循环*/
  {   left=0;right=n-1;                       /*1 查找区间为[0,n-1] */
      while(left<=right)                      /*2 如区间非空进入循环 */
      {  m=(left+right)/2;                    /*3     计算中间元素下标 m */
#if DEBUG
  printf("left=%d,right=%d,m=%d\n",left,right,m); /*4 如 DEBUG 非 0 则抽样显示*/
#endif
         if(a[m]==x)break;                    /*5     如中间元素等于 x 退出 */
```

```
            else if(a[m]>x) right=m-1;        /*6   如 x 在左,则查找[left,m-1]*/
            else left=m+1;                     /*7   否则 x 在右,查找[m+1,right]*/
        }
        if(left>right) printf("%d was not found!\n",x);/*8 区间为空说明未找到*/
        else  printf("found! a[%d]=%d\n",m,x);   /*9 否则说明找到了 */
        printf("value to be found : ");   /* 提示键入下一个被查数*/
    }
    return 0;
}
/*                                              运行会话
array a : 1 3 5 7 9 11 13 15 17 19             本程序要求按上升次序输入数组 a
^Z                                              结束输入
array a =     1   3   5   7   9  11  13  15  17  19  显示数组 a
value to be found : 17                          输入被查找数值 17
left=0,right=9,m=4                               第 1 次循环的排错信息
left=5,right=9,m=7                               第 2 次循环的排错信息
left=8,right=9,m=8                               第 3 次循环的排错信息
found! a[8]=17                                   找到 17 了
value to be found : 8                           输入被查找数值 8
left=0,right=9,m=4
left=0,right=3,m=1
left=2,right=3,m=2
left=3,right=3,m=3
8 was not found!                                没有找到 8
value to be found : ^Z                          输入 Ctrl+Z 结束程序
*/
```

　　本程序展示了一种传统的排错技术——抽样显示（snap shot）。程序开始处定义了符号常量 DEBUG，在下面的#if 和#endif 预处理命令界定的条件编译段中判断 DEBUG，为 1 表示要显示排错信息，为 0 则不显示。行 4 显示的排错信息包括 left、right 和 m 的值，通过观察它们的变化情况能够清楚地了解程序执行情况，找出可能隐藏的错误。排错完成之后可以修改第一行的 1 为 0，则会产生可执行程序的无排错信息的版本。

> **编程经验：抽样显示**
> 　　现在的 C 语言系统都带有一套排错工具，但是大师级著作《程序设计实践》[2]认为："我们发现以单步方式遍历程序的方式，还不如努力思考，辅之以在关键位置加打印语句和检查代码。"抽样显示方法可以用在一切 C 语言环境中，而且对于提高程序员理解程序的动态行为的能力极为有益。

　　二分查找的思想是：用变量 left 和 right 指明被查找区间[left,right]，行 1 把它们初始化为 0 和 n−1。只要区间非空就进入循环，行 2 测试 left<=right，为真表明区间中至少有一个元素，left>right 表明区间为空。在循环中的行 3 处计算区间的中间位置的下标 m，然后把中间元素 a[m]同 x 进行比较，等于表示找到，退出循环（行 5）；a[m]小说明要在左半区间

继续查找，所以要把区间的右边界 right 改作 m-1（行 6）；不然只有在右半继续查找了，要把左边界 left 改作 m+1（行 7）。这个二分查找循环也有两个出口：left<=right 不成立，表示区间为空，没有找到（行 2）；a[m]==x 为真，表示找到了（行 5）。两个出口在行 8 处又合并到一起，这时要测试 left>right 成立否，以便区分是从哪个出口退出的，进行不同的处理。

这个程序要求被查找的数组必须按上升次序排列，不然后果难以预测。所以操作员在输入数组数据时一定要按上升次序，尽管这个要求有些过分。实际应用中操作员可以按任何次序输入，程序要负责对数组进行排序，排成上升次序之后再进行查找。对一个数组往往要查找成千上万次，所以增加一次排序还是合算的。

6.6.2　排序

所谓排序（sort）就是把一批数据重新排列使它们变成有序的——上升或者下降次序。排序算法按速度——时间复杂度分成两类：n^2 级和 $n\log_2 n$ 级的，就是说当数据个数 n 变大时需要的操作数量或者时间可能按 n^2 和 $n\log_2 n$ 比例增加。n^2 级排序算法有气泡排序（bubble sort）、选择排序（selection sort）、插入排序（insert sort）。$n\log_2 n$ 级排序算法主要有快速排序（quick sort）、合并排序（merge sort）、堆排序（heap sort）。本书只涉及 n^2 级排序算法。

例 6-6　气泡排序。用气泡排序法（bobble sort）把输入的数组元素按上升次序排序。这个名字是一种比喻，就像鱼儿在水中连续吐出气泡，这些气泡一个接一个地升到水面。

```
/*6_6.c气泡排序*/
#include "myhfile.h"
int main()
{ int a[20],n,i,j,t;
  READA(a,n,d);                            /*  读数组 a */
  WRITEA(a,n,4d);                          /*  显示数组 a */
  for(i=n-1;i>0;i--)                       /*1 外循环：i 从 n-1 变到 1 */
  {   for(j=0;j<i;j++)                     /*2    内循环：j 从 0 变到 i-1 */
         if(a[j]>a[j+1])                   /*3       如果 a[j]>a[j+1] */
         { t=a[j];a[j]=a[j+1];a[j+1]=t;    /*        则交换它们 */
         }.
      WRITEA(a,n,4d);                      /*4 抽样显示数组 a */
  }
}
/*`                                        运行会话
array a : 7 3 4 8 5 1 9 6 2                读入数组 a
^Z
array a =    7  3  4  8  5  1     9  6  2  数组 a 的初始状态
array a =    3  4  7  5  1  8  6  2     9  第 1 趟后的数组 a
array a =    3  4  5  1  7  6  2  8     9  第 2 趟后的数组 a
array a =    3  4  1  5  6  2  7  8     9  第 3 趟后的数组 a
```

```
array a =      3   1   4   5   2   6   7   8   9  第 4 趟后的数组 a
array a =      1   3   4   2   5   6   7   8   9  第 5 趟后的数组 a
array a =      1   3   2   4   5   6   7   8   9  第 6 趟后的数组 a
array a =      1   2   3   4   5   6   7   8   9  第 7 趟后的数组 a
array a =      1   2   3   4   5   6   7   8   9  第 8 趟后的数组 a
*/
```

　　行 1 的外循环的循环体要执行 n−1 趟（pass），循环变量 i 表示此次循环至少要让 a[i] 定位，i 取 n−1 到 1，所以依次使 a[n−1]、…、a[2]、a[1]定位。最后只剩下 a[0]自然也就定位了。行 2 的内循环的任务是要使 a[i]定位，循环变量 j 是两两比较的两个相邻元素中前者的下标，从 0 变到 i−1，行 3 的循环体把 a[j]同 a[j+1]加以比较，如果前大后小则交换之。在内循环体后放了一条 WRITEA，用来显示每趟后的数组 a。请仔细分析运行会话，其中用下划线标明了本趟后移的元素。

　　注意，把 WRITEA 放在内循环之后，所以 n−1 趟会显示 n−1 次 a，这些数据起到抽样显示的作用，可使数据演变过程一目了然。完成程序排错后可以把此句挪出外循环，它就只显示最后的数组 a 了。

编程经验：循环变量的作用

　　行 1 处 for 循环的循环变量 i 由 n−1 变到 1，共循环了 n−1 次。其实 i 不仅有计数作用，而且还指明了本次循环要将第 i 个元素定位，比如第 1 次循环要把 n 个元素中的最大者放在 i−1 的位置上。这样一来内循环的循环变量 j 的处理就简单了：从 0 到 i−1。有的教材是这样处理这个二重循环的：

```
for(i=1 ;i<n; i++)
    for(j=0; j<n-i; j++)
        …
```

相比之下，第一种方法简单一点容易记忆，不易出错。

　　例 6-7　选择排序（selection sort）。首先让 a[1]、a[2]、…、a[n−1]依次同 a[0]比较，如果小于就同 a[0]互换。实际上最后的 a[0]就是全部元素中的最小者，这时 a[0]就位了。其次找出 a[1]、…、a[n−1]中的最小者，与 a[1]互换，依此类推，最后找出 a[n−2]和 a[n−1]中的最小者，与 a[n−2]互换。

```
/* 6_7.c 选择排序*/
#include "myhfile.h"
int main()
{  int a[20],n,i,j,t;
   READA(a,n,d);  WRITEA(a,n,4d);         /* 读、显示数组 a*/
   for(i=0;i<n-1;i++)                      /*1 外循环：i 从 0 变到 n-2*/
   {  for(j=i+1;j<n;j++)                   /*2 内循环：j 从 i+1 变到 n-1*/
        if(a[i]>a[j])                      /*3 如果 a[i]>a[j]*/
        {  t=a[i];a[i]=a[j];a[j]=t;        /* 则交换它们*/
        }
      WRITEA(a,n,4d);                      /* 显示数组 a*/
```

```
      }
    }
/*运行会话
Array a : 7 3 4 8 5 1 9 6 2                      输入数组
^Z
array a =   7   3   4   8   5   1   9   6   2   数组 a 的初始状态
array a =   1   7   4   8   5   3   9   6   2   第 1 趟,交换 2 次
array a =   1   2   7   8   5   4   9   6   3   第 2 趟,交换 3 次
array a =   1   2   3   8   7   5   9   6   4   第 3 趟,交换 3 次
array a =   1   2   3   4   8   7   9   6   5   第 4 趟,交换 3 次
array a =   1   2   3   4   5   8   9   7   6   第 5 趟,交换 3 次
array a =   1   2   3   4   5   6   9   8   7   第 6 趟,交换 2 次
array a =   1   2   3   4   5   6   7   9   8   第 7 趟,交换 2 次
array a =   1   2   3   4   5   6   7   8   9   第 8 趟,交换 1 次
```

行 1 外循环的循环变量 i 从 0 变到 n–2,意思是依次让 a[0]、a[1]、…、a[n–2]定位,剩下 a[n–1]自然也就定位了。

行 2 内循环就是要用"擂台法"使最小者最终站在擂台——a[i]上,依次将 a[j](j=i+1,…,n–1)同 a[i]比较。行 3,如果 a[j]小则交换它们。循环过后 a[i]留下的就是 a[i]到 a[n–1]中的最小者。

在行 3,只要看到前大后小就交换。在运行会话中用下划线表示发生交换的地方,容易看出,各趟进行的交换几乎都多于 1 次。为了减少交换次数,下面给出一个改进版本:

```
/* 6_7a.c 选择排序的改进版本*/
#include "myhfile.h"
int main()
{ int a[20],n,i,j,t,k;          /* t、k 存放当前元素最小值及下标*/
  READA(a,n,d);WRITEA(a,n,4d);  /* 读、写数组 a*/
  for(i=0;i<n-1;i++)            /*1 外循环:i 从 0 到 n-2*/
  { t=a[i];k=i;                 /*2   设当前最小值 t 为 a[i]*/
    for(j=i+1;j<n;j++)          /*3   内循环:j 从 i+1 变到 n-1*/
        if(a[j]<t)t=a[j],k=j;   /*4      若 a[j]小于 t,则记下 j 到 k 中*/
    a[k]=a[i];a[i]=t;           /*5   交换 a[i]和 a[k]*/
  }
  WRITEA(a,n,4d);               /*6 显示数组 a*/
}
/*运行会话
Array a : 7 3 4 8 5 1 9 6 2
^Z
array a =   7   3   4   8   5   1   9   6   2
array a =   1   2   3   4   5   6   7   8   9
*/
```

此程序在行 3 内循环中用变量 t、k 记载当前最小值及其下标,初值为 a[i]和 i(行 2)。在循环过程中只要发现 a[j]<t,不是交换它们,而是记下新的最小值 a[j]及其下标 j(行 4)。循环过后 t 中存放的是 a[i]、…、a[n–1]中的最小值 a[k],由于 a[k]已存于 t 中,所以只需

两个赋值语句就可完成 a[i] 和 a[k] 的交换（行 5）。

　　此程序为减少行数，在不影响可读性的前提下，把相关语句写在同一行上。特别注意，行 4 的语句"if(a[j]<t)t=a[j],k=j;"实际是"if(a[j]<t){t=a[j];k=j;}"的缩写，它用一个逗号表达式语句取代一个包含多个表达式语句的复合语句。好处是省去了一对花括号。另外，行 6 的 WRITEA 已经挪到了循环之外，只显示最后的排序结果，缩短了运行会话。

6.7　二维数组

　　一维数组可以存放一串数据，对应于数学中的向量。而本节研究的二维数组，对应于数学中的矩阵，可以存放一个数据表格。

　　例如，有 3 个学生，都参加了 4 个学科的考试，把他们的成绩记录下来，就需要一个表格。

	学科 1	学科 2	学科 3	学科 4
学生 1	80	90	70	60
学生 2	74	78	68	82
学生 3	93	87	79	95

6.7.1　定义二维数组

　　在 C 语言程序中，如果用一维数组来存放这 12 个数据，就难以找出某个学生的某科成绩。这时使用二维数组就会方便许多。二维数组的声明的形式为：

类型　数组变量名 [行数] [列数]={初始化符, …}, … ;

同一维数组的声明一样，这里的类型可以是一切有效的类型，数组变量名是程序员指定的标识符，行数和列数必须是正整型的常量表达式。例如：

```
int a[3][4];
float b[100][2];
```

为了存放上面的学生成绩表，可以定义这样的数组：

```
int mark[3][4];
```

这个声明告诉我们，mark 是一个 3 行 4 列的数组，其元素都是 int 型的变量。这个声明可以从数组名开始按运算符的优先次序和结合性来解读：这里只有两个[]运算符，它们要从左到右解读，因此说 mark 是一个 3 元素数组，每个元素又是一个 4 元素数组，这 4 个元素都是 int 型变量。

6.7.2　二维数组的初始化

　　与一维数组一样，二维数组可以在定义时初始化，也可以用赋值语句初始化。以下 4 个声明都是定义时初始化的，是等价的：

```
int a[3][4]={{1,2,3,4},{5,6,7,8},{9,10,11,12}};
int a[3][4]={1,2,3,4,5,6,7,8,9,10,11,12};
int a[][4]={{1,2,3,4},{5,6,7,8},{9,10,11,12}};
int a[][4]={1,2,3,4,5,6,7,8,9,10,11,12};
```

它们把数组 a 的 12 个元素都赋予了初始值。后两个声明省去了行数，编译程序会根据列数 4 和初始化符的个数 12 计算出行数。注意，只能省去行数不能省去列数。

下面两个声明：

```
int a[3][4]={{1},{5,6}};
int a[][4]={{1},{5,6}{0}};
```

都等价于 int a[3][4]={{1,0,0,0},{5,6,0,0},{0,0,0,0}}

下面的声明：

```
int a[3][4]={0};
```

能把数组 a 的所有元素初始化为 0。

例 6-8 学生成绩处理。一个班级有 3 名学生，参加了 4 科考试。编写程序读入他们的各科成绩，要求计算每人的平均成绩和每科的平均成绩，以及 3 人 4 科的总平均成绩。

```
/* 6_8.c 学生成绩处理*/
#include<stdio.h>
int main()
{ int marks[3][4],i,j;
  int stsum[3]={0},cosum[4]={0},sum=0;
  for(i=0;i<3;i++)                              /*读入每人的各科成绩*/
  { printf("marks of student%d : ",i+1);
     for(j=0;j<4;j++)
       scanf("%d",&marks[i][j]);
  }
  for(i=0;i<3;i++)                              /*把一个成绩累加到*/
     for(j=0;j<4;j++)
     { stsum[i]+=marks[i][j];                   /*  对应学生成绩和中*/
       cosum[j]+=marks[i][j];                   /*  对应科目成绩和中*/
       sum+=marks[i][j];                        /*  总成绩和中*/
     }
  printf("average marks per student = ");       /*计算并显示每个学生的平均成绩*/
  for(i=0;i<3;i++)
     printf("%8.2f",stsum[i]/4.0);
  printf("\naverage marks per couses  = ");     /*计算并显示每个科目的平均成绩*/
  for(j=0;j<4;j++)
     printf("%8.2f",cosum[j]/3.0);
  printf("\naverage = %8.2f\n",sum/12.0);       /*计算并显示总的平均成绩*/
  return 0;
}
/*运行会话
marks of student1 : 80 90 70 60
marks of student2 : 74 78 68 82
marks of student3 : 93 87 79 95
```

```
average marks per student =      75.00    75.50    88.50
average marks per couses  =      82.33    85.00    72.33    79.00
average =     79.67
*/
```

6.7.3 多维数组

C 语言允许定义二维以上的数组，ANSI C 没有限制维数，但是 C 语言的实现都会对维数加以限制。其实应用中很少使用四维以上的数组。这里只举一个三维数组的例子：

```
int a[2][3][4];
```

定义了一个三维数组 a，它有 2×3×4=24 个 int 型元素。为访问其中的元素，需要给出 3 个下标 i、j 和 k，满足：$0 \leq i < 2$，$0 \leq j < 3$，$0 \leq k < 4$，例如 a[i][j][k]=1。

在定义数组的同时可以将其元素初始化：

```
int a[2][3][4]={{{1},{0,2}},{{0},{4},{5,6}}};
```

或者

```
int a[2][3][4]={1,0,0,0,0,2,0,0,0,0,0,0,0,0,0,0,4,0,0,0,5,6,0,0};
```

6.8 二维数组与指针

在 C 语言中，其实只有一维数组，其元素可以是任何类型。如果其元素也是数组类型的，那么就构成了所谓的二维数组。因此二维数组的内存分配一定是按行分配的。对于下面数组：

```
int a[3][4]={{1,2,3,4},{5,6,7,8},{9,10,11,12}};
```

先分配第 0 行，然后第 1 行，第 2 行。a[0][1]紧接 a[0][0]之后，a[1][0]紧接 a[0][3]之后。a 可以看成一个一维数组，每个元素是一个含有 4 个 int 型元素的向量。数组名 a 代表向量 a[0]的地址：

```
a ≡ &a[0]
```

a[0]也是数组，其元素是 int 型变量，a[0]可以看作一维数组的名字，所以：

```
a[0] ≡ &a[0][0]
```

容易推得：

```
*a ≡ a[0]        **a ≡ a[0][0]
```

类似地，a 指向第 0 行，a+i 就指向第 i 行，a[i]指向 a[i][0]，a[i]+j 就指向 a[i][j]：

```
*(a+i) ≡ a[i]
*(*(a+i)+j) ≡ *(a[i]+j) ≡ (*(a+i))[j] ≡a[i][j]
```

下面先定义一个向量指针 p：

```
int (*p)[4]=a;
```

声明也要按运算符的优先级和结合性进行解读：从名字 p 出发，()和[]同级，它们从左到右结合，所以先解读*p——p 是一个指针，然后[4]——指向含有 4 个 int 元素的向量。注意，p 接受的初值是 a，p 只能接受向量地址，而 a 恰好是向量 a[0] 的地址。由于 p 变量的值是 a，所以上面式子中的 a 换成 p 仍然成立：

```
*(p+i)≡p[i]≡a[i]
*(*(p+i)+j)≡*(p[i]+j)≡(*(p+i))[j]≡p[i][j]≡a[i][j]
```

随后再定义一个指针数组 q 和一个指向指针的指针 r：

```
int *q[3],**r=q;
q[0]=a[0];q[1]=a[1];q[2]=a[2];
```

数组 q 有 3 个元素，每个元素都是指向 int 型变量的指针。3 条赋值语句使 q 的 3 个元素分别指向 a 的 3 行的第 0 个元素，即：

```
*(q+i)≡q[i]≡a[i]
*(*(q+i)+j)≡*(q[i]+j)≡(*(q+i))[j]≡q[i][j]≡a[i][j]
```

r 有两个*，*是单目运算符，结合性是从右到左，*r 指明 r 是指针变量，r 说明 r 指向一个 int 型指针变量。换句话说，r 只能存放一个指针变量的地址。将 q——q[0] 的地址赋予 r，从而 r≡q，所以把上式中的 q 换成 r 仍然成立：

```
*(r+i)≡r[i]≡a[i]
*(*(r+i)+j)≡*(r[i]+j)≡(*(r+i))[j]≡r[i][j]≡a[i][j]
```

最后定义一个指向 int 型元素的指针 s：

```
int *s=a[0];
```

s 是 int 型指针，指向 a[0][0]，s+1 就指向下一个 int 对象，所以：

```
*s≡s[0]≡a[0][0]
*(s+4*i+j)≡s[4*i+j]≡a[i][j]
```

对于上面介绍的数组 a 和指针变量 p、q、r 和 s，下面给出一个示意图，图 6-2 中的 p 指向行向量，用较粗的箭头标明。

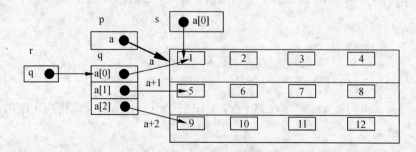

图 6-2　二维数组 a 与行指针 p、指针数组 q、指针的指针 r 及元素指针 s 的关系

例 6-9 用不同形式的指针访问二维数组的元素。下面的程序说明为访问一个二维数组的元素可以采取多种不同形式。对于 a、p、q 和 r，都有 4 种等价形式。为缩写程序，首先定义了一条宏 WRITE4。

```c
/* 6_9.c用不同形式的指针访问二维数组的元素*/
#include<stdio.h>
#define WRITE4(x,i,j) printf(#x"[%d][%d]=%d  *(*("#x"+%d))[%d]=%d"  \
            "  *(" #x"[%d]+%d)=%d  (*("#x"+%d))[%d]=%d\n", \
            i,j,x[i][j],i,j,*(*(p+i)+j),i,j,*(x[i]+j),i,j,(*(p+i))[j])
int main()
{ int a[3][4]={1,2,3,4,5,6,7,8,9,10,11,12},i=1,j=2;
  int (*p)[4]=a,*q[3],**r=q,*s=a[0];
  q[0]=a[0],q[1]=a[1],q[2]=a[2];
  printf("i,j : ");scanf("%d%d",&i,&j);
  WRITE4(a,i,j);
  WRITE4(p,i,j);
  WRITE4(q,i,j);
  WRITE4(r,i,j);
  printf("*(s+%d*4+%d)=%d  s[%d*4+%d]=%d\n",i,j,*(s+i*4+j),i,j,s[i*4+j]);
  return 0;
}
/* 运行会话
i,j : 1 2
a[1][2]=7  *(*(a+1))[2]=7  *(a[1]+2)=7  (*(a+1))[2]=7
p[1][2]=7  *(*(p+1))[2]=7  *(p[1]+2)=7  (*(p+1))[2]=7
q[1][2]=7  *(*(q+1))[2]=7  *(q[1]+2)=7  (*(q+1))[2]=7
r[1][2]=7  *(*(r+1))[2]=7  *(r[1]+2)=7  (*(r+1))[2]=7
*(s+1*4+2)=7  s[1*4+2]=7
*/
```

6.9 字符数组与字符串

文字处理也是计算机的传统应用，所以 C 语言提供了 char 类型。char 类型可以表达范围很小的整数，更重要的作用是表示一个字符。独木不成林，只有字符远远不够，所以还有字符串常量。但是字符串常量如何存储，读进一个字符串又能放在哪里，第 2 章没有介绍，因为这涉及数组。

6.9.1 字符数组

C 语言没有提供字符串类型，这可能是因为字符串与其他类型不同，字符串是变长的。

字符串可以是一个单词、一个句子，甚至一篇文章。最短的字符串是空串，最长的可达数百个字符。虽然 C 语言没有字符串类型，却有字符数组。字符数组是容器，容纳的是字符串。

字符数组是元素为 char 类型的数组，其定义方法与其他数组一样。例如，下面定义了一个包含 81 个元素的字符数组 line：

```
char line[81];
```

在这样定义之后，line 就可以像其他数组一样使用了。例如：

```
for(n=0; n<81&&(line[n]=getchar()) != '.'; ++n)
    ;
for(i=0; i<n; i++)
    putchar(line[i]);
putchar('\n');
```

第一个循环将一个结束于句点的句子读入到数组 line。循环变量 n 始终指向盛放下一个字符的位置，表达式 2 首先保证读入字符不会越过数组边界，而后再读入。退出循环时 n 记下读入字符的个数。第二个循环依次显示 line 中的所有有效元素，也就是把输入的句子再显示出来。

定义字符数组时也可以像其他数组一样进行初始化，例如：

```
char name[20] = {'z','h','a','n','g','l','i','n'};
```

这里定义了一个名为 name 的、具有 20 个 char 型元素的数组，并给前 8 个元素指定了初始值。其他未指定初值的元素都自动清 0。通常 char 型的 0 叫做空（nul）字符，就是其 ASCII 代码为 0 的字符，不是'0'字符（ASCII 代码 48），也不是空格字符' '（ASCII 代码为 32）。空字符的转义字符写法是'\0'。空字符在 C 语言里有特殊作用，后面经常用到。

这样初始化太麻烦，要写许多单引号和逗号，下面是两种等价的写法：

```
char name[20] = {"zhanglin"};
char name[20] = "zhanglin";
```

它们的含义是为字符数组 name 分配 20 个字节，并把字符串"zhanglin"存入其中，多余字节用空字符填补。注意，20 个元素的字符数组可以容纳的字符串最长包含 19 个字符，所以：

```
char name[20] = "zhanglin is a good student!";
```

是错误的，TC 指出这是一种"Too many initializers"错误。

下面两个声明：

```
char name[] = {'z','h','a','n','g','l','i','n'};
char name[] = "zhanglin";
```

不等价。用 sizeof 运算符容易测得前一个数组 name 的尺寸为 8，说明其中只装有 8 个字符。而后一个的尺寸为 9，说明它包含了一个由 8 个字符组成的字符串。8 个字符组成的字符串不等于 8 个字符。用 watch 窗口可以看到，后一个 name 除包括 8 个字符外还有一个表示结束的空字符。

字符串是变长的，如何指定内存中的一个字符串呢？有两种方法：一种是开始地址+长度，有的语言（如 Pascal 语言）采取这种方法。这种方法的内存表示如下：

	0	1	2	3	4	5	6	7	8
name	8	'z'	'h'	'a'	'n'	'g'	'l'	'i'	'n'

C 语言采取第二种方法：开始地址+结束标志，因为在文字信息中不可能出现空字符，所以选取空字符作为结束标志。这种方法的内存表示如下：

	0	1	2	3	4	5	6	7	8
name	'z'	'h'	'a'	'n'	'g'	'l'	'i'	'n'	'\0'

其实空字符就是字符串的"哨兵"，它不是字符串中的字符，只起到"禁止超越"的作用。用这种方式表示字符串处理起来更方便。在这种情况下，程序怎样才能从内存表示中确定字符串结束的位置呢？有了字符串末尾的空字符，处理字符串的程序就可以顺序检查，遇到空字符就知道遇到了字符串结束。虽然空字符不是字符串内容的一部分，但却是字符串表示中不可缺少的部分。

这种方法是 C 语言处理字符串的标准方法，表现在两方面：一是编译器遇到"zhanglin"时要为 8 个串中字符和一个空字符共分配 9 个字节；二是 C 标准库的字符串处理函数都是基于这种表示定义的。所以在编写字符串处理程序时最好也使用这种方法。

> **评论：C 程序中的 Pascal 式的字符串**
>
> 在有些关于数据结构和算法方面的教材上，往往会看到其中的 C 语言程序使用了"开始地址+长度"的方法表示字符串，显得不伦不类，很容易造成理解上的混乱。原因是这些 C 语言程序改编自早期的 Pascal 语言程序。其实改写成地道的 C 语言程序并非难事，只需要认真归纳一下，找出两种表示法之间的转换规则，就能够容易地把 Pascal 语言程序转换成真正的 C 语言程序。

6.9.2　字符数组和字符指针

假如在程序中要多次使用一个很长的字符串常量，那么可以先定义它，以后用它的名字。这时有两种选择：

```
char s[]="this is a long string!";
char *t="this is a long string!";
```

这里定义了字符数组 s 和字符指针 t，并被赋予了初始值。它们在只读操作方面作用相同。例如语句：

```
printf("s=%s\n,t=%s\n",s,t);
```

执行的结果是：

```
s=this is a long string!
t=this is a long string!
```

但是在其他方面有很多差异，需要特别注意。

（1）从语义上讲，s 的声明说的是，给数组变量 s 分配 22 个字节，并将初始化字符串填入其中。而 t 的声明说的是，给指针变量 t 分配 2（TC）或 4（VC）个字节内存，并使之指向字符串常量 "this is a long string!"。注意，两个声明右端的字符串的含义是不同的，前一个可以看做是：

```
{'t','h','i','s',' ','i','s',' ','a',' ','l','o','n','g',' ','s','t','r',
'i','n','g','!','\0'}
```

的缩写。而后一个却是真正的字符串常量。

（2）s 和 t 的内存分配可用图 6-3 表示。

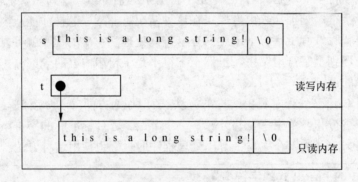

图 6-3　两种字符串在内存中的布局

数组变量 s 是在可读写的内存中分配的，所以 s 的数组元素都可以改写。例如，执行下面的语句：

```
s[2]='a';s[3]='t';
```

也就修改了字符串 s，s 变成了 "that is a long string!"。也可以用语句：

```
scanf("%s",s);
```

从键盘重新输入 s 数组。而 t 指向的是字符串常量，字符串常量是在只读内存中分配的，不允许修改。

（3）t 是指针变量，其内容可以修改，比如可以再让它指向另一个字符串：

```
t="good morning!"
```

而 s 是指向数组第一个字节的地址，一经分配就不可更改。

（4）t 的声明 "char *t ="this is a long string!";" 可以用：

```
char *t;
t="this is a long string!";
```

代替。第 2 章说过，字符串常量的值是存放该串的内存的地址。实际上对 t 的赋值是一个

赋值表达式构成的表达式语句，执行过程是：在只读内存中分配 22 个字节，并将该串填入其中，再把内存地址存入 t 中。而

```
char s[22];
s="this is a long string!";
```

是错误的，s 是数组，对于数组不能执行"整体性"赋值。

　　例 6-10　求字符串的长度。输入一个字符串，计算并显示它所包含的字符个数。采取的算法是从字符串的头一个字符数起直到空字符为止。

```
/* 6_10.c 求字符串的长度 */
#include<stdio.h>
int main()
{ char s[81];
  int n;
  printf("s : ");scanf("%s",s);        /*提示并读取字符串送入数组 s*/
  for(n=0; s[n]!='\0'; n++)            /*从头数起直到空字符为止*/
      ;
  printf("n = %d\n",n);                /*显示串长 n*/
  return 0;
}
/* 运行会话
s : zhanglin
t = 8
*/
```

　　例 6-11　合并字符串。第 4 章说到过，scanf("%s",&s);读取的字符串开始于非空白符结束于空白符，换句话说所读字符串不能包含空白符。但是英文姓名中常有空格，例如 Dennis M.Ritchie，所以这样的名字就要分两次读入，然后再合二为一。

```
#include<stdio.h>
int main()
{ char s[40],t[20]={' '};
  int i,j;
  printf("s,t : ");                    /*显示提示*/
  scanf("%s%s",s,t+1);                 /*读取字符串送入数组 s 和 t+1*/
  for(i=0; s[i]!='\0'; i++)            /*跳到字符串 s 的空字符处*/
      ;
  for(j=0; t[j]!='\0'; j++)            /*复制串 t*/
      s[i++]=t[j];                     /*  到 s 的尾部*/
  s[i]='\0';                           /*结束新的串 s*/
  printf("s = %s\n",s);                /*显示新的串 s*/
}
/* 运行会话
s,t : Dennis  M.Ritchie
s = Dennis M.Ritchie
*/
```

这里采取的传统的"下标法"遍历 s 串和 t 串，使用了下标变量 i 和 j。此程序容易改成"指针法"，需要定义指针变量 p 和 q，代替下标变量 i 和 j：

```
char *p,*q;                    /*定义指针变量p和q代替下标变量i和j*/
for(p=s; *p!='\0'; p++)        /*跳到字符串s的空字符处*/
    ;
for(q=t; *q!='\0'; q++)        /*复制串t*/
    *p++=*q;                   /*  到s的尾部*/
*p='\0';                       /*结束新的串s*/
```

6.9.3 处理多个字符串

在例 5-6 里，根据读入的整数 n(0～6)，采取有 7 种情况的 switch 语句，显示出 Sunday、Monday 到 Saturday。如果要显示月份名字，就得有 12 种情况。这会使程序变得很冗长、不灵活。为了解决这个问题，可以有两种方案：二维字符数组和字符指针数组。

（1）采取二维字符数组方法：

```
char wdays[][9]=
    {" Sunday"," Monday"," Tuesday",
     " Wednsday"," Thursday"," Friday",
     " Saturday"
    };
```

这里[]中省略了行数，C 语言自动取{}中初始化符的个数 7 作为行数。wdays 是一个 7 行 9 列的字符数组，7 行中分别填写了 7 个字符串。因为是二维数组，每行的尺寸必须相同，至少要容纳得下最长的名字，这样对于短名字就会造成浪费。二维字符数组 wdays 的内存情况如图 6-4 所示。

（2）采取字符指针数组：

```
char *wdayp[]=
    {" Sunday"," Monday"," Tuesday",
     " Wednsday"," Thursday"," Friday",
     " Saturday"
    };
```

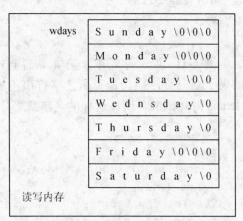

图 6-4 用二维字符数组表示多个字符串

按照运算符的优先级，[]优先于*，所以先解释 wdayp[]——wdayp 是一个数组，而后解释*——wdayp 的元素是指针，最后解释 char。总之 wdayp 是一个由若干指向 char 类型的指针变量组成的数组。由于[]中为空，元素个数默认为初始化符的个数 7。C 编译器编译此声明时，先在只读内存中建立 7 个字符数组，并将 7 个作为初始化符给出的常量字符串填入其中，然后在读写内存中给 wdayp 分配 7 个指针变量，再记入 7 个常量字符串的地址。

字符指针数组 **wdayp** 的内存情况如图 6-5 所示。

二维数组的所有行必须是等长的、连续存放的，程序可以改变字符串本身。而指针数组的元素指向的字符数组是按需分配的，各串之间可以是离散的。它们都可以用下标法和指针法访问，例如：

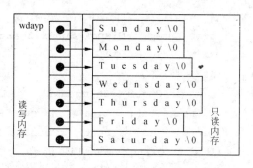

图 6-5　用字符指针数组表示多个字符串

```
printf("%s,%s,%s,%s,%c,%c,%,c,%c\n",
wsays[2],*(wdays+2),wsayp[2],*(wdayp+2),
         wsays[2][3],*(*(wdays+2)
         +3),wsayp[2][3],*(*(wdayp+2)+3));
```

显示的是：

```
Tuesday, Tuesday, Tuesday, Tuesday,s,s,s,s
```

例 6-12　用气泡法为姓名表排序。下面的程序首先读入一批名字，然后按字典顺序进行排序，最后显示之。这里给出两个版本，分别用到了二维数组和指针数组。

```
/* 6_12.c用气泡法为姓名表排序：用二维数组*/
#include<stdio.h>
int main()
{  int n,i,j,k,m;
   char s[20][16],t;              /*用二维数组表示姓名表*/
   printf("some names : ");       /*显示提示*/
   for(n=0; scanf("%s",s[n])>0;n++) /*1 循环读姓名表,结束于 Ctrl+Z*/
       ;
   for(i=0;i<n;i++)               /* 显示姓名表 s */
       printf("%s\t",s[i]);
   printf("\n");
   for(i=n-1;i>0;i--)             /*2 外循环：i 从 n-1 变到 1*/
   {  for(j=0;j<i;j++)            /*3 内循环：j 从 0 变到 i-1*/
     {  for(k=0; s[j][k]==s[j+1][k] && s[j][k]!='\0';k++)
          ;                       /*4 逐字符比较串 s[j]和 s[j+1]*/
        if(s[j][k]>s[j+1][k])     /*5 如果串 s[j]>s[j+1]*/
           for(m=0;m<16;m++)      /*6 则交换它们*/
           {  t=s[j][m];s[j][m]=s[j+1][m];s[j+1][m]=t;
           }
     }
     for(k=0;k<n;k++)             /*7 抽样显示,每趟后显示姓名表*/
        printf("%s\t",s[k]);
     printf("\n");
   }
}
```

```
/*运行会话
some names : Qianqi Suner Zhangsan Lisi Wangwu Ruanliu Heqi
^Z                              输入了 7 个名字
^Z                              输入结束于一个或两个 Ctrl+Z
Qianqi  Suner   Zhangsan     Lisi    Wangwu  Ruanliu Heqi 初始姓名表
Qianqi  Suner   Lisi    Wangwu  Ruanliu Heqi     Zhangsan 第 1 趟后姓名表
Qianqi  Lisi    Suner   Ruanliu Heqi     Wangwu  Zhangsan 第 2 趟后姓名表
Lisi    Qianqi  Ruanliu Heqi     Suner   Wangwu  Zhangsan 第 3 趟后姓名表
Lisi    Qianqi  Heqi    Ruanliu Suner   Wangwu  Zhangsan 第 4 趟后姓名表
Lisi    Heqi    Qianqi  Ruanliu Suner   Wangwu  Zhangsan 第 5 趟后姓名表
Heqi    Lisi    Qianqi  Ruanliu Suner   Wangwu  Zhangsan 第 6 趟后姓名表
*/
```

行 1 是循环读取一些名字,键入<Ctrl+Z><Enter>(TC)或<Enter><Ctrl+Z><Enter><Ctrl+Z><Enter>(VC)则退出循环,此时 n 是输入名字的个数。

从行 2 开始的气泡排序与第 5 章的整数数组的气泡排序在算法上是一样的,只是字符串的比较和交换要涉及串中的所有字符。行 4 比较串 s[j] 和 s[j+1],要从头开始(k=0)依次(k++)比较对应字符,只要二者相等(s[j][k]==s[j+1][k])并且未达串尾(s[j][k]!='\0')就继续比下去,直到二者不等或者都达串尾。这时的这对字符的大小就是两个串的大小。行 5,如果 s[j][k]>s[j+1][k]成立,说明串 s[j] 大于 s[j+1] 也成立,这时就要交换两个串。行 6 实际上交换了两个数组的所有元素。

这个程序的运算量集中在两串交换上,如果在这方面有所改善,程序性能会有明显的提高。下个版本使用了指针数组,用交换一对指针数组的元素代替交换两个字符数组。

```
/* 6_12a.c 用气泡法为姓名表排序:用指针数组*/
#include<stdio.h>
int main()
{  int n,i,j,k,m;
   char s[20][16],*t,*sp[20];        /*1 用指针数组表示姓名表*/
   for(i=0;i<20;i++)sp[i]=s[i];      /*2 初始化指针数组 sp*/
   printf("some string : ");         /*显示提示*/
   for(n=0;scanf("%s",sp[n])>0;n++)  /*3 循环读姓名表,结束于 Ctrl+Z*/
     ;
   for(i=0;i<n;i++)                   /*显示姓名表*/
     printf("%s\t",sp[i]);
   printf("\n");
   for(i=n-1;i>0;i--)                 /*外循环: i 从 n-1 变到 1*/
   {  for(j=0;j<i;j++)                /*内循环: j 从 0 变到 i-1*/
      {  for(k=0; sp[j][k]==sp[j+1][k] && sp[j][k]!='\0';k++)
            ;                         /*逐字符比较 sp[j] 和 sp[j+1]指向的串*/
         if(sp[j][k]>sp[j+1][k])     /*4 如果 sp[j] 指向串>sp[j+1]指向串*/
         {  t=sp[j];sp[j]=sp[j+1];sp[j+1]=t; /*5 则交换它们*/
```

```
            }
        }
        for(k=0;k<n;k++)                    /*6 抽样显示,每趟后显示姓名表*/
            printf("%s\t",sp[k]);
        printf("\n");
    }
}
```

　　因为要排序的是读入的姓名表，不是字符串常量，所以这个版本是二维字符数组和指针数组的结合。行 1，此程序引进了指针数组 sp，因为交换的是指针型元素，所以中间变量 t 的类型也改为 char*。行 2，初始化 sp 指针数组，把字符串 s[i] 的首地址（s[i]≡&s[i][0]）送入 sp[i] 中。从此开始直到行 4，同上个版本的唯一区别是用标识符 sp 取代了标识符 s。行 5，当 sp[j] 指向的字符串大于 s[j+1] 指向的字符串时，不是交换字符串本身而是交换两个指针元素的内容，即指向的字符串的地址。行 6，按指针的下标次序显示它们指向的字符串，观察运行会话发现，确实是排序后的姓名表。如果把行 6 中的 sp 恢复成 s，会发现二维数组 s 中的字符串没有任何改变。

习　题　6

　　6-1　下面的程序片段是否有错：

```
int a[10],i;
for(i=0;i<10;)a[++i]=0;
```

　　6-2　计算一组整数的平均值和方差，其中平均值 $m=\dfrac{1}{n}\sum_{i=1}^{n}x_i$ ，方差 $s=\sqrt{\dfrac{1}{n}\sum_{i=1}^{n}(x_i-m)^2}$ 。

　　6-3　读入一个整型数组，把它们的次序颠倒过来。

　　6-4　将一个整数插入到已经排好序的数组中，使数组仍然是排序的。

　　6-5　在上题的基础上实现对于输入的一组整数进行插入排序（insertion sort）。假定给数组 a 输入了 n 个元素。首先把 {a[0]} 看成是排好序的数组，把 a[1] 插入其中，使 {a[0], a[1]} 成为排序的数组。而后依次插入 a[2]，a[3]，…，最后插入 a[n–1]，使整个数组成为排序的。

　　6-6　读取全班所有同学 C 语言考试成绩到一数组中，适当安排这些成绩，使得不及格的成绩集中在前，及格的成绩靠后。显示重排后的数组以及不及格的人数。

　　6-7　阅读程序，写出输出结果。

```
(1) #include<stdio.h>
    int main()
    {   int a[3][3]={1,2,3,4,5,6,7,8,9};
        int *rp=a[0];
        int(*lp)[3]=a;
        printf("%d,%d,%d,%d\n",a[1][1],lp[1][1],rp[3],*(a[0]+3));
```

```
        printf("%d,%d,%d,%d\n",a[2][2],*(*(a+2)+2),*(rp+8),*(a[0]+8));
        return 0;
    }
```

(2)
```
#include<stdio.h>
int main()
{ char s1[]="abcdefg";
  char s2[][5]={"aaa","bbbb","cccc"};
  char *p=s1,(*lp)[5]=s2;
  printf("%s,%s\n",s1,s1+3);
  printf("%s,%s,%s\n",p,p+3,p+6);
  printf("%s\n",lp+1);
  lp[1][4]='&';
  printf("%s\n",lp+1);
  return 0;
}
```

(3)
```
#include<stdio.h>
#define N 10
int main()
{ int i,j,pa[N]={1};
  printf("%5d\n",pa[0]);
  for(i=1;i<N;i++)
  { pa[i]=1;
      for(j=i-1;j>0;j--) pa[j]=pa[j]+pa[j-1];
      for(j=0;j<=i;j++) printf("%5d",pa[j]);
      printf("\n");
  }
  return 0;
}
```

6-8　对于输入的矩阵 a，要求输出 a 的转置矩阵。例如：

$$a \equiv \begin{bmatrix} 1 & 2 & 3 \\ 4 & 5 & 6 \end{bmatrix}$$

其转置矩阵为：

$$\begin{bmatrix} 1 & 4 \\ 2 & 5 \\ 3 & 6 \end{bmatrix}$$

6-9　输入矩阵 a 和 b，计算并显示 a×b。

6-10　计算在一个字符串 s 中子串 t 的出现次数。

6-11　编写一个选举计票程序。读取所有选票上候选人的姓名，统计各人的得票数，输出得票最高的人的姓名及得票数。

6-12　"约瑟夫"问题（Josephus Problem）是 17 世纪的法国数学家加斯帕在《数目的游戏问题》中讲的一个故事：15 个教徒和 15 个非教徒在深海上遇险，必须将一半的人投入海中，其余的人才能幸免于难，于是想了一个办法：30 个人围成一圆圈，从第一个人开始依次报数，每数到第九个人就将他扔入大海，如此循环进行直到仅余 15 个人为止。编程模拟"约瑟夫"问题：假设有 n 个人围成一圈，从 1 开始报数，报到 m 的人出圈并从下一个人开始重新报数，问最后圈中剩下 s 人的编号。

6-13　读取不大于 10 的正整数 n，显示 n×n 的斜行矩阵。5×5 的斜行矩阵如下所示：

```
 1   2   4   7  11
 3   5   8  12  16
 6   9  13  17  20
10  14  18  21  23
15  19  22  24  25
```

第7章

函数

函数允许把一个大的任务分解成一些小任务,编写这些小任务的程序比编写大任务的程序要容易得多。另外,可以利用一些现成的小任务程序,而无须事必躬亲。这里所说的小任务程序就是函数。本章将介绍函数的定义和使用方法,以及与函数相关的各种概念和技术,如变量的作用域、递归程序设计等。

7.1 概述

在第 1 章已经介绍过,C 源程序是由若干个函数组成的,尽管在前面的例题中只有一个 main()函数。实际的应用程序往往很大,可能长达成千上万行。如果只有一个函数,那实在是太大了,难于编写,更难于排错。结构化程序设计提出自顶向下的设计方法,要求把程序功能逐层分解成一些功能单一的模块。这种模块用 C 语言编写就成了函数,函数是 C 源程序的基本构件。

函数的使用方法是调用,一个函数编写一次可以供别的函数调用多次,甚至可以送给别人使用,而且发出调用的函数只需知道被调函数的功能,完全不必知道它是怎样实现的。在这种意义下函数掩盖了它的实现细节,它就是一个黑盒子(black box)。

C 语言的函数可以分为两类:标准函数和自定义函数。前者是 ANSI C 定义的,用于实现各种各样的基本服务功能,例如前面用到的 printf()、scanf()和 sqrt()。程序员在调用标准函数前只需纳入含有被调函数声明的头文件,如 stdio.h 和 math.h。但是对于大多数应用而言,只用标准函数还是不够的,程序员还要按照需要编写供自己使用的函数,就是自定义函数。

函数是 C 语言程序的构成单位。一个程序至少有一个函数,就是 main() 函数。它是通过操作系统调用的,不允许其他函数调用。C 程序总是从 main()函数开始执行,main()函数可以再调用其他函数,完成对其他函数的调用后再返回到 main()函数,main()函数执行过后,整个程序也就结束了。

下面将详细讨论 C 语言函数的定义方法和使用方法。

7.2 函数的定义

函数定义的形式如下：

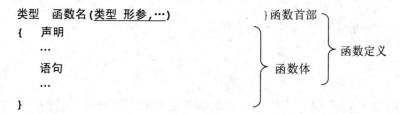

7.2.1 函数首部

函数定义分成函数首部和函数体两部分。函数首部介绍了函数的名字，它有几个参数，每个参数的名字和类型，以及函数执行过后返回给发调函数的值的类型。

函数名是合法的标识符，应该避免与标准函数重名。

函数首部中的参数叫做形式参数（formal parameter），简称为形参。其实形参是一个变量，其作用就是接受发调函数传递来的信息。一个函数可以有 0 个、1 个或多个形参，如果有 0 个，即没有形参，在括号中最好使用关键字 void，表示形参表为空。每个形参之前必须有自己的类型。形参名必须是合法的标识符，形参名和函数体中的局部变量一样，都是局部于函数定义的，只要在函数定义中唯一就行，可以与其他函数的形参和局部变量重名。

函数名前的类型，是函数类型，就是函数返回给发调者的值的类型。如果函数不返回任何值，应该把函数类型写成 void。

7.2.2 函数体

函数体实际上是一个复合语句，通常包含若干声明和语句。声明在前，语句在后，声明和语句不得穿插放置。

声明要定义下面用到的局部变量，所谓局部变量就是只能在本函数中使用的变量，在本函数之外没有意义。其实，函数的形参也可以看作局部变量。不同函数的局部变量互不相干，即使同名也是允许的。

声明之后是一些为完成函数功能而编写的语句，在这些语句中可以使用函数首部定义的形参变量和函数体中定义的局部变量。在函数体中可以有一个或几个 return 语句，其格式为：

return 表达式;

此语句的作用是：停止本函数的执行，使控制返回到发调函数；如果 return 后跟有表达式的话，那么它还有第二个作用，就是计算表达式的值并转换成函数首部指定的函数类型，在控制返回的同时将此值返回给发调函数。

对于 void 类型的函数，return 后一定不要有表达式。void 类型的函数可以没有 return 语句，这时函数结束处的右花括号就相当于一个 return 语句。

对于非 void 类型的函数，函数体中必须要有带表达式的 return 语句，如果表达式的值不同于函数类型，那么将自动转换成函数类型。

下面是两个函数定义的例子，最简单的函数是：

```
void f(void){};
int g(void){return 1;}
```

函数 f()没有形参也没有返回值，而且什么都不做就立即返回到发调函数。函数 g()没有形参，但总返回 1 值。这两个简单函数叫做存根（stub）函数，其作用是在程序开发过程中为尚未编写的函数临时占据一个位置，以保证程序在结构上总是完整的，便于编译和排错工作的进行。等到合适的时候再把它扩充成真正的函数。

下面是一个求最大值的函数，它有两个形参，函数的功能是算出它们中的较大者，并作为函数值返回给发调者。这里给出 3 个作用完全相同的版本：

```
/* 求最大值函数,版本 1*/
int max(int x,int y)
{  int z;
   if(x>=y)z=x;
   else z=y;
   return z;
}
/* 求最大值函数,版本 2*/
int max(int x,int y)
{  if(x>=y)return x;
   else return y;
}
/* 求最大值函数,版本 3*/
int max(int x,int y)
{  return x>=y?x:y;
}
```

版本 1 定义了局部变量 z，用于存放最大值，最后返回 z 的值。版本 2 没有局部变量，而是用一个 if 语句来判断 x 和 y 中哪个大，哪个大就返回哪一个。版本 3 最简短，只有一个 return 语句，它返回的是一个条件表达式的值。从中可以看到，一个条件表达式代替了一个 if 语句，起到简化程序的作用。这 3 个版本完全等价，选取哪种方法完全取决于程序员的喜好。如果程序较长，为缩短程序长度可选择版本 3；如果作者希望程序更通俗，可选择前两种。从这个例子可以明显看到，在 C 语言程序中做同一件事往往有多种选择。再有 C 语言作者把缩短程序长度作为其目标之一，为此提供了许多巧妙的办法，如条件表达式等。

7.3 函数的调用

定义了函数，就可以使用它了，函数的用法只有调用（call）。函数之间的关系有点类似于领导者和下属的关系，一个函数可以调用多个函数，每个被调用函数还可以调用下一层函数。为叙述方便，以后把有调用关系的双方分别叫做发调（calling）函数和被调（called）函数。函数调用的形式为：

函数名（实参,…）

括号中的实参是实际参数（real parameter）的简称，是一个表达式，必须与函数定义首部中的形参保持一致，即个数、次序和类型的一致。

在执行函数调用时先计算各实参（如果有的话）表达式，并把算出的值赋给对应的形参变量，如果实参表达式的类型不同于形参变量，还要像赋值运算那样将实参表达式的值转换成形参的类型，而后将控制转到被调函数继续执行，执行到 return 语句或者结束函数的右花括号时，再将控制返回到发调处之后的位置。

函数调用有两种用法：第一，函数调用后接一个分号，成为函数调用的表达式语句，简称为函数调用语句；第二，函数调用作为一个表达式出现在需要表达式的地方。有返回值的函数可以有两种调用法，无返回值的函数只能用第一种用法。

例如，前面定义的函数

```
int g(void){return 1};
```

有两种调法：

```
b=g()+a;
```

和

```
g();
```

而函数：

```
void f(void){};
```

没有返回值，它只有一种调法：

```
f();
```

> **评论：函数调用**
>
> 在 ANSI C 中函数调用是一种运算，因此函数调用本身就是一个表达式。所谓函数调用语句只是表达式语句的一种。有返回值的函数调用可以出现在表达式可以出现的地方，例如作为另一个更大的表达式中的一个运算数。对于没有返回值的函数的调用是 void 类型的表达式，只能后加分号，构成的仍然是表达式语句。

7.4　函数的声明——函数原型

下面给出一个包含函数定义和调用的完整程序：

例 7-1　求两数的最大值。

```
/*7_1.c 求两数的最大值*/
#include<stdio.h>
int max(int x,int y)                          /*定义函数 max*/
{  return x>=y?x:y;
}
int main()
{  int a,b,m;
   printf("a,b : ");scanf("%d%d",&a,&b);      /*提示并读 a 和 b*/
   m=max(a,b);                                /*调用 max 求最大值 m*/
   printf("MAX(%d,%d)=%d\n",m,a,b);           /*显示结果*/
   return 0;
}
/*
a,b : 25 37
MAX(37,25)=37
*/
```

此程序很简单，首先读取两个整数送入变量 a 和 b 中，然后调用函数 max()得到 a 和 b 中的较大者送入 m，最后显示 a 和 b 中的较大者是 m。

通过这个例题，要注意 C 语言有这样一个原则：对于所有变量名和函数名，都要先定义后使用。这是因为 C 编译程序是个很刻板的家伙，只会从上到下一个字符一个字符地读程序，先发现名字的定义就把它们的基本信息记录下来，以后遇到对于名字的使用（引用），C 编译程序就可以比照这些信息检查使用正确与否并生成对应的目标代码。例如，在 main()函数中首先利用变量声明定义了变量 a、b 和 m，然后在语句中使用它们。在函数 max()中，利用形参定义了变量 x 和 y，然后再使用它们。还要注意，函数 max()也是定义在先，而后再在 main()函数中使用的。

对于函数，为贯彻"先定义后使用"的原则，编程时只要把被调函数放在前面，发调函数放在后面，就没有问题了。然而往往不能或者不喜欢把被调函数放在发调函数的前面，比如，被调函数和发调函数是两个人分别编写的，自然它们就会分别放在不同的源文件中。在这种情况下就要在发调函数发调之前使用函数声明把被调函数的基本信息——函数名、参数情况和返回值类型提供给 C 编译程序。

ANSI C 对于 K&R C 的最重要的改进，就是提出了一种函数声明的新形式——函数原型（function prototype）。函数原型的样子其实就是被调函数的函数首部后接一个分号，例如：

```
int  max(int x,int y);
```

此函数原型提供给 C 编译程序的信息是函数 max 有两个形参，它们的类型都是 int，它有 int 型的返回值。至于形参名字对于函数调用没有什么意义，可以省略，所以上面的声明也可以写成：

```
int  max(int,int);
```

但是在有些情况下形参名会给读者提供形参作用的信息，有利于提高程序的可读性。因此本书给出的函数声明都采取有形参名的函数原型。

下面重写上一个例子：

```
/*7_1a.c 求两数的最大值*/
#include<stdio.h>
int main()
{  int max(int x,int y);
   int a,b,m;
   printf("a,b : ");scanf("%d%d",&a,&b);
   m=max(a,b);
   printf("MAX(%d,%d)=%d\n",m,a,b);
   return 0 ;
}
int max(int x,int y)
{  return x>=y?x:y;
}
```

此处交换了函数 max() 和 main() 的位置，并且在 main() 函数中插进了一条 max() 的函数原型。函数原型是一种声明，在函数体中必须位于所有执行语句之前。注意，此原型放在 main() 函数之中，只在 main() 中有效。假如程序中另有一个函数也要调用 max() 函数，那么需要在此函数中再写一条 max() 的函数原型。还有一种更省事的方法，就是在所有发调函数之前写一条 max() 的函数原型，它对于其后的所有函数都是有效的。

许多程序都要调用标准函数，如函数 printf，它的函数原型写在头文件 stdio.h 中，通过#include<stdio.h>的预处理时文件 stdio.h 的全文将被插入到程序最前面。

7.5 函数的参数和返回值

发调函数通过函数参数给被调函数发送信息，而被调函数通过函数返回值给发调函数发回信息。如果实参表达式的类型不同于形参变量，那么实参表达式的值将自动转换成形参的类型。同样 return 之后的表达式的类型与函数类型不同，表达式的值也会自动转换成函数类型。

形参和返回值都可以取哪些类型呢？简单说，就是可以作为左值的类型，包括所有标量类型以及后面介绍的结构类型。所有标量类型指的是基本数据类型——各种整数和浮点类型，以及任何指针类型。

7.5.1　形参取基本数据类型

　　程序中的数据是放在计算机存储器（常称为内存）中的，按照使用方法的不同，内存分为静态内存区（包括前面提到的只读内存）、堆栈区和堆区。一个函数的形参和局部变量（准确说是自动变量）都是在堆栈区分配的。当函数被调时，系统自动地为它划分出一片堆栈区空间，再在这片空间中分配形参变量和局部变量，并把算出的实参值赋给形参变量。当从被调函数返回到发调函数时，系统自动回收这片堆栈空间。如果有返回值的话，把它存入公用的寄存器中，供发调函数取用。下面用一个程序例子说明函数调用期间内存的使用情况：

　　例 7-2　函数形参练习。

```
/*7_2.c 函数形参练习*/
#include<stdio.h>
int f(int x)
{  ++x;
   return  x;
}
int main()
{  int a=3;
   printf("a=%d\n",a););
   f(a);                          /*第一次调用 f()*/
   printf("a=%d\n",a););
   a=f(a);                        /*第二次调用 f()*/
   printf("a=%d\n",a););
   return 0;
}
/*运行会话
a=3
a=3
a=4
*/
```

　　函数 f() 有一个 int 型形参 x，返回值也是 int 型的。在函数体中 x 自增，而后返回 x 的值。在 main() 中定义了一个局部变量 a，其值为 3。接下来两次调用 f()，在两次调用的前、中、后三次显示 a 的值。第一次调用构成了函数调用语句，显示表明没有改变 a 的值。第二次调用出现在赋值运算符的右边，此时变量 a 作为左值，结果 a 被赋予了函数的返回值 4。图 7-1 画出了在调用 f() 前后堆栈空间的变化情况。

　　从图 7-1（a）可见，在 main() 占用的堆栈空间中分配了变量 a，其值为 3。在执行 f(a) 时，系统为 f() 函数分配了堆栈空间，其中有形参变量 x，同时把 a 的值 3 复制到 x 中。在 f() 中 x 自增变成 4，在执行 return 语句时，x 的值 4 被复制到一个寄存器中，如图 7-1（b）所示。return 语句执行过后，控制回到 main() 函数，这时 f() 分得的堆栈空间被收回，其中的变量 x 也消失了，但是寄存器中的返回值 4 暂时存在。

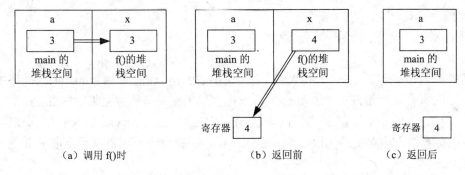

（a）调用 f()时　　　　　　　（b）返回前　　　　　　（c）返回后

图 7-1　调用函数 f()前后堆栈的情况

显然，第一次调用不可能改变发调函数中的变量 a，第二次调用用赋值语句将返回值赋给了变量 a，所以 a 的值变成了 4。

这个例子表明，通过基本类型形参不可能改变发调函数中的变量，使用函数返回值却可以改变。但是一个函数最多只有一个返回值，如果想用函数改变发调函数中的多个变量，应该怎么做呢？答案是通过指针类型的形参，一个函数可以有多个形参，所以使用多个指针类型的形参就可以达到目的了。

就参数传递方式而言，可以说 C 语言的函数是传值调用的（call by value）。函数 f()的形参是 int 型的变量，它只能接受 int 型的数值，那么实参可以是任何 int 型的表达式，包括常量、变量，甚至是数组元素，传递给形参的是表达式的值。如果表达式值的类型与形参不同，则会自动转换成形参类型。

下个例子是求出一组有符整数中绝对值最大的整数。在这个例子里，函数形参是 int 型的，实参是 int 型的数组元素。

例 7-3　找出绝对值最大的元素之一。

```
/*7_3.c 找出绝对值最大的元素之一*/
#include "myhfile.h"
int main()                          /*找出具有最大绝对值的元素*/
{ int abs(int x);                   /*介绍 abs 函数 */
  int a[20],n,m,i,j,t;
  READA(a,n);                       /*读入数组 a*/
  for(m=j=i=0;i<n;i++)              /*循环：遍历数组 a*/
  { t=abs(a[i]);                    /*调用 abs*/
    if(t>m)m=t,j=i;
  }
  printf("a[%d]=%d\n",j,a[j]);      /*显示结果*/
  return 0;
}
int abs(int x)                      /*定义函数 abs*/
{ return x<0? -x: x;
}
/*运行会话
Array a : 3 -4 5 2 -7 4 1
```

```
^Z
a[4]=-7
*/
```

这里的函数 abs 接受一个 int 型参数，返回该参数的绝对值。在函数 main() 的循环中依次用数组 a 的所有元素作为实参调用 abs()，求出它们的绝对值暂存在临时的变量 t 中，如果 t 大于当前的绝对值最大值 m，则用 t 取代 m 并将当时的元素下标 i 记入 j 中。退出循环后，j 中记有数组中绝对值最大的那个元素的下标，根据此下标就能显示出取最大绝对值的元素了。

7.5.2　形参取指针类型

形参可以取指针类型，就是说形参是一个指针变量，只能接受一个地址，所以实参必须是一个地址表达式，包括变量地址、指针变量，或者更一般的地址表达式。下个例子中的被调函数改变了发调函数的两个变量：

例 7-4　改变发调函数中的变量的两种方法。

```
/*7_4.c 改变发调函数中的变量的两种方法*/
#include<stdio.h>
int g(int x,int *y)                          /*定义被调函数 g*/
{  ++*y;
   ++x;
   return  x;
}
void main()
{  int a=3,b=8;
   printf("a=%d\tb=%d\n",a,b);               /*调用前显示 a 和 b*/
   a=g(a,&b);                                /*调用 f()*/
   printf("a=%d\tb=%d\n",a,b);               /*调用后显示 a 和 b*/
}
/*运行会话
a=3   b=8
a=4   b=9
*/
```

这里的函数 g() 是在例 7-2 中的函数 f() 的基础上增加了一个形参 y，y 是一个 int 型指针变量。y 从发调函数那里接受一个 int 型变量的地址，于是它就指向了那个 int 型变量。下面的语句是 "++*y;"，其作用是将 y 指向的变量的值加 1。在 main() 中增加了一个初值为 8 的 int 型变量 b，对函数 g() 的调用有两个实参，第一个实参 a 对应于形参 x，第二个实参 &b 对应于形参 y。图 7-2 画出了函数 g() 被调用前后堆栈的情况，其中双线箭头表示值的复制，实心箭头表示指针的"指向"。

在执行调用 g(a,&b) 时，首先为 g() 分配了堆栈空间存放形参变量 x 和 y，x 是 int 型的，y 是指向 int 型变量的指针（在图中用正方形表示），同时它们分别被初始化为 a 的值 3 和

b 的地址。第一条语句是自增 y 指向的变量，即 b，于是 b 值变成 9。

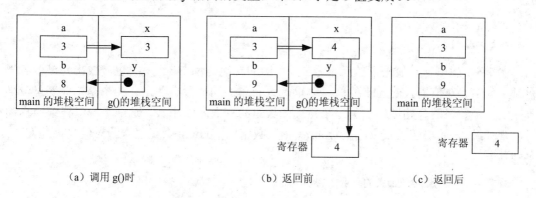

（a）调用 g()时　　　　　　（b）返回前　　　　　　（c）返回后

图 7-2　调用函数 g()前后堆栈的情况

如果在 main()中增加一个指针变量并使之指向 b：

```
int *p=&b;
```

那么函数调用 g(a,p)同 g(a,&b)完全等价,因为实参 p 和&b 提供给 g()的都是 b 的地址。

现在有两种方法可以改变发调函数中的变量——返回值和指针形参。指针形参接受的值只能是地址，所以这种参数传递方法仍然是传值调用的。传值调用的好处是被调函数无法通过参数改变发调函数中的变量，这是一种很好的安全措施。尽管利用指针形参可以改变指针指向的发调函数中的变量，但是仍然不能改变作为实参的指针变量（如 p）的内容。若想通过被调函数修改发调函数中作为实参的指针变量,那么实参只能是指针变量的地址，而形参只能是指向指针变量的指针变量。

7.5.3　使用指针型的形参传递数组地址

数组是最常用的数据类型，如果想编写一个能对数组操作的函数，那么怎样才能把数组的相关信息传递给函数呢？如果把发调函数中数组的全部元素的值传递给被调函数，势必要付出很大的代价，不是一种好方法。指针参数可以传递一个变量的地址，也就可以传递数组开始元素的地址，被调函数得到了这个地址，就能够访问数组的所有元素。这种做法只需传递一个地址，足够节省。但是只传递数组开始地址，被调函数无法得知此数组的长度或者有效元素的个数，为使函数能处理不同长度的数组，在用指针参数传递数组开始地址的同时，往往还要使用一个 int 型形参表示数组的有效元素个数。

例如，接收一维 int 型数组并返回 int 型值的函数的定义方法如下：

```
int f(int *array,int size){…}
```

往往为了强调传递的是数组，也可以写成：

```
int f(int array[],int size){…}
```

这里[]中不必用写数组尺寸，写了也不起作用。两种写法在功能和实现上完全等价，但是必须明确形参 array 不是数组，而是一个指针，接受的是一个数组的地址。调用此函数时，要提供一个数组的地址：

```
int a[20],v;
v=f(a,20);
```

例 7-5　找出绝对值最大的元素之二。本例的功能与例 7-3 一样，也是找出并显示若干有符整数中绝对值最大的元素的值。这里函数 mabs() 的形参有两个，一个是指针变量，准备接受一个数组的开始地址，另一个将接受数组的有效元素个数，这两个形参详细地描述了一个数组。它的功能是找出由指针 array 指向数组的前 count 个元素中绝对值最大的元素，返回其下标。

```
/*7_5.c 找出绝对值最大的元素之二*/
#include "myhfile.h"
int main()
{ int mabs(int *array,int count);          /*1 函数 mabs 的声明*/
  int a[20],n,j;
  READA(a,n);                              /*宏 READA,见附录 B*/
  j=mabs(a,n);                             /*2 求数组 a 中绝对值最大的元素下标*/
  printf("a[%d]=%d\n",j,a[j]);             /*显示结果*/
  return 0;
}
int mabs(int *array,int count)             /*函数 mabs 的定义*/
{ int i,j,t,m;                             /*3 定义局部变量*/
  for(m=j=i=0;i<count;i++)                 /*循环,求元素绝对值最大者的下标*/
  { t=*(array+i);                          /*t=数组元素*/
    if(t<0)t=-t;                           /*t=|数组元素|*/
    if(t>m)m=t,j=i;                        /*m=|数组元素|当前最大值*/
  }
  return j;                                /*返回绝对值最大者的下标*/
}
/*运行会话
Array a : 3 -2 4 -7 5 3 -1
^Z
a[3]=-7
*/
```

行 1 是函数 mabs() 的声明，指明 mabs() 接受数组的开始地址（即第 0 个元素的地址）和数组元素的个数。函数的功能是找出并返回绝对值最大的元素的下标。

行 2，在 main() 对 mabs() 的调用中，实参是数组的名字 a——a[0] 的地址和元素个数 n。注意，在函数 mabs() 中，array 是指向数组元素 a[0] 的指针。

在函数体中，行 3 定义的局部变量有：循环变量也是下标变量 i，从 0 变到 count−1，取遍数组的所有有效元素；t 用来临时存放第 i 个元素的绝对值；m 是当前找到的最大绝对值，j 记住绝对值为 m 的那个元素的下标。图 7-3 展示了在输入 7 个元素的情况下，正在执行 return 语句时堆栈空间的情况：i 为 7 表明数组的 7 个元素已经扫描完成，t 记着最后元素 a[6] 的绝对值；m 是最大绝对值 7，j 是对应元素的下标 3。返回值 3 存放在某个寄存器中。

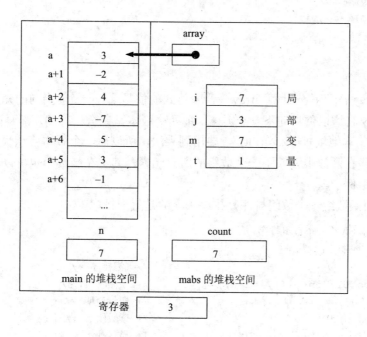

图 7-3 执行 return 时的堆栈状态

由第 6 章得知，如果 p 是指向某个数组的指针，那么以下两种写法完全等价：

`*(p+i)≡p[i]`

所以函数 mabs()中的语句 "t=*(array+i);" 可以等价地改写为 "t=array[i];"，这后一种写法暗示着指针 array 装有某个数组的开始地址。另外请特别注意，函数首部的形参表中的 "int *array" 可以等价地改写成 "int array[]"，这一等价性只存在于形参表中，在其他地方都不成立。下面重写 mabs()函数：

```
int mabs(int array[],int count)  /*重写 mabs()函数*/
{ int i,j,t,m;
  for(m=j=i=0;i<count;i++)
  { t=array[i];                 /*用数组形式*/
    if(t<0)t=-t;
    if(t>m)m=t,j=i;
  }
  return j;
}
```

因为形参 array 是一个变量，是可以改变的，所以函数 mabs()还可以再改写为：

```
int mabs(int *array,int count)       /*重写 mabs()函数*/
{ int i,j,t,m;
  for(m=j=i=0;i<count;i++)
  { t=*array++;                      /*指针形式*/
```

```
        if(t<0)t=-t;
        if(t>m)m=t,j=i;
      }
     return j;
   }
```

这里的 "t=*array++;" 首先计算 array++，表达式的值是 array 当前指向的元素值，取出送给 t，同时 array 自增以便指向下一个元素。前两个版本是完全一样的，都要计算 "a[i]的物理地址=a[0]的物理地址+i*sizeof(int)"，要用到乘法，所以后一个版本应该快一些。

上面的程序在函数中读取了一个数组的所有元素，其实在函数中也可以改变数组的元素值。请看下个例子。

例 7-6　用函数给一个数组排序，排序采取的是气泡排序。

```
/*7_6.c用函数给一个数组排序*/
#include "myhfile.h"
int main()                             /*气泡排序 */
{ void bobble(int a[],int n);          /*1 函数声明 */
  int a[20],n;                         /* 变量声明 */
  READA(a,n,d);                        /* 读数组 a */
  WRITEA(a,n,4d);                      /* 显示数组 a */
  bobble(a,n);                         /*2 调用函数气泡排序*/
  WRITEA(a,n,4d);                      /* 显示数组 a */
  return 0;
}
void swap(int *x,int *y)               /*3 函数 swap 的定义*/
{ int t;
  t=*x; *x=*y; *y=t;
}
void bobble(int a[],int n)             /*4 函数 bobble 的定义*/
{ int i,j;
  for(i=n-1;i>0;i--)                   /*外循环：i 从 n-1 变到 1*/
    for(j=0;j<i;j++)                   /*内循环：j 从 0 变到 i-1*/
      if(a[j]>a[j+1])                  /*如果 a[j]>a[j+1]*/
        swap(&a[j],&a[j+1]);           /*5 则调用 swap 交换它们*/
}
```

行 1 声明 main 将要调用的气泡排序函数 bobble，行 2 调用了此函数。注意，行 4 定义了 bobble 函数，在行 5 处调用了交换函数 swap，作用是交换 a[j]和 a[j+1]的内容。因为 swap 是在 bobble 之前定义的，所以不必声明它了。

在此程序中函数 main 调用了函数 bobble，bobble 又调用了函数 swap，这就构成了函数的嵌套调用（function call nesting）。

7.5.4　函数指针作为形参

函数不是变量，但是函数有地址也有类型，所以可以定义指向函数的指针变量。下面的程序片段说明了函数指针的定义和使用方法：

```
int f(int x)
{  return x*x;
}
int main()
{  int (*pf)(int)=&f,y;        /*也可以写作…=f; */
   y=f(5);                     /*以下三行等价*/
   y=(*pf)(5);
   y=pf(5);
   return 0;
}
```

声明"int (*pf)(int);"的含义是：pf 是一个指针变量，它指向一个有一个 int 型形参的、返回值为 int 型值的函数。

与变量不同，函数的使用方法唯有调用，调用需要的只是函数代码的内存地址。所以在翻译函数调用时函数名总被转换为函数的地址，从而函数名 f 和函数地址&f 是等价的。类似地，上面的三次调用也是等价的，第一条 f 代表函数 f 的内存地址，函数调用运算符()指明要执行开始于此地址的代码；第二条对 pf 完成间接访问运算，得到的是函数 f 的内存地址，此处的间接访问运算并非必要，所以第三条作用相同。

函数指针的用途并不广泛，最常见的用途是作为函数的形参。例如，要编写一个通用的计算定积分的函数，那么它的原型可以是：

```
double integral(double left,double right,double (*pf)(double));
```

于是可以调用此函数求得正弦函数和常用对数函数的定积分：

```
intsin=integral(0,PI,sin);
intlog=integral(10,100,log10);
```

再比如，如果打算编写利用二分法求解某函数在区间（left，right）之间的根的通用函数，也会用到类似情况。下面的例题是一个"通用"的气泡排序程序。

例 7-7　通用气泡排序：用随机数发生器生成 10 个 4 位正整数，要求用气泡排序法以如下 3 种次序进行排序：上升次序，用每个数的百位和个位构成的两位数的上升次序，以及用每个数的千位和十位构成的两位数的下降次序。

```
/*7_7.c  通用气泡排序*/
#include<stdio.h>
#include<stdlib.h>
int f(int x)                    /*函数 f 的定义*/
{ return x;                     /*如果 x=1234,返回 1234*/
}
int g(int x)                    /*函数 g 的定义*/
{ return x/100%10*10+x%10;      /*如果 x=1234,返回 24*/
}
int h(int x)                    /*函数 h 的定义*/
```

```
{ return -(x/1000%10*10+x/10%10);    /*如果 x=1234,返回-13*/
}
void bobble(int a[],int n,int(*pf)(int))
                                     /*1 定义函数 bobble,形参 3 是函数指针*/
{ int i,j,t;
  for(i=n-1;i>0;i--)
    for(j=0;j<i;j++)
      if(pf(a[j])>pf(a[j+1]))        /*2 调用 pf 指向的函数*/
      { t=a[j];a[j]=a[j+1];a[j+1]=t;
      }
}
int main()                           /*主函数*/
{ int a[10],i;
  for(i=0;i<10;i++)                  /*循环,随机产生 10 个整数*/
  { a[i]=(double)rand()/RAND_MAX*9000+1000; /*3 调用 rand*/
    printf("%5d",a[i]);             /*显示未排序数组*/
  }
  printf("\n");
  bobble(a,10,f);                    /*第 1 次排序,正常排序*/
  for(i=0;i<10;i++)                  /*显示排序结果*/
    printf("%5d",a[i]);
  printf("\n");
  bobble(a,10,g);                    /*第 2 次排序,按 2、0 位上升序*/
  for(i=0;i<10;i++)                  /*显示排序结果*/
    printf("%5d",a[i]);
  printf("\n");
  bobble(a,10,h);                    /*第 3 次排序,按 3、1 位下降序*/
  for(i=0;i<10;i++)                  /*显示排序结果*/
    printf("%5d",a[i]);
  printf("\n");
  return 0;
}
/*运行会话
 1095 1035 4016 1299 4201 2954 5832 2761 7303 9549  未排序的数组 a
 1035 1095 1299 2761 2954 4016 4201 5832 7303 9549  正常排序后的数组 a
 1035 1095 4016 4201 1299 7303 9549 2761 5832 2954  按 2、0 位上升序排序的 a
 9549 7303 5832 4016 4201 2761 2954 1095 1299 1035  按 3、1 位下降序排序的 a
*/
```

上面的程序是在例 7-6 的基础上修改而成的。行 1,它给 bobble 函数增加了一个形参——指向计算排序值的函数的指针 pf,函数体内行 2 处只是把比较相邻元素值的大小改成了比较相邻元素的排序值。3 个计算排序值的函数是 f()、g()和 h()。第 1 种排序是 "正常"的上升排序,所以 f()算出的元素排序值就是元素值本身。g()计算第 2 种排序值——百位和个位构成的两位数。h()计算第 3 种排序值——千位和十位构成的两位数的相反数。

行 3,为简化输入,原始数据是用随机数发生器生成的。与随机数相关的标准函数是在 stdlib.h 中介绍的。标准函数 rand()的原型是：

```
int rand(void);
```

它能产生 0 到 RAND_MAX 之间的伪随机数，常数 RAND_MAX 也是在 stdlib.h 中定义的，其值在 TC 和 VC 上分别是 32 767 和 2 147 483 647。这个语句的目的是给 a[i]赋予一个 4 位数，其中的强制转换（double）是必须的，不然 a[i]几乎总取 1000。

7.5.5　传递多维数组

假定有个三维数组，要通过函数 f()将它赋予初值，可以这样编写：

```
void f(int array[][3][4])        /*1 定义函数 f*/
{  int i,j,k;
   for(i=0; i<2; i++)
     for(j=0; j<3; j++)
       for(k=0; k<4; k++)
          array[i][j][k]=i*j*k;
}
int main()
{  int a[2][3][4];
   f(a);
   return 0;
}
```

特别要注意，在以多维数组作为形式参数时，只有最左边的[]可以是空的，其余的[]必须填写正整数常量，如行 1。行 1 也可以写成另一种等价形式：

```
void f(int (*array)[3][4])
```

这里的形参 array 实际上是个指针变量，可以接受 3×4 的 int 型数组的地址。

7.6　变量的作用域、生存期和存储类

变量除了具有类型方面的特性之外，还有作用域、生存期和存储类等特性。这些特性与函数有密切的关系，所以放在这里介绍。

7.6.1　变量的作用域——局部变量和全局变量

到现在为止所用的变量都是在函数内部定义和使用的。在第 1 章已经知道，一个程序包含一个或几个文件，一个文件包含一个或几个函数，每个函数的函数体也是一个用花括号界定的代码块（也叫复合语句），而且一个代码块还可以套着其他代码块。一个变量定义过后，可以使用的范围就是它的作用域（scope）。如果一个变量是在函数或者代码块之内

定义的，那么它的作用域就是那个函数或代码块，它只能在那个函数或代码块中使用，这样的变量就叫做局部变量（local variable）。

结构化程序设计主张只用局部变量，这样做有两个好处：一是一个函数无法访问别的函数的局部变量，避免了函数间的相互干扰。二是两个函数的局部变量毫不相关不怕重名，这样就简化了程序员给变量取名的工作。局部变量简化了函数彼此之间的关系，使程序更好理解，更容易排错。

通常主张只在函数体开始处定义本函数将用到的所有局部变量，其实只要有必要还可以在任何代码块中定义。比如：

```
int option;
scanf("%d",&option);
if(option==0)
{  char password[16];
   scanf("%s",password);printf("%s\t",password);
}
else
{  long sid;
   scanf("%ld",&sid);printf("%ld",sid);
}
```

这个片段的意思是，学生可以用两种方法提供身份证明：口令和学号。这里的 password 和 sid 都是在各自的代码块中定义和使用的。这样可以做到用哪个分配哪个，避免浪费。

在所有函数之外定义的变量叫做全局变量（global variable），其作用域是整个程序，程序中的一切函数都能访问它。这样一来可能出现下面的问题：函数 f()访问的全局变量 a 是在 f()之后或者其他文件中定义的，这叫做"提前访问"（forward references），是不允许的。为解决提前访问问题，可以在 f()访问 a 之前用一个声明介绍一下 a，C 编译器提前了解了 a 的情况，就不会有问题了。

对于全局变量有两种声明：定义性声明（defining declaration）和介绍性声明（referencing declaration）。一个全局变量只能有一个定义性声明，但可以有多个介绍性声明，介绍性声明的特征是以存储类关键字 extern 为前缀。C 语言只给定义性声明的变量分配内存，定义性声明可以进行初始化，介绍性声明不能进行初始化。

全局变量的好处是，各个函数都可以自由地访问全局变量，它们可以轻而易举地通过全局变量交换信息，方便快捷。但是过多使用全局变量会损害函数的独立性，增加程序理解和排错的难度，弊大于利。所以通常都建议尽量少用甚至不用全局变量。

程序、文件、函数和多级代码块构成了一个嵌套的作用域层次。在各层上可以定义同名的变量 a，但它们是作用域各不相同的不同变量，内层使用的 a 将遮盖外层的 a。

7.6.2   存储类

在变量的声明中除了类型、变量名和初始值外，还可以增加存储类（storage class）关键字 auto、register、static。对于局部变量可以使用这 3 个存储类关键字，对于全局变量只可以使用 static。存储类指的是变量存放在哪里，何时建立，何时销毁。

和 VC 上开发多文件程序。

1. 在 TC 上开发多文件程序

假定已经编写完了 3 个源文件 7_8.c、7_8a.c、7_8b.c。采取以下步骤：

（1）在 TC 环境下编写一个工程文件，其内容为：

```
7_8.c  7_8a.c  7_8b.c
```

3 个文件名之间可以用一个或几个空格隔开，也可以把它们放在 3 行上。然后以文件名 7_8.PRJ 保存起来，如图 7-4 所示。

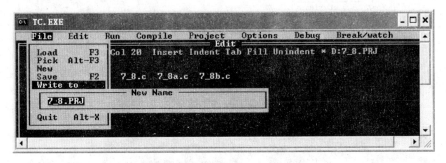

图 7-4　编写工程文件 7_8.PRJ

（2）执行 Project→Project name，在 Project Name 对话框中键入 7_8.PRJ，如图 7-5 所示，告诉 TC 下面要按照工程文件 7_8.PRJ 的内容进行开发工作。

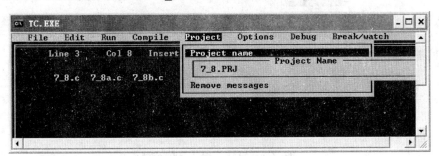

图 7-5　启用工程文件 7_8.PRJ

（3）这时再按 F9 键，就会产生 D:\zyl\7_8.EXE 文件。按 Ctrl+F9 键就执行了此可执行文件。

2. 在 VC 上开发多文件程序

假定已经编写完了 3 个源文件 7_8.c、7_8a.c 和 7_8b.c。采取以下步骤：

（1）执行"文件"→"新建"命令，这时出现"新建"对话框，选择其中的"工程"选项卡，再选 Win32 Console Application，填写工程名称 7_8，位置 D:\zyl，单击"确定"按钮，如图 7-6 所示。

这时出现一确认框（如图 7-7 所示），单击"完成"按钮。于是建立了 7_8 工程。

（2）执行"工程"→"增加到工程"→"文件"命令，这时出现如图 7-8 所示的对话框。

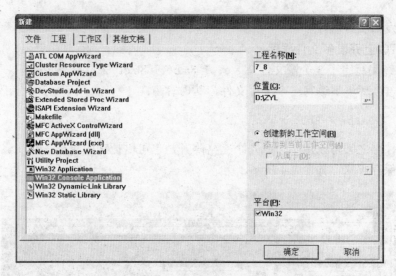

图 7-6　新建工程 7_8

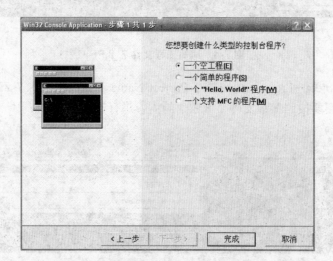

图 7-7　确认工程 7_8 的类型

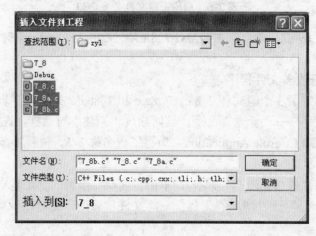

图 7-8　插入文件 7_8.c、7_8a.c 和 7_8b.c 到工程 7_8 中

在其中选好 zyl 文件夹下的 7_8.c、7_8a.c 和 7_8b.c 文件,再单击"确定"按钮,这样就把这 3 个文件的名字记入了工程文件 7_8.DSP 中。

(3) 单击🔲按钮,完成编译和链接,产生可执行文件 D:\zyl\Debug\7_8.EXE。

(4) 再单击❗按钮,执行 D:\zyl\Debug\7_8.EXE,出现如图 7-9 所示窗口。

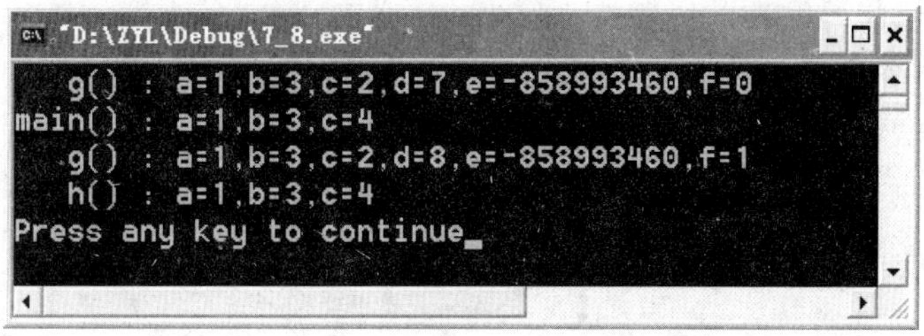

图 7-9　执行 7_8.exe

7.6.4　函数的存储类

变量有局部和全局之别,而函数都是全局的。所以在函数的定义之前和函数声明(即函数原型)之前可以随意加上 extern 关键字,但此关键字不会增加任何意义。

在函数的定义和函数声明之前加上 static 关键字,表示此函数的作用域仅限制在本文件之内。这对于多人合作开发一个项目的情况下,每个人可以在自己编写的文件中编写两种函数:只供自己使用的和大家公用的,使用 static 就可以把二者区分开。这样一来,所有人自用的函数互不相关,不怕重名。

7.7　函数的递归调用

在计算机科学的学习中,递归是一个重要的必须学习的概念。递归是一种编程策略,它主张把一个问题分解成几个更简单的相似问题。递归也是一种强有力的思维工具,一旦掌握,就能够容易地解决许多很困难的问题。

函数的递归调用(recursive call)是函数的嵌套调用的一种特殊形式,指的是一个函数在其内部对自身进行调用,这种函数叫做递归函数。递归是一种极为有用的程序设计技术,例如在"数据结构"课程中许多重要的问题(如快速排序、二叉树的遍历)都是用递归解决的。如果发现一个问题适于用递归,那么它的程序不仅容易编写,而且简短、整齐,可读性也会非常好。

对于有经验的程序员来说,递归是一个简单易用得心应手的工具,但是对于初学者来说,递归神秘莫测不可理喻。对于教师来说,递归又是只可会意不可言传的。为此笔者做了一些研究,希望对读者有所裨益。对于递归函数的编写,笔者主张先写递归公式,写公式的过程实际上就是全部的思考过程,有了公式只需机械地翻译就得到递归函数。在理解递归方面笔者提出"复制多份递归函数的方法"、从公式或程序写出递归调用树——这是理解递归的最简单最直观的方法。最后笔者给出了一种让递归函数自动生成递归函数调用树的简单易行的通用方法。

7.7.1　递归函数的公式化方法

先来看一个最简单的递归例题——阶乘。

例 7-9　阶乘函数。为使用递归技术，首先要写出问题的递归定义。例如，在数学中，非负整数 n 的阶乘通常定义成下面的公式：

$$n! = n \times (n-1) \times \cdots \times 1$$

式中的省略号的意思是"依此类推"。这种表示法有失精确，可以给出更精确的递归公式：

$$\begin{cases} 0! = 1, \\ n! = n \times (n-1)!, \quad n>0 \end{cases}$$

这个定义分成两个部分：降阶式和终止式。第二个式子是降阶式，它把 n 的阶乘归结为 n 乘以 n−1 的阶乘。第一个式子是终止式，给出 0! 的计算方法。一般说来，降阶式要把问题转化为较小规模的同一个问题，终止式给出了降阶的终点。有了递归定义，编程就变成一个轻而易举的机械翻译过程。因为递归定义分成两个部分（可能不止两个式子），所以递归函数一定是一个 if-else 结构，测试的条件是达到终止条件与否。

```c
/*7_9.c 阶乘函数*/
#include<stdio.h>
int fact(int n)              /*最简单的递归函数*/
{ int v;                     /*v 为返回值*/
  if(n==0)v=1;               /*如果 n 为 0,终止递归*/
  else
    v=fact(n-1)*n;           /*否则降阶递归调用*/
  return v;
}
int main()
{ int n,v;
  printf("n : ");            /*显示提示*/
  scanf("%d",&n);            /*读取 n 值*/
  v=fact(n);                 /*调用递归函数求出 n!*/
  printf("%d!=%d\n",n,v);    /*显示 n!值*/
  return 0;
}
/*运行会话
n : 5
5!=120
*/
```

7.7.2　理解递归函数

理解递归函数是每个程序员必须掌握的技能，也是每本 C 语言教材不能回避的难点。

讲解递归程序，普遍采用的方法是把汇编语言的系统堆栈的基本操作拿来解释 n!的递归过程，繁琐之极，没有普遍性。对于稍微复杂的递归函数，即使用更多的篇幅也难讲得清。而且对于没学过汇编语言的学生难有效果。通常读嵌套调用的非递归函数，都采取"跟踪"的方法，但是这种方法对于递归函数不适用，因为很容易跟丢。

下面的"复制多份递归函数"的方法的目的，是使递归函数的跟踪变得容易些。为了理解和验证递归函数 fact()的工作过程，必须学会用纸和笔跟踪程序的执行。由于递归函数要调用自身，跟踪时容易迷失方向。建议把递归函数复制多份，份数取决于递归深度，就是取决于 n 的大小，为易于理解这里设输入的 n 值是 3，这样一来对函数递归调用的追踪就变成了对函数嵌套调用的追踪。在图 7-10 中，右箭头代表调用函数，左箭头代表从函数返回，函数首部后面的数值代表实参值，return 语句后的数值代表函数返回值。

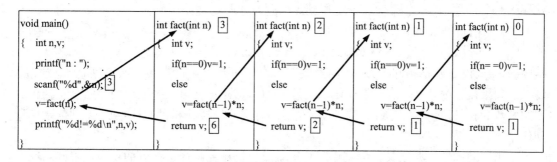

图 7-10　复制多份递归函数

有了此图就可以进行跟踪了，首先划一个如表 7-1 所示的变量跟踪表，在跟踪过程中可以把相关信息记入表中。

表 7-1　变量跟踪表

递归深度	1	2	3	4
形参　　n	3 →	2 →	1 →	0
返回值 v	6 ←	2 ←	1 ←	1

因为形参可以看做是局部变量，每当进入函数 fact()时，系统都会为它的该次调用建立形参 n 和局部变量 v，不同层的 n 和 v 互不相同。

阶乘程序是最简单的递归例子，但并不好，不具有代表性。因为用循环同样可以算出阶乘，而且更简单。但是这样简单的递归例题更容易理解，可以作为学习递归程序的入门。其实好多适于使用循环解决的问题，往往也可以用递归完成。在本章习题中，有用递归求最大公约数的题目。下面的汉诺塔问题可能是更好的递归例子。

例 7-10　汉诺塔问题。19 世纪，欧洲流行一种由三根木棍和几块圆形厚纸片组成的叫做汉诺塔的玩具。在它的广告中说，从世界之初开始，婆罗门寺院的僧侣们一直在玩这个游戏，游戏完结之时将是世界的末日。僧侣们的玩具是一块铜板上立着的三根钻石细柱，有一个柱上套着 64 个尺寸不等的黄金圆盘，如图 7-11 所示。游戏的目标是把所有圆盘都移动到另一个柱上，游戏的规则是一次只能移动一个盘子，而且不许把一个盘子放在比它小的盘子上。下面的任务是编写一个程序，给出把 n 个盘子从 1 柱移动到 3 柱上所要采取的动作序列。

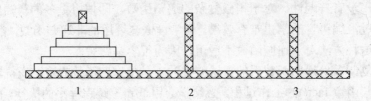

图 7-11　汉诺塔游戏

求解的出发点是如何移动最下面的第 n 个盘子。只有把 1 柱上的上面 n–1 个盘子挪到 2 柱上，才能把第 n 个盘子挪到 3 柱上。我们不妨用 h(n,f,u,t)表示把 f 柱上的 n 个盘通过 u 柱挪到 t 柱上所需的动作个数。于是得到此问题的递归定义：

$$
\begin{cases}
h(1,f,u,t)=1 \\
h(n,f,u,t)=h(n-1,f,t,u)+h(1,f,u,t)+h(n-1,u,f,t) \quad \text{当 } n>1 \text{ 时}
\end{cases}
$$

其中的 f、t 和 u 互不相同，分别代表源柱、目的柱和缓冲柱的名字，都可以取 1、2 和 3 之一。如果盘数为 1，只需一个动作，就是 f->t。据此定义可以把上面的递归公式翻译成递归函数 h()，它的 4 个参数：盘数 n、源柱号 f、缓冲柱号 u 和目的柱号 t，返回值是挪盘动作个数。

给出了问题的递归定义，编制程序几乎就成了机械的翻译，得到的程序也很好阅读。

```
/*7_10.c 汉诺塔问题*/
#include<stdio.h>
int h(int n,int f,int u,int t)              /*递归函数 h 的定义*/
{  int v;
   if(n==1)                                 /*1 盘数为 1 吗？*/
   {  v=1;                                   /*   挪一个盘子,只需一个动作 */
      printf("%d->%d   ",f,t);               /*   2 显示此动作 */
   }
   else                                     /* 否则,分解为 3 组动作 */
      v=h(n-1,f,t,u)+h(1,f,u,t)+h(n-1,u,f,t); /*3   递归调用 */
   return v;                                /* 返回动作总数 v */
}
int main()
{  int n,v;
   printf("n : ");scanf("%d",&n);           /*提示并读盘子个数 n*/
   v=h(n,1,2,3);                            /*调用递归函数*/
   printf("\nf(%d)=%d\n",n,v);              /*显示动作数*/
   return 0;
}
```

图 7-12 给出了本程序的两次运行会话。

行 1，根据递归公式，当只有 1 个盘子时，只需一个动作，这时要把动作数 v 置 1，同时显示这个动作。行 3，当 n 大于 1 时，动作数应该等于 3 组动作个数的和，于是导致三次递归调用。这 3 次递归调用的次序很重要，不得颠倒。ANSI C 的运算符优先级规定了加法运算优先于赋值运算，结合性规定了左面的加法优先于右面的加法，但是没有规定哪个函数调用优先。对于 TC 和 VC 说来，3 个函数调用恰好是从左到右计算的，为了保证可移植性，最好把此行修改成：

```
v=h(n-1,f,t,u); v+=h(1,f,u,t); v+=h(n-1,u,f,t);
```

TC.EXE
n : 3
1->3 1->2 3->2 1->3 2->1 2->3 1->3
f(3)=7
n : 6
1->2 1->3 2->3 1->2 3->1 3->2 1->2 1->3 2->3 2->1
3->1 2->3 1->2 1->3 2->3 1->2 3->1 3->2 1->2 3->1
2->3 2->1 3->1 3->2 1->2 1->3 2->3 1->2 3->1 3->2
1->2 1->3 2->3 2->1 3->1 2->3 1->2 1->3 2->3 2->1
3->1 3->2 1->2 3->1 2->3 2->1 3->1 2->3 1->2 1->3
2->3 1->2 3->1 3->2 1->2 1->3 2->3 2->1 3->1 2->3
1->2 1->3 2->3
f(6)=63

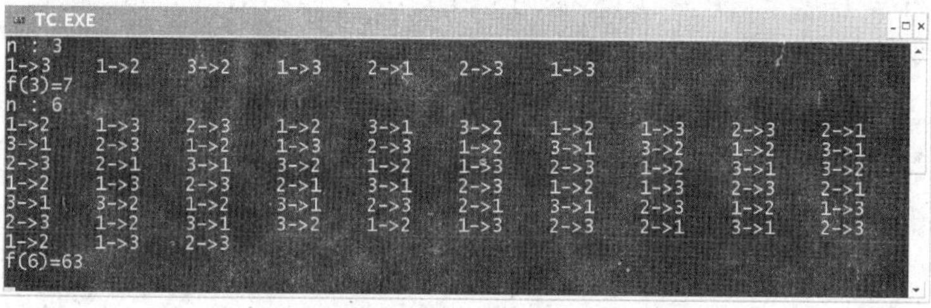

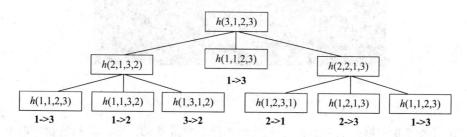

图 7-12　程序 7_10.c 的运行会话

编程经验：屏幕显示

行 2，printf 显示到 stdout 设备，对应 DOS 屏，其宽度为 80 个字符位置。我们在显示众多项目时让每个项目的宽度为 80 的约数，如 5，8，10 等，那么在显示这些项目时不必插入换行它们在屏幕上也会排列得很整齐。在行 2 处让每个项目本身占 4 个位置，加上 4 个空格凑成 8 个，于是一行可以显示 10 项。

7.7.3　绘制递归树

对于初学者说来，跟踪递归过程的执行情况，是必要而有益的。但这样做既麻烦又不直观，为帮助理解递归函数，这里引进了图 7-13 那样的递归调用树。这种树可以根据程序画出，甚至还可以在编程之前直接从递归公式画出。最上面的 h (3,1,2,3)是树的根，是 main 中的第一次凋用，其他均属递归调用，在树的叶子下标示的是产生的输出。递归调用是从上到下、从左到右进行的，即按所谓树的“先序遍历”次序执行。

h(3,1,2,3)
h(2,1,3,2)
h(1,1,2,3)
1->3
h(2,2,1,3)
h(1,1,2,3)
1->3
h(1,1,3,2)
1->2
h(1,3,1,2)
3->2
h(1,2,3,1)
2->1
h(1,2,1,3)
2->3
h(1,1,2,3)
1->3

图 7-13　hanoi 问题的递归调用树

7.7.4　自动生成递归树

递归树是一种极为有用的理解递归函数的工具，但是人工绘制毕竟比较麻烦，而且缺少动态感觉。下面介绍笔者提出的一种自动生成递归树的方法，做法极为简单，而且它能展示递归调用执行过程，使得理解递归变得极为简单。更为重要的是，这种方法适用于一切递归函数，希望读者在阅读和编写递归函数的过程中都试试这种方法，相信这种方法会帮助读者很快掌握递归编程的方法和技巧。

例 7-11　自动生成递归树。下面只修改例 7-10 中递归函数 h()的部分，为节省篇幅省去了其余没有改动的部分。

```
/*7_11.c 自动生成递归树*/
int h(int n,int f,int u,int t)
{ int v;
  static int d;                              /*1 静态局部变量 d,代表递归深度*/
  ++d;                                       /*2 进入一次,深度加 1*/
  printf("\n%*c(%d,%d,%d,%d) ",d*5,'h',n,f,u,t); /*3 显示递归调用*/
  if(n==1)
  { v=1;
    printf("%d->%d   ",f,t);
  }
  else
    v=h(n-1,f,t,u)+h(1,f,u,t)+h(n-1,u,f,t);
  --d;                                       /*4 退出前深度减 1*/
  return v;
}
```

图 7-14 所示为修改后的程序显示的运行会话。

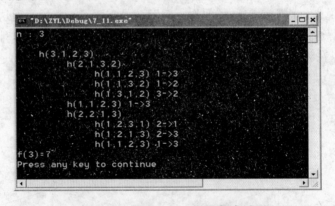

图 7-14　程序 7_11.c 的运行会话

在递归函数 h 中增加了 4 行：行 1 是静态局部变量 d 的声明，其初值自动取 0；行 2 和行 4，进入和退出 h 的时候分别使 d 加 1 和减 1；实际上 d 代表了递归的深度。行 3，在 d 加 1 过后显示本次递归调用的情况，包括全部实参和递归深度，递归深度是用阶梯状的缩排表示的。从运行会话容易看出，各次调用之间的关系以及 n 等于 1 时产生的挪盘动作。

把运行会话同前面的递归树相比较，会发现它们完全一致，而且运行会话还清楚地指明了递归调用的执行次序。其实，显示的那行可以放在其他位置上，甚至可以在函数中放置多次，比如在 d 加 1 之后和 d 减 1 之前各放一条，能更清楚地展示进入和退出递归嵌套的情况。

这是个很好的关于静态局部变量的特点和作用的例子，并且说明了与自动变量的区别。这里的静态局部变量 d 对于函数 h 只定义了一次，而自动变量 v 对于函数 h 的每次调用都定义了一个。

7.7.5 递归函数的非递归化

递归是强有力的程序设计方法，一旦掌握，编程容易，可读性极好。但是其致命的缺点就是效率低速度慢，主要因为函数调用是开销很大的操作，而递归会引起太多的调用。所以通常的做法是先编出递归函数，如果不能满足速度要求，再把递归函数改成非递归的。

曾经有过化递归为非递归的通用方法，但是由于使用了许多 goto 语句，程序变得很长，可读性很差，效率也没有明显改进。下面给出 h 函数的非递归版本。

例 7-12 Hanoi 塔问题的非递归解法。下面的程序是在分析递归公式：

$$\begin{cases} h(1,f,u,t)=1 \\ h(n,f,u,t)=h(n-1,f,t,u)+h(1,f,u,t)+h(n-1,u,f,t) \quad \text{当 } n>1 \text{ 时} \end{cases}$$

的基础上得到的。根据第 1 式容易得到挪动 1 个盘子的动作序列：

n=1: f->t

根据第 2 式和第 1 式容易得到挪到 2 个盘子的动作序列：

n=2: f->u   f->t   u->t

依此类推，挪动 3 个盘子：

n=3: f->t   f->u   t->u   f->t   u->f   u->t   f->t

总结一下，从 i 个盘子的动作序列得到 i+1 个盘子的动作序列，可以这样得到：

（1）把 i 个盘子的动作序列复制一份，并将其中的 t 改成 u，u 改成 t。

（2）插入一个动作把第 i+1 个盘子从 f 柱挪到 t 柱，f->t。

（3）把 i 个盘子的动作序列再复制一份，并将其中的 f 改成 u，u 改成 f。

验证一下，做法正确，就可以编程了。下面只给出重编的非递归函数 h()：

```
/*7_12.c Hanoi 塔问题的非递归解法*/
#define G(x,y,z)  (x==y?z:x==z?y:x)
int h(int n,int f,int u,int t)
{  int v,i,j,from[127],to[127];          /*1 定义数组 from 和 to,存放挪盘动作*/
   for(i=1,v=0;i<=n;i++,v=2*v+1)         /*2 循环：i=盘数由 1 到 n,v=动作数*/
   {  from[v]=f;to[v]=t;                 /*3 将第 i 个盘子由 f 柱挪到 t 柱*/
      for(j=0;j<v;j++)                   /*4 内循环：挪动前 i-1 个盘子*/
      {  from[v+1+j]=G(from[j],f,u);     /*5 将前 i-1 个盘子由 u 柱*/
         to[v+1+j]=G(to[j],f,u);         /*  挪到 t 柱 */
         from[j]=G(from[j],u,t);         /*6 将前 i-1 个盘子由 f 柱*/
         to[j]=G(to[j],u,t);             /*  挪到 u 柱*/
      }
   }
   for(i=0;i<v;i++)                      /*7 显示所有挪盘动作*/
```

```
        printf("%d->%d   ",from[i],to[i]);
    return v;
}
/*运行会话
n : 1
1->3
f(1)=1
n : 2
1->2   1->3   2->3
f(2)=3
n : 3
1->3   1->2   3->2   1->3   2->1   2->3   1->3
f(3)=7
n : 4
1->2   1->3   2->3   1->2   3->1   3->2   1->2   1->3   2->3   2->1
3->1   2->3   1->2   1->3   2->3
f(4)=15
*/
```

行 1，为存放动作序列，定义了数组 from[127] 和 to[127]，最多能容纳 n=7 的全部动作序列，两个数组对应元素表示一个动作。整个函数有两个循环：行 2 开始的循环负责生成挪动 n 个盘子采取的 2^n-1 个动作，行 7 的循环显示已生成的动作序列。行 2 循环是个 2 重循环，外循环变量 i 从 1 变到 n，就是依次生成 1 个、2 个、…、n 个盘子的动作序列。v 表示 i–1 个盘子的动作个数，0 个盘子不需动作，初值为 0。行 3，生成中间的一个动作——把第 i 个盘子从 f 挪到 t。行 4 是内循环，把 i–1 个盘子从 f 到 t 的动作序列复制两份，一份是从 u 到 t 的，放在后面（行 5），另一份是从 f 到 u 的，放在前面（行 6）。这里用到了在最前面定义的宏 G(x,y,z)，其功能是根据 x、y、z 的值返回一个值，如果 x 等于 y，返回 z 值；如果 x 等于 z，返回 y 值；否则返回 x 值。这个宏带来很大的便利，请读者验证一下。

这种做法是从终止式出发，先生成一个盘子的序列，而后再 2 个、3 个，直到 n 个。这种做法是自下而上的，从已知到未知，通常叫做递推。而递归是自上而下，从未知一步一步地归结到已知。

7.8 字符串函数

本节介绍与字符串有关的一些标准函数，包括字符串输入函数、字符串输出函数和字符串操作函数。

7.8.1 字符串输入函数

1. 用 scanf()

C 语言最常用的输入手段是 scanf，能够用于读入字符串的格式符有：

%s：将从第一个非空白字符开始的、由下一个空白字符结束的字符序列复制到对应实参指明的字符数组之中，并将结束的空白字符替换成'\0'。

%[…]：方括号中的所有字符定义了一个扫描集，读入只含扫描集中字符的字符序列。

%[^…]：定义的扫描集是除^之后的字符之外的所有字符。

例 7-13 正确读入数值。请看下面的程序：

```
/*7_13.c 读两个整数*/
#include<stdio.h>
int main()
{  char a,b;
   printf("a,b : ");
   scanf("%d%d",&a,&b);                    \*1 读入 a 和 b*\
   printf("a=%d  b=%d\n",a,b);
   return 0;
}
/*
a,b : 1 2                                  第一次运行会话
a=1  b=2                                    正确！
a,b : 1,2                                  第二次运行会话
a=1  b=-858993460                          错误！
*/
```

这个极其简单的程序先读入整数 a 和 b，而后再显示它们。第一次运行输入 "1 2"，正确。第二次输入 "1,2"，错误，这时显示的 b 是个 "垃圾值"。因为 scanf 读入 1 以后，逗号成了下面要处理的第一个字符，"%d" 可以跳过空白字符，正确读入一整数或者遇到不能出现在整数值的非法字符都会终止处理。而逗号是非法字符，立即退出。因为一般说来操作员与程序员不是同一个人，他只知道该输入 a 和 b，但不知道行 1 语句的写法，这样的错误是难免的。解决的办法是把行 1 改成：

```
scanf("%d%*[^-0-9]%d",&a,&b);              \*1 读入 a 和 b*\
```

这里的%*[^–0–9]的含义是读入一个由除减号和数字字符之外的字符组成的字符串，并抛弃之。也可以说，跳过所有非负号或数字字符。这样很容易保证输入正确。

例 7-14 读入姓名、性别和年龄。下面的程序以 3 种方法读入一个人的姓名、性别和年龄。难点在于%s 只能读入不含空白的字符串，而在姓名中往往会有空格；其次性别 sex 是一个单字符变量，使用%c 只能读入当前字符，不能跳过空白字符。

```
/*7_14.c 读入姓名、性别和年龄*/
#include<stdio.h>
int main()
{  char name[16],sex;
   int year;
   scanf("%s %c%d",name,&sex,&year);                 /*1 姓名和性别用空白隔开*/
   printf("name=%s  sex=%c year=%d\n",name,sex,year);
   scanf(" %[^,\t\n]%*[, \t\n]%c%d",name,&sex,&year);/*2 姓名可含空格*/
```

```
        printf("name=%s  sex=%c year=%d\n",name,sex,year);
        scanf(" %[a-z ]%*[^a-z]%c%d",name,&sex,&year);    /*3 姓名可含空格*/
        printf("name=%s  sex=%c  year=%d\n",name,sex,year);
        return 0;
}
/*运行会话
zhang san   m 21
name=zhang san  sex=m  year=21
wang  lan, f 20
name=wang lan sex=f  year=20
han    hong, m 22
name=han hong  sex=m  year=22
*/
```

这个例子有 3 个 scanf 函数调用。第一个在%s 和%c 之间有一个空格，它表示输入字符流中对应位置处的任意多个空白字符在结束姓名之后被跳过，下一个非空白字符成为当前字符，并被%c 对应的字符变量的地址所接受。

后两个 scanf 都允许键入的姓名中包含空格。%[^,\t\n]说明姓名可以包含除逗号、制表和换行之外的所有字符，当然包含空格了。这 3 个字符都能结束姓名，所以随后也要跳过它们及空格。%[a–z]说明姓名可以包含小写字母和空格。

注意格式控制串开始的空格，其作用是跳过上一个 scanf 留在缓冲区中的换行字符，如果缓冲区中没有留下换行字符，则不起作用。

2. 用 getchar()

用 getchar()可以从输入流中读入一个字符。其原型在 stdio.h 中给出：

```
int getchar(void);
```

在下面的程序片段里，依次读取键入的各个字符，遇句点则结束：

```
char  i,s3[20];
for(i=0;(s3[i]=getchar())!='.';i++)
  ;
s3[i]='\0';
printf("s3=%s\n",s3);
```

3. 用 gets()

字符串输入函数 gets()的原型位于 stdio.h 中：

```
char *gets(char string[]);
```

其功能是从标准输入设备键盘上输入一个结束于<Enter>的字符串，并送入形参指明的字符数组中。它有一个返回值，是接受字符串的字符数组的地址。

下面的片段用 gets 读取一个句子：

```
char s[80];
gets(s);
printf("s=%s\n",s);
```

运行会话:

This is a program!\<Enter>
s=This is a program!

gets()读入的字符串可以包含空格和制表。由于 gets()返回字符数组地址,所以函数调用 gets()可以出现在需要串地址的地方,于是读和显示字符串可以合成一个语句:

```
printf("s=%s\n", gets(s));
```

7.8.2 字符串输出函数

1. 用 printf()
用 printf()显示字符串可以采取格式指定符:

<u>%–</u> <u>宽度</u> <u>.精度</u> s

这里的–、宽度和.精度都是任选的。通常采取%s 显示字符串直到 nul 字符为止。宽度指定了字符串在屏幕上所占的格数,如果大于字符串实际长度,则用空格填补;如果小于则不起作用。.精度指定了要显示的是字符串的一个左子串,给出了子串的长度,如果大于字符串实际长度则不起作用。而–号指定了空格填补在字符串的右端,如果省略–号填补在左端。

例 7-15 用 printf 显示字符串的练习。

```
/*7_15.c 用 printf 显示字符串的练习*/
#include<stdio.h>
#define FORMAT(x,t) printf("printf(\"|%%"#t"|\\n\","#x")=\t|%"#t"|\n",x)
int  main()
{ char *str="123456789";
  FORMAT(str,s);
  FORMAT(str,15s);
  FORMAT(str,.4s);
  FORMAT(str,15.4s);
  FORMAT(str,-15.4s);
  return 0;
}
/*运行会话
printf("|%s|\n",str)=  |123456789|
printf("|%15s|\n",str)= |      123456789|
printf("|%.4s|\n",str)= |1234|
printf("|%15.4s|\n",str)=     |           1234|
printf("|%-15.4s|\n",str)=    |1234           |
*/
```

在此例中首先定义了宏 FORMAT,作用是展示 printf()的各种格式指定符的作用,它有两个参数:显示的对象和格式字符。为使显示的内容一目了然,将对 printf()的调用(包括参数）也都显示出来，而且用一对竖线界定了格式指定符显示的内容。

格式指定符中的宽度和精度通常取正整数，也可以取*号，表示其值取自后面的对应参数的值。这种选择有时会带来极大的方便。

例 7-16 格式符%*.*s 练习。

```
/*7_16.c 格式符%*.*s 练习*/
#include "stdio.h"
int main()
{ int i;
  for(i=1;i<=5;i++)
    printf("%*.*s\n",6+i,i*2-1,"123456789");
  return 0;
}
/*运行会话
     1
    123
   12345
  1234567
 123456789
*/
```

程序中 printf()格式控制串中的宽度依次取 7，8，9，10，11，而对应的精度依次取 1，3，5，7，9，于是显示呈现出等腰三角形的形状。

2．用 puts()

puts()能够把一个字符串显示到标准输出设备——显示器上，而后换行。其原型在 stdio.h 中给出：

```
int puts(const char *s);
```

形参指明了要显示的字符串，返回值是最后显示的字符。

3．用 putchar()

putchar()能够把一个字符显示到标准输出设备上。其原型在 stdio.h 中给出：

```
int putchar(char ch);
```

其返回值就是被显示的字符。为用此函数显示一个字符串，需要调用多次：

```
for(i=0;str[i]!='\0';i++)putchar(str[i]);
putchar('\n');
```

7.8.3 字符串操作函数

在 C 语言里没有字符串类型，但是有 char 数组类型。所谓字符串就是存储在字符数组中的以 nul 结尾的一组字符，而数组是没有整体性操作的。所以不能用赋值运算符把一个字符串赋给一个字符数组，也不能用关系运算符直接比较两个字符串的大小。为此 C 语言提供了一组标准函数帮助实现字符串有关的运算。这些函数的声明都在头文件 string.h 中给出，所以只要用到这些函数，就必须把它纳入进来。

1. 计算字符串的长度

函数 strlen() 的原型是：

```
size_t strlen(const char *s);
```

其功能是计算并返回字符串 s 中包含的字符个数，不包括结束的空字符。这里的 s 是字符串的开始地址，const 限定符表明本函数不会改变字符串中的字符。返回值类型 size_t 是在 stdio.h、string.h 等头文件中定义的，等同于 unsigned int。例如：

```
char s1[]="12345",*s2="abcdef";
unsigned a,b,c;
a=strlen(s1);
b=strlen(s2);
c=strlen("ABCDEFGH");
```

计算出的 a，b，c 的值分别为 5，6，8。

2. 复制字符串

标准函数 strcpy() 的原型为：

```
char *strcpy(char dest[], const char *src);
```

其功能是将 src 指向的字符串复制到 dest 指向的字符数组中，本函数不检查是否越界，所以发调函数要确保 dest 数组有足够的容量，否则后果不可预测。此函数的返回类型是 char 型地址，此处返回值等同于 dest，这样一来此函数调用就可以用在需要字符串地址的地方。例如：

```
char s[80],*t="string copy";
strcpy(s,t);
printf("s=%s\n",s);
```

利用 strcpy() 的返回值可以把后两行缩写为：

```
printf("s=%s\n",strcpy(s,t));
```

3. 拼接字符串

标准函数 strcat() 将两个字符串拼接起来，其原型为：

```
char *strcat(char *dest, const char *src);
```

其功能是将 src 指向的字符串衔接在 dest 指向的字符数组中已有字符串之后，成为一个更长的字符串。本函数不检查是否越界，所以发调函数要确保 dest 数组有足够的容量。此函数的返回值就是 dest。此函数认定 dest 指向一个字符串，所以它从第一个字符开始查找空字符，找到后用 src 字符串的第一个字符取代空字符，并依次复制以后字符，包括 src 的结束空字符。如果 dest 指向的数组中没有空字符，那么本函数将越过本数组的边界，直到遇到一个空字符为止，再从那里开始复制 src 串，于是破坏 dest 之外的内存，其后果往往是致命的。

例如：

```
char s1[15]="Very",*s2="good!";
printf("s1=\"%s\"\n",strcat(s1,s2));
```

此时屏幕显示为：s1= "very good!"。

s1 中的内容为：

v	e	r	y		g	o	o	d	!	\0	\0	\0	\0	\0

再如：

```
char s[40]="I love ",t[20];
printf("%s\n",strcat(s,gets(t)));
```

在键入 "my motherland" 之后，屏幕显示：

```
I love my matherland
```

4. 比较字符串

按字典次序比较两个字符串的大小。其原型为：

```
int strcmp(const char *s1, const char *s2);
```

其功能为：比较 s1 和 s2 指向的字符串，如果 s1 等于 s2，返回 0；如果 s1 大于 s2，返回一个正值；如果 s1 小于 s2，返回一个负值。ANSI C 没有规定不等时返回的数值，但实现中返回的往往是第一对不等字符的差值。例如，strcmp("abcd","abefg")返回值≡'c'–'e'≡–2。

例 7-17 strcmp 练习。

```
/*7_17.c strcmp 练习*/
#include "myhfile.h"
int main()
{ WRITE(strcmp("abc","abc"),d);
  WRITE(strcmp("abcd","abc"),d);
  WRITE(strcmp("abbc","abc"),d);
  return 0;
}
/*运行会话
strcmp("abc","abc")=0
strcmp("abcd","abc")=100
strcmp("abbc","abc")=-1
*/
```

例 7-18 字符串的气泡排序。下面程序调用了串操作函数：

```
/*7_18.c 字符串的气泡排序*/
#include<stdio.h>
```

```
#include<string.h>
int main()
{  int n,i,j;
   char s[10][20],t[20];
   printf("enter some string : ");      /*提示输入*/
   for(n=0;scanf("%s",s[n])>0;n++);      /*  若干字符串*/
   for(i=0;i<n;i++)printf("%s  ",s[i]); /*显示输入的字符串*/
   printf("\n");
   for(i=n-1;i>0;i--)                    /*外循环：依次使 s[n-1]到 s[1]定位*/
      for(j=0;j<i;j++)                   /*    内循环：使 s[i]定位*/
         if(strcmp(s[j],s[j+1])>0)       /*      调用 strcmp 比较 s[j]和 s[j+1]*/
         {  strcpy(t,s[j]);              /*      调用 strcpy*/
            strcpy(s[j],s[j+1]);         /*        交换 s[j]和 s[j+1]*/
            strcpy(s[j+1],t);
         }
   for(i=0;i<n;i++)printf("%s  ",s[i]); /*显示排序结果*/
   printf("\n");
   return 0;
}
/*运行会话
enter some string : Delhi Beijing London Moscow Paris Berlin^Z
Delhi  Beijing  London  Moscow  Paris  Berlin
Beijing  Berlin  Delhi  London  Moscow  Paris
*/
```

7.9 返回地址的函数

　　C 语言允许函数返回内存地址，显然这样的内存对象应该是发调函数和被调函数都能访问到的，至少在被调函数执行期间和返回发调函数之后是存在的。所以它们不可能是被调函数的自动变量。在下面的例子里，给出了 4 个返回地址的函数，它们返回的地址分别是动态分配得到的堆空间地址、由发调函数作为实参提供的变量地址、被调函数的静态局部变量的地址、全局变量的地址。除了全局变量的情况之外，前 3 种情况中的变量不同时在两个函数的作用域中。这告诉我们，通过地址可以访问作用域之外的空间。这为我们提供了某些便利，但也隐藏着相互破坏的危险，需要格外小心对待。

　　例 7-19　返回地址的函数。

```
/*7_19.c 返回地址的函数*/
#include<stdio.h>
#include<stdlib.h>
int *f()                    /*返回堆空间的地址*/
{   int *p;
    p=malloc(sizeof(int));
    *p=1;
```

```
            return p;
        }
        int *g(int *x)                 /*返回作为参数给出的地址*/
        {   *x=2;
            return x;
        }
        int *h()                        /*返回被调函数的静态局部变量的地址*/
        {   static int x=3;
            return &x;
        }
        int y=4;
        int *k()                        /*返回全局变量的地址*/
        {   return &y;
        }
        int main()
        {   int a;
            printf("%d %d %d %d\n",*f(),*g(&a),*h(),*k());
            return 0;
        }
        /*运行会话
        1 2 3 4
        */
```

7.10　复杂声明和类型定义

　　C 语言的声明，包括函数声明，是比较复杂的，与声明相关的还有 typedef 声明，所以本节把它们放在一起讨论。

7.10.1　理解复杂声明

　　在 C 语言中声明可以出现在 3 种场合：定义变量、介绍全局变量和介绍函数。C 语言的作者采取了如下原则：声明中的表达式和语句中的表达式遵循同样的语法。这意味着，声明除了类型名以外也是一个表达式，但是这个表达式只有一个被声明的标识符，其余都是运算符。语句中的表达式按照运算符优先级和结合性规定的次序进行计算，而声明中的表达式是从名字出发按照运算符优先级和结合性规定的次序进行解释。

　　例如：

`int *f(void);`	名字 f 有两个运算符*和()，()优先于*，所以说 f 是一个函数，它返回 int 型的地址。
`int (*f)(void);`	有两个()，按结合性从左到右，左边的()改变了*和右边的()的优先次序。f 是指针变量，指向一个返回 int 型值的函数。
`int *(*f)(void);`	f 是一个函数指针，指向返回值是 int 型地址的函数。

```
int f[10];              f 是含 10 个 int 型元素的数组。
int *f[10];             f 是含 10 个 int 指针型元素的数组。
int (*f[10])(void);     f 是含 10 个元素的数组，每个元素都是指向返回值是 int 型值的
                        函数指针。
int *(*f[10])(void);    f 是含 10 个元素的数组，每个元素都是指向返回值是 int 型地址
                        的函数指针。
```

为叙述简便，上面的例子中函数的形参都取 void，下面的例子有所变化：

```
int (*f)(int,float);    f 是函数指针变量，指向的函数接受两个参数，分别是 int 型值和
                        float 型值，返回值为 int 型。
int *(*f[10])(int,float); f 是含 10 个元素的数组，每个元素都是函数指针，指向的函数
                        接受两个参数，分别是 int 型值和 float 型值，返回值是 int 型
                        地址。
```

7.10.2 类型定义

声明可以定义和介绍变量。此外，C 语言还有用来定义类型的声明，例如：

```
typedef  int  LENGTH;
typedef  char *STRING;
```

使得类型名 LENGTH 和 STRING 成为 int 和 char *的同义词。这里的大写并非必须，只是
表示区别而已。C 语言把 typedef 列入存储类关键字，所以必须放在执行语句的前面。接下
来可以用新的类型名定义变量：

```
LENGTH len=100;
STRING s;
s=(STRING)malloc(len);
```

typedef 声明与一般声明在形式上非常相像，相当于在一般声明之前加上 typedef，并
把被声明的变量名字换成新类型名。例如：

```
typedef int *(*F[10])(void);
```

在形式上同：

```
int *(*f[10])(void);
```

极为相似。f 是含 10 个元素的数组，每个元素都是指向返回值是 int 型地址的函数指针。
那么 F 就是 f 这样的类型。定义了类型 F，可以这样定义此类型的变量：

```
F  f1;
```

这等价于：

```
int *(*f1[10])(void);
```

需要指出，typedef 只不过为已有类型增加了一个新名字，并没有定义新类型。其作用

主要是改善程序的可读性。

7.11   关于 scanf 和 printf 函数

在 C 语言里用得最多的标准函数无疑是 scanf()和 printf()，几乎一切 C 程序都要不止一次地使用它们。这两个函数非常与众不同，它们的参数个数是可变的。C 语言也给程序员提供了编写可变多个参数的函数的手段，因为用得不多，又比较复杂，这里就省略了。现在关心的是它们的参数传递问题。

在 stdio.h 中有它们的原型：

```
int scanf(const char *format, …);
int printf(const char *format, …);
```

它们的第一个参数都是格式字符串，…表示其余的 0 个或多个参数。原型没有指明其余参数的类型，所以编译时不能对照形参来检查和转换实参的类型。C 语言在翻译对它们的调用时只有采取默认的转换规则，而在执行这两个函数调用时它们只能根据格式串中的格式符来解释其余参数信息。

对于 scanf()，所有实参只能是地址。所谓地址包括地址值和类型两部分，传递给 scanf()的只有地址值，类型信息无法传递就被丢掉了。当 scanf()执行时，它读取键入的信息并根据相应的格式符提供的类型信息进行类型转换，并送到实参提供的地址值处，如果格式符不对，就会产生错误结果。

对于 printf()，C 语言都要算出实参的值，再按照默认规则进行转换后放到堆栈区送给 printf()。所谓值包括内存二进制形式和解释方法，通过堆栈区传递过去的只有实参的二进制形式，解释方法无法传递也就丢掉了。在执行 printf()时，它只有按照格式串中的格式符来解释这些二进制信息。printf 遵循的默认转换规则是：整数升格——把（有符和无符的）char 和 short 的值转换为（有符或无符的）int 型值，再有浮点升格——把 float 型值转换成 double 型值。

例 7-20   scanf 和 printf 的练习。

```
/*7_20.c scanf 和 printf 的练习*/
#include<stdio.h>
int main()
{ long a=1,b=-1;                          /*1 a=0x00000001 b=0xffffffff*/
  printf("a,b : ");
  scanf("%hd%hd",&a, &b);                 /*2 错误的%hd*/
                               /*键入-1 1 之后: a=0x0000ffff b=0xffff0001*/
  printf("a=%ld\t  b=%ld\n",a,b);         /*3 显示 a=65535   b=-65535*/
  printf("a=%hd\t  b=%hd\n",a,b);         /*4 显示 a=-1        b=0*/
  printf("%c%c\n",0x31323334,0x35363738); /*5 显示 42(TC) 或 48(VC)*/
  return 0;
}
```

```
/*运行会话
a,b : -1 1
a=65535   b=-65535
a=-1      b=0
42  or  48(vc)
*/
```

行 1，为了使程序适合 TC 和 VC，取 a 和 b 为 long。为便于说明，设 a 和 b 的地址值为 A 和 B。注意，长整数 a 和 b 由 4 个字节组成，a 和 b 的 4 个字节是从左到右编号的。如 a 的第 0 个字节是 01。在行 1 处 a 和 b 的放置情况如图 7-15（a）所示。

A+0	01	B+0	FF
A+1	00	B+1	FF
A+2	00	B+2	FF
A+3	00	B+3	FF

（a）行 1 处 a 和 b 的放置情况

A+0	FF	B+0	01
A+1	FF	B+1	00
A+2	00	B+2	FF
A+3	00	B+3	FF

（b）行 2 处读入–1 和 1 后 a 和 b 的放置情况

SP+0	FF
+1	FF
+2	00
+3	00
+4	01
+5	00
+6	FF
+7	FF

（c）行 3 和行 4 处传递实参 a 和 b 后的堆栈情况

SP+0	34
+1	33
+2	32
+3	31
+4	38
+5	37
+6	36
+7	35

（d）行 5 处传递实参 0x31323334 和 0x35363738 后的堆栈情况

图 7-15　程序 7_20.c 中的参数传递

在行 2 处，读入 a 和 b，但格式符是%hd，键入的是–1 和 1，于是把–1 送到字节 A+0 和 A+1 构成的 short，并把 1 送到字节 B+0 和 B+1 构成的 short，于是得到图 7-15（b）的情况。

在行 3 处显示 a 和 b，送给 printf 函数的参数放在堆栈上如图 7-15（c）所示，共 8 个字节。这时 printf 用%ld 解释图 7-15（b）中的 a≡0x0000ffff≡65 535，b≡0xffff0001≡–65 535。

在行 4 处，送给 printf 函数的仍然是图 7-15（c）所示的 8 个字节。printf 用两个%hd 来解释它们，首先从上边取两个字节 SP+0 和 SP+1 按 short 解释并显示 0xffff≡–1，然后接着再取两个字节 SP+2 和 SP+3 构成的 short，于是得到 0x0000≡0。其余 4 个字节就丢弃了。

行 5，printf 的两个参数是 long 型常量，压入堆栈如图 7-15（d）所示。printf 按%c 从堆栈上依次取两个 int，再把它们的低字节作为字符显示。TC 的 int 占两个字节，所以取出的两个 int 是 0x3334 和 0x3132，所以显示的是 4 和 2。VC 的 int 占 4 个字节，依次取出的是 0x31323334 和 0x35363738，把它们的低字节作为字符显示，得到 4 和 8。

例 7-21　显示浮点数的机器表示。在 2.10 节中得到的浮点常量 10.375f（float 型）和 10.375（double 型）的机器表示是：

```
a=10.375000f=0x41260000
b=10.375000=0x4024c000 00000000
```

现在试着直接用 printf 来达到同样目的：

```
/*7_21.c 显示浮点数的机器表示*/
#include<stdio.h>
int main()
{   float a=10.375;                      /*1 定义 float 型变量 a*/
    double b=10.375;                     /*2 定义 double 型变量 b*/
    printf("0x%08lx\n0x%08lx %08lx\n",a,b);  /*3 显示 a,b 的机器表示*/
    return 0;
}
/*运行会话
0x00000000                  错误
0x4024c000 00000000         b 的机器表示
*/
```

行 1 和行 2 定义了 float 型变量 a 和 double 型变量 b，并把它们初始化为 10.375。在行 3，本打算把 32 位的 a 按一个 long 来显示，并把 32 位的 b 按两个 long 来显示。从运行会话看来，a 显示错误，而 b 显示正确。为什么？

原来作为 printf 的实参，按照默认的转换规则，float 型的 a 要自动地转换为 double。因此压入堆栈的是两个 double 型的 10.375 的机器表示：

+15	+14	+13	+12	+11	+10	+9	+8	+7	+6	+5	+4	+3	+2	+1	SP+0
40	24	C0	00	00	00	00	00	40	24	C0	00	00	00	00	00

这里的 16 个字节是从右到左编号的。显示时第一个 %lx 取走了 SP+0 开始的 4 个字节，得到 0x00000000，第二个 %lx 取走了 SP+4 开始的 4 字节，按十六进制显示为 0x4024c000，紧接着第三个 %lx 取走了 SP+8 开始的 4 字节，又显示出 00000000。总之，由于默认的转换使得 a 显示错误，同时又歪打正着地正确地显示出 b 的机器表示。

这是一个简单而有趣的问题，没有现成的答案。通过此问题，能了解 C 语言的诸多细节。到第 8 章还会提到此问题。

7.12　命令行参数

处理命令行参数是使用指向指针的指针的例子。到此为止，前面编写的 C 语言程序都是以会话方式接收操作员用键盘敲入的参数。但是一个程序往往是由另一个程序用命令行启动的，这样一来操作员就不好介入了。在这种情况下程序只能通过命令行得到所需要的参数。那么程序怎样才能取得命令行参数呢？

　　每个程序都是从 main 函数开始执行的，其实 main 函数可以有两个形参，如果 main
需要取得命令行参数，就要在 main 函数的首部写出两个形参来：

```
int main(int argc,char **argv){…}
```

这里的**argv 也可以写成*argv[]。这两个形参的名字是 C 语言作者起的，可能是变元个数
和变元向量的意思。当在命令行给出参数时，这两个形参就能指示出命令行参数。假定命
令行是：

```
D:\zyl\7_22.EXE this is an example.
```

其中 D:\zyl\7_20.EXE 是执行的可执行文件的路径名（包括盘、目录和文件名），后面的就
是 4 个命令行参数。当 7_20.EXE 被执行时，就调用了它的 main 函数，两个形参的意义如
图 7-16 所示。

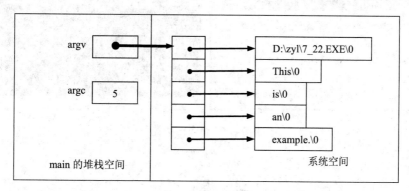

图 7-16　命令行参数

　　这时指针 argv 指向一个指针数组的第 0 个元素，argc 给出了指针数组的元素个数，指
针数组的每个元素各指向一个字符串。从图可见，第 0 个元素指向的字符串是本程序的路
径名，以下 4 个元素依次指向 4 个命令行参数。下面的程序能够读取并显示命令行参数。

　　例 7-22　读取并显示命令行参数。

```
/*7_22.c 读取并显示命令行参数*/
#include<stdio.h>
int main(int argc,char **argv)                    /*1 函数首部*/
{  int i;
   for(i=0; i<argc; i++)                          /*2 循环*/
     printf("parameter %d=%s\n",i,argv[i]);       /* 显示所有命令行参数*/
   getchar();                                     /*3 按 Enter 键退出程序*/
   return 0;
}
/*运行会话：命令行为 D:\zyl\7_22.EXE This is an example.
parameter 0 = D:\TMP\7_22.EXE
parameter 1 = This
parameter 2 = is
parameter 3 = an
parameter 4 = example.
*/
```

　　程序极为简单，只是显示命令行参数而已。行 1 是函数首部，为了取得命令行参数，这里必须给出两个形参。行 2 循环执行 argc 次，显示 argc 个命令行参数。argv[i]≡*(argv+i) 指向第 i 个字符串。行 3 是读字符，操作员键入〈Enter〉自动退出本程序。

　　怎样执行上面的程序呢？本程序的源程序是 D:\zyl\7_22.C，经过编译和连接得到可执行文件 D:\zyl\7_22.EXE。

　　在 TC 和 VC 上都可按以下步骤执行：

（1）单击 Windows 桌面左下角的"开始"按钮，这时出现"开始"菜单。

（2）再单击"运行"选项，这时会出现"运行"对话框。

（3）在对话框中键入命令行，如图 7-17 所示，然后单击"确定"按钮。

（4）这时就出现 DOS 窗口，显示程序运行结果。

图 7-17　命令行参数

习　题　7

7-1　阅读下列程序写出运行结果。

（1）
```c
#include<stdio.h>
int f(int x, int y)
{   return x*y;
}
int main()
{   int x,y,p,q;
    x=2,y=4;
    q=f(x,y);
    p=f(q,f(x,y));
    printf("q=%d,p=%d\n",q,p);
    return 0;
}
```

（2）
```c
#include<stdio.h>
void test(int *a);
int main()
{   int x=50;
    test(&x);
```

```
        printf("x=%d\n",x);
        return 0;
    }
    void test(int *a)
    {   *a=*a+100;
    }
```

(3)
```
    #include<stdio.h>
    int main()
    {   int s,i,sum(int);
        for(i=1; i<=6; i++)s=sum(i);
        printf("%d\n",s);
        return 0;
    }
    int sum(int k)
    {   static int x;
        return x+=k;
    }
```

(4)
```
    #include<stdio.h>
    int m;
    int fun(int a,int b)
    {   b=a+b;
        m=m+a;
        return b+m;
    }
    int main()
    {   int a=3,b=8;
        a=fun(a,b);
        printf("a=%d\nb=%d\nm=%d",a,b,m));
        return 0;
    }
```

(5)
```
    #include<stdio.h>
    void num()
    {   extern int x,y;
        int a=15,b=10;
        x=a-b;y=a+b;
    }
    int x,y;
    int main()
    {   int a=8,b=4;
        x=a+b;y=a-b;
        num();
        printf("%d,%d\n",x,y);
        return 0;
```

```
        }
(6) #include<stdio.h>
    long fib(int n)
    {   if(n>1)
            return(fib(n-1)+n);
        else
            return(1);
    }
    int main()
    {   printf("%ld\n",fib(4));
        return 0;
    }

(7) #include<stdio.h>
    void fun(int x)
    {   if(x/2>0) fun(x/2);
        printf("%d",x%2);
    }
    int main()
    {   fun(22);
        putchar('\n');
        return 0;
    }

(8) #include<stdio.h>
    void copys(char *from, char *to)
    {   char *p=from+2;
        while(*p!='\0')
            *to++=*p++;
        *to='\0';
    }
    int main()
    {   char str1[]="ABCDEFGHIJKLMN",*str2="";
        puts(str1);
        copys(str1,str2);
        puts(str2);
        return 0;
    }
```

7-2　编写一个判断素数的函数。

7-3　编写一个函数返回一个二维整型数组的最大值。

7-4　编写程序处理 n 个学生的数学成绩。要求：

（1）调用函数输入 n 个学生成绩到一维数组。

（2）对 n 个成绩降序排序，排序函数至少有两个，根据用户选择决定调用哪一个（提示：用到函数指针作为形参）。

（3）调用函数输出 n 个学生排序后的成绩。

7-5　编写程序处理 n 个英文单词。要求：

（1）调用函数输入 n 个英文单词。

（2）调用函数将 n 个英文单词按字典序排序。

（3）调用函数输出排序后的 n 个单词。

7-6　为函数原型：

```
int asc2int(char *str);
```

编写函数定义，把参数 str 指向的字符串转换成整数并返回之。如果参数字符串中包含非数字字符则跳过之；如果是字符串不包含数字字符则返回 0。例如："-123"→-123，"a12-a3"→123，"abc"→0。

7-7　写函数 squeeze(char s1[], char s2[])，它从字符串 s1 中删除串 s2 里包含的所有字符，而且保证剩下的字符仍然按照原来顺序排列。

7-8　编写函数：

```
char *int2asc(char str[],int x);
```

能把整数 x 转换成字符串存入 str 中，同时返回字符地址 str。

7-9　编写一个函数实现这样的功能：输入一个单词，在已有的字典中查找该单词，如果找到返回下标位置；如果没找到将该单词插入字典而不破坏字典的顺序。

7-10　编写递归程序，求出正整数 p 和 q 的最大公约数。设 f(p,q)表示 p 和 q 的最大公约数，可以采取以下两组递归公式：

（1）

$$\begin{cases} f(p,0)=p \\ f(p,q)=f(q,p\%q) & q>0 \end{cases}$$

（2）

$$\begin{cases} f(p,q)=p & p=q \\ f(p,q)=f(p-q,q) & p>q \\ f(p,q)=f(p,q-p) & p<q \end{cases}$$

7-11　编写递归程序，逆序显示正整数 n 的各个位，例如 n=12 345，应该显示 5 4 3 2 1。设函数 f(n)表示 n 的位数，可以采用的公式为：

$$\begin{cases} f(n)=1 & n<10 \\ f(n)=f(n\%10)+f(n/10) & n\geqslant10 \end{cases}$$

然后再修改此程序，使之能按正序显示 n 的各个位。

7-12　编写气泡排序的函数：

```
int bobblesort(int a[],int n);
```

能对数组 a 的前 n 个元素按上升次序排序，并返回实际发生交换的次数。

7-13　把上面编写的气泡排序函数改成递归函数。

第 8 章

结构与联合

本章主要介绍 3 种自定义类型：结构类型、联合类型和位段类型，它们的定义方法极为类似。此外，在介绍位段类型之前，还介绍了二进位级运算符，包括移位运算和按位运算。

8.1 概述

已知数组包含多个数据项，而且这些数据项必须是相同类型的。如果想用一个变量表示一个对象的诸多信息，比如一个产品的编号、名称和价格，一个学生的学号、姓名和成绩等，就不能用数组了，因为这些信息的类型不同。为此 C 语言提供了一种叫做结构（structure）的数据类型，能够以一种方便而整齐的方式把一组类型不同的相关数据封装在一个变量里，这样就可以清晰地表达数据之间的关系，提高程序可读性。在实际应用中经常会用到结构类型。

数组和结构都是集合类型，都是由多个数据项组成，但是二者有明显差别。一个数组的元素必须具有相同的类型，而结构的成员可以有不同类型；数组类型是 C 语言提供的，而结构类型需要程序员自己定义；特别有趣的是，数组不能执行整体赋值，而结构却可以整体赋值，也可以在两个函数之间传递结构变量的值（当然也可以传递结构变量的地址）。

另外，本章还介绍一种叫做联合（union）的数据类型，在表现形式上同结构类型很相似，但是在内容上却有很大的差别。

8.2 定义结构类型和结构变量

在使用结构时，首先要定义结构类型，所以结构类型以及下面的联合类型归类为自定义类型。结构类型和结构变量可以先后定义，也可以同时定义。下面的例子说明了几种定义结构类型和变量的方法。

(1) 先定义类型后定义变量：

```
struct stud
{  long num;
   char name[20];
   char sex;
```

```
};
struct stud st1,st2;
```

　　这里有两个声明，第一个声明定义了一种结构类型 struct stud，它有 3 个成员：学号 num、姓名 name 和性别 sex。第二个声明定义了这种类型的变量 st1 和 st2。struct 是关键字，struct stud 这两个字不可分离。注意定义结构类型只是指明这种类型包含的成员名字和类型，并不分配内存。只有定义变量才会分配内存。结构类型的成员可以取各种类型，也可以是结构类型。一种结构类型中的成员名可以同其他结构类型的成员名相同，也可以同其他普通变量名字相同，因为通过上下文容易区分。

　　注意，在花括号内的每一个成员名之后的分号是必须的，包括最后成员名之后的分号，这与定义数组时的初始化符表不同。另外，右花括号后的分号也是必需的，这与复合语句的情况不同。

　　（2）同时定义类型和变量：

```
struct stud
{ long num;
  char name[20];
  char sex;
}st1,st2;
```

这里只有一个声明，同时定义了结构类型 struct stud 和该类型的变量 st1、st2。

　　（3）只定义变量不定义类型：

```
struct
{ long num;
  char name[20];
  l char sex;
}st1,st2;
```

这个声明直接定义了结构类型的变量 st1 和 st2。它们都有 3 个成员：学号 num、姓名 name 和性别 sex。

　　（4）用 typedef 改写结构类型名。

　　前面说过 struct stud 这两个字不可分离，那么用起来显得很啰唆，而且与其他类型的名字也不一致。这时可以利用关键字 typedef 为 struct stud 类型起一个简短的类型名字：

```
typedef struct stud
{ long num;
  char name[20];
  char sex;
} STUD;
STUD st1,st2;
```

typedef 声明在定义类型 struct stud 的同时，又给结构类型名 struct stud 起了一个新的类型名字 STUD。而后再用这个新类型名字定义了变量 st1 和 st2。

　　（5）结构类型变量的初始化。

　　在被定义的变量名之后可以增加初始化符表，初始化符表中只能有常量表达式，例如：

```
STUD st1={6090133,"Zhangsan",'M'},st2={6090142,"Lisi",'F'};
```

（6）定义结构类型的数组。

可以定义元素为 int 或 float 类型的数组，同样可以定义元素为结构类型 STUD 的数组，例如：

```
STUD st[2]={{6090133,"Zhangsan",'M'},{6090142,"Lisi",'F'}};
```

因为每个数组元素有 3 个成员，内花括号恰好包含 3 个初始化符，只要列举了所有元素的全部成员，内花括号便可以省略：

```
STUD st[2]={6090133,"Zhangsan",'M',6090142,"Lisi",'F'};
```

8.3 结构类型变量的运算

回忆一下数组变量的运算：在进行运算时数组元素等同于同类型的简单变量；对数组变量整体可以施加的运算符唯有 sizeof；数组名等价于其第 0 个元素的地址。

对于结构类型变量来说，在进行运算时结构类型变量的成员等同于同类型的简单变量；对结构类型变量进行整体操作的运算符除了 sizeof 以外还有变量间的赋值运算符 "="；还要特别注意：结构类型变量的名字表示该变量的值，不是地址。

8.3.1 访问结构变量的成员

为访问结构变量的成员，需要使用直接成员运算符 "."，它属于 "括号" 一组（还包括运算符 "()"、"[]" 和 "->"），优先级最高，结合性从左到右。它有两个运算数：

结构变量名.成员名

表示访问那个结构变量的那个成员，例如，直接成员表达式：

```
st1.num
```

访问了结构变量 st1 的 num 成员，在进行运算时就像普通的 long 类型变量一样。语句：

```
scanf("%ld%s %c",&st1.num,st1.name,&st1.sex);
```

可以从键盘为 st1 赋值。如果键入：

```
6090133 Zhangsan M
```

这 3 个值就会分别赋给 st1 的 3 个成员。注意，格式串中的空格是必须的，使得读入姓名之后能跳过空白字符，读第 1 个非空白字符到 st1.sex 成员之中。

另外，因为直接成员运算符优先于地址运算符，表达式：

```
&st1.num≡&(st1.num)
```

再如以下语句都是合法的：

```
++st2.num;  ≡  ++(st2.num);
strcat(st2.name,"feng");
st2.sex='M';
```

除了用结构变量名访问其成员，还可以定义指向结构变量的指针。例如，声明：

```
STUD st1={6090133,"Zhangsan",'M'},*ps=&st1;
```

定义了 STUD 类型的变量 st1，并赋予了初始值，另外还定义了指向 STUD 类型变量的指针 ps，并使它指向 st1。这时可以使用直接成员运算符访问 ps 指向的结构的成员：

```
printf("%08ld  %s  %c\n",(*ps).num,(*ps).name,(*ps).sex);
```

ps 指向 st1，所以(*ps)可以代替 st1，(*ps).num 访问的就是 st1.num。因为"."的优先级高于"*"，所以这里的括号必不可少。通过指针变量访问所指向的结构变量的分量是一种常用的运算，C 语言引进"间接成员"运算符"->"，它也有两个运算数，左运算数一定是指针变量：

指针变量->成员 ≡ (*指针变量).成员

所以上面的语句等价于：

```
printf("%08ld  %s  %c\n",ps->num,ps->name,ps->sex);
```

8.3.2 对结构变量的整体运算

对于结构变量可以执行 sizeof 运算，得到该类型变量所占的内存字节数。由于不同的 C 语言实现对结构类型变量分配内存的方法不同，sizeof 的运算结果也可能不同。例如：

```
struct {char a;long b;char c;}d;
printf("sizeof(d)=%d\n",sizeof(d));
```

在 TC 和 VC 分别显示：

```
sizeof(d)=6  (TC)
sizeof(d)=12 (VC)
```

之所以显示不同数值，原因在于 TC 采取紧凑分配方法，给 char 分量分配 1 个字节，给 long 分量分配 4 个字节，共 6 个字节，如图 8-1 所示。

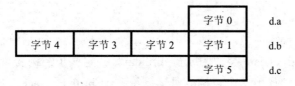

图 8-1 结构变量的内存分配（PC）

在 VC 上尽管给 char 和 long 分量分配的字节数还是 1 和 4，但是因为 VC 出现时 PC 早已从 16 位升级到 32 位，内存价格更低容量更大，所以 VC 采取了从 4 倍地址边界开始为每个变量和结构成员分配内存的策略，为对齐边界其间会填补一些无用字节，目的只是用空间换取时间，浪费一点内存，提高程序运行速度。分配情况如图 8-2 所示，其中无用字节有 6 个，用加底纹表示。

字节 3	字节 2	字节 1	字节 0	d.a
字节 7	字节 6	字节 5	字节 4	d.b
字节 11	字节 10	字节 9	字节 8	d.c

图 8-2　结构变量的内存分配（VC）

相同类型的结构变量可以像普通变量赋值"a=b;"一样进行赋值，例如：

```
struct point{ float x,y;} point1={1.0,2.0},point2;
point2=point1;
```

此处定义了结构类型 struct point，这种类型的变量有两个 float 型的分量 x 和 y。同时定义了这种类型的变量 point1 和 point2，并给 point1 赋予了初始值。接下来把 point1 的值赋给了 point2。

尽管结构变量之间可以整体地赋值，如 point2=point1，但是结构变量不能整体地比较是否相等，即 point2==point1 没有意义。这是因为对齐边界而填充的无用字节大大地增加了内存判等的难度——结构变量相等与否，不应当受填充字节的影响，这样就需要逐个成员地判等。这就使得结构变量判等超出了基本运算的难度水平，所以 C 语言不允许结构变量的判等运算，以减少 C 编译程序的负担。

8.4　结构类型成员和结构指针类型成员

结构的成员可以是任何基本类型，也可以是其他结构类型。例如：

```
struct date{int year,month,day;};
struct stud
{   long num;
    char name[20];
    char sex;
    struct date birthday;
}st1,st2;
```

这里首先定义了 struct date 类型，包括 3 个分量：年、月、日，而后给前面定义过的 struct stud 类型增加了一个 struct date 类型的成员 birthday，并定义了结构变量 st1 和 st2。为访问学生 st1 的出生年份，须使用两个直接成员运算符：st1.birthday.year。

一种结构类型可以包含其他结构类型的成员，就是说不能包含与自身类型相同的成员。例如，下面的声明是非法的：

```
struct person{char name[20];struct person spouse;};
```

struct person 类型描写的是夫妻关系，每个这种类型变量除了自己的姓名成员还有一个配偶成员，似乎合乎情理。但是因为成员 spouse 是一个完整的结构，它也有自己的成员 spouse，如此重复下去永无止境，所以是不允许的。但是下面的声明却是合法的：

```
struct person{char name[20];struct person *spouse;};
```

这里的成员 spouse 不再是 struct person 类型的了，而是指向 struct person 类型变量的指针。这种"自引用结构"常常用于表示链表、树、网等动态数据结构，后面将详细给出链表实现的例子。

8.5　结构类型和函数

对于结构类型，通过参数传递给被调函数的信息可以有 3 种：结构变量成员的值，结构变量的地址，以及结构变量的值。

将结构变量成员值作为实参，对应的被调函数就像对待普通变量一样。例如，下面的函数能够显示一个学生的各种信息：

```
void printst(long num,char name[],char sex,int year,int month,int day)
{ printf("%08ld  %10s  %c  %d-%d-%d\n",num,name,sex,year,month,day);
}
```

这时可以把一个 struct stud 类型的变量的各个成员的值传递给被调函数 printst：

```
printst(st1.num,st1.name,st1.sex,
        st1.birthday.year,st1.birthday.month,st1.birthday.day);
```

从中可见，如果有很多成员要传递，这样的函数调用就显得太麻烦了。相比而言，把结构变量作为一个整体传递就要简单得多。例如上面的片段可以改写成：

```
void printst(struct stud s)
{ printf("%08%ld  %10s  %c  %d-%d-%d\n",s.num,name,s.sex,
        s.birthday.year, s.birthday.month,s.birthday.day);
}
```

这时函数调用就可以写成：

```
printst(st1);
```

这里的实参 st1 是发调函数的局部变量，s 是形参变量，可以看做是被调函数的局部变量。调用时 st1 的值被复制到 s 中，这就是"按值传递"。这样的好处是被调函数得到的是 st1 的一个副本，修改 s 不会改变 st1。这样使得函数之间的互相干扰减到最少。但是这样做的缺点是效率太差，特别是当结构包含太多分量的时候。

C 语言不仅允许把结构变量整体值传递给被调函数，还允许作为函数返回值把结构变量的值返回给发调函数。然而 C 语言不允许数组之间的整体赋值，自然也就不允许在函数之间来回传递数组变量。但是可以利用结构特性实现在函数之间传递数组整体。例如：

例 8-1　在函数间传递数组。这个程序调用了函数 reverse，为了能在函数间传递数组变量，我们定义了一种结构类型 ARRAY，其中只有一个成员——含有 7 个元素的数组。

```
/*8_1.c 在函数间传递数组*/
#include<stdio.h>
typedef struct {int a[7];}ARRAY;          /*定义结构类型 ARRAY*/
ARRAY reverse(ARRAY x)                     /*定义 ARRAY 型函数 reverse*/
{ int i,j,t;                              /*其形参是结构类型 ARRAY 的变量 x*/
  for(i=0,j=6;i<j;i++,j--)
  { t=x.a[i];x.a[i]=x.a[j];x.a[j]=t;       /*在被调函数中使用形参中的数组元素*/
  }
  return x;                               /*返回修改后的 ARRAY 类型的形参*/
}
int main()
{ ARRAY b={1,2,3,4,5,6,7};                /*定义 ARRAY 型变量 b,并初始化*/
  int i;
  for(i=0;i<7;i++)printf("%d ",b.a[i]); /*调用前显示变量 b 的内容*/
  printf("\n");
  b=reverse(b);                          /*调用 reverse 函数*/
  for(i=0;i<7;i++)printf("%d ",b.a[i]); /*调用后再次显示变量 b 的内容*/
  printf("\n");
  return 0;
}
/*运行会话
1 2 3 4 5 6 7
7 6 5 4 3 2 1
*/
```

这个程序把一个数组用一个结构变量 b 包装起来。换句话说，结构变量 b 只包含一个数组类型的成员，这样一来可以把 b 作为实参传递给函数 reverse，而 reverse 在颠倒过后再把颠倒后的数组值返回给发调函数。

> **评论：用结构变量包装数组变量**
> 　　用结构变量包装数组变量，这可以看做是一种函数间传递数组的机制，是可行的。但是由于付出开销太大，影响程序效率，除非有特殊需求，这种机制还是少用为宜。

在函数之间传递结构变量的值，实在是低效的做法。更好的做法是像数组那样，在函数间传递结构变量的地址，请看下面的函数例子，它的形式参数是指向结构类型 struct stud 变量的指针变量 s：

```
void printst(struct stud *s)
{   printf("%08%ld %10s %c %d-%d-%d\n",s->num,name,s->sex,
          s->birthday.year, s->birthday.month,s->birthday.day);
}
```

这时发调函数就要给 printst 提供一个 struct stud 型的变量的地址：

```
printst(&st1);
```

注意，结构变量名代表结构变量的值，所以在调用中要用取地址运算符。

例 8-2　学生成绩单的排序。学生的成绩单记录了所有学生的学号和 3 科考试成绩，要求读取一些学生的信息，计算他们的平均成绩并按照所有科的平均成绩由高到低进行排序。

```
/*8_2.c 学生成绩单的排序*/
#include<stdio.h>
typedef struct                         /*定义结构类型 STUD*/
{ long num;                            /*学号*/
  int sco[3];                          /*3 科成绩*/
  float ave;                           /*平均分*/
} STUD;
void getave(STUD *x)                   /*计算一个学生的平均成绩*/
{ int sum=0,i;                         /*形参是 STUD 型的指针*/
  for(i=0;i<3;i++)                     /*累加 3 科成绩*/
    sum+=x->sco[i];
  x->ave=sum/3.0;                      /*求出并存储平均成绩*/
}
void sort(STUD s[],int n)              /*对 s[]中的 n 个学生按平均分下降次序排序*/
{ int i,j,k;
  STUD t;
  for(i=0;i<n-1;i++)                   /* 选择排序：使 s[0]到 s[n-2]依次定位*/
  { for(k=i,j=i+1;j<n;j++)             /*     内循环：求出 s[i]到 s[n-1]中*/
      if(s[j].ave>s[k].ave)k=j;        /*           平均分最高的学生的下标 k*/
    t=s[k];s[k]=s[i];s[i]=t;           /*     交换 s[k]和 s[i]*/
  }
}
void print(STUD s[],int n)             /*显示 s[]中的 n 个学生的信息*/
{ int i;
  printf("\nNum\tMath\tEnglish\tC_Program  average \n");/*显示标题行*/
  for(i=0;i<n;i++)                     /* 显示所有学生的信息 */
    printf("%06ld\t%d\t%d\t%d%14.2f\n",
      s[i].num,s[i].sco[0],s[i].sco[1],s[i].sco[2],s[i].ave);
}
int main()
{ STUD s[100];                         /*数组 s[]可存放 100 个学生的信息*/
  int n=0,i;
  long num;
  printf("Num\tMath\tEnglish\tC_Program\n");/*显示输入提示行*/
  scanf("%ld",&num);                   /*读学号*/
  while(num!=0)                        /*如果学号为 0,结束输入*/
  { s[n].num=num;                      /*存储学号*/
    for(i=0;i<3;i++)scanf("%d",&s[n].sco[i]);/*再读 3 科成绩*/
    getave(&s[n]);                     /*计算并存储平均成绩*/
    ++n;                               /*学生数加 1*/
```

```
        scanf("%ld",&num);                /* 再读学号 */
    }
    print(s,n);                           /* 显示排序前学生信息 */
    sort(s,n);                            /* 学生信息排序 */
    print(s,n);                           /* 显示排序后学生信息 */
    return 0;
}
/*                                        运行会话
Num     Math     English C_Program        输入提示行
090101  77       88      99               输入的信息
090105  87       98      76
090109  94       96      98
0                                         学号为 0 表示输入结束
                                          排序前的学生信息
Num     Math     English C_Program average 输出标题行
090101  77       88      99      88.00    学生信息
090105  87       98      76      87.00
090109  94       96      98      96.00
                                          排序后的学生信息
Num     Math     English C_Program average 输出标题行
090109  94       96      98      96.00    学生信息
090101  77       88      99      88.00
090105  87       98      76      87.00
*/
```

8.6 联合

联合（union）与结构定义方法极为相似。例如：

```
union lsc
{ long l;
  short s;
  char c;
} a;
```

和

```
union lsc
{ long l;
  short s;
  char c;
};
union lsc a;
```

是等价的，定义了 union lsc 联合类型，以及这种类型的变量 a。这种类型的变量有 3 个成员，但是它们共享同一片内存，所以它们具有同一个开始地址，在任意时刻只能存在一个成员。这片内存的长度恰好是 3 个成员尺寸的最大者。在 TC 和 VC 上：

```
sizeof(a)≡4
```

而含有这 3 个成员的结构类型变量的尺寸是 7（TC）和 8（VC）。

定义联合变量的同时可以进行初始化，但是只能用它的第一个成员的值。例如：

```
union  lsc a={80000};
```

如果花括号中的初值与第一个成员的类型不一样，那么此初值自动转换成第一个成员的类型。

对于联合类型变量可以执行的运算，与对结构类型变量执行的运算相同：

（1）求变量尺寸运算符 sizeof。

（2）变量间的赋值运算符=，要注意：联合类型变量的名字表示该变量的值，不是地址。

（3）取变量地址运算符&。

（4）直接成员运算符 "."，它有两个运算数，"联合变量名.成员名" 表示访问哪个联合变量的哪个成员。

（5）间接成员运算符 "->"，它也有两个运算数 "指针变量名->成员名"。

例 8-3　联合运算的练习。

```
/*8_3.c 联合运算的练习*/
#include<stdio.h>
int main()
{ union lsc
  { long l;
    short s;
    char c;
  } a={123458},b,*p;                      /*定义变量 a,b,指针 p*/
  b=a;                                    /*整体赋值*/
  p=&a;                                   /*取变量地址*/
  printf("sizeof(a)=%d l=%#lx=%ld s=%#hx=%hd c=%c\n",
  sizeof(a),a.l,b.l,a.s,(*p).s,p->c);     /*直接成员,间接成员*/
  return 0;
}
/* 运行会话
sizeof(a)=4 l=0x1e242=123458 s=0xe242=-7614 c=B
*/
```

编译程序在编译阶段要建立一个常量表。当遇到程序中的一个常量，首先查此表，如果没有就将它插入其中。常量有各种类型，但是在常量表里要以一致的方式统一存放。常量表可能采取以下形式：

```
struct
```

```
{   enum{ DOUBLE,INT,STR}type;
    union
    { double d;
      int   i;
      char  *s;
    }value;
} cnstbl[100];
```

当遇到 123 时，

```
cnstbl[i].type=INT;
cnstbl[i++].value.i=123;
```

当遇到 "This is a book" 时，

```
cnstbl[i].type=STR;
cnstbl[i++].value.s="This is a book";
```

当要使用第 i 个常量时，根据 type 成员决定使用 value 的哪个成员。在这种情况下，存入时用 value 的哪个成员，取出时也要用这个成员，不然会造成混乱。

联合类型还有一种特殊用法：以一个成员的名义存入，以另一个成员的名义取出。例如：

例 8-4 float 型和 double 型的机器表示。

```
/*8_4.c float 型和 double 型的机器表示*/
#include<stdio.h>
int main()
{   union
    { float f;
      long l;
    } a={10.375};                            /*1 定义联合型变量 a 并初始化*/
    union
    { double d;
      long l[2];
    } b={10.375};                            /*定义联合型变量 b 并初始化*/
    printf("float  %f = %#8x\n ",a.f,a.l);            /*2 显示 a*/
    printf("double %f = %#8x %08x\n", b.d,b.l[1],b.l[0]);   /*3 显示 b*/
    return 0;
}
/* 运行会话
float  10.375000=0x41260000
double 10.375000=0x4024c000 00000000
*/
```

在行 1 中，变量 a 有两个在内存中重合的成员，用 float 型成员初始化，就将它的 4 个字节化成了 32 位的"位样"。在行 2 中，a.l 是按 long 型来解释 4 字节的位样。于是显示出 float 型的 10.375 的机器表示。与例 7-21 相比，本例采取联合变量输出浮点数机器表示的方法，是达此目的的规范的、比较自然的方法。

8.7　二进位级运算

最初 C 语言的目标是编写操作系统 UNIX，并且取得了极大的成功。这是了不起的成就，因为当时操作系统都是用汇编语言开发的。于是 C 语言就成了中间级语言，意思是说，C 语言不仅具有其他高级语言的能力，而且它还具有特殊的开发系统软件的能力。究其原因，一方面它把指针的特点发挥到了淋漓尽致，另一方面就是它具有汇编语言才有的二进位级细微运算。位级运算内容不多，却使 C 语言的能力提高了一个等级。这些运算很具体更细微，要求读者了解整数的机器表示。本节就来讨论这些的二进位级运算。

计算机的 CPU 与磁盘设备的通信是通过磁盘控制器进行的，它们要交换很多信息，为使通信更有效，数据往往采取紧缩存储，图 8-3 给出某个 32 位的磁盘控制字装的 9 项信息。

图 8-3　某磁盘控制字存放的信息

磁盘驱动程序必须能够容易地取下、装上、测试每项信息，C 语言的位级运算恰好提供了方便的手段。

C 语言的二进位级运算包括 4 个按位运算符和 2 个移位运算符，这两组运算符占据了不同的优先级，操作性质不很一样，但是它们的操作数必须是整数类型，而且它们往往要配合使用。

8.7.1　按位运算符

按位运算是针对二进位的，比如两个字符值的按位与相当于 8 对二进位的逻辑与，各对位的结果之间没有关系。按位运算符共有 4 个：按位反～、按位与&、按位异或^、按位或|，相信读者都对于此类运算已经相当熟悉了，表 8-1 表示它们对于两个二进位 A 和 B 的运算结果，下面介绍各个按位运算符。

表 8-1　C 语言的按位运算符

A	B	～A	A&B	A^B	A|B
0	0	1	0	0	0
0	1	1	0	1	1
1	0	0	0	1	1
1	1	0	1	0	1

（1）按位反运算符～能够把一个对象的所有二进位颠倒过来，得到对象的"反码"（one's complement）。这是一个单目运算符，首先要进行整数升格，如果 x 是 char 或 short 类型，那么～x 则是 int 类型。例如，～0x61≡0xff9f(TC)，～0x61≡0xffffff9f(VC)。0x61 的类型是 int，在 TC 和 VC 上分别占 2 和 4 字节。

（2）按位与运算符&常用来将一个对象的某些位清成 0（或者说是分离出它的某些位），这个动作通常也叫做"屏蔽（mask）"，用于实现屏蔽的常量叫做屏蔽码。例如为将某字节的高四位屏蔽掉（或者说把低 4 位分离出），应该使用的屏蔽码是 00001111_2：

```
      xxxx  xxxx   某字节
&     0000  1111   屏蔽码
      0000  xxxx   计算结果
```

数码 0～9 的 ASCII 码是 30H～39H，只要把它们的高四位屏蔽掉，也就完成了 ASCII 码到数码的转换。假如读来的 ASCII 码已放在 ch 中，只要执行：

```
ch=ch & 0XF
```

就行了。

（3）按位或运算符 | 常用来将一个单元的某些位置成 1。例如为将某字节的低四位置成 1，应该使用的屏蔽码是 00001111_2：

```
      xxxx  xxxx   某字节
|     0000  1111   屏蔽码
      xxxx  1111   计算结果
```

假定，ch 中放着数码 0～9，为把它转换成相应的 ASCII 码，只需执行：

```
ch=ch | 0X30
```

（4）按位异或运算符 ^ 常用来翻转一个对象的某些位。例如为翻转某字节的低四位，应该使用的屏蔽码是 00001111_2：

```
      xxxx  xxxx   某字节
^     0000  1111   屏蔽码
      xxxx  yyyy   计算结果
```

这里的二进位 y 与对应的 x 恰好相反。

^运算符有一个特殊的应用，不必使用中间变量就能交换两个同长度的整型变量的内容：

```
x=x^y;
y=x^y;
x=x^y;
```

运算符&、|、^都是双目运算符，就像双目+运算符一样，运算时首先执行整数升格算术转换，再进行运算，运算结果是转换后的类型。

如果已知 short 型变量 a 和 b 的二进制值，那么就可以用纸和笔写出以下结果：

```
a   ≡ 00000000 00101110
```

```
~a  ≡ 11111111 11010001
b   ≡ 00000000 01011011
a&b ≡ 00000000 00001010
a^b ≡ 00000000 01110101
a|b ≡ 00000000 01111111
```

8.7.2　移位运算符

只有两个移位运算符——左移<<和右移>>。它们都有两个运算数，两个运算数都是整型的，左运算数的值将被移动由右运算数指定的位数。虽然它们是双目运算符，但两个运算数的意义截然不同，因此只需进行整数升格，不必进行算术转换，结果类型取决于左运算数升格后的类型。右运算数不应该大于被移位的对象所占"位数"。例如，左运算数是 long 型，右运算数不应大于 32。左移时值的左边几位被移出去了，右边空出的同样多位要用 0 来填补。例如：

```
0X12345678<<4 ≡ 0X23456780
```

对于右移情况要复杂一些，右边的几位被移出去，左边空出的位用什么填补呢？如果移位对象是 unsigned 的，就用 0 填补。如果移位对象是 signed 的，可能用 0，也可能用复制的最高位来填补，这取决于 C 的实现。对于 TC 和 VC，都是用最高位填补。

左移一位相当于乘 2，左移 n 位相当于乘 2^n，反之右移一位相当于除 2。

除了按位反是单目运算符外，其余 3 个按位运算符和两个移位运算符都是双目运算符，而且都有对应的复合赋值运算符：

$$<<=\quad >>=\quad \&=\quad \wedge=\quad |=$$

这 5 个运算符的结合性都是从左到右的，都没有副作用，它们的优先级如下所示：

```
括1  单2  算3-4  移 5     关6-7   位8  9 10  逻11-12  条13  赋14  逗15
      ~         << >>            &  ^  |
```

到此为止，C 语言具有的 45 个运算符都介绍过了，关于它们的基本情况请参看附录 A。

下面列出几个常用的运算组合：

$$1<<i \qquad\qquad \equiv 2^i$$
$$a>>i\ \&\ 1 \qquad\ \equiv\ \text{取 a 的第 i 位（0 或 1）}$$
$$a\ |=\ 1<<i \qquad\ \equiv\ \text{置 a 的第 i 位为 1}$$
$$a\ \&=\sim(1<<i) \qquad \equiv\ \text{清 a 的第 i 位为 0}$$

例 8-5　二进位级运算的练习。

```c
/*8_5.c 二进位级运算的练习*/
#include "myhfile.h"
int main()
{ short a=0XABCD,b=0X0F0F;
  unsigned short c=a;
  WRITE(a,   #06hX);
  WRITE(~a,  #06hX);
```

```
    WRITE(b,   #06hX);
    WRITE(a&b, #06hX);
    WRITE(a^b, #06hX);
    WRITE(a|b, #06hX);
    WRITE(a<<4,#06hX);
    WRITE(a>>4,#06hX);
    WRITE(c,   #06hX);
    WRITE(c>>4,#06hX);
}
/*运行会话
a(%#06hX) = 0XABCD
~a(%#06hX) = 0X5432
b(%#06hX) = 0X0F0F
a&b(%#06hX) = 0X0B0D
a^b(%#06hX) = 0XA4C2
a|b(%#06hX) = 0XAFCF
a<<4(%#06hX) = 0XBCD0
a>>4(%#06hX) = 0XFABC                有符号数右移,复制符号位
c(%#06hX) = 0XABCD
c>>4(%#06hX) = 0X0ABC                无符号数右移,用 0 填补
*/
```

在这个例子里为了让 TC 和 VC 给出相同的输出，数据都用 short 类型，而且显示时用的是%hX 格式符，就是强制要求按 short 类型显示——只取两个字节。实际上对于 VC，经过整数升格，short 类型的运算数都会转换成 int，比如~a 占 4 字节，值为 0XFFFF5432，但是显示出来的是 0X5432。

8.7.3　二进位级运算的编程例题

例 8-6　用二进制显示数据。其实研究按位运算和移位运算应该使用二进制显示才好，但是 printf 没有用二进制形式显示数据的能力，那么怎样才能实现这种能力呢？请看下面的解法：

```
/*8_6.c 用二进制显示数据*/
#include<stdio.h>
int main()
{  short a=0xabcd;
   unsigned i;                     /*i 是屏蔽码,取无符号数*/
   printf("%#06X=",a);
   for(i=0X8000;i>0;i>>=1)         /*1 i=0X8000…0X0001*/
      printf("%d",(a&i)>0);        /*2 如 a 的对应位非 0,显示 1*/
   printf("b\n");
}
/*运行会话
```

```
0XABCD=1010101111001101b
*/
```

　　行 1，此程序只能显示 16 位的整数，所以屏蔽码 i 的初值为 0X8000，对应最高位（第 15 位），每循环一次 i 右移一位，所以 i 依次取 0X8000，0X4000，…，0X0001，最后取 0 值，退出循环。行 2，显示 a 的由 i 截取的二进位。注意，a&0X8000≡0X8000，而不是 1，所以要把此结果变成 1。表达式 (a&i)>0 等价于 (a&i)>0?1:0。

　　上面的程序只能显示 short 类型的二进制表示，人们希望把它变成一个通用工具。所谓通用，就是适应各种整数类型，适应不同的 C 语言实现。对于 TC 和 VC 来说，二进制形式的整数只有 1，2，4 字节之别，只关系到屏蔽码 i 的初值，可以根据要显示数的尺寸来确定 i 的初值。另外为便于使用，应该设计成宏或者函数的形式。下面就给出这两种形式。

```
/*8_6a.c 用二进制显示数据——宏*/
#include "myhfile.h"
#define WRITEB(a){unsigned long _i;for(_i=1<<sizeof((a))*8-1;_i>0;_i>>=1)\
                    printf("%d",((a)&_i)>0); \
                    printf("b\n");}
int main()
{ short a=0xabcd;
  char b='a';
  WRITE(a,#06X); WRITEB(a);          /*先后以十六进制和二进制显示 a*/
  WRITE(b,c);    WRITEB(b);          /*先后以字符显示和二进制形式显示 b*/
}
/*运行会话
a(%#06X) = 0XABCD
1010101111001101b                    字母 b 指明这是二进制表示
b(%c) = a
01100001b
*/
```

　　这里把二进制显示功能实现成宏 WRITEB，形参取 a，此宏也收录到 myhfile.h 中。等价串中定义了屏蔽码 _i，取 unsigned long 型。其初值为 1<<sizeof((a))*8-1，如果实参是 char 型，则值等于 1<<7，即 0X80。这说明了运算符 sizeof 的主要作用是提高程序的通用性和可移植性。

　　这个宏的最大好处是只有一个形参，而且适用于一切整数类型。如果用函数，难以做到这一点。因为函数的形参只能取一种确定的类型，所以一种可行的办法是用两个形参，一个是被显示对象的地址值，另一个是对象的尺寸。还有一种可行方案是只用一个结构变量作为形参，其中含有被显示对象的值和类型信息的成员，被显示值允许各种类型，所以适合用联合类型。

```
/*8_6b.c 用二进制显示数据——函数*/
#include<stdio.h>
struct types                              /*定义类型 struct types */
```

```c
{ enum {CHAR,SHORT,INT,LONG} type;        /*被显示值的类型信息*/
  union                                   /*被显示对象的值*/
  { char  c;
    short s;
    int   i;
    long  l;
  } value;
};
void writeb(struct types x)               /*函数：以二进制显示 x 中的 value*/
{ unsigned long i,sz;
  long y=x.value.l;                       /*从 x 中分离出被显示值*/
  switch(x.type)                          /*计算被显示值的尺寸*/
    { case CHAR : sz=sizeof(x.value.c);break;
      case SHORT : sz=sizeof(x.value.s);break;
      case INT   : sz=sizeof(x.value.i);break;
      case LONG  : sz=sizeof(x.value.l);break;
    }
  for(i=1L<<sz*8-1;i>0;i>>=1)             /*以二进制显示 y 值*/
    printf("%d",(y&i)>0);
  printf("b\n");
}
int main()
{ struct types a={INT},b={LONG},c={CHAR,'a'};  /*定义变量 a、b、c*/
  a.value.i=0xcdef;b.value.l=0x12345678;       /* 并赋予初始值*/
  writeb(a);                                   /*以二进制显示 a 中的 value*/
  writeb(b);                                   /*以二进制显示 b 中的 value*/
  writeb(c);                                   /*以二进制显示 c 中的 value*/
  return 0;
}
/*运行会话
11001101111101111b(TC) 或 00000000000000000011001101111101111b(VC)
00010010001101000101011001111000b
01100001b
*/
```

此程序包括按位与和移位运算，还可以看做是联合的应用实例，也是对于宏和函数特点的比较。其实只为显示二进制形式，还可以给出一个更巧妙、更通用的版本：

```c
/*8_6c.c 用二进制显示数据——宏和函数*/
#include<stdio.h>
#define WRITEB(x) writeb(&x,sizeof x)
                              /*1 宏 WRITEB 的目的只是简化对函数 writeb 的调用*/
void writeb(void *x,size_t sz)      /*2 函数：以二进制显示 x 指向的 sz 个字节*/
{ unsigned long y,i;
  y=*(unsigned long *)x;            /*3 y=x 指向的 sz 个字节*/
  for(i=1L<<sz*8-1;i>0;i>>=1)       /*以二进制显示 y 中的 sz 个字节的值*/
```

```
        printf("%d",(y&i)>0);
    printf("b\n");
}
int main()
{   short int si=0xcdef;                /*定义变量并赋予初始值*/
    long l=0x12345678;
    char c='a';
    float f=10.375;                     /*f 是浮点数*/
    WRITEB(si);                         /*以二进制显示 si*/
    WRITEB(l);                          /*以二进制显示 l*/
    WRITEB(c);                          /*以二进制显示 c*/
    WRITEB(f);                          /*4 以二进制显示 f*/
    return 0;
}
/*
1100110111101111b
0001001000110100010101100111111000b
01100001b
0100000100100110000000000000000000b
*/
```

这个版本把宏和函数结合起来使用。行 2 定义了函数 writeb，它能够以二进制形式显示长度不超过 long 的任何类型变量。为显示 int 型变量 i 的二进制形式，要这样调用：

```
writeb(&i,sizeof(i));
```

有了行 1 定义的宏 WRITEB，调用就简化为：

```
WRITEB(i);
```

显然后者的可读性更好。

　　行 3 的函数定义中的形参 x 是一个通用指针类型的变量，对应实参可以是任何类型的地址。调用时作为实参的地址将自动地转换成通用指针类型。实际上传递的只是地址值而已，没有传递类型信息。类型信息包括字节数和对这些内存字节的解释方法，为用二进制显示内存表示只需要给出字节数，因此第 2 个参数给出了字节数。从行 4 可见，writeb 不仅能显示整数类型，还能显示 float 类型。

　　例 8-7　显示 n 个元素构成的全部子集。C 语言没有表示集合的数据类型，假如要生成集合{1,2,3,4}的全部子集，那么可以用一个数组 int a[4]来存放子集，用数组{1,3,0,0}或者{1,0,1,0}来表示子集{1,3}。更简单的方法用一个整数的低端 4 个二进位表示一个子集，0000 表示空集，0001 表示子集{1}，0101 表示{1,3}，4 个二进位可以表达 16 个数0000～1111，而集合{1,2,3,4}恰好有 16 个子集。让一整数 a 从 0 变到 15，就会得到 16 个子集。

```
/*8_7.c 显示 n 个元素构成的全部子集*/
#include "myhfile.h"
```

```
int main()
{ int a=0,i,j,n;
  READ(n,d);                       /*读取 n 值*/
  for(a=0; a < 1<<n; a++)          /*1 a 从 0 变到 2^n-1*/
  {  printf("%c",a%5?'\t':'\n');   /*2 一行放 5 个子集*/
                                   /*下面把 a 翻译成子集形式 {…}*/
     for(i=j=0;i<n;i++)            /*3 依次测试 a 的第 0 到 n-1 位*/
       if((a & 1<<i)>0) printf("%c%d",j++? ',' : '{', i+1);
                                   /*4 为 1,显示 i+1*/
     printf("}");
  }
  printf("\n");
  return 0;
}
/*运行会话
n(%d) : 4

{}      {1}     {2}     {1,2}   {3}
{1,3}   {2,3}   {1,2,3} {4}     {1,4}
{2,4}   {1,2,4} {3,4}   {1,3,4} {2,3,4}
{1,2,3,4}
*/
```

行 1，a 是循环变量，从 0 变到 2^n-1，代表要显示的所有子集，也代表各子集的序号。1 左移 n 位得到 2^n。

行 2，因为 a 从 0 开始依次加 1，所以可以看做是已显示子集的个数，如果被 5 整除，则先显示换行，不然先显示制表。

行 3，依次测试 a 的第 0 到 n–1 位。j 指明了已显示的子集中元素的个数。

行 4，测试 a 的第 i 位非 0 吗，如果非 0，要显示第 i 位代表的元素 i+1。显示该数之前测试 j，非 0 先要显示逗号，为 0 显示左花括号。

例 8-8　寻找 3 个平方数。找出 3 个 3 位的平方数，要求 3 个数共有的 9 位数字恰好为 1～9。

因为 $10^2=100$ 和 $32^2=1024$，3 个 3 位平方数都应该处在 $11^2=121$ 和 $31^2=961$ 之间，而且互不相同。设 3 个平方数是 p=i^2、q=j^2、r=k^2，并且 11≤i<j<k≤31。可以用 3 重循环构成满足 11≤i<j<k≤31 条件的 i、j、k 的全部组合，再一一测试是否满足 9 个数字的要求，如是显示之。问题的难点在于怎样测试。设一数组 a[10]，对于每一组 i、j、k，就分离出它们的平方数 p、q、r 的每一位，如为 n 就把 a[n] 置 1。9 位都置好了就看 a[1], a[2], …, a[9] 是否都为 1，如是则 p、q、r 就是答案。

```
/*8_8.c 寻找 3 个平方数：用数组*/
#include<stdio.h>
#define SET(p)  a[p/100]=1;a[p/10%10]=1;a[p%10]=1
int main()
```

```
{ int i,j,k,p,q,r,m,a[10];          /*1 定义变量及数组 a*/
  for(i=11;i<=29;i++)               /*2 构成*/
    for(p=i*i,j=i+1;j<=30;j++)      /*满足 11≤i<j<k≤31 条件*/
      for(q=j*j,k=j+1;k<=31;k++)    /*的 i、j、k 的全部组合*/
        { r=k*k;                    /*及它们的平方 p,q,r*/
          for(m=1;m<=9;m++)         /*3 清 a[1]到 a[9]为 0*/
            a[m]=0;
          SET(p);                   /*4 将 p 的 3 位数字记入数组 a*/
          SET(q);                   /* 将 q 的 3 位数字记入数组 a*/
          SET(r);                   /* 将 r 的 3 位数字记入数组 a*/
          for(m=1;m<=9;m++)         /*5 测试 a[1]到 a[9]*/
            if(a[m]==0)break;       /*    是否都为 1? */
          if(m>9)                   /*6 如果都为 1,*/
            printf("%d %d %d\n",p,q,r);   /*则显示答案*/
        }
  return 0;
}
/*运行会话
361 529 784
*/
```

　　程序虽长，但不复杂。为避免重复，定义了宏 SET，功能是把形参 p 的 3 位数字设置到数组 a 的对应元素中。最内层的循环体中要清 a，将各位记入 a，测试 a。行 4，依次以 p、q、r 作为实参 3 次调用 SET，将 9 位数字设置到 a。如果 9 位中无重复数字，在行 6 处 m 应该等于 10，这时显示结果。如果改成利用二进位级运算，可以大大简化程序。

```
/*8_8a.c 寻找 3 个平方数：用二进位*/
#include<stdio.h>
#define SET(p)  1<<p/100 | 1<<p/10%10 | 1<<p%10
void main()
{ int i,j,k,p,q,r;                  /*1 去除数组 a*/
  for(i=11;i<=29;i++)               /*2 构成*/
    for(p=i*i,j=i+1;j<=30;j++)      /*满足 11≤i<j<k≤31 条件*/
      for(q=j*j,k=j+1;k<=31;k++)    /*的 i、j、k 的全部组合*/
        { r=k*k;                    /*及它们的平方 p,q,r*/
          if((SET(p)|SET(q)|SET(r)) == 0X3FE)  /*3 检查 p、q、r 中共 9 位*/
            printf("%d %d %d\n",p,q,r);        /*是否互不相同,如是显示答案*/
        }
}
/*
361 529 784
*/
```

　　程序所做的改动有：去除了数组 a，重新定义宏 SET，用一条 if 语句（行 3）取代了原来的行 3 到行 6。假定 p≡361，q≡529，r≡784，那么：

$$SET(p) \equiv 1<<361/100 \mid 1<<361/10\%10 \mid 1<<361\%10$$

$$\equiv 1<<3 \mid 1<<6 \mid 1<<1$$

$$\equiv 0000001000 \mid 0001000000 \mid 0000000010$$

$$\equiv 0001001010$$

$$SET(q) \equiv 1000100100$$

$$SET(r) \equiv 0110010000$$

从而

$$SET(p)\mid SET(q)\mid SET(r) \equiv 1111111110 \equiv 0X3FE$$

因此在行 3 处测试成功，显示出结果：361 529 784。

　　这个程序有个明显的缺点，就是行 3 中的测试表达式差不多要重复计算 8000 次，而宏 SET 就要被调用 24 000 次，计算量过大。改进的方法是预先算出所有 SET(p)存入一个数组中，在行 3 处取来用就是。

```
#include<stdio.h>
void main()
{ int i,j,k,p,a[32];                    /*1 增加数组 a[]*/
  for(i=11;i<=31;i++)                    /*2 在 a 中记下所有 3 位平方数的 3 位数字*/
  { p=i*i;
    a[i]= 1<<p/100 | 1<<p/10%10 | 1<<p%10;
  }
  for(i=11;i<=29;i++)
    for(j=i+1;j<=30;j++)
      for(k=j+1;k<=31;k++)
        if((a[i]|a[j]|a[k]) == 0X3FE)    /*3 取用 a 中元素*/
            printf("%d %d %d\n",i*i,j*j,k*k);
}
```

　　行 1，增加了数组 a，为减少计算，便于阅读，a[0]～a[10]不用。行 2 把所有相关的平方数的 3 位数字存入 a 的各元素中，因为这里"位计算"只出现一次，所以取缔了宏 SET()。在行 3 处只需取出 a 中元素即可完成测试。这样可以大大减少程序运行时间，也使可读性有所改善。

┌───┐
│ **编程经验：计算外移**   │
│ 　　把循环中的计算挪到循环外，或者把内层循环中的计算挪到外层，会大大提高程序 │
│ 的计算速度。这也是编译程序最重要的优化手段。   │
└───┘

　　例 8-9　用筛法计算并显示所有小于 1000 的素数。此题目给出一种更有效的求素数的方法——筛法，而且也作为二进位级运算的练习。设一个有 1001 个元素的数组，如果数 i 是素数，那么第 i 个元素就一直是 1，如果是合数最终会清为 0。开始时把所有奇数号元素置 1，因为除 2 以外的偶数都是合数，可以不考虑。而后从小到大选用各素数，从数组中清除它们的倍数。最终，数组中只剩下素数了。

```
/*8_9.c 用筛法计算并显示所有小于1000的素数*/
#include<stdio.h>
#define NSIZE 1000
int main()
{ int i,j,a[NSIZE+1];                          /*1 定义数组 a*/
  for(i=3;i<=NSIZE;i+=2) a[i]=1;               /*2 将下标为奇数的元素置1*/
  for(i=3;i*i<=NSIZE;i+=2)                      /*3 i 取奇数3,5,7,9,…,31*/
     if(a[i])                                  /*4 如果a[i]非0,说明 i 是素数*/
        for(j=i*i;j<=NSIZE;j+=2*i) a[j]=0;     /*5 清除 i 的倍数*/
  printf("   2");                              /*6 显示唯一的偶素数 2*/
  for(i=3;i<=NSIZE;i+=2)                       /*7 显示所有奇素数*/
     if(a[i]) printf("%4d",i);
  printf("\n");
  return 0;
}
/*运行会话
   2   3   5   7  11  13  17  19  23  29  31  37  41  43  47  53  59  61  67  71
  73  79  83  89  97 101 103 107 109 113 127 131 137 139 149 151 157 163 167 173
 179 181 191 193 197 199 211 223 227 229 233 239 241 251 257 263 269 271 277
 281 283 293 307 311 313 317 331 337 347 349 353 359 367 373 379 383 389 397
 401 409 419 421 431 433 439 443 449 457 461 463 467 479 487 491 499 503 509
 521 523 541 547 557 563 569 571 577 587 593 599 601 607 613 617 619 631 641
 643 647 653 659 661 673 677 683 691 701 709 719 727 733 739 743 751 757 761
 769 773 787 797 809 811 821 823 827 829 839 853 857 859 863 877 881 883 887
 907 911 919 929 937 941 947 953 967 971 977 983 991 997
*/
```

行 1，定义数组 a，共有 1001 个元素，a[i]只能取 0 和 1，0 代表 i 为合数，1 代表素数。因为除 2 外的偶数都是合数，所以 a 的下标为偶数的元素一概不用。

行 2，初始化数组 a，即置 a 的所有下标为奇的元素为 1，下面只考察这些元素。

行 3 到行 5，是程序主体，清除所有合数对应的元素为 0。行 3 是外循环，i 依次取 3，5，7，9，…，31。因为 33×33=1029>1000，当 i=33 时退出此 for 循环。

行 4 测试 i 是素数否，如是执行行 5，清除下标为 i 的倍数的元素。最初 i=3，是素数，清除了下标为 9，15，21，27，…元素。第二次 i=5，也是素数，清除了 25，35，…。这时留下了 25 之前的 3，5，7，11，13，17，19，23，它们都是素数。第三次 i=7，清除了 49，63，…，留下了 49 之前的素数 29，31，37，41，43。

行 5 显示唯一的偶素数 2，行 6 显示留在 a 中的所有奇素数。

此筛法程序可能是完成同样功能的最快程序，但是它占用的内存太多。下面的改进是用一个二进位代替一个 int 型数组元素，所用内存只是上个版本的 1/16 或者 1/32，构成一个长达千位的逻辑尺。

```
/*8_9a.c 用筛法计算并显示所有小于1000的素数,二进位版本*/
#include<stdio.h>
#define NSIZE 1000
```

```
#define INTBITS (sizeof(int)*8)
#define ASIZE NSIZE/INTBITS+1
#define BIT(i) ((a[(i)/INTBITS] & 1L<<(i)%INTBITS) != 0)
#define CLR(i) (a[(i)/INTBITS] &= ~(1L<<(i)%INTBITS))
int main()
{ int i,j;
  int a[ASIZE];                          /*1 定义数组 a——逻辑尺*/
  for(i=0;i<ASIZE;i++)a[i]=-1            /*2 将逻辑尺所有位置 1*/;
  for(i=3;i*i<=NSIZE;i+=2)               /*3 i 取奇数 3,5,7,9,…,31*/
    if(BIT(i))                           /*4 如果 BIT(i) 非 0,说明 i 是素数*/
      for(j=i*i;j<=NSIZE;j+=2*i)CLR(j);  /*5 清除 i 的倍数*/
  printf("   2");                        /*6 显示唯一的偶素数 2*/
  for(i=3;i<=NSIZE;i+=2)                 /*7 显示所有奇素数*/
    if(BIT(i)) printf("%4d",i);
  printf("\n");
  return 0;
}
```

程序开始定义了 5 条宏，前 3 条宏定义了 3 个符号常量，目的是保证本程序可以在任何 C 语言实现上正确运行，提高程序的可移植性。NSIZE 是要考察的整数上界；INTBITS 是 int 类型所占的二进位数，取值 16 或者 32；ASIZE 表示所有要考察整数需要使用的 int 型元素个数。后两条宏定义了两个操作，BIT(i) 返回逻辑尺第 i 位的值 0 或 1，CLR(i) 用于把逻辑尺的第 i 位清为 0。

在 main 函数中此版本与数组版本非常相似。行 1，定义逻辑尺数组 a，其长度为数组版本的 1/16 或者 1/32。行 2 置逻辑尺 a 的所有奇数位为 1，其实下面不使用偶数位，所以设其值为 0 或 1 都没有区别，只为方便也设成了 1。

从行 3 以后，上个版本中的 a[i] 换了 BIT(i)，a[i]=0 换成了 CLR(i)。其实此版本还可以进一步改进，就是不考虑偶数，用第 i 位的值表示整数 $2 \times i + 1$ 是否为素数，这样程序稍加修改就可以省去一半内存。这种想法留作习题。

从此例可见，二进位级运算是一种强有力的工具，往往能带来巧妙的解法。同时位级运算要求程序员对于数据的机器表示和二进制运算了如指掌，也要求程序员付出更大的努力。

8.8   位段

由于条件所限，大学生都要几个人合住一个房间，这样的好处是节省住宿空间，以便在有限的宿舍条件下招收更多的学生。同样对于数据也有类似的情况。C 语言给整数只提供 3 个档次的居住空间——1 字节、2 字节和 4 字节，档次太少，往往会造成浪费。例如，年龄不会超过 128 岁，7 位足矣，而性别只有两种，1 位足矣。请看下例。

例 8-10   用位级运算读写老年人资料。假定要存放许多老年人的资料，包括年龄（0～127）、性别、子女数（0～7）、健康水平（A、B、C、D），为了节省存储空间，减少信息传输量，准备采取紧凑存放的方法。在一个 unsigned short 型变量 wang 里塞下这 4 项数据：

	15		13	12		11	10		8	7	6			0
wang		不用		健康水平			子女数			性别		年龄		

这样一来，必须能够把数据送进去、取出来。这可以用位级运算完成。比如，为取出子女数，可以把 wang 左移 15-10=5 位，再右移 15-10+8=13 位：

```
c=wang<<5>>13;
```

而送进去就要费点事，先把 wang 的 10 到 8 位清 0，再把子女数左移 8 位，最后二者或起来：

```
wang= wang &~((1<<3)-1 <<8) | x<<8;
/*8_10.c 用位级运算读写老年人资料*/
#include<stdio.h>
#define GETBF(x,i,j) ((x)<<15-(j)>>15-(j)+(i))
#define PUTBF(x,i,j,y) (((x) & ~((1<<(j)-(i)+1)-1 <<(i))) | (y)<<(i))
int main()
{ unsigned short wang=0;                              /*定义变量 wang*/
  int years,children,y,c;
  char sex,healthy,s,h;
  printf("years,sex,children,healthy : ");            /*显示提示*/
  scanf("%d %c %d %c",&years,&sex,&children,&healthy); /* 读取 4 项信息*/
  wang=PUTBF(wang,0,6,years);                         /*插入 years*/
  wang=PUTBF(wang,7,7,sex=='M');                      /*插入 sex*/
  wang=PUTBF(wang,8,10,children);                     /*1 插入 children*/
  wang=PUTBF(wang,11,12,healthy-'A');                 /*插入 healthy*/
  y=GETBF(wang,0,6);                                  /*取出 years*/
  s=GETBF(wang,7,7)?'M':'F';                           /*取出 sex*/
  c=GETBF(wang,8,10);                                 /*2 取出 children*/
  h=GETBF(wang,11,12)+'A';                            /*取出 healthy*/
  printf("years=%u,sex=%c,children=%u,healthy=%c\n",y,s,c,h);
  return 0;
}
/*运行会话
years,sex,children,healthy : 45 F 3 B
years=45,sex=F,children=3,healthy=B
*/
```

程序开始处定义了两条宏 GETBF 和 PUTBF。GETBF(x, i, j)的功能是把 short 型的值 x 的第 j 到 i 位(j≥i)作为一个整数返回。而 PUTBF(x, i, j, y)的功能是把整数值 y 塞入 short 型的值 x 的第 j 到 i 位位置。为了解释它们的运算过程，下面以 children＝3 为例说明 PUTBF 的功能。首先把 wang 的 16 位写成：

xxxxxxyyyxxxxxxxx

于是行 1 的宏调用 PUTBF(wang, 8, 10，children)展开成：

$$(((wang) \& \sim ((1<<(10)-(8)+1)-1 <<(8))) | (children)<<(8))$$

$$\equiv((xxxxxyyyxxxxxxxx \&\sim((1<<3)-1)<<8)) |11<<8)$$

$$\equiv((xxxxxyyyxxxxxxxx \&\sim(1000-1)<<8))|1100000000)$$

$$\equiv((xxxxxyyyxxxxxxxx \&\sim(111<<8)) \quad |1100000000)$$

$$\equiv((xxxxxyyyxxxxxxxx \&\sim11100000000) |1100000000)$$

$$\equiv((xxxxxyyyxxxxxxxx \&1111100011111111)|0000001100000000)$$

$$\equiv(xxxx000xxxxxxxx|0000001100000000)\equiv xxxxx011xxxxxxxx$$

最后得到的值正是原来 wang 的值的第 10 到 8 位被 children 值 3 所代替。再看 GETBF，仍然把 wang 的 16 位写成：

$$xxxxxyyyxxxxxxxx$$

行 2 的宏调用 GETBF(wang,8,10)展开成：

$$(wang<<15-10>>15-10+8)$$

$$\equiv xxxxxyyyxxxxxxxx<<5>>13$$

$$\equiv yyyxxxxxxxx00000>>13\equiv 0000000000000yyy$$

于是得到 wang 的第 10 到 8 位的 yyy。

使用位级运算可以操作整数中的 1 位或几位，好处是能够充分地利用内存的每一位，缺点是运算太麻烦。为此 C 语言提出了另一种办法，就是提供在一个 int 内直接定义和使用位段的能力。所谓位段（bit field），是 int 中相邻的位的集合。例如，老年人资料可以定义成一个结构变量，其中成员采取位段形式：

```
struct oldinfo
{ unsigned years      : 7;
  unsigned sex        : 1;
  unsigned children   : 3;
  unsigned healthy    : 2;
} zhang;
```

此声明定义了 struct oldinfo 类型以及该类型变量 zhang，它包含 4 个位段成员。位段成员在冒号后面有位段宽度，位段的类型可以是 int、unsigned int、signed int，一位的位段只能取 unsigned int。位段可以没有名字，只有一个冒号和宽度，起到填充的作用。位段成员可以同一般成员共存于同一个结构变量中。位段成员的访问方法与一般的结构成员相同。例如：

```
zhang.yeard=60;
```

但是位段成员没有地址，所以：

```
scanf("%d",&zhang.years);
```

是不允许的。下面给出用位段方法重编的读写老年人资料的程序。

```
#include<stdio.h>
int main()                          /*用位段运算读写老年人资料*/
{  struct oldinfo                   /*定义类型 struct oldinfo*/
```

```
      { unsigned  years    : 7;                    /*位段成员*/
        unsigned  sex      : 1;
        unsigned  children : 3;
        unsigned  healthy  : 2;
        char name[20];                             /*一般成员*/
      } zhang;                                      /*定义变量 zhang*/
      int years,children;
      char sex,healthy;
      printf("name,yeard,sex,children,healthy : ");      /*显示提示*/
      scanf("%s%d %c %d %c",zhang.name,&years,&sex,&children,&healthy);
                                                         /*读资料*/
      zhang.years=years;                                 /*记入结构变量中*/
      zhang.sex=sex=='M'?1:0;
      zhang.children=children;
      zhang.healthy=healthy-'A';
      printf("name    =%s\n",zhang.name);               /*显示各成员*/
      printf("years   =%d\n",zhang.years);
      printf("sex     =%c\n",zhang.sex?'M':'F');
      printf("children=%u\n",zhang.children);
      printf("healthy=%c\n",zhang.healthy+'A');
      return 0;
}
/*运行会话
name,yeard,sex,children,healthy : zhang 66 M 3 B
name    =zhang
years   =66
sex     =M
children=3
healthy=B
*/
```

　　位段的许多属性与实现相关。例如：允许的最大位段长度，TC 是 16，VC 是 32；一个位段是否可以跨越 int 边界；成员的分配从左开始，还是从右开始。所以使用位段的程序难以做到可移植。

习　题　8

8-1　设有定义：

```
union ut { char st[6];  int i;  long k;}u;
struct st { int c;   union ut u; }a;
```

则变量 u 和变量 a 所占字节数分别是多少？

　　8-2　设有定义如下：

```
struct date{int year,month,day;};
struct stud
{ long num;
  char name[20];
  char sex;
  struct date birthday;
}st1,st2;
```

（1）设计函数输入 st1 和 st2 的值。

（2）设计函数交换 st1 和 st2 的值。

（3）设计函数输出 st1 和 st2 的值。

8-3　有些程序设计语言没有结构类型，也可以解决像例 8-2 那样的问题。请重编例 8-2 中的程序，但不要使用结构类型。

8-4　设有如下代码段：

```
struct test
{ int a;
  char *b;
};
char s1[]="aaaaaa",s2[]="bbbbbb",s3[]="cccccc";
struct test x[3],*p=x;
x[0].a=100;x[0].b=s1;
x[1].a=200;x[1].b=s2;
x[2].a=300;x[2].b=s3;
```

写出下列表达式的值：(x+1)->a，(*(p+2)).b，p[0].b。

8-5　定义一个表示时间的结构（包括时、分、秒成员）类型，定义有这种类型参数的能计算总秒数的函数。

8-6　阅读下列程序，写出输出结果。

```
#include<stdio.h>
#include<string.h>
int main()
{ struct NODE
  { float data;
    int pos;
  }e[5]={{89.0,3},{64.0,2},{78.5,4},{90.0,5},{77.5,1}};
  int i,j,nt;
  struct NODE  et;
  for(i=4; i>0; i--)
    for(j=0; j<i; j++)
      if(e[j].pos>e[j+1].pos)
      { et=e[j]; e[j]=e[j+1]; e[j+1]=et;
      }
      for(i=0; i<5; i++)
```

```
    printf("%4.1f,%d\n",e[i].data,e[i].pos);
}
```

8-7　设计一个结构体类型：日期，包括年、月、日 3 个分量。编写程序实现对一个日期类型变量加、减 n 天的函数。

8-8　读取一整数，计算并显示它的二进制表示中值为 1 的位数。

8-9　读取一整数，把它的二进位颠倒过来，即第 0 位和最高位互换。第 1 位和次高位互换等。用二进制形式显示颠倒前后的整数。

8-10　编写函数：

```
unsigned int getbits(unsigned int x,int n,int sz);
```

将取出 x 的从第 n 位开始的 sz 个二进位，并作为返回值返回之。例如：

```
getbits(0x1234,8,4);
```

将返回 2。

8-11　编写函数：

```
void setbits(unsigned int *x,int n,int sz,int y);
```

将用 y 的从第 0 位开始的 sz 个二进位取代 x 指向的 int 对象的从第 n 位开始的 sz 个二进位，其他位不变。例如：

```
int a=0x1234;
getbits(&a,8,4,0xabcd);
```

执行过后 a≡0x1d34。

8-12　长度相同的不同区间（例如[2,1003]和[10002,11001]），包含的素数是不是一样多？有没有规律可循？编写程序统计所有这样区间（[2,1001]、[1002,2003]、…）包含的素数个数，统计的区间越多越好。

8-13　修改例题程序 8_9a.c：用筛法计算并显示所有小于 1000 的素数（二进位版本），就是不考虑偶数，在逻辑尺中用第 i 位的值表示整数 2×i+1 是否为素数，这样就可以省去一半内存。建议为了让修改更具理性，首先搞清位序号 i 同它代表的整数 n 之间的关系。

第9章

文件

9.1　C 文件概述

迄今为止，本书的程序例题的输入都取自键盘，而所有输出都发送到显示器屏幕上。只要数据量不大，这种工作方式还是不错的。但是实际应用中程序可能长年累月地执行，数据要不断地积累和修改。不妨想象一下学生成绩单的程序，一个班的成绩单往往要使用三、四年，每当考试时都要增加科目，每当有学生调入调出都需要修改。而程序不可能长期不间断地执行，只要关机，一切数据都消失得无影无踪。每次都要把全部数据重新敲入，无论如何都是不能容忍的。因此程序员必须有一种方法，能够把内存数据保存起来，需要时再调入内存。这种方法就是文件。

当程序员想要保存计算机内存中的数据时，通常都要把数据作为一个文件整体存储到同计算机相连的永久性存储媒体上，这种媒体可能是磁盘——硬盘、软盘或者 U 盘。在磁盘上要存储各种各样的信息，所以文件也有各种类型，比如 C 源文件（类型为.C）、目标文件（类型为.obj）、可执行文件（类型为.exe）、正文文件（类型为.txt）、照片文件（类型为.jpg）、音乐文件（类型为.wma）等。但是 C 语言对于文件格式不做解释，对文件的解释要由各个应用程序来完成。

C 语言把键盘、显示器之类的输入输出设备也作为文件看待。键盘和显示器是字符设备，换句话说，在键盘上敲入整数 123，CPU 得到的是字节 49，50，51，只有通过格式化才能转换成整数 123。为了在显示器上显示出 123，需要把整数 123 格式化成 3 个字节 49，50，51，再送给显示器，显示器上就出现了 123。C 语言把它们当成正文文件来处理。

C 语言对程序掩盖了各种物理设备，如硬盘驱动器、软盘驱动器、显示器、键盘等的操作细节，只是把文件看作是一个接一个的字节构成的流（stream），一个流就是一个文件。"流"意味着文件上的数据是顺序排列的，所以文件中数据的读写也是顺序的。对于每个 C 语言程序，执行时系统至少要提供 3 个流：标准输入（standard input）、标准输出（standard output）和标准错误（standard error），它们的名字是 stdin、stdout、stderr，其实这 3 个名字是各自的 FILE 结构变量的地址。标准输入是默认的输入源，通常对应于键盘。标准输出是默认的输出目的，通常对应于显示器。一般操作系统允许把标准输入和标准输出同其他输入输出设备或磁盘文件联系起来。标准错误就是输出错误信息的地方，对应的也是显示器，可以独立地修改标准输出和标准错误，使它们指向不同的物理设备。

　　C 语言把文件分成正文文件和二进制文件，它们的差别只在文件中存放的字节内容。正文文件中的字节都应该是可显示字符（printing character），包括英文字母、数字 0～9、标点符号、空白。若干字符构成一行，每行结束于 '\n'。正文文件往往是人写给软件的或者软件写给人看的，用 DOS 的 edit、Windows 的记事本都可以正确显示这种文件。而二进制文件是把内存中的数据不加转换地写入而成的，不是给人看的，通常是一个程序写给另一个程序的，例如.obj 文件就是编译程序写给连接程序看的。用 edit 和记事本显示这种文件往往会出现乱码。

　　除了与交互设备（如键盘和显示器）相联系的流以外，流都是缓冲的（buffered），意思是 C 语言在文件和程序之间开辟了输入的和输出的内存缓冲区，程序的输出要先写进输出缓冲区，当缓冲区满了才写到文件中。类似地，在输入时先把文件信息读进输入缓冲区，程序依次从缓冲区读取信息，当缓冲区空时才重新填充缓冲区。这样的好处是减少内存和设备之间交换数据的次数，平衡内存和设备之间速度的巨大差异，从而发挥它们各自的潜力，提高程序执行速度。

　　ANSI C 定义了一套标准的输入输出函数，它们都是在<stdio.h>中声明的，本章只介绍这些函数。由于硬件系统、操作系统和应用背景的不同，标准函数可能满足不了所有 C 语言实现的需要，ANSI C 允许它们增加新的输入输出函数，而不允许修改现有的标准函数。例如在 TC 中的 conio.h 和 io.h 中声明的输入输出函数，与 VC 在同名的头文件中声明的函数并不相同，这些函数也不属于标准函数。

9.1.1　FILE 类型

　　程序如何与设备上的文件联系起来呢？ANSI C 在 stdio.h 中定义了一种特殊的数据类型——FILE 类型，这是一种结构类型。对程序将用到的每一个文件，程序员要用 fopen() 函数为它分配这样一块内存，其中将包含该文件的状态信息和控制信息，如文件的名字、缓冲区的地址和尺寸、文件的出错标志、文件尾标志，以及文件的当前位置。

9.1.2　文件的当前位置

　　所谓流式文件，是从编号 0 开始的一串字节。文件的当前位置（file position）指明了对该文件的下一个读写操作将开始于哪个字节。有的 C 语言教材把它叫做位置指针，笔者认为有所不妥，因为 C 语言的指针指向的是内存变量，而文件当前位置指向的是磁盘文件上的字节。

9.1.3　文件的操作

　　在 C 语言程序中读、写文件中的数据要涉及以下操作：
　　（1）用 fopen()打开文件。
　　（2）用 fprintf()、fscanf()、fwrite()、fread()、fgetc()、fputc()、fgets()、fputs()等函数读、写文件。

（3）用 fclose()函数关闭文件。

（4）用文件定位函数 rewind()和 fseek()可以改变文件的当前位置，也就改变了读写文件数据的次序。

以上函数都是由 ANSI C 规定的，也都是在 stdio.h 中声明的。此外，还有一些非标准的、与实现相关的文件操作函数，本书不予讨论，有兴趣的读者可以阅读相关的 C 语言参考手册。

9.2　文件的打开与关闭

文件在进行读写操作之前要先打开，使用完毕要关闭。所谓打开文件，就是读写文件的初始准备，而关闭文件则是对被打开的文件的结束处理，文件关闭后就不能对它执行读写操作了。

9.2.1　文件打开函数 fopen

fopen 函数用来打开一个文件，其原型为：

```
FILE *fopen(char *filename,char *mode);
```

其功能是以 mode 方式打开名为 filename 的文件，分配一个 FILE 变量，进行初始化，并返回该变量的地址。它的两个形参都是字符串，可以是字符串常量或者字符数组名。其中 filename 给出被打开文件的文件名，文件名中可以包含文件所在的盘符和目录名，否则指的是当前目录。mode 参数指明了文件的打开方式，可以取：

"r"：表示打开文件准备读。如果找不到该文件则出错；如果找到，将文件当前位置定位在文件开始处。

"w"：表示打开文件准备写。如果找到该文件，则删除其内容；如果找不到，则建立之。将文件当前位置定位在文件开始处。

"a"：表示打开文件准备续写。如果找不到该文件则建立之；如果找到，将文件当前位置定位在文件的末尾。

以上三种方式都是针对正文文件的，如果在打开方式中增加一个 'b' 字符，就得到了对于二进制文件的三种打开方式："rb"、"wb"、"ab"。ANSI C 没有规定两种文件在处理方法上的差异，这取决于 C 语言实现。例如，对于 TC 和 VC，当将字节 10 写入正文文件时，将扩展为 10（回车）和 13（换行）两个字节；当从正文文件中读出时，遇到 10 和 13 两个字节将会自动合并成一个字节 10。而对于二进制文件，写时不扩展，读时也不合并。对于 UNIX 下的 C 语言，无论是哪种文件都不扩展和合并。

在上述 6 种打开方式的后面增加一个 '+' 字符，表示将对被打开的文件执行读和写操作。但是在读操作后接写，或者写操作后接读的情况下，两种操作之间可能需要调用文件定位函数 fseek()或者 rewind()。

本函数要为欲打开的文件分配一个 FILE 型的变量，并填写必要的信息，而后返回该变量的地址。如果不成功，则返回 NULL 值。

调用 fopen() 有可能不成功，比如找不到要读的文件，写文件时磁盘满了，所以发调函数通常都要测试调用是否成功。

C 语言定义的 3 个标准文件，不需要用 fopen() 打开就可以使用，它们的 FILE 指针是 stdin（标准输入文件，对应于键盘）、stdout（标准输出文件，对应于显示器）、stderr（标准错误文件，对应于显示器）。

9.2.2 文件关闭函数 fclose

文件一旦使用完毕，要用关闭文件函数把文件关闭，以避免文件数据丢失等错误。fclose 函数的原型是：

```
int  fclose(FILE *fp);
```

此函数以一种适当的有序的方式关闭 fp 所联系的已打开的文件。如果成功，fclose 函数返回值为 0。如发现错误（例如 fp 并不是由成功调用 fopen() 而返回的值），返回 EOF，EOF 是在 stdio.h 中定义的符号常量，值为–1。

当程序结束时，所有已打开的文件都会自动关闭。通常认为，只要是用 fopen() 打开的文件，就应该用 fclose() 关闭，这是一种良好的编程习惯。

例 9-1 文件的打开和关闭。

```
#include<stdio.h>
#include<stdlib.h>
int main()
{   FILE *fp;                               /*1 定义 FILE 型指针*/
    if((fp=fopen("d:\\abc.dat","rb"))==NULL)  /*2 打开文件*/
    {   perror("d:\\abc.dat");             /*3 显示错误信息*/
        exit(1);                            /*4 退出程序*/
    }
    /*    读文件中的数据*/
fclose(fp);                                 /*5 关闭文件*/
return 0;
}
/*运行会话
d:\abc.dat: No such file or directory
*/
```

这个程序是一个框架，只包含打开和关闭文件部分。首先行 1 定义了一个 FILE 类型的指针变量 fp，然后行 2 调用函数 fopen()，要求打开 d 盘上的二进制文件 "abc.dat" 准备读。如果 fp 中的返回值是 NULL，说明打开失败，行 3 就要显示错误信息，行 4 退出程序。如果成功，下面就可以读入该文件中的数据到相应的程序变量中去。最后行 5 关闭 fp 所指向的文件。注意，在打开文件之后，fp 就同文件 d:\abc.dat 联系起来，以后的读文件和关闭文件只用 fp 指明文件，再也不用文件名了。

这里介绍两个简单的用于错误处理的标准函数：

（1）退出函数，声明在 stdio.h 中，原型是：

```
void exit(int status);
```

功能是退出本程序，并将状态码 status 提交给本程序的调用者，0 表示正常，非 0 值表示各种错误。

（2）显示错误函数，声明在 stdlib.h 中，原型是：

```
void perror(const char *s);
```

功能是根据系统定义的全局变量 errno 记下的错误号显示相应的错误信息，错误信息包括形参指向的字符串、冒号及 errno 代表的错误。请参看本例显示的信息。这是显示错误信息的标准方法。

9.3 文件的读写

对文件的读和写是最常用的文件操作。在 C 语言中提供了多种文件读写的函数：

（1）字符读写函数：fgetc()和 fputc()。

（2）字符串读写函数：fgets()和 fputs()。

（3）格式化读写函数：fscanf()和 fprinf()。

（4）内存块读写函数：fread()和 fwrite()。

C 语言允许把这 4 组函数用于正文文件和二进制文件，但是程序员为保证两种文件的各自属性，应该限制这些函数的使用。

注意：正文文件与二进制文件的读写

对于键盘和显示器，前三组函数都有对应的简化形式，分别是 getchar()、putchar()、gets()、puts()、scanf()和 printf()，而键盘和显示器都是正文文件，所以说前 3 组函数可以用于正文文件。

所谓格式化读写函数的格式化工作主要是完成在数字字符串和二进制数值之间的转换，而二进制文件的内容应该是内存的直接映像，不需要格式化，所以对于二进制文件，可以使用除第 3 组格式化读写函数之外的 3 组函数。

9.3.1 字符读写函数 fgetc 和 fputc

字符读写函数是以字符（字节）为单位的读写函数。每次可从文件读出或向文件写入一个字符。

字符读函数 fgetc()：

```
int fgetc(FILE *fp);
```

从 fp 指明的文件的当前位置处读取一个字符，转换成 int 后返回之。如果出错或到达文件尾，返回 EOF。

字符写函数 fputc()：

```
int fputc(int c, FILE *fp);
```

将字符 c 写入 fp 指明的文件，返回 c 的值，如果出错返回 EOF。

例 9-2　显示正文文件。

```
/*9_2.c 显示正文文件*/
#include<stdio.h>
#include<stdlib.h>
int main()
{  FILE *fp;
   char fname[20],ch;
   printf("\nfile name : ");        /*1 显示提示*/
   scanf("%s",fname);               /* 并读取文件名*/
   if((fp=fopen(fname,"r"))==NULL)  /*2 打开正文文件*/
   {  perror(fname);                /*如出错,显示错误*/
      exit(1);                      /*并退出*/
   }
   while((ch=fgetc(fp))!=EOF)       /*3 反复读文件中字符直到文件尾*/
      fputc(ch,stdout);            /*4 显示读出的字符*/
   fclose(fp);
   return 0;
}
/*                                运行会话
file name : 9_1.c                 第一次显示正文文件
#include<stdio.h>
#include<stdlib.h>
int main()
{  FILE *fp;
   ...
   fclose(fp);
   return 0;
}
file name : 9_1.exe               第二次显示二进制文件
MZ0□↕□☺□ □□□                      显示一批乱码
*/
```

行 1，首先读入一个文件名，然后行 2 按正文文件打开准备读。如果无此文件，则 fopen()返回 NULL，这时只能显示错误消息后退出。如果打开正确，行 3 就反复从 fp 文件读字符再写到 stdout 上，直到遇文件尾标志为止。

在运行实例中首先显示的是本程序的源文件，显示正确。而后显示的是本程序的可执行文件，屏幕出现一些乱码。这说明本程序只能显示正文文件，不能显示二进制文件，即使把打开文件的方式改成"rb"也是如此。原因在于 stdout 是正文文件，只能接受可显示字符，如果遇到非可显示字符，就会出现乱码。再有，程序在读到 EOF（值等于–1）时结束，尽管二进制文件也结束于 EOF，但是文件中随处都可能遇到–1。显示二进制文件叫做文件倾卸，在例 9_7.c 处给出了完成此功能的程序。

行 4 的 fputc(ch,stdout);是把 ch 显示到 stdout 指示的标准输出设备上，可用简化形式 putchar(ch)替换，后者实际上是调用了前者的宏。请参看 stdio.h。

9.3.2　字符串读写函数 fgets 和 fputs

1．读字符串函数 fgets()

```
char *fgets(char s[], int n, FILE *fp);
```

这里的 s 和 n 描述了一个容量为 n 个字节的内存缓冲区。此函数从 fp 指明的文件的当前位置处开始读取若干个字符到 s 中，当遇到换行符时把 '\n' 和 nul 字符存入缓冲区后就不再读取。如果存入缓冲区的字符个数达到 n–1 个时再写入 nul 字符后也停止读取。在这种情况下并不会丢失数据，因为下一次调用 fgets 将从文件的下一个字符开始读取。

正常情况返回缓冲区地址 s，如果一个字符也没有读出就遇到文件尾，就返回 NULL 表示读取失败。

2．写字符串函数 fputs()

```
int fputs(const char *s, FILE *fp);
```

此函数把字符串 s（可以不包含 '\n' 字符）写入 fp 指明的文件中。如果出错返回 EOF；如果输出正确返回某个非负值（在这种情况下 TC 返回最后显示的字符值，而 VC 返回 0 值）。

这两个函数都有对应的简化版本，但是 fgets(s,n,stdin)同 gets(s)，fputs(s,stdout)同 puts(s)并不等价。fgets(s,n,stdin)与 gets(s)的有两点不同：前者有一个指明缓冲区长度的参数 n，如果键入的字符串很长，只有 n–1 个字符进入缓冲区，而后者将接受全部字符，必然越过缓冲区边界破坏缓冲区外的内存空间，其后果难以预测，所以 fgets()更为安全。再有，二者都结束于<Enter>，对于 fgets()换行符进入缓冲区，而对于 gets()则不进入。表 9-1 指明了在假定 "char s[5];" 的情况下相同输入对于二者的不同影响。

表 9-1　fgets()和 gets()的比较

键入	fgets(s,5,stdin)					gets(s)							
123456<Enter>	s≡	1	2	3	4	\0	s≡	1	2	3	4	5	6	\0
123<Enter>	s≡	1	2	3	\n	\0	s≡	1	2	3	\0	\0

对于 fputs(s,stdout)和 puts(s)都假定 s 包含一个'\0'，前者会逐字符显示，后者在显示串中字符后还多显示一个换行符。

以上两组函数都可以用于正文文件和二进制文件，而下面的两组函数分别适用于其中的一种文件。

> **评论：应用软件中的输入**
>
> 　　因为用户的错误是不可避免的，应用软件必须具有一种坚固性，允许用户的输入出现错误，又不为用户错误所左右。在应用软件中不能使用 scanf 函数，因为当它读取数值时遇到用户键入错误，往往采取结束处理，而程序很难发现错误原因。因此，软件常用 fgets(s,n,stdin)调用把用户键入读入字符数组中，然后软件再亲自进行分析转换，这时它能够充分认识键入的错误，再把错误的情况告诉用户，并让用户重新输入。这样做虽然麻烦一点，但软件对于键入有了完全的控制，保证键入错误不会给软件造成致命性的破坏。

9.3.3　格式化读写函数 fscanf 和 fprintf

　　这两个函数的输入和输出都针对正文文件，都有读者十分熟悉的简化版本 scanf()和 printf()，除了输入输出方向不同之外功能是一样的。它们要在二进制数据与可显示字符串之间完成转换，所以它们只适用于正文文件。

　　1. 格式化读函数 fscanf()

```
int fscanf(FILE *fp, const char *format, …);
```

此函数同 scanf()函数的唯一区别是输入源不同，fscanf 从 fp 指明的文件输入，而 scanf 是从 stdin 文件输入。这里…代表个数不定的输入指针表，表中可以有 1 个或多个输入指针。对于本函数说来，每个指针都是 void *类型的，能够接受任何类型变量的地址值，究竟是哪种类型变量的地址值取决于格式串参数 format 中的对应格式字符。返回值是成功读取的数据项的个数。

　　2. 格式化写函数

```
int fprintf(FILE *fp, const char *format, …);
```

本函数把…给出的数值按照 format 格式串转换成字符串写入到 fp 指明的文件中。返回输出的字节个数，如果有错返回 EOF。

　　例 9-3　正文文件的读写和排序。磁盘上有一电话簿文件 fin.txt，文件中每一行上的数据依次由学号、姓名、电话号码三项组成，中间由空格分开。编程读取所有行上的数据，再按姓名上升次序对这些数据进行排序，然后把排序后的数据写入文件 fout.txt。

```
/*9_3.c 正文文件的读写和排序*/
#include<stdio.h>
#include<stdlib.h>
#include<string.h>
int main()
{  FILE *fin,*fout;
   long num,phone;
   char nam[10];
   struct stud                    /*1 定义结构类型 struct stud 的数组a*/
   { long num,phone;
```

```
        char nam[10];
    } a[100],t;
    int n,i,j;
    if((fin=fopen("fin9_3.txt","r"))==NULL||
    (fout=fopen("fout9_3.txt","w"))==NULL)
    { perror("fin9_3.txt or fout9_3.txt ");      /*2 若打开错误就显示错误并退出*/
      exit(1);
    }
    printf("fin9_3.txt  :\n");
    for(n=0;fscanf(fin,"%ld%s%ld",&num,nam,&phone)==3;n++)
                                                          /*3 循环读,到尾退出*/
    {  a[n].num=num;strcpy(a[n].nam,nam);a[n].phone=phone;
                                                      /*数据存入数组 a */
        printf("%ld\t%-14s%ld\n",num,nam,phone);       /* 同时显示之 */
    }
    printf("\nfout9_3.txt :\n");
    for(i=n-1;i>0;i--)                                 /* 气泡排序*/
      for(j=0;j<i;j++)
        if(strcmp(a[j].nam,a[j+1].nam)>0)
        { t=a[j];a[j]=a[j+1];a[j+1]=t;
        }
    for(i=0;i<n;i++)                                   /* 将排序后的数据,  */
    {  printf("%ld\t%-14s%ld\n",a[i].num,a[i].nam,a[i].phone);
                                                      /*显示到屏幕,并*/
        fprintf(fout,"%ld\t%-14s%ld\n",a[i].num,a[i].nam,a[i].phone);
                                                      /*写入文件*/

    }
    fclose(fin);fclose(fout);
    return 0;
}
/*                                                  运行会话
fin9_3.txt :
30333   lisi        12345678                        从文件读出的数据
50555   zhangsan    23456789
40444   wangwu      45678901
20222   huangqi     56789012

fout9_3.txt :                                       排序后写入文件的数据
20222   huangqi     56789012
30333   lisi        12345678
40444   wangwu      45678901
50555   zhangsan    23456789
*/
```

行 1，本程序首先定义了结构类型 struct stud 的数组 a，它的每个元素包含 3 个成员，其中的 num 和 phone 分别表示学号和电话号码，本应取字符数组类型，但为节省内存，简化运算，这里采取 long 类型，可以表示 9 位数字。

行 2，本程序涉及两个文件 fin 9_3.txt 和 fout 9_3.txt，它们都是正文文件。为缩短程序篇幅把两个打开文件的函数调用写在一个 if 语句的测试表达式中，只要有打开错误都要退出程序。

行 3，接下来用一个 for 循环读取输入文件，输入文件的结构可以从程序的运行会话看出：每行给出一个学生的信息——学号、姓名和电话号码。此 for 循环的表达式 2 是：

```
fscanf(fin,"%ld%s%ld",&num,nam,&phone)==3
```

此函数调用返回 3，表示成功读取了 3 项数据；如果到达文件尾则返回 EOF(等于–1)。在循环体中把成功读取的数据送入数组 a。注意，为方便程序排错，本书约定在读、写文件的同时总把读、写的内容显示到显示器上，这是非常有效的做法。

读入数据之后用气泡排序法为数组 a 进行排序，并把排序后的数组 a 存入输出文件。

评论：**文件的 I/O**

在各种计算机程序设计考试和竞赛（如全国计算机等级考试、全国青少年信息学奥林匹克竞赛）中，为简化阅卷工作，编程题目往往要求程序从输入文件中读取输入，经过某些处理后把输出写到输出文件中。而这些输入文件和输出文件都是正文文件。本题目可以看成这种题目的样例。

9.3.4 内存块读写函数 fread 和 fwrite

这两条函数实现内存和文件之间直接的数据传送，只能用于二进制文件。

内存块读函数 fread()：

```
size_t fread(void *ptr, size_t size, size_t nobj, FILE *fp);
```

这里用到的 size_t 类型是在<stdio.h>中定义的："typedef unsigned size_t;"，用来表示内存块或对象的个数或者所占字节数。函数 fread()从 fp 指明的文件中最多读取 nobj 个长度为 size 的对象到地址 ptr 开始的内存块。返回值为从文件中实际读取的对象个数，应该小于等于 nobj。

内存块写函数：

```
size_t fwrite(const void *ptr, size_t size, size_t nobj, FILE *fp);
```

此函数将从内存地址 ptr 开始的 nobj 个长度为 size 的对象写入 fp 指明的文件中。返回值是实际写入文件的对象个数，出错时返回值小于 nobj。

这一对函数在内存和文件之间进行不加改变的传送，一次传送的内容可以是一个任意类型的简单变量或者数组。但是为了简化文件的结构并使读写更有效，往往一次读写一个结构类型的变量或数组。在下个例子里一次读写一个结构类型的变量，包含了一个学生的学号、姓名和电话号码。

例 9-4 数据的积累。在本书前面的例题里程序输入都是来自于键盘，但是实际生活中人们往往需要积累数据，比如要维护一个电话号码表，每当结识一个新朋友时都要把他的资料记入表中，不可能把已有的资料全部重抄一篇。换句话说，这里的数据是日积月累得到的，这样的应用比比皆是，通常叫做数据库。那么这些数据要存放到哪里呢？内存变量显然不行，一个程序停止了它的所有变量都会消失得干干净净。所以只能存放到磁盘的文件中。本例突出了数据积累过程，可以作为类似应用的基础。

```c
/*9_4.c 数据的积累：用二进制文件*/
#include<stdio.h>
int main()
{ FILE *fp;
    struct                                          /*定义结构类型变量 t*/
    { long sid;                                     /*包括：学号*/
      char nam[10];                                 /*姓名*/
      long phone;                                   /*电话号码*/
    } t;
    if((fp=fopen("f9_4.dat","ab+"))==NULL)          /*1 打开文件 f9_4.dat*/
    { perror("f9_4.dat");                           /*如果出错显示错误并退出*/
      exit(1);
    }
    rewind(fp);                                     /*2 置当前位置到文件开头处*/
    printf("\nsid\tname\tphone\n");                 /*显示信息标题*/
    while(fread(&t,sizeof(t),1,fp)==1)              /*3 反复读文件中信息到 t 中*/
      printf("%ld\t%s\t%ld\n",t.sid,t.nam,t.phone); /*显示 t 中信息*/
    printf("new data :\n");                         /*提示输入新数据*/
    while(scanf("%ld%s%ld",&t.sid,t.nam,&t.phone)==3) /*反复从键盘输入新数据*/
      fwrite(&t,sizeof(t),1,fp);                    /*将新数据写入文件*/
    fclose(fp);
}
/*
sid     name    phone
new data :
100101  zhang3  2345678
100102  li4     2345679
^Z

sid     name    phone
100101  zhang3  2345678
100102  li4     2345679
new data :
100103  wang5   2345670
^Z

sid     name    phone
100101  zhang3  2345678
```

3 次交互会话	
第 1 次无数据	
键盘输入 2 人信息	
Ctrl+Z 结束键盘输入	
第 2 次文件中已有 2 人信息	
键盘输入 1 人信息	
Ctrl+Z 结束键盘输入	
第 3 次运行只显示文件中的信息	

```
100102  li4      2345679
100103  wang5    2345670
new data :
^Z
*/
```

行 1，采取 "ab+" 的方式打开文件，即以 "打开二进制文件的续写方式，并且允许读"。
因为要把内存变量直接写入文件所以是二进制的，而 "续写" 能够在第一次运行时找不到
f9_4.dat 的情况下新建此文件而不是视为错误。因为程序不仅要写入而且要读出，所以要
允许读。

行 2，如果是第 2 次运行，打开成功时当前位置将设置到文件末尾，但是下面要从头
读出所有数据，所以要调用 rewind(fp)，将 fp 指明的文件的当前位置定位在文件开头处。

行 3，在循环读文件时函数调用 fread(&t,sizeof(t),1,fp) 在正常情况下返回 1 值，到达文
件尾部时返回 0 值。

要特别注意，在 TC 和 VC 上结构变量 t 分得的字节数是不同的，t 的 3 个成员的长度
分别是 4，10，4，所以在 TC 上 sizeof(t)≡18。而在 VC 上采取了让每个成员都从 4 的倍
数地址处开始的原则，为了让成员 phone 开始于 16，就在 name 和 phone 之间空出了 2 个
字节，所以 sizeof(t)≡20。因此在 TC 和 VC 上运行本程序，输入同样数据，得到的 f9_4.dat
文件是不同的，从下一个例题很容易看出这个差别。

F9_4.dat 是二进制的数据文件，其实同样可以使用正文文件来累积数据，下面的程序
是上个程序的正文文件版本。

```
/*9_4a.c 数据的积累：用正文文件*/
#include<stdio.h>
int main()
{  FILE *fp;
   struct
   {  long sid;
      char nam[10];
      long phone;
   } t;
   if((fp=fopen("f9_4a.txt","a+"))==NULL)                  /*1 打开文件*/
   {  perror("f9_4a.txt");
      exit(1);
   }
   rewind(fp);
   printf("\nsid\tname\tphone\n");
   while(fscanf(fp,"%ld%s%ld",&t.sid,t.nam,&t.phone)==3)/*2 读文件*/
      printf("%ld\t%s\t%ld\n",t.sid,t.nam,t.phone);       /*3 显示读来数据*/
   printf("new data :\n");
   while(scanf("%ld%s%ld",&t.sid,t.nam,&t.phone)==3)       /*4 读键盘输入*/
      fprintf(fp,"%ld\t%s\t%ld\n",t.sid,t.nam,t.phone);  /*5 把输入写入文件*/
```

```
    fclose(fp);
    return 0;
}
```

注意此版本只有 3 处改变：打开文件的方式"a+"（行 1），读文件用 fscanf()（行 2），写文件用 fprintf()（行 5）。它的运行会话与上一版本完全一样，这里就省略了。

9.4　与文件当前位置相关的函数

文件当前位置指示着下一个读、写操作涉及的文件位置。打开文件准备读、写，将文件当前位置初始化为 0；打开文件准备"续写"，则初始化到文件尾。每读、写 n 个字节，文件当前位置自动加 n。一般说来，文件当前位置是随读、写操作的进行自动增加的，也就是说文件只能从头至尾顺序地读写。

但是人们往往希望能够随机读写文件任意位置处的数据，在与文件相联系的 FILE 型变量中，有当前位置、文件尾标志和出错标志。ANSI C 提供了几条函数，使程序能够得到和设定它们的值：

（1）fseek()移动文件的当前位置：

int fseek(FILE *fp, long offset, int origin);

本函数用来移动 fp 指明的文件的当前位置，以后的读写操作将从新位置开始。新位置是由参考点 origin 和位移 offset 确定的。此函数主要用于二进制文件，origin 可取值为 SEEK_SET（文件开头），SEEK_CUR（当前位置）或者 SEEK_END（文件尾）。对于正文文件，offset 只能取 0 值，或者由 ftell 返回的值。成功时返回 0 值，失败则返回非 0 值。

（2）rewind()置文件当前位置到文件开始处：

void rewind(FILE *fp);

rewind(fp)等价于 fseek(fp, 0L, SEEK_SET)，移动文件的当前位置到文件开头处。

（3）ftell()读取文件当前位置的值：

long ftell(FILE *fp);

返回文件 fp 的当前位置，出错时返回–1。

例 9-5　求文件长度。

```
/*9_5.c 求文件长度*/
#include<stdio.h>
int main()
{  FILE *fp;
   fp=fopen("f9_4.dat","rb");              /*打开文件,省略了错误处理! */
   fseek(fp,0,SEEK_END);                   /*定位到文件尾*/
   printf("file length=%ld\n",ftell(fp));  /*计算并显示文件长度*/
   return 0;
```

```
}
/*                                          运行会话
file length=54                              在 TC 上的 f9_4.dat 的长度
file length=60                              在 VC 上的 f9_4.dat 的长度
*/
```

（4）feof()判断文件尾：

int feof(FILE *fp)

返回 fp 指明的输入文件的文件尾标志，如果已经读过了文件尾，返回非 0 值，否则返回 0。
此函数既可用于正文文件，也可用于二进制文件。

例 9-6 逆序读文件。

```
/*9_6.c 逆序读文件*/
#include<stdio.h>
int main()
{ FILE *fp;
  struct                                    /*定义结构变量 t*/
  { long num;
    char nam[10];
    long phone;
  } t;
  int i,n;
  if((fp=fopen("f9_4.dat","rb"))==NULL)     /*打开文件*/
  { perror(""f9_4.dat");
    exit(1);
  }
  fseek(fp,0,SEEK_END);                      /*跳到文件尾*/
  n=ftell(fp)/sizeof(t);                     /*计算文件内的记录个数 n*/
  printf("f9_4.dat has %d records!\n",n);    /* 并显示*/
  printf("\nnum\tname\tphone\n");            /*显示资料表表头*/
  for(i=n-1;i>=0;i--)                        /*循环；记录号 i 取 n-1 到 0*/
  { fseek(fp,i*sizeof(t),SEEK_SET);          /*挪动当前位置到第 i 记录之前*/
    fread(&t,sizeof(t),1,fp);                /*读出第 i 记录到 t*/
    printf("%ld\t%s\t%ld\n",t.num,t.nam,t.phone); /*显示 t*/
  }
}
/*
F9_4.dat has 3 records!

num     name      phone
100103  wang5     2345670
100102  li4       2345679
100101  zhang3    2345678
*/
```

这里随机读取的文件 f9_4.dat 包含的记录是等长的，所以通过记录的序号容易计算出该记录在文件上的位置。

例 9-7　文件的倾卸。用记事本、写字板及 TC 和 VC 可以显示正文文件，如果用它们对付二进制文件就无能为力了，显示二进制文件只会出现一些乱码。把文件的内容按字节显示，叫做文件的倾泻（file dump）。本例题的功能就是文件倾卸，是个很有用的应用程序。请先看看本程序的运行会话，其格式是每行显示 16 个字节——通常叫做节（paragraph），只有最后一节可能不足 16 个字节。每行分成 3 部分：十六进制的字节位移，16 个字节的十六进制表示，16 个字节的字符表示，对于非可显示字符用句点 "." 代替。

```
/*9_7.c 文件倾卸*/
#include<stdio.h>
#include<stdlib.h>
#include<ctype.h>
void dump(char *fname);                         /*声明倾卸函数 dump()*/
int main()
{ unsigned char fname[40];
  printf("file name : ");                        /*1 显示提示并*/
  scanf("%s%*c",&fname);                          /*    读要倾卸的文件名*/
  dump(fname);                                    /*2 调用函数 dump()*/
  return 0;
}
void dump(char *fname)                            /*定义函数 dump()*/
{ FILE *fp;
  unsigned char line[17]={'\0'},c;                /*3 定义局部变量 c*/
  int i,j,eof=0;
  if((fp=fopen(fname,"rb"))==NULL)                /*4 打开文件准备读*/
  { perror(fname);exit(1);                        /*若打开出错则退出*/
  }
  for(i=0;eof==0;i++)                             /*5 外循环,i 代表节号*/
  { printf("%03X0 ",i);                           /*    显示每节的节位移*/
    for(j=0;j<16&&(eof=feof(fp))==0;j++)          /*6   内循环,j 代表节中序号*/
    { c=fgetc(fp);                                /*        从文件读一字符到 c*/
      printf("%02X ",c);                          /*        按十六进制显示 c*/
      line[j]=isprint(c)?c:'.';                   /*7      并将对应字符存
                                                           入 line 数组*/

    }
    line[j]='\0';                                 /*        结束此节的字符串*/
    printf("%*s\n",(16-j)*3+j,line);              /*          并显示之*/
    if((i+1)%16==0)getchar();                     /*        每显示 16 行,暂停*/
  }
  fclose(fp);                                     /*8 关闭文件*/
}/*                                               运行会话
file name : f9_4.dat                             第 1 次运行,倾卸二进制文件(TC)
0000  05 87 01 00 7A 68 61 6E 67 33 00 05 00 00 CE CA  ....zhang3......
0010  23 00 06 87 01 00 6C 69 34 00 67 33 00 05 00 00  #.....li4.g3....
```

```
0020  CF CA 23 00 07 87 01 00 77 61 6E 67 35 00 00 05    ..#.....wang5...
0030  00 00 C6 CA 23 00 FF                               ....#..

file name : f9_4.dat                          第 2 次运行,倾卸二进制文件(VC)
0000  05 87 01 00 7A 68 61 6E 67 33 00 CC CC CC CC CC    ....zhang3......
0010  CE CA 23 00 06 87 01 00 6C 69 34 00 67 33 00 CC    ..#.....li4.g3..
0020  CC CC CC CC CF CA 23 00 07 87 01 00 77 61 6E 67    ......#....wang
0030  35 00 00 CC CC CC CC CC C6 CA 23 00 FF             5.........#..

file name : f9_4a.txt                         第 3 次运行,倾卸正文文件
0000  31 30 30 31 30 31 09 7A 68 61 6E 67 33 09 32 33    100101.zhang3.23
0010  34 35 36 37 38 0D 0A 31 30 30 31 30 32 09 6C 69    45678..100102.li
0020  34 09 32 33 34 35 36 37 39 0D 0A 31 30 30 31 30    4.2345679..10010
0030  33 09 77 61 6E 67 35 09 32 33 34 35 36 37 30 0D    3.wang5.2345670.
0040  0A FF                                              ..
*/
```

在运行会话中用本程序倾卸了 3 个文件:二进制文件 f9_4.dat 的 TC 版本和 VC 版本,以及正文文件 f9_4a.txt。3 个文件都是结束于 0XFF 字节(EOF),但是此字节不计入文件长度。从中还可以看到,VC 版本的 f9_3.dat 比 TC 版本多出 6 个字节(用下划线标明)。

从运行会话还可以看出,在二进制文件中每个记录的长度是相等的(TC 是 18,VC 是 20),而对于正文文件各记录的长度往往不同(23,20,22)。

本程序的 main()函数读取要倾卸的文件名(行 1),然后以文件名作为实参调用函数 dump()(行 2)。函数 dump()的功能就是按预定的格式倾卸由实参指定的文件。dump()可以分为 3 个步骤:打开文件(行 4),读入并处理文件中的全部字节(从行 5 开始),关闭文件(行 8)。

打开文件采取"rb"方式,不管被倾卸文件是不是二进制文件,因为这种方式不扩展 10 字节,能够"保真"。

读入处理步骤用了一个二重 for 循环:外层 for 的变量 eof 表示是否已达到 EOF;循环变量 i 代表文件中的节号,也是显示的行号。首先显示第 i 节的字节 0 的位移=i×16。然后用内循环读出并显示第 i 节每个字节的十六进制表示,同时把这些字节对应的字符存入字符数组 line 中(行 7)。注意,这里使用了字符分类宏 isprint,所以在程序开始处纳入了 ctype.h。isprint(c)能测试 c 是不是可显示字符,如果不是代之以句点。内循环结束后,构成并显示 line 中的字符串,最后一行可能不足 16 个字节,所以这里进行了一点计算,以便使该行的第 3 部分对得整齐。如果被倾卸的文件很长,倾卸过程一闪而过,程序结束时屏幕上只留下倾卸的最后一屏。为此每倾卸 16 行就执行 getchar(),意思是暂停程序执行,键入<Enter>继续。

进入内循环的条件是已处理的本节字节还不到 16 个,并且未到达文件尾。函数调用 feof(fp)在到达文件尾时返回非 0 值。另外要注意读文件用"c=fgetc();",c 是 unsigned char 类型,这样就可以避免在执行"printf("%02X ",c);"时产生符号扩展。

这个程序读文件用的是 getchar(),一个字符一个字符地读,当 feof()为真时退出循环。

为了读得更快，可以改用 fread()，一次读 16 个字符，其返回值通常是 16，遇文件尾时返回值小于 16。请看本程序的修改版本，修改处用下划线标明。这里省去了没有改变的 main 函数。

```
/*9_7a.c 文件倾卸*/
void dump(char *fname)                         /*定义函数 dump()*/
{ FILE *fp;
  unsigned char line[17]={'\0'};              /*3 去除了变量 c 的定义*/
  int i,j,eof=0,n;                            /*增加了变量 n，表示每次读出的字节数*/
  if((fp=fopen(fname,"rb"))==NULL)            /*4 打开文件准备读*/
  { perror(fname);exit(1);                    /*若打开出错则退出*/
  }
  for(i=0;eof==0;i++)                         /*5 外循环，i 代表节号*/
  { printf("%03X0 ",i);                       /*    显示每节的节位移*/
    eof= (n=fread(line,1,16,fp))<16;          /*6  从文件读 16 个字符到 line*/
    for(j=0;j<n;j++)                          /*    内循环，j 代表节中字符序号*/
    { printf("%02X ",line[j]);                /*    按十六进制显示 line 元素*/
      line[j]=isprint(line[j])?line[j]:'.';   /*7   并将非显示字符改为句点*/
    }
    line[j]='\0';                             /*    结束此节的字符串*/
    printf("%*s\n",(16-j)*3+j,line);          /*    并显示之*/
    if((i+1)%16==0)getchar();                 /*    每显示 16 行，暂停*/
  }
  fclose(fp);                                 /*8 关闭文件*/
}
```

此版本做的改动有 3 处：行 3 去除了字符变量 c，增加了整型变量 n，用于存放一次读取的字符个数。行 6，改循环读取 16 个字符到 c 为用 fread 一次读取 16 个字符到 line。行 7，由于去除了变量 c，这里如果数组元素 line[j] 为非显示字符就改成 '.'。

习　题　9

9-1　编写程序，把任意一个文件复制成另一个文件。

9-2　编写程序，从键盘输入若干行字符到一个正文文件中。

9-3　文件 in 9_3.txt 中存放有若干个整数，中间用空格分隔。求出 in 9_3.txt 中所有整数的总和和均值并写到 out 9_3.txt 中。

9-4　将 n 个学生信息（包括学号、性别、成绩）输入文件 in9_4.txt 中，每行为 1 个学生记录，中间用空格分隔。将文件 in9_4.txt 中的记录按照第一关键字为"性别"，第二关键字为"成绩"降序排列后写到文件 out9_4.txt 中。例如文件 in9_4.txt 为：

```
mike m 65
mary f 78
tom m 96
```

```
lily f 88
```

输出文件 out 9_4.txt 为：

```
lily  f 88
mary  f 78
tom   m 96
mike  m 65
```

9-5　在习题 9-4 的输出文件 out9_4.txt 中查找所有 90 分以上的男生的记录，并把查找结果输出到文件 out9_5.txt 中。

9-6　假设一个公司的雇员信息包括：序号、工号、姓名、工龄、薪水。输入 10 个雇员信息到二进制文件 out9_6.dat 后，输出序号为偶数的雇员的姓名和薪水。

9-7　编写一个自己的通信录程序。每个记录包括联系人和电话，通信录可以不断更新，通过输入姓名可以找到该联系人的电话。

9-8　有两个磁盘文件，各存放一个按字典次序排序的名单，要求把第二个名单中的所有名字按次序插入到第一个文件中。两个文件名字可以作为命令行参数给出，如果命令行没有给出再从键盘读取。

9-9　编写一个能够压缩 C 源程序的程序，首先读取键盘输入的形如 XXX.C 的文件名，然后读取该文件，删除其中的注解，并把连续出现的空格和制表压缩成一个空格，结果写入另一个文件中，其文件名取 XXX_N.C 的形式。如果输入的文件名为空，表示 C 源程序取自键盘，压缩结果显示到屏幕上。开始时你可以实现一个简单版本，把整个文件一次读入内存。而后再实现逐行读入版本，这样可以处理更长的源程序。注意，注解可以跨越多行。

9-10　编写一个实用的评分程序，输入文件包含每个学生的学号、期中考试成绩和期末考试成绩，要求按公式：

$$学期总成绩=期中成绩×30\%+期末成绩×70\%$$

算出每人的学期总成绩，并写进输出文件。另外还要统计出期末成绩的各分数段（100～90、89～80、79～70、69～60、59～0）的人数和所占百分比，并生成补考学生（总成绩<60）的学号列表文件。

要求程序尽可能实用，输入应该允许取自文件或者键盘，甚至允许部分（学号和期中成绩）取自文件，部分（期末成绩）取自键盘。

9-11　在计算机能力等级考试中的上机考试中有两种题型：改错题和编程题。本题就是一道改错题，下一题是一道编程题，它们都用到了正文文件的输出。

【题目】

计算机所能表示与处理的数的有效数字位数是有限的。例如，在字长 32 位的计算机上运行的程序可处理的整数的最大值是 4 294 967 295。对于求阶乘 n!，当 n 较大时会产生溢出。为了完成高精度阶乘运算，可以用一个整型数组存放一个参加运算的运算数，其中每个数组元素存放十进制表示的正整数的一个数字位。下列函数 fact 中，kc 表示进位，若当计算至 m[MAX−1] 时仍有进位，视为溢出。函数返回 0，否则返回 1。

例如，程序正确时能计算并输出 7! 的值是 5040，15! 的值是 1 307 674 308 000。含有错

误源程序如下:

```c
#define MAX  200
int fact(int n)
{  int i,j,k,kc;
   m[0]=1;
   for(i=2;i<=n;i++)
   {  kc=0;
      for(j=0;j<MAX;j++)
      {  k=m[j]*i+kc;
         kc=kc/10;
         m[j]=k%10;
      }
   }
   if(kc!=0)return 0;
   else return 1;
}
int main()
{  int a[MAX],i,n;
   printf(input n(n>0) : ");
   scanf("%c",&n);
   for(i=0;i<MAX;i++)a[i]=0;
   printf("%d! = ",n);
   if(fact(n,a))printf("overflow!\n");
   else
   {  i=MAX-1;
      while(a[i]==0)i--;
      for(;i>=0;i--)
         printf("%d",a[i]);
   }
   printf("\n");
   return 0;
}
```

【要求】

1. 将上述文件录入到 myf1.c 文件中,然后根据题目的要求以及程序中语句之间的逻辑关系对程序中的错误进行修改。

2. 改错时可以修改语句中的一部分内容,调整语句次序,增加少量的变量声明或编译预处理命令,但不能增加其他语句,也不能删去整条语句。

3. 改正后的源程序 myf1.c 必须放在文件夹 d:\answer 之下,供阅卷之用。

9-12 编程题。

【题目】

1. 编写函数 int facsum(long x),判断长整数 x 是否具有如下特性:组成 x 的各位数字阶乘之和等于该数自身。例如,145=1!+4!+5!。若 x 具有此特性,则函数返回值 1,否则返回值 0。

2. 编写 main 函数，调用 facsum 函数，在 0～200 000 的范围内寻找具有此特性的数，并将找到的全部数据写入文件 myf2.out 中。

在 0～200 000 的范围内符合此特性的数有 1，2，145，40585。

【要求】

1. 将源程序取名为 myf2.c，输出结果文件取名为 myf2.out。

2. 数据文件的打开、使用、关闭均用 C 语言标准库中缓冲文件系统的文件操作函数实现。

3. 源程序文件和运行结果文件均须保存在文件夹 d:\answer 之下，供阅卷之用。不要保存编译和链接产生的类型为 obj 和 exe 的文件。

第 10 章
内存分配和动态链表

在数组的定义中，数组的长度是正整数常量，是预先定义好的，在程序执行过程中固定不变。例如：前面编写的与数组相关的程序，总是把数组长度设成含有 20 个元素。显然，在实际应用中这样是不合适的，假如要编写一个管理学校各班学生成绩的程序，各班学生数目可能相去甚远，多则上百人，少则只几人。为满足所有班级的需要，可能把成绩数组的尺寸设为 200，只要每班学生的人数不超过 200，都没有问题。但是这样数组的使用效率可能不足 20%，如此之大的浪费是不能容忍的。

在某些程序设计语言中，允许定义长度可变的数组。例如，在 BASIC 语言中下面的程序片段是合法的：

```
INPUT "n : ",n
DIM a(n) AS INTEGER
```

其含义是首先读取变量 n，然后定义包含 n 个元素的整型数组 a。类似的做法在 C 语言里是严重错误的：

```
int n=10,a[n];
```

为了弥补这一缺欠，C 语言提供了一组负责动态内存分配的函数，使程序在运行期间能够随时根据需要分配和释放内存空间，从而实现一些动态的数据结构。本章首先介绍几个动态内存分配函数，而后用这些函数实现长度可变的数组——动态数组，最后再用较大篇幅详细描述现代程序设计中一种常见的数据结构——链表的实现方法。

10.1 动态内存分配

C 语言程序可以使用的内存空间的分布情况是同具体实现有关的，为便于理解，给出以下模型。按照用途可以把 C 语言程序使用的内存分成 4 个部分（如图 10-1 所示）：代码区，存放所有函数的所有语句编译后产生的机器指令；数据区，对应于所有常量、全局变量和静态局部变量；堆栈（stack），每个被调函数被调用时都要分配一段堆栈空间（叫做栈帧 frame），它的所有自动变量和形参都要放在这里，当返回时它的栈帧自动被回收；而堆（heap），程序申请从这里动态分配一片内存。堆和堆栈往往共享同一块内存，堆自上而下发展，堆栈自下而上发展。

在头文件 stdlib.h 中包含了 4 个动态内存分配函数的原型：

1. 分配内存函数

```
void *malloc(size_t size);
```

此函数将分配一片尺寸为 size 字节的内存空间（堆空间），如果成功则返回此空间的地址值，否则返回 NULL。分得的空间不进行初始化。

返回值 NULL 说明没有足够的堆空间，所以内存分配不成功。造成这种错误的主要原因是"只借不还"，很快把有限的堆空间消耗殆尽。

在第 9 章说过，在 stdio.h 中有"typedef unsigned size_t;"，size_t 类型等同于 unsigned，用来表示内存块或对象的个数或者所占字节数。此函数分配 size 字节，返回分配到的内存块的地址值。此函数可以分配少到一个 char，多到一个包含多个元素的结构数组。例如，分配 n 个 int 型元素空间：

| 代码区： |
| 程序的机器代码 |
| 数据区： |
| 常量 |
| 全局变量 |
| 静态局部变量 |
| 堆： |
| 用于动态内存分配 |
| 堆栈： |
| 形式参数 |
| 自动变量 |

图 10-1　C 程序的内存布局

```
int n, *ip;
scanf("%d",&n);
ip=malloc(sizeof(int)*n);
```

一般教材采取的做法是"ip=(int *)malloc(sizeof(int)*n);"，这里的强制类型转换并非必须，因为 malloc() 返回 void 型地址，会自动转换成 int 型地址。

评论：通用指针类型

　　不同类型的指针变量，可以进行强制转换。ANSI C 引入的 void *类型，叫做通用指针类型。通用指针与其他类型指针不同，对通用指针不能执行间接访问和下标访问运算，也不能执行加、减常量运算。void *类型指针和任何其他类型指针可以相互赋值，类型之间会自动转换。例如：

```
int i=5,*ip=&i;
char *cp;
void *vp;
cp=(char *)ip;          /*不同类型的指针变量需要强制转换*/
vp=ip;                  /*而 void 类型的指针变量可以与*/
ip=vp;                  /*   其他类型的指针变量自动转换*/
```

---

2. 分配内存函数

```
void *calloc(size_t nobj, size_t size);
```

此函数将从堆中分配一个包含 nobj 个尺寸为 size 的元素的数组空间，如果分配成功则返回此空间的地址值，否则返回 NULL。这条函数与 malloc() 的差别有二：本条分得的内存共有 nobj×size 个字节，再有本条分得的空间全部初始化为 0。例如，若想分配含 n 个 int 型元素的数组，可以写成：

```
ip=calloc(n,sizeof(int));
```

3. 释放内存函数

void free(void *p)

此函数释放由指针 p 所指向的内存空间，注意，p 必须指向先前调用 calloc 或者 malloc 函数分配到的内存空间，如果 p 为 NULL 就什么也不做。

4. 重分配内存函数

void *realloc(void *p, size_t size);

此函数将收回由 p 指向的先前分配的内存空间，并重新分配 size 个字节的内存块，返回值是新块的开始地址值。新块的尺寸可以大于或小于旧块，新块的开始地址可能与旧块相同，也可能不同。如果新块大于旧块，旧块的内容会被复制到新块，新块中新增加部分不被初始化。如果新块小，那么新块保留旧块内容。如果不能满足空间要求，返回 NULL，这时 p 指向的旧块保持不变。

> **注意：好借好还再借不难**
>
> 利用 calloc()和 malloc()可以申请得到堆中的内存空间，堆中的空间仍然是有限的。它的好处是动态的使用方法——使用前分配，使用后释放，一片内存在程序执行期间其用途可能发生多次改变。这也意味着程序在分得的内存用过之后要及时释放，养成"好借好还再借不难"的习惯，以保证堆空间得以重复使用。如果不及时释放，往往很快会耗尽堆空间。这时再申请分配内存就会得到 NULL 返回值。所以在申请之后一定要检查返回值，如果是 NULL，往往表明申请量过大而且没有及时归还，这时只有显示错误信息，退出程序。

10.2　动态数组

有了分配内存函数和释放内存函数，就可以实现随用随分配、用多少分配多少，程序可以及时准确地得到内存。这样得到的内存可以像通常数组一样地使用，因此说，C 语言也能实现其他语言具有的动态数组的能力。下面给出动态一维数组和动态二维数组的实现方法。

例 10-1　动态的一维数组。

```c
/*10_1.c 动态的一维数组*/
#include<stdio.h>
#include<stdlib.h>
int main()
{ int n,i,*p;                     /*指针 p 将指向分配到的动态数组*/
  printf("n : ");scanf("%d",&n);  /*读入动态数组的长度*/
  p=calloc(n,sizeof(int));        /*分配 n 个 int 型元素*/
  if(p==NULL)                     /*如果分配失败*/
  { perror("calloc() ");          /* 显示错误*/
```

```
        exit(1);                          /* 退出程序*/
    }
    for(i=0;i<n;i++) p[i]=i+1;            /*动态数组初始化*/
    for(i=0;i<n;i++)                      /*显示动态数组*/
        printf("%5d",p[i]);
    printf("\n");
    free(p);                              /*释放分得的内存*/
    return 0;
}
/*运行会话
n : 5
    1    2    3    4    5
*/
```

此程序根据输入的 n 值，申请分配能容纳 n 个 int 型元素的内存空间，注意虽然 p 是指针变量不是数组名，但是 p[i]≡*(p+i)，所以 p 可以像一维数组名一样地使用。

例 10-2 可扩大的动态一维数组。假定我们动态地分配了一维数组，但是后来要求扩大其尺寸，这就需要调用函数 realloc()，它不仅能扩大已分配到的尺寸，而且能保留（或者复制）原有数据。

```
/*10_2.c 可扩大的动态一维数组*/
#include<stdio.h>
#include<stdlib.h>
int main()
{   int *p,i;
    p=calloc(3,sizeof(int));             /*分配 3 个 int*/
    for(i=0;i<3;i++)                     /*为它们循环*/
    {   p[i]=i+1;                        /* 赋值*/
        printf("%p\t%d\n",p+i,p[i]);     /* 显示地址和值*/
    }
    p=realloc(p,5*sizeof(int));          /*重分配 5 个 int*/
    p[3]=4;p[4]=5;                       /*为后两个赋值*/
    for(i=0;i<5;i++)                     /*循环显示 5 个地址和值*/
        printf("%p\t%d\n",p+i,p[i]);
    return 0;
}
/*运行会话
08DC    1                    TC 的运行会话
08DE    2
08E0    3

08EC    1
08EE    2
08F0    3
08F2    4
```

```
08F4      5

003807A8        1                    VC 的运行会话
003807AC        2
003807B0        3

003807A8        1
003807AC        2
003807B0        3
003807B4        4
003807B8        5
*/
```

为了节省篇幅，程序中省略了分配内存的错误处理。从运行会话中可以看到，在 TC 上新、旧块开始地址是不同的，而在 VC 上是相同的。

实现二维动态数组可以采取两种方法。

1. 用一维数组模拟二维数组

给出行号 i 和列号 j，程序要算出这个二维元素在一维数组中的对应下标。

例 10-3　二维动态数组之一。这个例子首先读入一个动态二维数组的行数 n 和列数 m，要求分配适当数量的内存，达到能够像一般二维数组一样的访问。

```
/*10_3.c 二维动态数组之一 */
#include<stdio.h>
#include<stdlib.h>
int main()
{ int n,m,i,j,*p;
  printf("m,n : ");scanf("%d%d",&m,&n);      /*读取行数 m 和列数 n*/
  p=calloc(m,sizeof(int)*n);                 /*分配容纳 m*n 个 int 的内存块*/
  if(!p)
  { perror("calloc()");                      /*如果分配失败则显示信息并退出*/
    exit(1);
  }
  for(i=0;i<m;i++)                            /*二维数组初始化*/
    for(j=0;j<n;j++)                          /*用 p[i*n+j]形式访问*/
      p[i*n+j]=(i+1)*(j+1);                   /* 第 i 行第 j 列元素*/
  for(i=0;i<m;i++)                            /*显示二维数组*/
  { for(j=0;j<n;j++)
      printf("%5d",p[i*n+j]);
   printf("\n");
  }
  free(p);                                    /*释放 p 指向的已分配的内存*/
  return 0;
}
/*
m,n : 4 5
```

```
    1    2    3    4    5
    2    4    6    8    10
    3    6    9    12   15
    4    8    12   16   20
*/
```

这种方法实现二维数组，方法简单，但是不能用 p[i][j] 的形式访问数组元素。因此更多地使用下一种方法。

2. 用指针数组

为了能以 p[i][j] 的形式访问二维数组元素，首先分配一个一维指针数组，而后让每个元素指向分配来的一维数组。

例 10-4　二维动态数组之二。

```
/*10_4.c 二维动态数组之二*/
#include<stdio.h>
#include<stdlib.h>
int main()
{   int n,m,i,j,**p;                          /*p 是指向指针的指针*/
    printf("m,n : ");scanf("%d%d",&m,&n);     /*读取 m 和 n*/
    p=calloc(n,sizeof(int*));                 /*1 分配一个一维指针数组*/
    if(!p)
    {   perror("calloc()");                   /*如果分配失败则显示信息并退出*/
        exit(1);
    }
    p[0]=calloc(m,sizeof(int)*n);             /*2 分配容纳 m*n 个 int 的内存块*/
    if(!*p)
    {   perror("calloc()");                   /*如果分配失败则显示信息并退出*/
        exit(2);
    }
    for(i=1;i<m;i++)p[i]=p[0]+n*i;            /*3 让指针数组各元素指向各行*/
    for(i=0;i<m;i++)                          /*初始化 m 行 n 列元素*/
        for(j=0;j<n;j++)
            p[i][j]=(i+1)*(j+1);              /*用 p[i][j] 形式访问数组*/
    for(i=0;i<m;i++)                          /*显示 m 行 n 列元素*/
    {   for(j=0;j<n;j++)
            printf("%5d",p[i][j]);
        printf("\n");
    }
    free(p[0]);                               /*释放 m*n 个 int 型元素*/
    free(p);                                  /*释放指针数组*/
    return 0;
}
/*运行会话
n,m : 3 6
    1    2    3    4    5    6
    2    4    6    8    10   12
```

```
   3    6    9   12   15   18
*/
```

行 1，首先分配一个长度为 n 的指针数组，让 p 指向它的第 0 个元素。行 2，分配 m*n 个 int 型元素一维数组，可以进一步划分为 m 个行，每行 n 个元素。分配时 p[0]≡*p 已经指向了第 0 行。行 3，而后让 p[1],…,p[m−1]分别指向第 2,…,m−1 行。虽然分配麻烦了一些，但是得到了访问静态二维数组的形式。为了说明上面程序的操作，图 10-2 说明了典型的二维动态数组的实现方法。

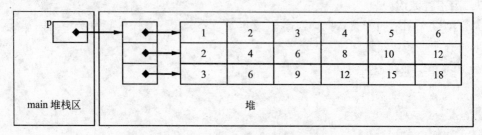

图 10-2　典型的二维动态数组实现方法

例 10-5　用动态二维数组显示杨辉三角形。作为二维数组，所有行必须等长，而动态的二维数组各行元素个数可以互不相同。本例用动态二维数组实现杨辉三角形，第 i 行有 i+1 个元素。

```
/*10_5.c用动态二维数组显示杨辉三角形*/
#include<stdio.h>
#include<stdlib.h>
int main()
{ int n,i,j,**p;                          /*p 是指向指针的指针*/
  printf("n : ");scanf("%d",&n);          /*读取 n */
  p=calloc(n,sizeof(int*));               /*分配一个一维指针数组*/
  if(!p)
  { perror("calloc()");                   /*如果分配失败则显示信息并退出*/
    exit(1);
  }
  for(i=0;i<n;i++)                        /*依次分配 n 行*/
  { if((p[i]= malloc(sizeof(int)*(i+1)))==NULL)  /*第 i 行有 i+1 个元素*/
    { perror("malloc()");                 /*如果分配失败则显示信息并退出*/
      exit(2);
    }
    p[i][0]=p[i][i]=1;                    /*初始化第 i 行的首、尾元素*/
    for(j=1;j<i;j++)                      /*为第 i 行其他元素赋值*/
      p[i][j]=p[i-1][j-1]+p[i-1][j];
  }
  for(i=0;i<n;i++)                        /*显示杨辉三角形*/
  { printf("%*d",3*(n-i),p[i][0]);        /*显示首元素,留出适当空格*/
    for(j=1;j<=i;j++)                     /*显示其他元素*/
```

```
            printf("%6d",p[i][j]);
        printf("\n");
    }
    for(i=0;i<n;i++)                    /*释放各行数组内存*/
        free(p[i]);
    free(p);                            /*释放指针数组内存*/
    return 0;
}
/* 运行会话
n : 5
          1
       1    1
     1    2    1
   1    3    3    1
 1    4    6    4    1
*/
```

10.3　链表概念

　　在生活中有许多表（list），它的每一行都有相同的构造。例如电话号码表，每一行都有学号、姓名和电话号码，各行按学号大小次序排列。在此之前这种表都是用数组实现的，数组实现有两个缺点：数组大小必须提前明确指定，要么造成浪费，要么容量不足，所以需要采取动态内存分配方法；另外，为了保持表中记录的次序性，在插入或删除一个记录时，其后的所有记录都要挪动一个位置，这是一笔不小的开销。

　　在实际应用中往往采用一种更为成熟的实现方法——链表（linked list）。这种方法允许构成一个表的各个记录在物理上分散在内存各处，彼此不相连。而记录之间的次序关系是靠记录新增加的一个叫做 next 的成员——指向下一个记录的指针维持的。每一个链表都有一个头指针（head pointer），如果其值为 NULL，表示是空链表，没有记录，否则它指向第 1 个记录，对于链表通常叫做结点（node）。第 1 个结点的 next 指针如果为 NULL，表示这是最后的结点，否则它指向第 2 个结点。依此类推，不管链表有多少结点，总能找到一个 next 指针为 NULL 值的最后结点。

　　例 10-6　定义链表。定义一个具有 3 个结点的链表。

```
/*10-6.c 定义链表*/
struct stud
{ struct stud *next;
  long sid;
} *head,a,b,c;
head=&a;
a.next=&b;      a.sid=100103;
b.next=&c;      b.sid=100105;
c.next=NULL;    c.sid=100108;
```

其实链表的结点成员分成数据和 next 指针两部分，数据可以任意地复杂，这里为了简化问题，把数据部分简化成只有一个 sid 成员。图 10-3 说明此链表的头指针和 3 个结点之间的次序关系。

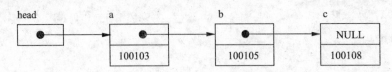

图 10-3　含 3 个结点的链表

这个链表的结点都是作为自动变量预先定义的，实际的链表则可以根据需要临时分配结点，需要几个分配几个，这样的链表叫做动态链表。只有动态链表才能充分体现链表的优点。

评论：NULL 常量

NULL 常量有两个用途：malloc()函数分配不成功，返回 NULL。再有链表的尾结点的 next 成员取 NULL 值，表示这是最后一个结点，再没有后续结点了。

10.4　动态链表

对于动态链表有一组基本的操作：建立链表、插入结点、删除结点、查找结点、显示全部结点。建立链表操作其实很简单，只需在定义链表的头指针时将其初始化为 NULL，就建立了一个空的链表：

```
struct stud *head=NULL;
```

在其余操作中插入结点稍微复杂一点，也最具代表性。下面先详细讨论插入结点。

所谓插入结点，就是给定一组数据（暂时只包括 sid），用此数据构造一个结点，并将其插入到链表的适当位置。这里的适当位置可能是链表头部——被插结点总是成为头结点，链表尾部——被插结点总是成为尾结点，或者按序插入——如按 sid 的上升次序插入。通常一个链表总是采取其中的一种方式插入，这里只讨论按序插入，另外两种比较简单，作为习题留给读者。

插入结点需要两个参数——链表和新数据。插入后头结点可能发生变化，所以以返回插入后的头结点地址，其原型为：

```
struct stud *insert(struct stud *head,long sid);
```

如果构成结点的数据项很多，就不应该都作为形参传递了，应该在发调方把它们填入一个结点中，再传递结点地址给本函数。

插入结点可以分为 4 种情况：（1）插入空表之中，（2）插在头结点前，（3）插在尾结点后，（4）插在两结点之间，如图 10-4 所示。

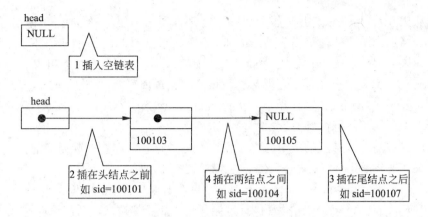

图 10-4　插入结点到链表中的 4 种情况

例 10-7　函数 insert() 的 4 情况版本。此版本分成 4 种情况处理。

```
/*10_7.c 函数 insert() 的 4 情况版本*/
struct stud *insert(struct stud *head,long sid)
{  struct stud *p,*q,*r;                        /* 分别指向当前结点、上一结点、新结点*/
   r=(strct stud *)malloc(sizeof(struct stud)));    /*1 分配新结点*/
   if(r==NULL){ perror("malloc()");exit 1;}         /*错误处理*/
   r->sid=sid;                                      /*填写 sid 成员*/
   if(head==NULL){ r->next=NULL;head=r;}            /*2 处理情况 1*/
   else
   { p=q=head;                                      /*3 从头寻找插入处*/
     while(p->sid<sid && p->next!=NULL)
     { q=p;p=p->next;
     }
     if(p==head) { r->next=head;head=r;}            /*4 处理情况 2*/
     else if(p->next==NULL){ r->next=NULL;p->next=r;} /*5 处理情况 3*/
     else { r->next=p;q->next=r;}                   /*6 处理情况 4*/
   }
   return head;
}
```

　　C 语言教材普遍采取这个版本，正确但不优秀。国内计算机等级考试的题目也常用此版本（参见习题 10-3），所以考生必须掌握这种并不太好的编程方法才能立于不败之地。

　　此函数有 3 个自动变量 p、q、r，分别指向寻找插入位置时的当前结点、上一结点，以及新建的要插入的结点。有的教材用 cur、prio、new 之类的名字，当然也很好。在链表程序中大量地使用指针访问它指向的结点中的分量，为缩短相应表达式的长度，这里使用单字母指针变量名。

　　行 1，函数首先为新结点分配内存并填入 sid 数据。

　　行 2，如果 head==NULL，是空表（情况 1）。*r 就成为头结点（head=r），同时也是尾结点（r->next=NULL）。

　　行 3，下面的循环是本函数的关键，也是链表程序的代表性片段，一定要搞清楚。其作用就是从头开始寻找插入的位置，此时链表至少有一个结点，p=q=head 使得 p、q 都指向了第一个结点。循环条件是当前结点的 sid 小于新结点的 sid，并且确有下一个结点。换句话说，如果当前结点的 sid 较大（则新结点应该插在其前——情况 2 和 4），或者已到达链尾（情况 3），都要退出循环。在循环体内做两件事：使当前结点成为下次循环的上一结点（q=p），使下一结点成为当前结点（p=p->next）。然后进行下一次循环。循环开始时当前结点是第 1 个结点，每循环一次，当前结点后移一个位置。

注意，在访问一个结点的成员时必须保证此结点存在，在进入此循环前已经排除了空链表的情况，所以 p=head 之后*p 存在，可以访问*p 的成员。在进入循环体前已确定存在下一个结点，经过 p=p->next，p 指向下一个结点，所以*p 仍然存在。

行 4，如果 p==head，说明没有执行过循环体，属于情况 2，新结点应该插在*p 之前（r->next=p），成为新的首结点（head=r）。

行 5，循环条件是两个条件的"并"，无论哪个不成立都会退出。这时后一个条件不成立，属情况 3，新结点成为新的链尾（r->next=NULL），接在旧链尾之后（p->next=r）。

行 6，剩下一种情况自然是情况 4 了。新结点要插在*q、*p 之间——后接*p（r->next=p），前接*q（q->next=r）。

例 10-8   函数 insert() 的 2 情况版本。此版本应该是"标准"版本，可读性和有效性都远高于版本 1。仔细分析插入结点所面对的 4 种情况以及采取的动作，会发现实际上情况 1、2 可以合并成一种情况，它们的共同之处是新结点要成为首结点，由 head 指向之；而情况 3、4 可以合并成一种，共同之处是新结点将接在某结点之后，由此结点的 next 指向之。4 种情况变成 2 种情况，程序当然就简单一些。

```
/*10_8.c 函数 insert()的 2 情况版本*/
struct stud *insert(struct stud *head,long sid)
{  struct stud *p,*q,*r;                    /* 分别指向当前结点、上一结点、新结点*/
   r=(strct stud *)malloc(sizeof(struct stud));     /*1 分配新结点*/
   if(r==NULL){ perror("malloc()");exit 1;}
   r->sid=sid;                                      /*填写 sid 成员*/
   for(p=head; p!= NULL; p=p->next)                 /*2 从头寻找插入处*/
      if(p->sid < sid)q=p; else break;
   if(p==head) { r->next=head;head=r;}              /*3 处理情况 1、2*/
   else { r->next=p;q->next=r;}                      /*4 处理情况 3、4*/
   return head;
}
```

此版本与上个版本的差别只在行 2 之后，此处用了一个 for 循环，for 语句的好处是紧凑、醒目，循环的 4 个部件一目了然。这个 for 容易与读者极为熟悉的句型"for(i=0;i<n; i++)…"相类比，其实它们的意义很相似：从链头开始扫描直到链尾为止，每次后移一个结点。p 依然指向当前结点，如果当前结点 sid 小于新结点 sid 则继续扫描，不然退出循环。此循环有两个出口，不符合单入单出的原则，可以改写成：

```
for(p=head; p!= NULL && p->sid < sid; p=p->next)q=p;
```

或者

```
for(p=head; p!=NULL && p->sid < sid; q=p,p=p->next);
```

这两个 for 的表达式 2 是两个关系表达式的"并",前一个是后一个的条件,意思是如果 p 为 NULL 则退出;只有不是 NULL,当前结点才存在,才能继续判断是否应该跳过。注意,两个关系表达式的次序不可颠倒,如果颠倒了,在逻辑上是严重错误——访问可能不存在的对象,当 p 为 NULL 时访问*p 会导致程序运行出现错误。

图 10-5 分别展示了 for 循环初始化之后指针 p 的指向,以及执行一次循环体之后 p 和 q 的指向,可以想象如果循环体执行了两次,p 为 NULL 而 q 指向第 2 个结点。

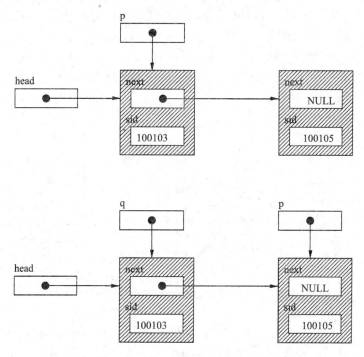

图 10-5　程序 10_8.c 中行 2 的表达式 p!=NULL 前两次执行时链表的情况

退出循环后只需区分新结点是否应成为链首,如是 p==head,当然 r->next=head 等价于 r->next=p。因此可以把此 if 语句改写成:

```
r->next=p;
if(p==head) head=r; else q->next=r;
```

这样修改使读者一眼就看到两种情况的不同处理,唯有用新结点地址修改 head 还是上一结点的 next。这两种情况是否还可以合并成一种情况呢?答案是肯定的,这里 p、q 分别指向当前结点和上一结点,但在 for 循环开始时 p 指向链首,q 没有意义。如果修改 q 的意义为二级指针,开始时指向 head,以后指向上一结点中的 next,就使两种情况的处理合二为一,于是有了下面的单情况版本。

例 10-9　函数 insert()的"指针和结点之间"的单情况版本。

```
/*10_9.c 函数 insert()的"指针和结点之间"的单情况版本*/
struct stud *insert(struct stud *head,long sid)
```

```
{ struct stud *p,**q,*r;                              /* 注意,q 已改为二级指针*/
  r=(strct stud *)malloc(sizeof(struct stud)));       /*1 分配新结点*/
  if(r==NULL){ printf("malloc() error!\n");exit 1;}
  r->sid=sid;                                         /*填写 sid 成员*/
  for(q=&head,p=head; p!=NULL && p->sid >sid; p=p->next)/*2 寻找位置循环*/
    q=&p->next;                                       /*3 让 q 指向上一结点的 next*/
  r->next=p; *q=r;                                    /*4 统一处理情况 1,2,3,4*/
  return head;
}
```

这个版本只是修改 q 的意义为指向结点指针的指针,循环开始指向 head,以后指向某结点的 next,head 和 next 都是结点指针,因此可以通过 q 一并修改。注意行 3 中表达式运算符的优先次序,如无把握可以写成 q=&(p->next)。图 10-6 给出了当 for 循环初始化后以及循环体执行一次之后指针 p 和 q 的指向。注意,p 总指向结点,而 q 指向结点指针。

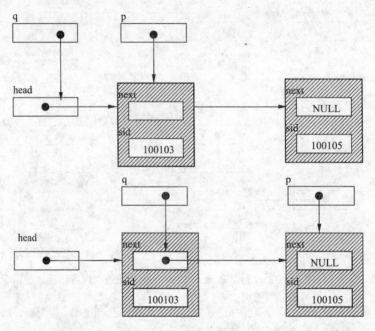

图 10-6 程序 10_9.c 中行 2 的表达式 p!=NULL 前两次执行时链表的情况

情况 4 是典型情况,新结点要插在两结点之间,修改的是上一结点的 next。对于情况 3,当前结点退化成 NULL,修改的仍然是上一结点的 next。对于情况 1、2,因为没有第 0 个结点,修改的只能是 head 指针。2 情况版本要区分是插在两结点之间还是首结点之前。而单结点版本把它们统一为插在一指针和一结点之间,这种说法终究不如两结点之间来得顺畅易懂。那么能不能用"两结点之间"的做法实现单情况,答案是肯定的:建一个结点取代 head 指针。

例 10-10 函数 insert() 的"两结点之间"的单情况版本。

```
/*10_10.c 函数 insert()的"两结点之间"的单情况版本*/
struct stud *insert(struct stud *head,long sid)
{ struct stud hnd={head},*p,*q,*r;                    /*1 引进 hnd*/
```

```
r=(strct stud *)malloc(sizeof(struct stud)));    /*分配新结点*/
if(r==NULL){ perror("malloc()");exit 1;}
r->sid=sid;                                        /*填写 sid 成员*/
for(q=&hnd,p=head;p!=NULL && p->sid >sid;p=p->next) /*2 寻找位置循环*/
    q=p;                                           /*3 q 将指向上一结点*/
r->next=p; q->next=r;                              /*4 统一处理情况 1,2,3,4*/
return hnd.next;                                   /*5 返回插入后的第 1 个结点的地址*/
}
```

在这个版本里行 1 引进了结点 hnd，其实它不是真正的结点，它的 next 成员装的是 head，即指向第 1 个结点，所以它可以看成第 0 个结点，但它的 sid 成员不起作用。在行 2 的寻找位置循环中初始化时 p 和 q 分别指向第 0 个和第 1 个结点。行 4 循环过后新结点必定要插在 q 和 p 所指向的两结点之间，只需让上一结点的 next 指向新结点，新结点的 next 指向当前结点。最后要注意，如果新结点成为第 1 个结点，其地址必存放在 hnd 的 next 成员中，所以要返回 hnd.next，而不是 head。图 10-7 给出了 for 循环在完成初始化时和执行一次循环体(q=p)后 p 和 q 的指向。

> **评论：实现的差别**
>
> 在 ANSI C 中，允许在定义自动结构变量的同时用初始化符表进行初始化，在这一点上 VC 符合 ANSI C 标准，即在 VC 上 "struct stud hnd={head};" 是正确的；而 TC 认为这是非法初始化（illegal initialization），所以在 TC 上应该改为：
>
> ```
> struct stud hnd;
> hnd.next=head;
> ```

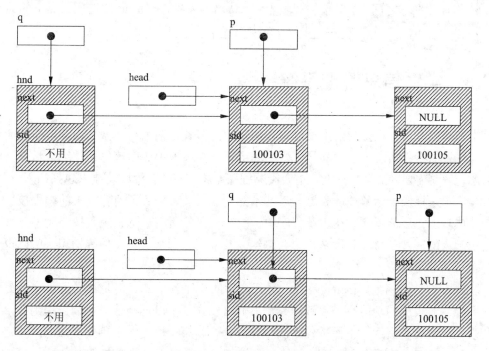

图 10-7　程序 10_10.c 中行 2 的表达式 p!=NULL 前两次执行时链表的情况

> **评论：同一个函数的 4 个版本**
>
> 　　这里给出了同一个函数的 4 个版本，究竟哪个更好呢？第 1 个版本最为流行，可能也最差。由于分成了 4 种情况，情况的分析和处理自然增多，不仅程序长度变得冗长，而且还要增加出错的概率、阅读的数量和难度。后 3 个版本长度和执行效率几乎没有差别，可读性也差不多。选用哪一个多半属于个人的偏好和风格问题。2 情况版本可以说是规范的版本，逻辑严谨、代码精炼，足以达到实用目的。就个人而言，两个单情况版本我更喜欢后一个。因为前一个引进了二级指针，就多了一个理解的难点。当然，只有不熟悉的东西才会是难点，如果熟悉了掌握了，就不再感到困难。后一个版本最好理解，代价是增加了第 0 个结点，但同其他结点差别不大，不算新东西，所以好理解。
>
> 　　20 多年前计算机还是一种昂贵的资源，有幸使用计算机的人少之又少，而且要付出相当的成本。当时的程序员追求的是以最少的机器时间开发出高效的程序。上机前他们要做大量工作，养成了思考的好习惯。因此他们能够很快地开发出又短又快的程序来。随着技术的发展，使用计算机成了很容易的事情，带来的副作用是人们变懒了，不习惯思考了。拿来问题马上上机，一路编来，修修补补，得过且过，往往产生无法彻底排错的程序垃圾。笔者认为，无论技术怎样进步，思考总是必要的，思考要成为程序员的基本素质，好的程序是思考出来的。同一个函数，这里给出了 4 个不同版本，这样做对于实际应用并非必要，但是对于提高思维能力却是必要的。常于思考才能善于思考。
>
> 　　笔者认为，"求同存异"是编程的必要工序，也是程序员的最基本的能力。4 情况版本之所以不好，也由于它缺少了这道工序。只要找到情况 1 和 2 的共同点，就会省去了 4 情况版本的行 1 语句；找到了情况 3 和 4 的共同点，省去了行 5；对于情况 1、2 和 3、4 的差别用一个 if 语句分别处理，于是得到 2 情况版本。分析这 2 种情况的差别——修改 head 指针还是结点的 next 指针，同化这一差别——它们都是指向结点的指针，于是得到"指针和结点之间"型的单情况版本；承认这一差别，把 head 改造成结点中的 next，得到更漂亮的"两结点之间"型的单情况版本。

10.5　学生信息管理系统

　　本节给出了一个小型的学生信息管理系统，为节省篇幅，程序做了两个方面的简化：其一，这里的学生信息只包含学号、姓名和电话号，按理说还应该包括住址、学分、成绩等信息，只要需要，很容易扩充，不会影响程序结构。其二，程序功能只包括插入、删除、查找学生记录以及显示整个链表这些最基本的功能，其中包含了所有相关的编程技巧，容易扩展成功能完备的系统。在本节程序中，一个班级的所有学生记录是按照动态链表的形式组织起来的，本节可以看做是本章的总结。其中还用到函数、文件等知识，所以也可以作为全书的总复习。

　　程序是按被调函数、main() 函数、运行会话的次序列出的。但是读者读程序最好先看运行会话，对程序的功能有个大致印象，然后可以先读 main() 函数，再读被调函数，也可以相反，或者交替阅读。下面按程序次序分段介绍。第 1 段是 4 条预处理命令，并定义了结点类型 STUD。接下来有 6 段，每段一个被调函数，最后一段是函数 main()。

例 **10-11**　学生信息管理系统。

第 1 段是 4 条预处理命令，并定义了结点类型 STUD。

```
/*10_11.c  学生信息管理系统*/
#include<stdio.h>
#include<stdlib.h>
#include<string.h>
typedef struct stud                 /*定义了 struct stud 类型*/
{  struct stud *next;               /*指向下个结点的指针*/
   unsigned long sid;               /*学号*/
   char nam[20];                    /*姓名*/
   unsigned long phone;             /*电话*/
} STUD;                             /*struct stud 简化为 STUD*/
#define LEN sizeof(STUD)
                                    /*定义符号常量 LEN*/
```

函数 select()显示程序的功能菜单，并读取操作员的选项 1~4 和 0，0 表示退出程序。为了节省屏幕空间和这里的运行会话的篇幅，菜单采取了单行的形式，5 个选项显示在同一行上。函数返回值是操作员选择的选项号码。

```
int select()
{  int v;
   printf("choice(1=insert 2=delete 3=search 4=print 0=quit) : ");
   scanf("%d",&v);
   return v;
}
```

函数 init()的功能是从指定文件名的文件中逐一读出全部学生记录，连接成一个链表。它有两个形参，形参 fname 指向文件名字符串；形参 p 是二级指针，开始时指向链首指针，分配到的结点地址存放在*p，即修改了链首指针，以后 p 指向当前结点的 next，分配到的下一个结点的地址就修改了 next。如果不存在指定文件，只是置*p——链首指针成 NULL，得到的是空链表。

```
void init(STUD **p,char *fname)          /* p 指向链首指针,fname 指向文件名*/
{  FILE *file;
   file=fopen(fname,"rb");               /*打开二进制文件准备读*/
   if(file==NULL)*p=NULL;                /*如果此文件不存在,从空链表开始*/
   else
   {  while(1)                           /*如果文件存在,读出全部记录构成链表*/
      {  if((*p=malloc(LEN))==NULL)      /*1 分配结点内存*/
         { perror("malloc()");exit(1);   /*分配失败,则退出程序*/
         }
         fread(*p,LEN,1,file);           /*2 从文件读入一个记录到分配的结点空间*/
         if((*p)->next==NULL)break;      /*3 如果读入结点是尾结点,结束读文件*/
         p=&(*p)->next;                  /*使 p 指向读入结点的 next*/
      }
      fclose(file);                      /*关闭文件*/
   }
}
```

在图 10-8 中画出了第 1、2 次执行到行 2 时内存的情况。第 1 次执行时 p 指向发调函数（就是 main）中的一个结点指针（就是 head）。执行行 1，从堆空间中分配一个结点，由*p（也就是 head）指向此结点。行 2 从文件中读出一个记录到此结点中。这时内存情况如图 10-8（a）所示。再执行行 3，如果新结点的 next 非 NULL，就执行 p=&(*p) ->next;语句，就是让 p 指向新结点的 next。

接下来，第 2 次进入循环体，再执行行 1 和行 2，分配第 2 个结点空间，并从文件读出第 2 个记录存入其中，图 10-8（b）给出的就是这时情况。

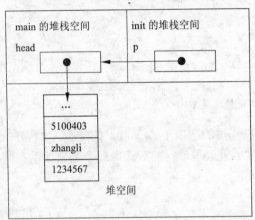
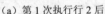
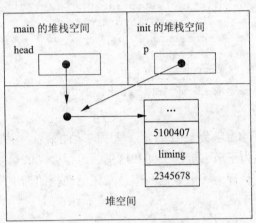

（a）第 1 次执行行 2 后　　　　　　　　（b）第 2 次执行行 2 后

图 10-8　　init()函数第 1、2 次执行到行 2 时的内存情况

当要退出本程序时都要调用 finish()函数，其作用是做些扫尾工作——把本次运行所建立或修改的链表逐个记录地保存到文件中，以便下次运行时再调用 init()函数恢复此链表。实际上通过函数 init()和 finish()，把链表从本次运行传递给下次运行。

```
void finish(STUD *p,char *fname)      /* p 指向头结点,fname 给出文件名*/
{  FILE *file;
   STUD *q;                           /* q 指向下一个结点*/
   file=fopen(fname,"wb");            /* 打开二进制文件准备写*/
   while(p!=NULL)                     /* 只要链上有结点就执行循环体*/
   {  q=p->next;                      /* 用 q 记住下个结点*/
      fwrite(p,LEN,1,file);           /* 写出本结点*/
      free(p);                        /* 释放本结点*/
      p=q;                            /* 使下个结点成为当前结点*/
   }
   fclose(file);                      /* 关闭文件*/
}
```

当程序结束时，所有动态分配的内存都会自动释放，为了贯彻"好借好还"的原则，这里在写出结点之后明显地释放其内存。结点释放了，其 next 也就没了。为了能够找到下个结点，事先用 q 记下了下个结点的地址。

```
STUD *insert(STUD *h,STUD *item)      /*1 将 item 指向的结点插入 h 指向的链表*/
{  STUD *p,*q,hnd={h};                /*对于 TC,用"hnd.next=h;"初始化*/
```

```
      for(q=&hnd,p=h;p &&p->sid < item->sid;q=p,p=p->next);  /*寻找位置循环*/
      q->next=item,item->next=p;              /*统一处理 4 种情况*/
      return hnd.next;                        /*返回插入后的第 1 个结点的地址*/
   }
```

行 1，这里的函数 insert()采取了 10.4 节介绍的"两结点之间的单情况版本"，但要注意第 2 个形参的区别。在 10.4 节的 struct stud 除了 next 成员之外只有一个 sid 成员，而这里包含 3 个成员，为了减少形参个数，提高程序的通用性，第 2 个形参 item 接受的是已经填写好了的学生记录的地址。

```
   void print(STUD *h)
   { STUD *p;
    for(p=h;p!=NULL;p=p->next)
       printf("\t%lu   %-14s  %lu\n",p->sid,p->nam,p->phone);
   }
```

函数 print()的功能是显示从 h 指向的结点开始依次显示各个结点的分量。

评论：for 的 4 部分

这里用到了 for 循环，这样使循环的 4 个部分很醒目。其实变量 p 和 h 的地位是相同的，本无须引进 p。只是为了同下面的两个程序片段做点类比：

```
   for(i=0;i<n;i++)printf("%dn",a[i]);              /*显示数组元素,每行一个*/
```
和
```
   for(i=0;s[i]!= '\0';i++)printf("%c\n",s[i]);    /*显示字符串,每行一字符*/
```
类比的结果使读者更容易理解扫描链表的过程。

通常教材往往采取下面的编法，二者相比，应该是 for 循环更好：

```
   void print(STUD *h)
   {  STUD *p=h;
      while(p!=NULL)
      {  printf("\t%lu    %-14s  %lu\n",p->sid,p->nam,p->phone);
         p=p->next;
      }
   }
```

有的教材喜欢用递归技术扫描链表，下面的 print()可以看作是一个递归函数的例子，尽管有点"杀鸡用牛刀"的感觉。其道理容易理解：如果 h 指向非空链表，则显示第一个结点并从下个结点继续显示。当 h 为 NULL 时什么也不做，立即返回。

```
   void print(STUD *h)
   { if(h!=NULL)
     { printf("\t%lu    %-14s  %lu\n",h->sid,h->nam,h->phone);
       print(h->next);
     }
   }
```

下一个函数 delete() 的功能是从 *h 指向的链表中摘下其 sid 成员为给定值 sid 的结点，返回被摘结点的地址。

```
STUD *delete(STUD **h,unsigned long sid)
                                      /*1 从*h 指向的链表中摘下学号为 sid 的结点*/
{  STUD *p,*q;                         /*p、q 分别指向当前结点和上一结点*/
   for(p=*h;p!=NULL&&p->sid!=sid;q=p,p=p->next);/*2 定位循环：寻找要摘结点*/
   if(p!=NULL)                         /*3 如果找到,分两种情况: */
      if(p==*h)*h=p->next;             /* 要摘结点为第 1 个结点*/
      else q->next=p->next;            /* 要摘结点为其他结点*/
   return p;
}
```

行 1 此函数可以看成同 insert() 是一对，结点的内存分配和释放都是在发调函数中进行的，它们的功能只是把一个结点插入链表，或者从链表摘下来。所以本函数要返回被摘结点的地址。如果被摘结点是第 1 个结点，需要修改位于发调函数栈帧中的头指针。前面说过，若想改变发调函数的变量可以采取两种方法：用函数返回值，或者给出要改变变量的地址。对于本函数说来，返回值已经用来返回被摘结点的地址，所以第 1 个参数 h 只能是指向发调函数链表头指针的二级指针。

行 2 定位循环，就是要确定被摘结点的位置。为了紧凑，这里用了一个循环体为空语句的 for 语句，通常循环的工作部分和修改部分可以都写在循环体中或表达式 3 中，或者分写在二者之中。表达式 3 是逗号表达式，先计算 q=p，使当前结点成为上一结点，而下一结点成为当前结点。退出循环的条件是到达链尾仍未找到，或者找到了。

行 3 退出循环后要区分找到与否。没有找到就什么也不做，返回 NULL。如果找到，就要把它从链表中摘下来。注意此时要区别当前结点——要摘结点是不是第 1 个结点。如果是，修改 *h——h 指向的发调函数中的头指针；否则修改上一结点的 next。最后返回的是当前结点的地址 p。

函数 search() 的功能是在 h 指向的链表中寻找学号为给定值 sid 的结点，找到则显示此结点，否则显示"没有找到"。

```
void search(STUD *h,unsignedlong sid)    /*寻找 h 指向链表中学号为 sid 的结点*/
{  STUD *p;
   for(p=h;p!=NULL&&p->sid!=sid;p=p->next);      /*定位循环*/
   if(p!=NULL)                                    /*判断是否找到*/
      printf("\t%ld    %-14s  %ld\n",p->sid,p->nam,p->phone);
                                                  /*找到则显示结点*/
   else
      printf("\t%ld    not found!\n",sid);        /*未找到则显示未找到*/
}
```

此函数与 delete() 有些类似，但是本函数不会修改链表，自然也不会修改头指针，所以没有返回值，也不需要二级指针形参。

下面是 main() 函数，放在所有被调函数的定义之后，这样就不必声明它们了。

```
int main()
{  STUD *head,*item;              /*1head 是链表头指针,item 指向新结点或者已摘结点*/
   long sid;                      /*sid 存放要插入、删除、查找结点的学号*/
   int choice,flag=1;             /*choice 菜单选项,取 0～4,flag 为继续循环标志*/
   char fname[40];                           /*fname 为文件名字符串*/
   printf("\nfile name : ");scanf("%s",fname);    /*读文件名*/
   if(strchr(fname,'.')==NULL)strcat(fname,".dat"); /*无类型则补充类型*/
   init(&head,fname);                        /*2 用文件初始化链表*/
   while(flag)                               /*3 处理循环*/
   { choice=select();                        /*显示菜单,读取选项*/
     switch(choice)                          /* 根据选项执行不同动作*/
     { case 1:                               /*选项 1——插入结点*/
             printf("\tsid,name,phone : ");/*提示键入第 1 个结点的 3 个成员*/
             scanf("%lu",&sid);              /*先读学号*/
             while(sid>0)                    /*学号非 0,进入插入循环*/
             { if(item=malloc(LEN))          /*分配结点内存,用于接收输入数据*/
               {  perror("malloc");
                  exit 1;
               }
               item->sid=sid;               /*存入 sid*/
               scanf("%s%lu",item->nam,&item->phone);/*读入 nam、phone*/
               head=insert(head,item);      /*将新结点插入链表*/
               printf("\tsid,name,phone : ");/*提示键入下一个结点的 3 个成员*/
               scanf("%lu",&sid);           /*先读学号*/
             }
             break;
       case 2:                               /*选项 2——删除结点*/
             printf("\tsid : ");scanf("%lu",&sid);  /*读入被删结点的学号*/
             while(sid>0)                    /*学号非 0,进入摘链循环*/
             { if(item=delete(&head,sid))    /*摘下结点*/
                  free(item);                /*摘下成功,则释放内存*/
               printf("\tsid : ");scanf("%lu",&sid);
                                             /*读下个被删结点的学号*/
             }
             break;
       case 3:                               /*选项 3——查找结点*/
             printf("\tsid : ");scanf("%lu",&sid);  /*读查找结点的学号*/
             while(sid>0)                    /*学号非 0,则进入查找循环*/
             { search(head,sid);             /*在链表中查找并显示*/
               printf("\tsid : ");scanf("%lu",&sid);
                                             /*读下个被查结点的学号*/
             }
             break;
       case 4:                               /*选项 4——显示链表*/
             print(head);
```

```
                    break;
           case 0:                                          /*选项 0——退出程序*/
                    flag=0;                                 /*清除标志以便退出处理循环*/
                    break;
         }
      }
      finish(head,fname);                                   /*将链表写入文件*/
      return 0;
}
/*                                                          **第一次运行会话**
file name : 051004                                          输入文件名,即班级名
choice(1=insert 2=delete 3=search 4=print 0=quit) : 1       选择插入
      sid,name,phone : 5100403  zhangli  1234567            连续插入 3 个记录
      sid,name,phone : 5100407  liming   2345678
      sid,name,phone : 5100404  wangyan  3456789
      sid,name,phone : 0                                    0 表示停止插入
choice(1=insert 2=delete 3=search 4=print 0=quit) : 4       选择显示链表
      5100403     zhangli        1234567                    按 sid 上升次序显示
      5100404     wangyan        3456789
      5100407     liming         2345678
choice(1=insert 2=delete 3=search 4=print 0=quit) : 3       选择查找记录
      sid : 5100404                                         输入要找到 sid
      5100404     wangyan        3456789                    找到,显示之
      sid : 5100504                                         输入要找到 sid
      5100504     not found!                                没有找到
      sid : 0                                               0 表示停止查找
choice(1=insert 2=delete 3=search 4=print 0=quit) : 2       选择删除记录
      sid : 5100404                                         输入要删除的 sid
      sid : 0                                               0 表示停止删除
choice(1=insert 2=delete 3=search 4=print 0=quit) : 4       选择显示链表
      5100403     zhangli        1234567
      5100407     liming         2345678
choice(1=insert 2=delete 3=search 4=print 0=quit) : 0       结束本次运行
                                                            **第二次运行会话**
file name : 051004                                          输入文件名，即班级名
choice(1=insert 2=delete 3=search 4=print 0=quit) : 4       选择显示链表
      5100403     zhangli        1234567
      5100407     liming         2345678
choice(1=insert 2=delete 3=search 4=print 0=quit) : 0       结束本次运行
*/
```

习 题 10

10-1 设某个年级有 3 个班，分别为 10 人、15 人和 25 人。编写程序分别统计 3 个班

学生的一次考试成绩，要求输出最高分、最低分和平均分，并统计出不及格、60～85，85
以上的各个分数段的人数。用动态数组实现。

10-2 用二维动态数组实现 n 阶拐角矩阵。

10-3 这是计算机等级考试中的一道"完善程序"题目：填补下面程序的空白处使之
成为正确的 C 语言函数：设有一个线性单链表，其结点定义如下：

```
struct node
{  int d;
   struct node *next;
};
```

函数 int copy_del(struct node head,int x[])的功能是：将 head 指向的单链表中存储的所有整
数从小到大依次复制到 x 指向的整型数组并撤销该链表；函数返回复制到 x 数组中的整数
个数。算法：找出链表中数值最小的结点，将其值存储到 x 数组中，再将该结点从链表中
删除，重复以上操作直至链表为空为止。

```
int copy_del(struct node head,int x[])
{   struct node pk,pj,pm, pn;
    int data,k=0;
    while(head!=0)
    {   pk=head; data=pk->d; pn=pk;
        while(  (1)  )!=0)
        {   pj=pk->next;
            if(  (2)  <data)
            {   data=pj->d; pm=pk; pn=pj;
            }
            pk=pj;
        }
        x[k++]=pn->d;
        if(  (3)  )pm->next=pn->next;
        free(pn);
    }
        (4)  ;
}
```

10-4 设有一个线性单链表，其结点定义如下：

```
struct node
{  int d;
   struct node *next;
};
```

编写函数：

```
struct node * find_del(struct node *head, struct node **pm);
```

其功能是在 head 指向的单链表中找到并删除 d 成员值最大的结点，返回删除后的该链表首
结点的地址，pm 指向的指针变量用来存放被删结点的地址。如果有多个结点的 d 成员同

取最大值，只删除第一个。

10-5　输入 n 个整数，每个整数作为 1 个结点建立一个具有 n 个结点的链表。编写 3 种建立链表的函数：

（1）每次将新结点插入链表头。

（2）每次将新结点插入链表尾。

（3）每次将新结点插入适当位置，使得整个链表按结点值降序排列。

10-6　设有一个链表，每个结点包含一个整数值，设计一个函数将此链表改成逆序。即尾结点变成头结点，头结点变成尾结点，中间结点的指向关系要全部颠倒过来。

10-7　设有两个链表，每个链表的结点包含一个整数值，两个链表已经按结点值的从小到大次序链接好，要求将次两链表合并成一个有序链表。

10-8　有一种所谓环形链表，如果它的头结点的 next 成员为 NULL，表明此链表为空；否则它指向第一个结点，而最后一个结点的 next 成员指向头结点。图 10-9 给出了环形链表的示例。请仔细分析例 10-11 的全部程序，而后改写之，使之使用环形链表。

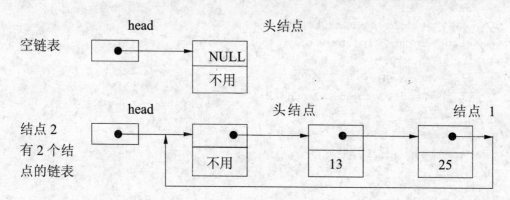

图 10-9　环形链表示例

10-9　用环形链表实现"约瑟夫"问题。

10-10　有些程序设计语言没有指针类型，同样可以实现链表。请重编习题 10-9，但不使用指针。

第11章

算法初步

编程序和写文章差不多，学习了语法，积累了相当多的单词，未必能写出好文章，还要研究写作技巧，读些经典范文，反复练习、总结，才能达到目的。

到此为止，本书介绍了 C 语言的主要内容，足够编写任意复杂的程序，包括处在底层的系统软件。但是作为一个合格的程序员，除了要熟练地掌握一门程序设计语言之外，还必须花大量时间去研究算法的设计。前面给出的例题，都是最简单的、最基本的，如判定指数、牛顿法、二分查找、起泡排序、链表的插入等，这些还是远远不够的。世界上有无数问题，当然会有无数的算法。掌握具体的算法固然重要，推导算法的能力更为重要。

本章企图借助 3 个程序设计专题的讨论，揭示怎样才能设计出优秀的算法。这里给出了笔者长期积累的许多独特精彩有趣的例子，但是目的不是这些具体算法，而在于设计这些算法的方法。算法设计是困难的任务，也是必需的，有趣的，充满了创新的乐趣，需要有足够的耐心，需要付出相当的努力。

11.1 显示矩阵

程序设计与数学关系密切。除了求解数学问题以外，程序设计并不需要太多的数学知识，要求更多的是数学方法。所谓数学方法，首先是从众多对象中找出共同属性的方法。在程序设计领域，用"求同存异"来说明这种方法似乎更生动、更准确。在结构化程序设计中，任何程序都可以只用三种简单的结构——顺序结构、分支结构和循环结构来实现。只有通过求同存异掌握了多个对象的相同处和不同处，才能有一个循环结构统一处理它们的相同处，并用分支结构分别处理不同处。

至今还没有看到介绍编程中的数学方法的资料，只有深入理解编程实例，在编程过程中坚持采用数学方法，不断实践，才会有所提高。下面给出几个显示矩阵的例子，从中可以看到，程序设计必须始于相当长的数学思考，好的程序是想出来的。需要说明，数学方法应该体现在所有程序设计之中，决不限于显示矩阵。

11.1.1 解析法

本节来讨论用解析法显示方形矩阵。首先来显示一个"拐角矩阵"。

例 11-1 拐角矩阵：对于键入的 n（$1 \leq n \leq 20$），显示一个 n 行 n 列的拐角矩阵。下面给出的是 n=5 时的拐角矩阵：

$$
\begin{array}{ccccc}
1 & 1 & 1 & 1 & 1 \\
1 & 2 & 2 & 2 & 2 \\
1 & 2 & 3 & 3 & 3 \\
1 & 2 & 3 & 4 & 4 \\
1 & 2 & 3 & 4 & 5
\end{array}
$$

所谓解析法就是要找出任何位置和其值的关系，并用解析式（等式）把此关系写下来。如果能写出解析式，编程就极为容易。这种关系式通常要比数列的通项公式复杂，因为矩阵中的位置是二维的。

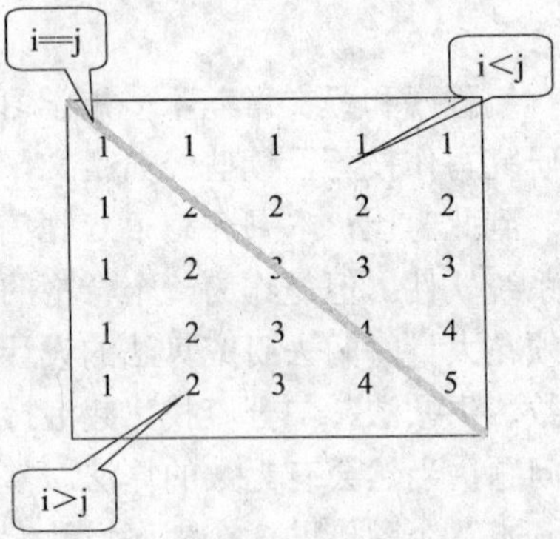

观察此矩阵，可以看到在不同位置处显示的数是不同的。我们用字母对（i,j）表示矩阵中的一个位置，i 是行号，j 是列号，都取 1～n 之间的值；用 a[i][j] 表示位置（i,j）处的数值。例如（2,3）表示第 2 行和第 3 列相交的位置，其值 a[2][3]=2。在图 11-1 的矩阵中划一条对角线，它把矩阵分成对称的上、下两半。在对角线本身的位置上满足 i==j；在其上方 i<j；下方 i>j。而在上方及对角线本身的所有位置元素值都取行号，下方都取列号。于是得到解析式（1）：

图 11-1　拐角矩阵

$$
\begin{cases}
a[i][j]=i, & i\leqslant j \\
a[i][j]=j, & i>j
\end{cases}
\tag{1}
$$

有了上面的解析式，容易写出下面程序：

```c
/*11_1.c 拐角矩阵*/
#include<stdio.h>
int main()
{  int i,j,k,n;
   printf("n : ");                /*1 显示提示 */
   scanf("%d",&n);                /*读方阵尺寸 n*/
   for(i=1;i<=n;i++)              /*2 外循环:i 从 1 到 n*/
   {  for(j=1;j<=n;j++)          /*3 内循环:j 从 1 到 n*/
      {   k=i>j?j:i;              /*4 计算 k 值*/
          printf("%4d",k);        /*5 显示 k 值*/
      }
      printf("\n");               /*6 显示一行后换行*/
   }
   return 0;
}
/* 运行会话
n : 5
1  1  1  1  1
```

```
1  2  2  2
1  2  3  3  3
1  2  3  4  4
1  2  3  4  5
*/
```

行 1，程序首先读取 n 值，而后是一个二重循环。行 2，外层循环以行号 i 作为循环变量，表示要从第 1 行显示到第 n 行；行 3，内层循环的循环变量是列号 j，也从 1 变到 n。内层循环的循环体包括两行，行 4 根据解析式（1），算出位置（i，j）处的值 k，行 5 则显示此 k，为排列整齐，这里让 k 值占 4 个格子。内循环显示一行 n 个数后，再显示个回车换行。

上面的程序尽管简单，但是它给出了用解析法显示各种方阵的统一框架。对于不同的方阵只需修改计算 k 值的那一行。这也体现了"求同存异"的思想——所有方阵采取同一个框架，差异只在由位置计算元素值的部分。以下例题都使用此框架，改变的只有行 4 及相关计算。例如，如果把上面的矩阵叫做左上拐角矩阵的话，下面的矩阵就可以叫做右上拐角矩阵：

```
1  1  1  1  1
2  2  2  2  1
3  3  3  2  1
4  4  3  2  1
5  4  3  2  1
```

根据图 11-2 容易发现：从它的右上角到左下角的对角线——从对角线把它分成对称的两半，从对角线的位置满足 i+j==n+1，上半部满足 i+j<n+1，下半部满足 i+j>n+1。在上半部显示的仍然是行号，但是下半部显示的不是列号，而是从右数起的列号——不妨叫做反列号，反列号可以写成 n+1–j。于是得到解析式（2）：

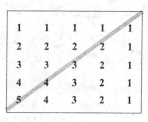

图 11-2　右上拐角矩阵

$$\begin{cases} a[i][j]=I, & i+j\leq n+1 \\ a[i][j]=n+1-j, & i+j>n+1 \end{cases} \quad (2)$$

这样一来，只需根据式（2）修改上面程序中计算 k 的行 4 得到程序：

```
/*11_1a.c 右上拐角矩阵*/
    k= i+j<=n+1 ? i : n+1-j ;  /*4    计算 k 值*/
```

就得到了显示右上拐角矩阵的程序了。用类似办法容易得到显示左下拐角矩阵和右下拐角矩阵的程序。

例 11-2　回形矩阵：对于键入的 n（1≤n≤20），显示一个 n 行 n 列的回形矩阵。下面给出的是 n=9 时的回形矩阵：

```
1  1  1  1  1  1  1  1  1
1  2  2  2  2  2  2  2  1
1  2  3  3  3  3  3  2  1
1  2  3  4  4  4  3  2  1
```

```
1   2   3   4   5   4   3   2   1
1   2   3   4   4   4   3   2   1
1   2   3   3   3   3   3   2   1
1   2   2   2   2   2   2   2   1
1   1   1   1   1   1   1   1   1
```

此题目看起来很简单，但是很少看到整齐简洁的答案。显然问题在于没有找到合适的分析方法。

用解析法显示方阵的关键步骤是找出元素位置同元素值的关系，为此先在矩阵上画一条从对角线。观察从对角线的上、下部，不难发现它们分别是左上拐角矩阵和右下拐角矩阵的一部分，结合右上拐角矩阵和左下拐角矩阵的解析式，可以写出回形矩阵的解析式（3）：

$$a[i][j]=\begin{cases} i, & i+j \leq n+1 \text{ 且 } i \leq j \\ j, & i+j \leq n+1 \text{ 且 } i > j \\ n+1-j, & i+j > n+1 \text{ 且 } i \leq j \\ n+1-i, & i+j > n+1 \text{ 且 } i > j \end{cases} \tag{3}$$

```
/* 11_2.c 回形矩阵*/
    if(i+j<=n+1)                      /*4 计算 k 值 */
        k= i<=j ? i : j;             /*左上部是左上拐角矩阵*/
    else
        k= i<=j ? n+1-j : n+1-i;     /*右下部是右下拐角矩阵*/
```

实际上，也可以把上式理解为由两条对角线分割成的 4 个部分中的位置分别取值行号、列号、反列号、反行号，如图 11-3 所示。因此也可以把上面的行 4 改成：

```
if( i+j <= n+1 && i <= j)k = i;      /*4 计算 k 值 */
else if( i+j <= n+1 && i > j)k = j;
else if( i+j > n+1 && i <= j)k = n+1-j;
else k = n+1-i;
```

下面再从另一个角度来解决此问题。可以把回形矩阵看成由若干圈构成，最外圈全是 1，次外圈都是 2。只要能找出任意一点 (i,j) 所在圈的圈号就好了。比如，图 11-4 上的点 (4,3) 到四边的距离分别是 i=4，n+1-j=7，n+1-i=6，j=3，那么它所在圈号就是 4 个距离中的最短者，即是 3。根据这个道理，可以写出解析式（4）：

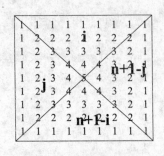

图 11-3   回形矩阵

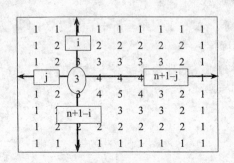

图 11-4   元素到 4 边的距离

$$a(i,j)=\min(i,n+1-j,n+1-i,j) \qquad (4)$$

据此写出计算数值 k 的语句，得到程序的新版本：

```
/* 11_2a.c 回形矩阵*/
    k=i;                        /*4 计算 k 值*/
    if(k>n+1-i) k=n+1-i;
    if(k>n+1-j) k=n+1-j;
    if(k>j) k=j;
```

例 11-3 斜行矩阵。对于键入的 n（1≤n≤20），显示一个 n 行 n 列的斜行矩阵。下面给出的是 n=7 时的斜行矩阵：

```
 1   2   4   7  11  16  22
 3   5   8  12  17  23  29
 6   9  13  18  24  30  35
10  14  19  25  31  36  40
15  20  26  32  37  41  44
21  27  33  38  42  45  47
28  34  39  43  46  48  49
```

为了导出解析式，就要按照数字填写的次序来寻找规律。观察此矩阵，可发现数是按照向右下方的斜行依次填写的，这样的斜行共有 2n–1 条，第 1 斜行只有一个元素（1，1），第 2 斜行有两个元素（1，2）和（2,1）。元素（i，j）所在斜行号为 x=i+j-1，并且它是第 x 斜行上的第 i 个元素。按照这种想法，写出公式：

a[i][j]=1+2+…+(x-1)+i=x*(x-1)/2+i

对例 11-1 程序做以下修改：增加变量斜行号 x，并用语句 x=i+j-1；和 k=x*(x-1)/2+i；代替行 4，得到的程序运行起来，产生以下运行会话：

n：7

```
 1   2   4   7  11  16  22
 3   5   8  12  17  23  30
 6   9  13  18  24  31  39
10  14  19  25  32  40  49
15  20  26  33  41  50  60
21  27  34  42  51  61  72
28  35  43  52  62  73  85
```

图 11-5 计算斜行矩阵中出现错误

观察运行会话会发现，在从对角线的上方显示正确，而下方错误。错误原因是把主对角线下方的各行元素个数算多了，比如显示值为 50 的元素其位置是（5，6），其斜行号为 x=5+6-1=10，在图 11-5 中多算的元素用*表示，多算的元素个数=（1+2）+（1+2+3）=3*3=(x-n)*（x-n），经验算无误。写出通项公式（4）：

$$\begin{cases} a[i][j]=x*(x-1)/2+i & \text{当 } x \leq n \text{ 时，此处 } x=i+j-1 \\ a[i][j]=x*(x-1)/2+i-(x-n)*(x-n) & \text{当 } x>n \text{ 时，此处 } x=i+j-1 \end{cases} \qquad (4)$$

对例 11-1 程序做以下修改：增加变量斜行号 x，并改写了行 4，得到下面的程序 11-3，改动处用下划线标明：

```
/*11_3.c 斜行矩阵*/
#include<stdio.h>
int main()
{ int i,j,k,n,x;
  printf("n : ");               /*1 显示提示 */
  scanf("%d",&n);               /*读方阵尺寸 n*/
  for(i=1;i<=n;i++)             /*2 外循环：i 从 1 到 n*/
  { for(j=1;j<=n;j++)           /*3 内循环：j 从 1 到 n*/
    { x=i+j-1;                  /*4 计算 k 值*/
      k=x*(x-1)/2+i;
      if(x>n)k=k-(x-n)*(x-n);
      printf("%4d",k);          /*5 显示 k 值*/
    }
    printf("\n");               /*6 显示一行后换行*/
  }
  return 0;
}
```

修改后的程序经过运行，证明程序正确。

例 11-4 螺旋矩阵。对于键入的 n（1≤n≤20），显示一个 n 行 n 列的斜行矩阵。下面给出的是 n=7 时的螺旋矩阵：

```
 1   2   3   4   5   6   7
24  25  26  27  28  29   8
23  40  41  42  43  30   9
22  39  48  49  44  31  10
21  38  47  46  45  32  11
20  37  36  35  34  33  12
19  18  17  16  15  14  13
```

为了推导此矩阵的解析式，就要按照数字填写的次序来寻找规律。可以把此矩阵分成若干圈，每一圈再分成 4 段，如图 11-6 所示。

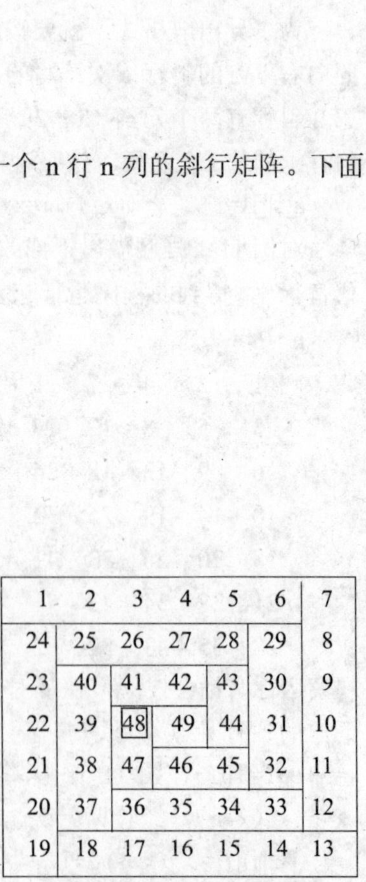

图上从外向里各圈的圈号 c 依次为 1，2，…，每圈分 4 段，段号 s 按顺时针方向为 0，1，2，3，矩阵中的每一个元素都有自己的所在圈号 c 和所在段号 s，以及它在段中的"个号"d。如位置（4，3）处的元素 48，它的圈号 c 为 3，段号 s 为 3，个号 d 为 1。

为了根据 i 和 j 算出 c、s 和 d 的值，用两条对角线把

图 11-6 划分螺旋矩阵

矩阵分成 4 个三角形，每个三角形包括半条对角线。在每个三角形中按照不同的公式计算出每个元素的 c、s、d，如图 11-7 所示。

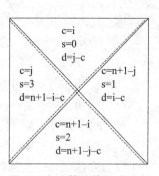

图 11-7　计算螺旋矩阵元素的圈号、段号和个号

对于每个元素，计算出 c、s、d 之后，容易算出元素值 k：

k=前 c−1 圈元素总数+第 c 圈的前 s 段元素总数+个号 d+1

注意，第 1 圈的每段元素个数=n−1，第 2 圈的每段元素个数=n−3，…，第 c 圈的每段元素个数=n+1−2c，所以：

$$k=4*(n{-}1{+}n{-}3{+}\cdots{+}n{+}3{-}2*c)+s*(n{+}1{-}2*c)+d{+}1$$
$$=4*(c{-}1)*(n{+}1{-}c)+s*(n{+}1{-}2*c)+d{+}1$$

综上所述，容易写出实现解析式的程序：

```c
/*11_4.c 螺旋矩阵*/
#include<stdio.h>
int main()
{   int n,i,j,k,c,s,d;
    printf("n : ");              /*1 显示提示 */
    scanf("%d",&n);              /*   读方阵尺寸 n*/
    for(i=1;i<=n;i++)            /*2 外循环：i 从 1 到 n*/
    {   for(j=1;j<=n;j++)        /*3 内循环：j 从 1 到 n*/
        {   c=i;s=0;d=j-c;       /*4 计算 k 值*/
            if(c>n+1-j){c=n+1-j; s=1;d=i-c;}
            if(c>n+1-i){c=n+1-i; s=2;d=n+1-j-c;}
            if(c>j)    {c=j;     s=3;d=n+1-i-c;}
            k=4*(c-1)*(n+1-c)+s*(n+1-2*c)+d+1;
            printf("%4d",k);     /*5 显示 k 值*/
        }
        printf("\n");            /*6 显示一行后换行*/
    }
    return 0;
}
```

11.1.2　对称性

经常碰到这种情况，一个新的题目同以前编过的题目极为相似，那么此时最好的办法就是找出它们的共同点和差别处，对原来程序稍加修改，此乃上策也。充分利用已有的程序是程序员能力和修养的体现，对问题本身求同存异是编程者必须掌握的技巧。下面举几个矩阵的例子，说明这个道理。

1. 改变出发点

在 11.1.1 节拐角矩阵之后的练习中，提到拐角矩阵的拐角可以在左上角、右上角、左下角和右下角。如何修改例 11-1 中的程序，使之能够显示各角的拐角矩阵呢？下面给出三种方法。

（1）方法 1——改变解析式：按 11.1.1 节的思想推导出各拐角矩阵的解析式，再转换成相应的程序语句，因为问题比较简单，这里直接写出行 4 处的程序语句：

左上拐角矩阵：k= i<=j ? i:j;

右上拐角矩阵：k= i+j<=n+1 ? i : n+1–j ;

左下拐角矩阵：k= i+j<=n+1 ? j : n+1–i ;

右下拐角矩阵：k= i<=j ? n+1–j : n+1–i ;

（2）方法 2——交换循环变量的初、终值：观察左上角矩阵和左下角矩阵，把其中的一个上下翻转 180°就会得到另一个。左上角程序是从第 1 行开始一直显示到第 n 行，如果从它的第 n 行开始一直显示到第 1 行，那么就会得到左下角矩阵，为此只需要交换第一个 for 语句的循环变量 i 的初值和终值：

```c
#include<stdio.h>
void main()
{ int i,j,k,n;
  printf("n : ");
  scanf("%d",&n);
  for(i=n;i>=1;i--)                    ; 由程序 11_1.c 修改而成，显示左下拐角矩阵
  { for(j=1;j<=n;j++)
    { k=i>j?j:i;
      printf("%4d",k);
    }
    printf("\n");
  }
}
```

类似地，修改左上角矩阵程序的第二个 for，就会得到右上角的拐角矩阵：

```c
...
  for(i=1;i<=n;i++)
  { for(j=n;j>=1;j--)                  ; 由程序 11_1.c 修改而成，显示右下拐角矩阵
    { k=i>j?j:i;
      printf("%4d",k);
    }
    printf("\n");
  }
...
```

如果把左上角矩阵程序的两个 for 语句都改了，就得到右下角的拐角矩阵：

```c
...
  for(i=n;i>=1;i--)                    ; 由程序 11_1.c 修改而成，显示右下拐角矩阵
  { for(j=n;j>=1;j--)
```

```
{   k=i>j?j:i;
        printf("%4d",k);
    }
    printf("\n");
}
```
…

（3）方法 3——坐标变换：比较方法 1 中给出的 4 个语句，我们会发现，后 3 个语句可以通过变换第 1 个语句中的 i、j 变量得到：

把"左上角"语句中的 i 换成 n+1–i 就得到"左下角"语句。

把"左上角"语句中的 j 换成 n+1–j 就得到"右上角"语句。

把"左上角"语句中的 i 换成 n+1–i 并且把 j 换成 n+1–j 就得到"右下角"语句。

因此，可以不改变原有的"左上角"语句，而是改变变量 i 和 j 的内容，以达到同样的目的。但是 i 和 j 都是循环变量，不允许在循环体中修改，为此不妨把 for 语句中的 i 和 j 改名为 i1 和 j1，于是就得到了下面的程序。

左下角拐角矩阵：

```
#include<stdio.h>
void main()
{   int i,j,i1,j1,k,n;
    printf("n : ");
    scanf("%d",&n);
    for(i1=1;i1<=n;i1++)
    {   for(j1=1;j1<=n;j1++)
        {   i=n+1-i1;  j=j1;
            k=i>j?j:i;
            printf("%4d",k);
        }
        printf("\n");
    }
}
```

右上角螺旋矩阵：

…

```
i=i1;j=n+1-j1;
```
…

右下角螺旋矩阵：

…

```
i=n+1-i1;j=n+1-j1;
```
…

以上三种改变出发点的方法不仅适合于拐角矩阵，也适合于斜行矩阵、螺旋矩阵。作为练习，请你在机器上验证一下。

2．改变矩阵方向

拐角矩阵有 4 种不同出发点的图案，但是对于斜行矩阵和螺旋矩阵的每一个出发点还可以有两个方向。怎样修改最简单呢？"正向的矩阵"和"反向的矩阵"是以主对角线为对称的，换句话说，把一个矩阵沿主对角线翻转 180°，就得到另一个。比照改变出发点的 3 种做法，对于螺旋矩阵的程序，也可以有相似的 3 种做法。

（1）方法 1——交换解析式中的 i 和 j：把正向螺旋矩阵程序中实现解析式的部分里的所有的 i 改成 j，同时把所有的 j 改成 i。由于这部分较长，修改的量较大，容易出错。

（2）方法 2——交换正向螺旋矩阵程序中的两个 for 语句的位置：就是把 j 当成行号，把 i 当成列号：

```
…
for(j=1;j<=n;j++)
  for(i=1;i<=n;i++)
…
```

（3）方法 3——坐标变换：把两条 for 语句中的循环变量 i 和 j 分别改为 i1 和 j1，而后增加一行将 j1 和 i1 分别赋给 i 和 j：

```
…
for(i1=1;i1<=n;i1++)
  for(j1=1;j1<=n;j1++)
  {   i=j1;j=i1;
      …
  }
```

3．坐标变换：八种螺旋矩阵

拐角矩阵可以有 4 个不同的起点，而螺旋矩阵不仅有 4 个不同起点，而且还有两个方向：顺时针和逆时针，所以会有 8 种不同型的图案，用图 11-8 的图式来表示它们：其中的 1 型代表起点为左上角，顺时针；2 代表右上角，逆时针，等等。

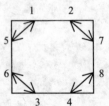

例 11-5　八种螺旋矩阵。对于任意给定的正整数 n（$1 \leqslant n \leqslant 20$）和 m（$1 \leqslant m \leqslant 8$）显示一个 n 行 n 列的 m 型的螺旋矩阵。

图 11-8　八种螺旋矩阵

从此图可见，1，5，6，3 分别同 2，7，8，4 以中间列为对称（左右对称）；1，2，5，7 分别同 3，4，6，8 以中间行为对称（上下对称）；1，2，3，4 分别同 5，6，7，8 以主对角线为对称（斜对称）。

通过以上分析可知：任何一种图案都可以从 1 型经过最多 3 个简单的坐标变换得到，这里的坐标变换指的是左右对称、上下对称和斜对称。下面把这些变换列举出来：

1→2：左右

1→3：上下，

1→4：上下，左右

1→5：斜

1→6：斜，上下

1→7：斜，左右

1→8：斜，上下，左右

下面程序是修改例 11-4 螺旋矩阵程序得到的，下划线标明的部分是新增加的：

```
/*11_5.c 八种螺旋矩阵*/
#include<stdio.h>
int main()
{   int n,m,i,j,i1,j1,k,c,s,d;
    printf("n,m : ");
    scanf("%d%d",& n,& m);                    ;读取矩阵尺寸 n 和矩阵型号 m
    for( i1=1;i1<=n;i1++)
    {   for(j1=1;j1<=n;j1++)
      {   if(m==1)       i=i1,      j=j1;    /*根据 m 值进行坐标变换*/
          else if(m==2) i=i1,      j=n+1-j1;
          else if(m==3) i=n+1-i1, j=j1;
          else if(m==4) i=n+1-i1, j=n+1-j1;
          else if(m==5) i=j1,      j=i1;
          else if(m==6) i=j1,      j=n+1-i1;
          else if(m==7) i=n+1-j1, j=i1;
          else          i=n+1-j1, j=n+1-i1;
          if(i+j>=n+1 && i<j)      c=n+1-j, s=1, d=i-c;
          else if(i>=j && i+j > n+1) c=n+1-i, s=2, d=n+1-j-c;
          else if( i+j<=n+1 && i>j)  c=j,     s=3, d=n+1-i-c;
          else                      c= i,    s=0, d=j-c;
          k=4*(c-1)*(n+1-c)+s*(n+1-2*c)+d+1;
           printf("%5d", k);
      }
      printf("\n");
    }
}
```

下面给出一个运行示例：

```
n,m : 7 6
  7   8   9  10  11  12  13
  6  29  30  31  32  33  14
  5  28  43  44  45  34  15
  4  27  42  49  46  35  16
  3  26  41  48  47  36  17
  2  25  40  39  38  37  18
  1  24  23  22  21  20  19
```

上面的程序还可以简化一点。m 取值 1～8，m–1 则为 0～7。把 m–1 表示成 3 位的二进制数 $b_2b_1b_0$，比照上面的变换表，容易发现 b_2、b_1、b_0 分别代表是否进行斜对称变换、上下对称变换和左右对称变换。按照这种思路，修改例 11-4 中的程序，下划线标明的部分是在例 11-4 程序基础上新增加的：

```
/*11_5a.c 八种螺旋矩阵*/
#include<stdio.h>
int main()
{   int n,m,i,j,i1,j1,b0,b1,b2,k,c,s,d;
    printf("n,m : ");
    scanf("%d%d",& n,& m);
    m=m-1; b0=m%2; b1=m/2 %2; b2=m/4;
    for(i1=1;i1<=n;i1++)
    { for(j1=1;j1<=n;j1++)
       {  i=i1; j=j1;
          if(b2==1) i=j, j=i1;
          if(b1==1) i=n+1-i;
          if(b0==1) j=n+1-j;
          if(i+j>=n+1 && i<j)        c=n+1-j, s=1, d=i-c;
          else if(i>=j && i+j>n+1)   c=n+1-i, s=2, d=n+1-j-c;
          else if(i+j<=n+1&&i>j)     c=j,     s=3, d=n+1-i-c;
          else                       c=i,     s=0, d=j-c;
          k=4*(c-1)*(n+1-c)+s*(n+1-2*c)+d+1;
          printf("%5d", k);
       }
       printf("\n");
    }
}
```

11.1.3 拟人法

利用解析法显示方阵，尽管程序很简单，但是推导解析式却有一定难度，并不是所有同学都能轻易掌握的。如果换个角度想一想，假如把斜行矩阵或者螺旋矩阵的样子对小朋友讲清楚，哪怕是学龄前儿童，也能不费气力地随手在纸上画出这样的矩阵。为什么呢？因为他是按照人所习惯的做法来填写矩阵，他不可能先计算各位置应该填的数值，他只能按照 1，2，3，…的次序来填写。比起解析法来，这种方法的优点就是不需要复杂计算。这种方法对于人是如此自然，甚至于不言自明。如果采取这种想法来编程的话，就是用程序模拟人的动作，所以这种做法叫做拟人法。

其实之前编写的程序大多采取的是拟人法，只不过读者没有意识到而已，例如判别质数、求最大公约数等问题。虽然这种方法的想法简单，但程序毕竟不是人，人有很强的观察能力，人的判断往往是在不知不觉中完成的，程序则不然，它只能一丝不苟地按语句执行。所以对于同一个问题采取拟人法，也可以有多种不同的实现方法。本节给出三个例题，来说明拟人法的特点和实现技巧。

例 11-6 用拟人法显示斜行矩阵。

```
/*11_6.c 用拟人法显示斜行矩阵*/
#include<stdio.h>
```

```
void main()
{   int i,j,k,n,a[20][20];
    printf("n : ");                                /*1 显示提示*/
    scanf("%d",&n);                                /*2 读取矩阵尺寸 n*/
    for(i=j=0,k=1;k<=n*n;k++)                       /*3 循环：放置 k 值*/
    {   a[i][j]=k;                                  /*4      到 a[i][j]*/
        if(i==n-1)    { i=j+1;j=n-1;}              /*5      在底行修改 i 和 j*/
        else if(j==0){ j=i+1;i=0;}                 /*6      在左列修改 i 和 j */
        else          { i++;  j--;}                /*7      在其他地方修改 i 和 j */
    }
    for(i=0;i<n;i++)                               /*8 显示矩阵 a*/
    {   for(j=0;j<n;j++)
            printf("%4d",a[i][j]);
        printf("\n");
    }
}
/*运行会话
n : 7
    1   2   4   7  11  16  22
    3   5   8  12  17  23  29
    6   9  13  18  24  30  35
   10  14  19  25  31  36  40
   15  20  26  32  37  41  44
   21  27  33  38  42  45  47
   28  34  39  43  46  48  49
*/
```

　　解析法是按照从上到下从左向右的次序计算并显示元素值，由于计算次序与显示次序相同，不必设置二维数组。拟人法却不然，它是按元素值增长的次序生成的，而显示次序只能取从上到下从左向右，所以必须设置一个二维数组。本程序分成 3 部分：第 1 部分包含行 1 和行 2，读取矩阵尺寸 n；第 2 部分包括行 3 到行 7，作用是填写数组 a 使之成为一个斜行矩阵；第 3 部分开始于行 8，是一个二重循环，用来显示在数组 a 中存放的斜行矩阵。

　　第 2 部分是一个一重循环，首先将 i、j 初始化，就是第一个填写位置是（0,0），而后，循环变量 k 代表要填入的元素值，从 1 变到 n*n。在循环体中，先把 k 值填入 a[i][j]，然后修改 i、j，使它们指向下一个要填写的位置。修改 i、j 的方法要分 3 种情况，请看图 11-9：在第 n–1 行要把（i,j）变到（j+1,n–1），在第 0 列要把（i,j）变到（0,i+1），其他情况要把（i,j）变到（i+1,j–1）。注意，对于左下角即（n–1,0）的情况，既属于第 n–1 行又属于第 0 列，那么它只能按第 n–1 行处理。所以程序中用 if–else 语句实现，优先判断是不是第 n–1 行。

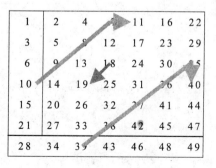

图 11-9　修改 i,j 的 3 种情况

例 11-7　用拟人法显示蛇行矩阵。蛇行矩阵的样子如下：

```
 1    2    6    7   15   16   28
 3    5    8   14   17   27   29
 4    9   13   18   26   30   39
10   12   19   25   31   38   40
11   20   24   32   37   41   46
21   23   33   36   42   45   47
22   34   35   43   44   48   49
```

　　蛇行矩阵是由斜行矩阵变化而来的，所以应该在上个程序的基础上修改得到。第 1 部分读 n，第 3 部分显示矩阵 a，这两部分都不必修改，要改的只有第 2 部分在填写了 k 值之后使（i，j）指向下一个位置。蛇行矩阵更复杂。首先，在矩阵内部分成两种情况：偶数斜行上要向左下方走——i=i+1，j=j−1；奇数斜行上要向右上方走——i=i−1，j=j+1。为把这两种情况统一起来，而引进一个 d 变量，对于偶数斜行 d=1，对于奇数斜行 d=−1，于是两种情况统一成 i=i+d，j=j−d。再有，在斜行矩阵程序中位置修改是分三种情况——底行、左列和其他位置。如果现在也采取这样做法，四边和内部都要分成两种情况（如在填写了 10 和 11 之后的处理是不同的，虽然它们同在第 1 列），总共就有 10 种情况，程序就显得太啰唆了。我们采取这样做法：在填写了 k 值之后先按内部情况修改，如果跳出了矩阵，说明需要折返了，例如填写了 k=10 之后（i,j）修改成（4,−1），这时超出了范围要调整成（4，0），并改变方向（d=−d），下次循环把 11 填到（4,0），位置将修改成（3，1）。图 11-10 给出了在矩阵外围 4 边处位置的修改方法。

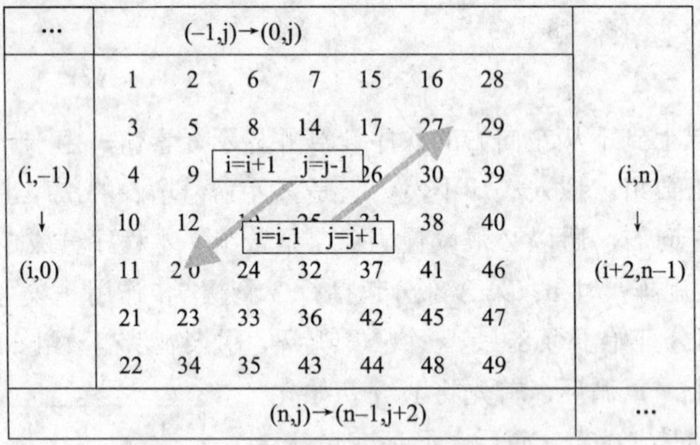

图 11-10　用拟人法显示蛇形矩阵

```c
/*11_7.c 用拟人法显示蛇形矩阵*/
#include<stdio.h>
void main()
{   int i,j,k,d,n,a[20][20];
    printf("n : ");
    scanf("%d",&n);
    for(i=j=0,d=-1,k=1;k<=n*n;k++)          /*1 循环：放置 k 值*/
    { a[i][j]=k;                             /*2 到 a[i][j]*/
```

```
            i+=d;j-=d;                              /*3   修改 i 和 j*/
            if(i==n)         { i=n-1;j=j+2;  d=-d;} /*4   在底行调整*/
            else if(j==n)    { i+=2;  j=n-1; d=-d;} /*5   在右列调整*/
            else if(j==-1)   {         j=0;  d=-d;} /*6   在左列调整*/
            else if(i==-1)   { i=0;          d=-d;} /*7   在顶行调整*/
        }
        for(i=0;i<n;i++)
        { for(j=0;j<n;j++)printf("%4d",a[i][j]);
            printf("\n");
        }
    }
```

例 11-8　用拟人法显示螺旋矩阵。比起斜行矩阵和蛇行矩阵说来，用拟人法编写显示

螺旋矩阵的程序要简单得多。关键还是在填写了 k 值
之后如何修改 i 和 j，使它们指向下一个要填写的位置。
仔细观察螺旋矩阵，容易发现，整个矩阵可以分成上、
右、下、左 4 个三角形，在每个三角形里前进的方向
是一致的，分别是向右、向下、向左、向上，如图 11-11
所示。因此自然会想到，在填写了 k 值之后，应该判
断当前（i，j）处在哪个三角形中，然后相应地修改 i
或 j。请注意，4 个三角形并不一般大，上三角形最大，
这是因为每一圈的最后一个元素（如 24，40 等）填写
过后应该向右走，而不是继续向上。

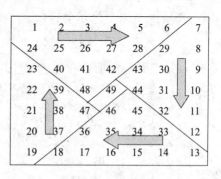

图 11-11　用拟人法显示螺旋矩阵

```
/*11_8.c 用拟人法显示螺旋矩阵*/
#include<stdio.h>
main()
{   int n,i,j,k,s,d,l;
    int a[20][20];
    printf("n : ");scanf("%d",&n);          /*提示并读矩阵尺寸 n*/
    for(i=j=0,k=1;k<=n*n;k++)                /*循环：填写 k 值*/
    {   a[i][j]=k;                           /*      到 a[i][j]*/
        if(i-1<=j && i+j<n-1) j++;           /*      在上三角形调整*/
        else if(i+j>=n-1 && i<j) i++;        /*      在右三角形调整*/
        else if(i>=j && i+j>n-1) j--;        /*      在下三角形调整*/
        else i--;                            /*      在左三角形调整*/
    }
    for(i=0;i<n;i++)                         /*显示矩阵*/
    { for(j=0;j<n;j++)
            printf("%4d",a[i][j]);
        printf("\n");
    }
}
```

11.2　日历问题

本节将以日历涉及的问题，讨论解析法和结构化设计方法。

11.2.1　今天是星期几

（1）在第 5 章的例 5-1 给出了判断 y 年是不是闰年的公式：

```
leap=y%4==0 && y%100!=0 || y%400==0;
```

（2）判断 m 月是否大月？

```
solar=(m+m/8)%2;
```

已知 7 月份之前奇数月是大月，8 月份之后偶数月是大月。式中的 m/8 当 m 大于等于 8 时取 1，因此它把 8 月后的偶数月变成了奇数月，于是可以同 7 月之前的月份统一起来。

（3）计算 y 年 m 月有多少天？

通常要定义一个每月天数数组：

```
int ds[13]={0,31,28,31,30,31,30,31,31,30,31,30,31};
leap=y%4==0 && y%100!=0 || y%400==0;
ds[2]+=leap;
md=ds[m];
```

其实可以写得更简捷一点：

```
leap=y%4==0 && y%100!=0 || y%400==0;
mds=30+(m+m/8)%2-(m==2)*(2-leap);
```

小月 30 天，如果 m 月是大月，(m+m/8)%2 为 1，如果是小月为 0。如果是平年 2 月应该减去 2，是闰年 2 月应减去 1。

（4）计算 y 年 1 月 1 日到 y 年 m 月 1 日有多少天？

通常算法要设立每天天数数组：

```
int ds[13]={0,31,28,31,30,31,30,31,31,30,31,30,31};
leap=y%4==0 && y%100!=0 || y%400==0;
ds[2]+=leap;
for(yds=0,i=1; i<m; i++)yds+=ds[i];
```

简单算法为：

```
leap=y%4==0 && y%100!=0 || y%400==0;
yds=(m-1)*30+(m+m/8)/2-(m>2)*(2-leap);
```

最后一行的解释是，m 月前有 m–1 个月，每月按 30 天算共(m–1)*30 天，加上 m 月前的大月数(m+m/8)/2，另外如果 m 大于 2，还要减去 2 月份多算的 2 天或 1 天。

（5）计算 y 年 m 月 d 日星期几？

假定 1 年 1 月 1 日表示为 1.1.1，是星期 x，那么该天到 y.m.d 天数可以分为 3 段，如图 11-12 所示。

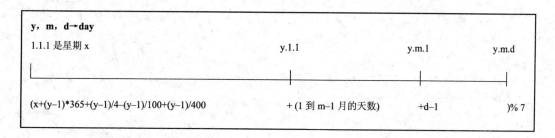

y，m，d→day

1.1.1 是星期 x　　　　　　　　　　　　　　　y.1.1　　　　　　　　y.m.1　　　　　y.m.d

(x+(y–1)*365+(y–1)/4–(y–1)/100+(y–1)/400　　+ (1 到 m–1 月的天数)　　+d–1　　)% 7

图 11-12　计算 y 年 m 月 d 日是星期几的算法示意图

1.1.1 到 y.1.1 的天数=(y–1)*365+(y–1)/4–(y–1)/100+(y–1)/400

y.1.1 到 y.m.1 的天数=yds

y.m.1 到 y.m.d 的天数=d–1

因此，3 者相加，再加 x，除 7 取余，即得到 y.m.d 是星期几了。这里的 x 可以用倒推的方法计算出来：已知 2010.10.23 是星期六，假定 x=0（即假定 1.1.1 是星期日），用上面方法算出 2010.10.23 是星期五，于是可以确定 x 应为 1。

```
leap=y%4==0 && y%100!=0 || y%400==0;
yds=(m-1)*30+(m+m/8)/2-(m>2)*(2-leap);
wd=(x+(y-1)*365+(y-1)/4-(y-1)/100+(y-1)/400+yds+d-1)%7;
```

例 11-9 由日期计算哪一天是星期几？

```
/*11_9.c  由日期计算哪一天是星期几*/
#include<stdio.h>
void main()
{   int  y,m,d,leap,day,solar,mds,yd;
    char *wdn[7]={"Sunday","Monday","Tuesday","Wednesday",
                "Thursday","Friday","Saturday"};       /*一周 7 天的名字*/
    printf("year,month,day : ");scanf("%d%d%d",&y,&m,&d);
                                                /*读年 y,月 m,日 d*/
    leap=y%4==0&&y%100!=0||y%400==0;             /*计算是否闰年*/
    if(leap)printf("%d. is a leap year.\n",y);   /*显示是否闰年*/
    else printf("%d is not a leap year.\n",y);
    solar=(m+m/8)%2;                             /*计算是否大月*/
    if(solar)printf("%d.%d is a solar month.\n",y,m); /*显示是否大月*/
    else printf("%d.%d is not a solar month.\n",y,m);
    mds=30+(m+m/8)%2-(m==2)*(2-leap);            /*计算 m 月的天数*/
    printf("%d.%d has %d days.\n",y,m,mds);      /*显示 m 月的天数*/
```

```
        yd=(m-1)*30+(m+m/8)/2-(m>2)*(2-leap);          /*计算 y 年的 m 月 1 日前的天数*/
        printf("There is %d days from %d.1.1 to %d.%d.1.\n",yd,y,y,m);
                                                        /*显示所求天数*/
        day=(y-1+(y-1)/4-(y-1)/100+(y-1)/400+1+yd+d-1)%7;
                                                        /*计算 y.m.d 是星期几*/
        printf("%d.%d.%d is %s. \n",y,m,d,wdn[day]);    /*显示该日是星期几*/
}
/*                                                      运行会话
year,month,day : 2010 10 23                             读入年 y,月 m,日 d
2010 is not a leap year.                                y 是否闰年
2010.10 is a solar month.                               m 是否大月
2010.10 has 31 days.                                    y.m 的天数
There is 273 from 2010.1.1 to 2010.10.1.                y.m.1 前的天数
2010.10.23 is Saturday.                                 y.m.d 星期几
*/
```

11.2.2　显示月历

例 **11-10**　显示月历。如果要用纸笔画月历，只需要求出该月的天数，及该月 1 日是星期几就可以了。这里用程序显示，还需要考虑如何显示第一行，每行显示的第一天是星期日。如果该月 1 日是星期日，那很好，自然说该月第 1 周的星期日是 1 日。如果 1 日是星期一，则说第 1 周的星期日是 1 日的前一天——0 日。如果 1 日是星期二，则说是–1 天，……。一般说来，如果 1 日是 day 日，则说该月第一周的星期日是 1–day 日。于是我们可以从 1–day 日开始显示，如果小于 1，则显示空白。每 7 天一换行。

```
/*11_10.c 显示月历*/
#include<stdio.h>
int main()
{   int y,m,w,yd,mds,leap,d;
    char *mn[]={"","January","February","March","April", "May","June",
        "July","August","September","October","November","December"
        };                                              /*月份名*/
    char *head= " SU MO TU WE TH FR SA";                /*每周各日名*/
    printf("\nyear,month : "); scanf("%d%d",&y, &m);    /*读取年 y 和月 m*/
    printf("%10s, %d\n%s\n",mn[m],y,head);              /*显示 m 月名和各周日名*/
    leap=y%4==0&&y%100!=0||y%400==0;400==0;             /*计算闰年否*/
    mds=30+(m+m/8)%2-(m==2)*(2-leap);                   /*计算该 m 月的天数 mds*/
    yd=(m-1)*30+(m+m/8)/2-(m>2)*(2-leap);               /*计算 y.m.1 前的天数*/
    d=(y-1+(y-1)/4-(y-1)/100+(y-1)/400+1+yd)%7;         /*d=y.m.1 星期几*/
    for(d=1-d,w=0;d<=mds;d++)
```

```
    {   if(day<1)printf("    ");        /*循环：从第 1 个周日 1-d 日开始*/
        else printf("%3d",d);           /*到该月最后日 mds*/
        if(++w%7==0)printf("\n");       /*若 day<1 显示空 */
                                        /*7 日一换行*/
    }
    printf("\n");                       /*最后一行的换行*/
    return 0;
}
/* 运行会话
year,month : 2010 10
    October, 2010
  SU MO TU WE TH FR SA
                 1  2
  3  4  5  6  7  8  9
 10 11 12 13 14 15 16
 17 18 19 20 21 22 23
 24 25 26 27 28 29 30
 31
*/
```

编程经验：求同存异

　　一般做法是先专门处理第一行上开始的空格，于是第一周的 1 日后各天也得特殊处理，这样一来程序就要处理更多的情况，就会变得冗长、不顺畅。这里从第一周的星期日开始的做法，使第 1 行与以后各行的处理同化了——从星期日开始，其差异只在于 1 日前各日不显示数字，代之以等长的空白。这也是"求同存异"原理的体现。

11.2.3　显示年历

　　例 11-11　显示年历。显示年历和月历一样，道理差不多。但是结构要复杂得多，如果不预先考虑好，贸然上机很难取得成功，欲速则不达，容易落得越改越乱的陷阱。如果能够先把困难和细节想好，编起程序就会很顺畅，即使出现错误也容易纠正过来。

　　先要设计好显示的样式，再仔细分析为实现此目标需要的程序结构。从横向看，一周 7 天加上间隔需要 24 格，所以一行 80 格只能容纳一个季度的 3 个月的同一行。从纵向看，每月最多跨 6 周，加上月名和各周日名，要占 8 行。所以说每 8 行显示一季 3 个月，共要显示 4 季。对于每个季要先显示月名和周日名，而后又分成 6 周。对于每行要分成 3 段，分属一季的 3 个月。每一段又有 7 天，如图 11-13 所示。

　　照图上的分解方法，应当有 4 重循环，从外到内依次用 i、j、k、n 作为循环变量。与月历情况类似，对每个月都要计算各月的天数和 1 日星期几，而且在显示每一行的同时要记住 3 个月的天数 ds 和要显示的日 d，所以要把 ds 和 d 都设成数组，记载各个月的天数和要填的日。接下来要画出 warnier 图，结果如图 11-14 所示。依据此图容易编写出程序。

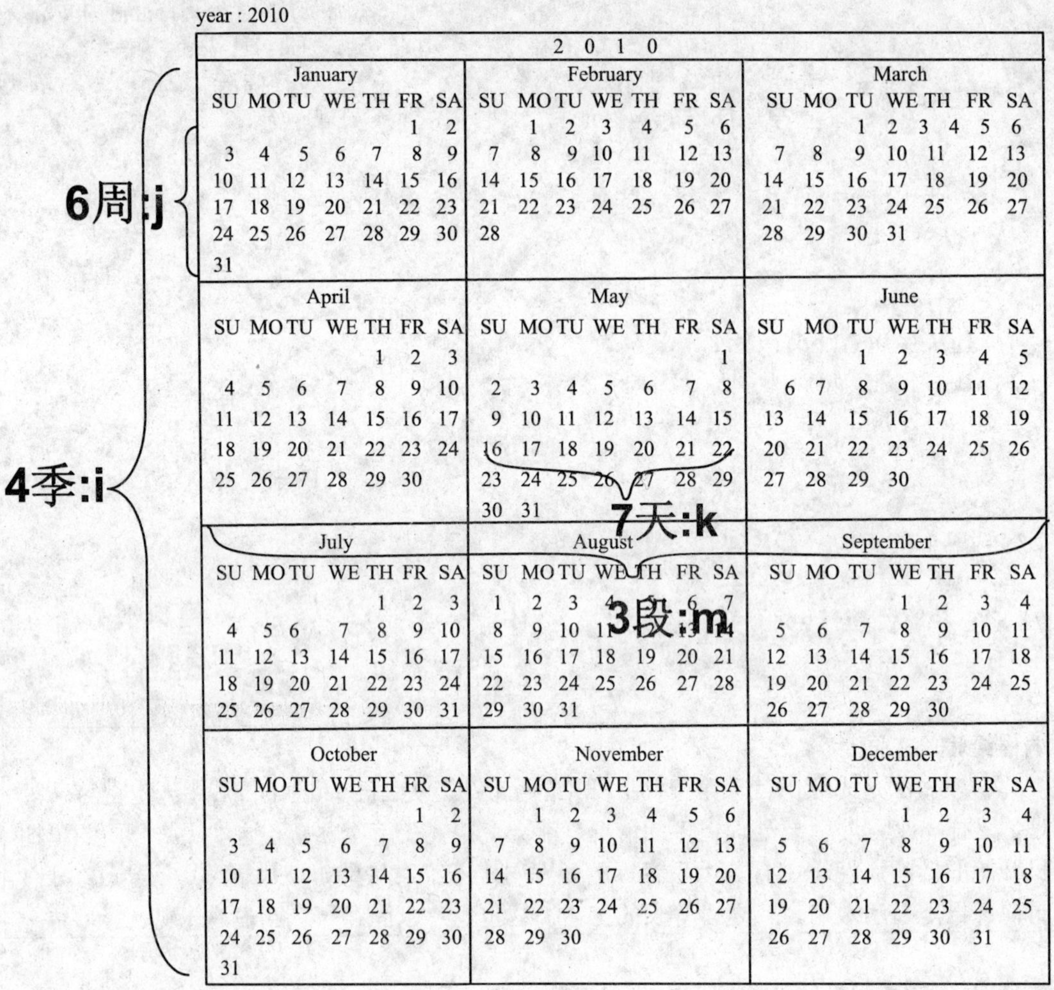

year : 2010

2 0 1 0		
January SU MO TU WE TH FR SA 　　　　　　　1　2 3　4　5　6　7　8　9 10 11 12 13 14 15 16 17 18 19 20 21 22 23 24 25 26 27 28 29 30 31	**February** SU MO TU WE TH FR SA 　1　2　3　4　5　6 7　8　9 10 11 12 13 14 15 16 17 18 19 20 21 22 23 24 25 26 27 28	**March** SU MO TU WE TH FR SA 　1　2　3　4　5　6 7　8　9 10 11 12 13 14 15 16 17 18 19 20 21 22 23 24 25 26 27 28 29 30 31
April SU MO TU WE TH FR SA 　　　　　1　2　3 4　5　6　7　8　9 10 11 12 13 14 15 16 17 18 19 20 21 22 23 24 25 26 27 28 29 30	**May** SU MO TU WE TH FR SA 　　　　　　　1 2　3　4　5　6　7　8 9 10 11 12 13 14 15 16 17 18 19 20 21 22 23 24 25 26 27 28 29 30 31	**June** SU MO TU WE TH FR SA 　　1　2　3　4　5 6　7　8　9 10 11 12 13 14 15 16 17 18 19 20 21 22 23 24 25 26 27 28 29 30
July SU MO TU WE TH FR SA 　　　　　1　2　3 4　5　6　7　8　9 10 11 12 13 14 15 16 17 18 19 20 21 22 23 24 25 26 27 28 29 30 31	**August** SU MO TU WE TH FR SA 1　2　3　4　5　6　7 8　9 10 11 12 13 14 15 16 17 18 19 20 21 22 23 24 25 26 27 28 29 30 31	**September** SU MO TU WE TH FR SA 　　　1　2　3　4 5　6　7　8　9 10 11 12 13 14 15 16 17 18 19 20 21 22 23 24 25 26 27 28 29 30
October SU MO TU WE TH FR SA 　　　　　　1　2 3　4　5　6　7　8　9 10 11 12 13 14 15 16 17 18 19 20 21 22 23 24 25 26 27 28 29 30 31	**November** SU MO TU WE TH FR SA 　1　2　3　4　5　6 7　8　9 10 11 12 13 14 15 16 17 18 19 20 21 22 23 24 25 26 27 28 29 30	**December** SU MO TU WE TH FR SA 　　　1　2　3　4 5　6　7　8　9 10 11 12 13 14 15 16 17 18 19 20 21 22 23 24 25 26 27 28 29 30 31

6周:j　4季:i　7天:k　3段:m

图 11-13　年历的样式

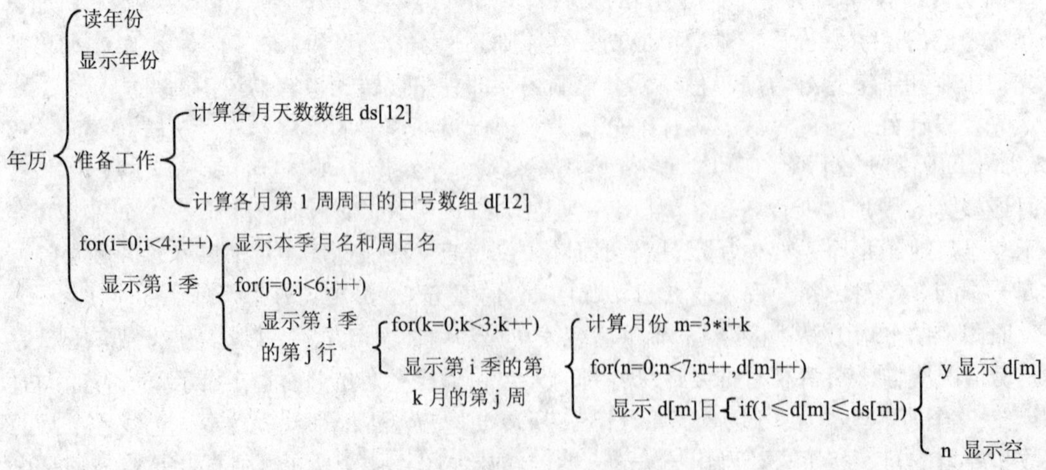

年历
- 读年份
- 显示年份
- 准备工作
  - 计算各月天数数组 ds[12]
  - 计算各月第 1 周周日的日号数组 d[12]
- for(i=0;i<4;i++)
  显示第 i 季
  - 显示本季月名和周日名
  - for(j=0;j<6;j++)
    显示第 i 季的第 j 行
    - for(k=0;k<3;k++)
      显示第 i 季的第 k 月的第 j 周
      - 计算月份 m=3*i+k
      - for(n=0;n<7;n++,d[m]++)
        显示 d[m]日 if(1≤d[m]≤ds[m])
        - y 显示 d[m]
        - n 显示空

图 11-14　年历程序的 Warnier 图

```
/*11-11.c 显示年历*/
#include <stdio.h>
int main()
{   int y,m,i,j,k,n,leap;
    int d[12],ds[12];
    char *mn[]={
        "       January                February                        March",
        "       April                  May                             June",
        "       July                   August                   September",
        "       October                November                 December"};
    char *head=
    "SU MO TU WE TH FR SA     SU MO TU WE TH FR SA    SU MO TU WE TH FR SA";
    printf("\nyear : "); scanf("%d%*c",&y);
                                          /*1 %*c 使缓冲区指针跳过 Enter 字符*/
    printf("%30d  %d  %d  %d\n",y/1000,y%1000/100,y%100/10,y%10);
    leap=y%4==0 && y%100!=0 || y%400==0;
    for(m=1;m<=12;m++)ds[m-1]=30+(m+m/8)%2-(m==2)*(2-leap);
                                          /*计算各月天数 ds[]*/
    d[0]=((y-1)+(y-1)/4-(y-1)/100+(y-1)/400+1)%7;
    for(m=1;m<12;m++)  d[m]=(d[m-1]+ds[m-1])%7;
    for(m=0;m<12;m++)  d[m]=-d[m]+1;        /*计算各月第 1 周的星期日的日号*/
    for(i=0;i<4;i++)                        /*层 1 季循环：i=[0,3]*/
    {   printf("%s\n%s",mn[i],head);        /*    显示 i 季月名和周日名*/
        for(j=0;j<6;j++)                    /*    层 2 行循环：j=[0,5]*/
        {   printf("\n");
            for(k=0;k<3;k++)                /*        层 3 段循环：k=[0,2]*/
            {   m=3*i+k;                     /*            计算月份号 m=[0,11]*/
                for(n=0;n<7;n++,d[m]++)  /*            层 4 天循环：k=[0,6]*/
                    if(1<=d[m]&&d[m]<=ds[m])printf("%2d ",d[m]);
                    else printf("   ");     /*            显示星期几,1 日前为空*/
                printf("     ");
            }
        }
        if(i&1)scanf("%*c");                /*2     显示过 1、3 季后暂停*/
    }
    return 0;
}
```

图 11-15 给出的是在 VC 上得到的运行会话，VC 的输出窗口可以很长，装得下整个年历。可是 TC 的输出窗口的尺寸只有 25 行。为了能在 TC 上看到整个年历，程序在显示两季之后安排暂停，操作员键入<Enter>再继续下去。行 2 就是判断 i 是否奇数，是则读一字符。scanf 是缓冲式输入，只有键入了<Enter>数据才能进入缓冲区。读字符时只读当前字符，而行 1 在%d 读了年份后在缓冲区里留下了一个<Enter>，所以又加了一个%*c，读到这个<Enter>后扔掉，这里的*表示所读字符不送内存立即扔掉。这样一来，行 2 就能读到以后键入的<Enter>了。

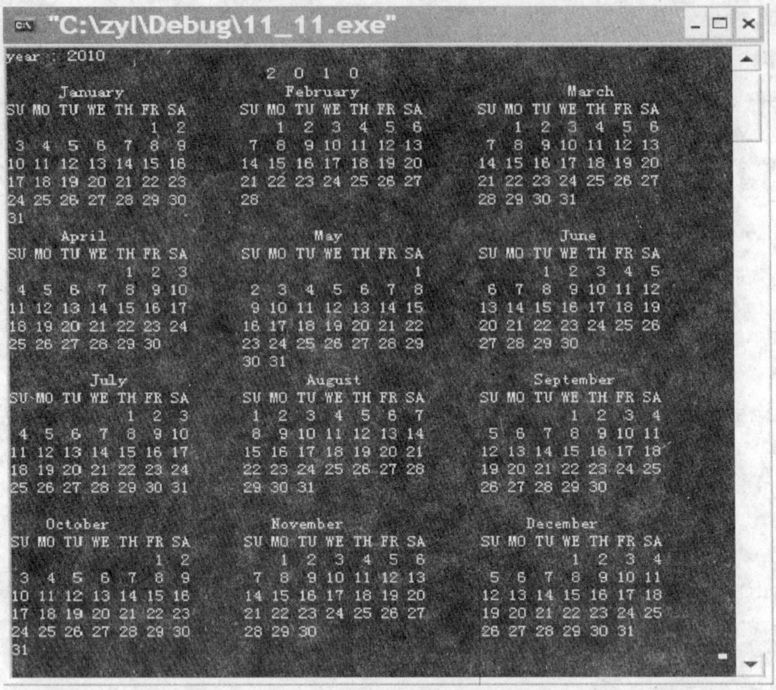

图 11-15　程序 11-11.c 的运行会话

　　这样做当然可以，但是总不如放在一屏里一目了然。观察上面输出的结构会发现，每季 8 行，外加年份一行，共 33 行。如果能压缩掉 8 行就能把整个年历放入一屏了。通过精心设计，得到图 11-16 那样的布局，并按此布局修改上面的程序，得到下面的程序。请读者比较一下，看有哪些改动，有何道理。

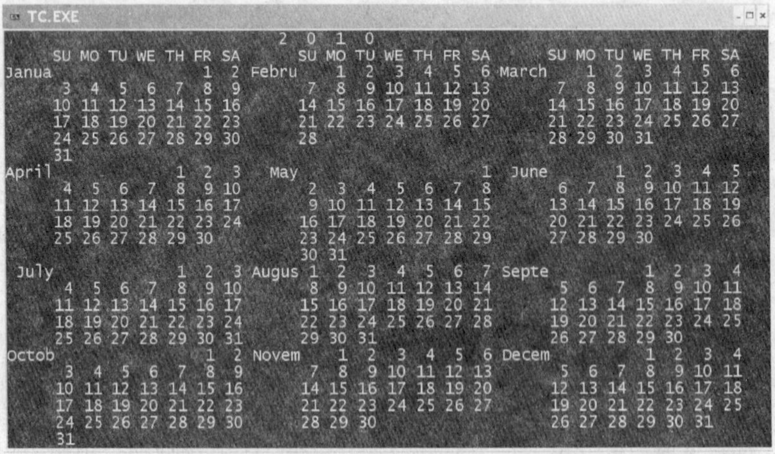

图 11-16　单屏装的年历布局

```c
/*11_11a.c 显示一屏的年历*/
#include<stdio.h>
int main()
{ int   y,m,i,j,k,n,me;
```

```
int d[12],ds[12];
char *mn[]={"January","February","March","April","May","June",
    "July","August","September","October","November","December"};
char *head=
"    SU MO TU WE TH FR SA  SU MO TU WE TH FR SA  SU MO TU WE TH FR SA";
printf("\nyear : "); scanf("%d%",&y);
leap=y%4==0 && y%100!=0 || y%400==0;
for(m=1;m<=12;m++)ds[m-1]=30+(m+m/8)%2-(m==2)*(2-leap);
d[0]=((y-1)+(y-1)/4-(y-1)/100+(y-1)/400+1)%7;
for(m=1;m<12;m++)  d[m]=(d[m-1]+ds[m-1])%7;
for(m=0;m<12;m++)  d[m]=-d[m]+1;
printf("\n%30d  %d  %d  %d\n%s",y/1000,y%1000/100,y%100/10,y%10,head);
for(i=0;i<4;i++)
{    for(j=me=0;me<3&&j<6;j++)
    {  printf("\n");
        for(k=0;k<3;k++)
        {  m=3*i+k;
            if(j==0)printf("%5.5s",mn[m]);else printf("      ");
             for(n=0;n<7;n++,d[m]++)
                if(d[m]<1||d[m]>ds[m])printf("   ");
                else printf("%2d ",d[m]),me+=d[m]==ds[m];
        }
    }
}
return 0;
}
```

图 11-17 是程序 11-11b.c 的运行会话，对于布局做了根本的改变，在一屏之内很容易地容纳下整个月历。程序也比较简单，只有三重循环。有兴趣的读者可以分析一下，相信会有收获。

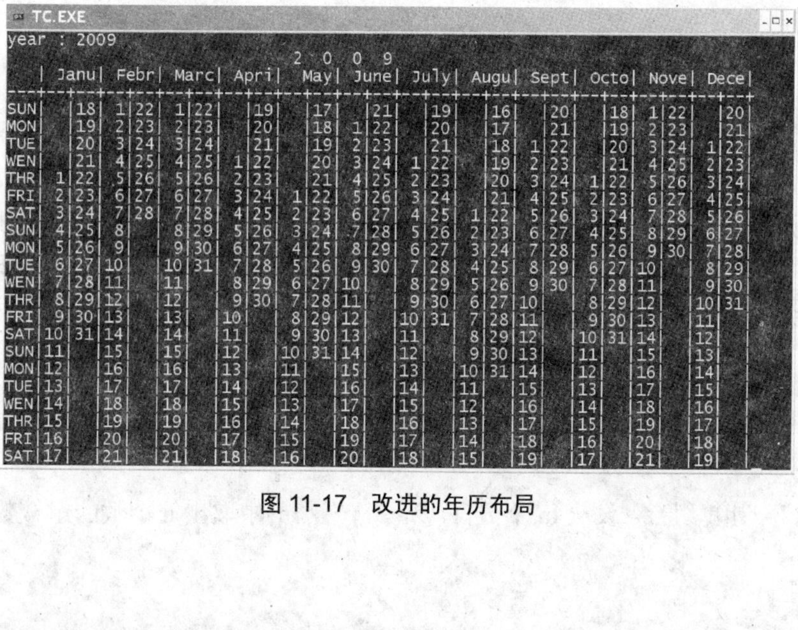

图 11-17　改进的年历布局

```
/*11_11b.c 显示改进的年历*/
#include<stdio.h>
int main()
{ int    y,m,i,j,k,n;
  int    d1[12],d2[12],ds[12];
  char *mn={"   | Janu| Febr| Marc| Apri|  May| June|"
           " July| Augu| Sept| Octo| Nove| Dece|"},
         *ln={"---+--+--+--+--+--+--+--+--+--+--+--+"
             "--+--+--+--+--+--+--+--+--+--+--+--+"};
  char *h[]={"SUN","MON","TUE","WEN","THR","FRI","SAT"};
  printf("\nyear : "); scanf("%d",&y);
  leap=y%4==0 && y%100!=0 || y%400==0;
  for(m=1;m<=12;m++)ds[m-1]=30+(m+m/8)%2-(m==2)*(2-leap);
  d1[0]=((y-1)+(y-1)/4-(y-1)/100+(y-1)/400+1)%7;
  for(m=1;m<12;m++)  d1[m]=(d1[m-1]+ds[m-1])%7;
  for(m=0;m<12;m++)  {d1[m]=-d1[m]+1;d2[m]=d1[m]+21;}
  printf("%30d  %d  %d  %d\n%s\n%s",y/1000,y%1000/100,y%100/10,y%10,mn,ln);
  for(j=0;j<3;j++)
  {  for(k=0;k<7;k++)
    {  printf("\n%s|",h[k]);
       for(m=0;m<12;m++)
       {  if(d1[m]<1) printf("   |");
          else printf("%2d|",d1[m]);
          if(d2[m]>ds[m]) printf("   |");
          else printf("%2d|",d2[m]);
          d1[m]++; d2[m]++;
       }
     }
   }
  return 0;
}
```

11.3　计算组合

这一节以组合计算为例，说明处理递归问题的各种技术，包括公式方法、伴随序列法、回溯法、后继序列法。这里给出了处理同一个问题的多种解法，这是有益的，也是必要的。只有有了多种解法，才有可能进行比较，只有经过比较才可能有鉴别。一题多解是研究算法的好方法。

11.3.1　计算组合数

例 11-12　计算组合。设从 m 个数{1，2，3，…，m}中取出 n 个数的组合数为 C(m,n)，中学数学中有公式：

$$\begin{cases} C(m,0)=1, & \text{(式1)} \\ C(m,n)=0, & m<n \quad \text{(式2)} \\ C(m,n)=C(m-1,n-1)+C(m-1,n), & m\geq n>0 \quad \text{(式3)} \end{cases}$$

这就是一组递归公式，前两个式子是终止式，第 3 式是降阶式，可以解释作：从 m 个数 {1，2，3，…，m} 中取出 n 个数的全部组合分成两类，一类是包含 m 和从 {1，2，…，m–1} 这 m–1 个数中取 n–1 个数的组合，另一类不包含 m，全部 n 个数均取自 {1，2，3，…，m–1} 这 m–1 个数。很容易地把这组递归公式机械地翻译成以下程序：

```
/*11_12.c 计算组合数*/
#include<stdio.h>
int c(int m,int n)
{ int v;
  if(n==0)v=1;                  /*对应式1*/
  else if(m<n)v=0;              /*对应式2*/
  else v=c(m-1,n-1)+c(m-1,n);   /*对应式3*/
  return v;
}
void main()
{ int m,n,v;
  printf("m,n : ");scanf("%d%d",&m,&n);
  v=c(m,n);
  printf("\nC(%d,%d)=%d\n",m,n,v);
}
/*运行会话
m,n : 4 2
C(4,2)=6
*/
```

评论：公式法

编写递归程序，如果能够写出递归公式的话，编程工作就变成了机械地翻译，轻而易举，不费吹灰之力。所以最关键的步骤就是写出递归公式。

11.3.2 显示组合序列

根据递归公式，很容易画出 C(4,2) 的递归调用树，如图 11-18 所示。这是一颗"二叉树"——所有结点都分出两个或 0 个分支。注意 C(4,2) 到 C(3,1) 的分支表示首先取出 4 这个数，然后再在 1，2，3 中再取一个。所以在 C(3,1) 的方框上面标出 4。树中方框上有数字的"叶子"是函数值为 1 的调用，从这种叶子到树根的路线上的黑体数字构成了一个组合。根据这一事实，把上面的程序的函数 c() 的定义略加修改，就可以显示出各个组合了。

为节省篇幅，下面只给出修改后的部分。

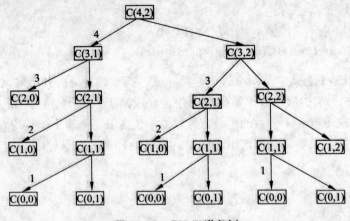

图 11-18   C(4,2)递归树

```
/*11_12a.c 显示组合序列*/
int c(int m,int n)
{ static int d;                    /*1 定义静态局部变量 d,代表取数次序*/
  int v;
  if(n==0)v=1;
  else if(m<n)v=0;
  else
  { printf("%*d\n",++d*4,m);       /*2 显示取出的数 m,取数前 d 加 1*/
    v=c(m-1,n-1);
    --d;                           /*3 取数后 d 减 1*/
    v+=c(m-1,n);
  }
  return v;
}
/*
m,n : 5 3
    5
        4
            3
            2
            1
        3
            2
            1
        2
            1
    4
        3
```

```
        2
      1
    2
  1
3
  2
1
C(5,3)=10
*/
```

所做的修改是增加了 3 行，用下划线的形式标示。目的是用阶梯式显示所有组合，让组合中的第 1 个数显示在第 1 档，第 2 个数显示在第 2 档，等等，为了记录组合中的每一个数是其中的第几个数，行 1 定义了一个静态局部变量 d，其默认初始值是 0。行 2，每次要显示一个组合中数时 d 先加 1，而后把此数显示在第 d 档位置。行 3，在函数的第一个递归调用之后使 d 减 1。

这个例子最好地说明了静态局部变量的用途。变量 d 和 v 都是局部变量，其他函数无法访问它们；它们的生存期不同，d 只有一个是程序启动之初建立的，建立时被赋予了默认初始值 0，而 v，每次进入函数 c() 时就建立一个，默认初始值是垃圾值，只有被赋值后才获得有意义的值。

> **评论：伴随序列法**
>
> 　　通过对于递归公式的分析，懂得了递归公式的含义，在前一个程序基础上只增加了 3 条就解决了显示各个组合序列的难题，这种方法不妨称之为"伴随序列法"。适用于已知递归公式欲求满足条件的序列的问题，编程分两步走：首先根据递归公式编写计算函数值的程序，而后再分析修改以生成需求的序列。

11.3.3　多叉递归——简化递归公式

前面的递归公式的降阶式：

$$C(m,n)=C(m-1,n-1)+C(m-1,n)$$

把组合 $C(m,n)$ 归结为两类组合，因此会得到一颗二叉树。一个调用变成两个低一级调用：一个是取数调用，另一个是不取数调用。其实连续套用此式会得到：

$$C(m,n)=C(m-1,n-1)+C(m-2,n-1)+\cdots+C(n-1,n-1)　　m{\geqslant}n$$

这里没有了不取数调用。此式与式 1 合起来构成递归公式：

$$\begin{cases} C(m,0)=1, & m>0 & \text{（式 4）}\\ C(m,n)=C(m-1,n-1)+C(m-2,n-1)+\cdots+C(n-1,n-1), & m{\geqslant}n & \text{（式 5）}\end{cases}$$

这时可以这样编写组合函数：

```
/*11_12b.c 显示组合及递归树
  c(m,n)=c(m-1,n-1)+c(m-2),n-1)+…+c(n-1,n-1)
  c(m,0)=1
```

```
*/
int c(int m,int n)
{ int v,i;
  static int d;                              /*1 定义静态局部变量 d,表示递归深度*/
  ++d;                                       /*2 递归深度 d 加 1*/
  printf("c(%d,%d)",m,n);                    /*3 显示递归调用*/
  if(n==0)v=1;                               /*对应式 4*/
  else
    for(v=0,i=m;i>=n;i--)                     /*循环：i 从 m 到 n*/
      {  printf("\n%*c%d ",5*d,' ',i);        /*4 显示取出数 i*/
         v+=c(i-1,n-1);                       /*对应式 5*/
      }
  --d;                                       /*5 递归深度 d 减 1*/
  return v;
}
/*运行会话
m,n : 5 3
c(5,3)
    5 c(4,2)
        4 c(3,1)
            3 c(2,0)
            2 c(1,0)
            1 c(0,0)
        3 c(2,1)
            2 c(1,0)
            1 c(0,0)
        2 c(1,1)
            1 c(0,0)
    4 c(3,2)
        3 c(2,1)
            2 c(1,0)
            1 c(0,0)
        2 c(1,1)
            1 c(0,0)
    3 c(2,2)
        2 c(1,1)
            1 c(0,0)
C(5,3)=10
*/
```

递归公式经过修改之后，没有了不取数的调用。因此每个递归调用都会取得一数，递归树的深度和组合取数的个数 n 是一致的。行 1 定义的静态局部变量 d 既指示了递归调用的深度，又指示了取数的个数。行 2 使 d 加 1，说明又进了一层递归，又该取下一个数。行 3 显示递归调用，行 4 显示取出数。行 5 从递归调用返回，自然递归深度要减 1 了。得到的结果不仅是一棵递归树，而且注明了在递归调用时取出的数，例如从 C(5，3)到 C(4，2)

取出了第一个数 5，从 C(5,3)到 C(3,2)取出了第一个数 4。

11.3.4 显示完整组合

上面程序输出的组合采取了阶梯形，那么怎样才能显示完整组合呢？据此设置了一个缓冲数组 a。每次在执行一个递归调用之前不显示 i，而是把 i 存入 a 中，位置由 d 指示。每当 n 为 0 时就在 a 中得到一个完整组合，显示之。

```
/*11_12c.c 显示完整组合*/
int c(int m,int n)
{ int v,i;
 static int d,a[10];
 ++d;                                    /*递归深度 d 加 1*/
 printf("\n%*c(%d,%d)  ",5*d,'C',m,n);  /*阶梯式显示递归调用*/
 if(n==0)                                /*对应式 4*/
 {   v=1;
     for(i=1;i<d;i++)printf("%d",a[i]); /*显示完整组合*/
 }
 else
     for(v=0,i=m;i>=n;i--)               /*对应式 5*/
     {   a[d]=i;                         /*把 i 存入第 d 个数*/
         v+=c(i-1,n-1);                  /*递归调用*/
     }
 --d;
 return v;
}
/*运行会话
m,n : 5 3


    C(5,3)
        C(4,2)
            C(3,1)
                C(2,0)  543
                C(1,0)  542
                C(0,0)  541
            C(2,1)
                C(1,0)  532
                C(0,0)  531
            C(1,1)
                C(0,0)  521
        C(3,2)
            C(2,1)
                C(1,0)  432
                C(0,0)  431
```

```
        C(1,1)
            C(0,0)   421
    C(2,2)
        C(1,1)
            C(0,0)   321
  C(5,3)=10
*/
```

函数 c() 的这种编法与上一种类似，只是取得的数不是阶梯式地显示出来，而是插入数组 a。积累够了就显示。其实这里的 a 和 d 相当于通常的堆栈和堆栈指针。

11.3.5 回溯法

前面方法都属递归方法，递归的好处是编写容易，可读性好，但是由于反复调用自身，执行效率低。实际应用中人们往往先用递归法编写，程序通过后再改成非递归的，回溯法（Back tracking）常用来代替递归方法。

回溯一词很形象，就像走迷宫一样，如果无路可走了，就退到上一个分岔口，另选一条路。对于回溯法说来，本问题比较简单。两个关键数据是存放组合数字的数组 a 和指明当前数组元素的下标 k，数组元素 a[1] 到 a[n] 用来存放一个组合，其余元素无效。每一位数字都有一个由下界和上界构成的范围。a[1] 的范围是 [1，m–n+1]，a[k] 的范围是 [a[k–1]+1，m–n+k]。下面程序采取的算法是：

（1）k=1，a[k]=1。

（2）while(k>0) 就根据情况执行下面动作。

（3）   if(k>n) 说明已得到一组合，显示之，并回溯，即 a[– –k]++。

（4）   if(k<=n 且 a[k] 在范围内) 前进一步，即 a[k+1]=a[k]+1，k++。

（5）   if(a[k] 超范围) 回溯，即 a[– –k]++。

```
/*11_12d.c 用回溯法显示组合序列*/
int c(int m,int n)
{  int v=0,i,k,a[10];                                    /*对应(1)*/
   k=1;a[1]=1;                                           /*对应(2)*/
   while(k>0)                                            /*对应(3)*/
     if(k>n)                                             /*显示组合*/
     {  for(i=1;i<=n;i++)
            printf("%d",a[i]);
        printf("%*c",10-n,' ');
        v++;                                             /*组合个数 v 加 1*/
        a[--k]++;                                        /*回溯*/
     }
     else if(a[k]<=m-n+k)a[k+1]=a[k]+1,++k;              /*对应(4)*/
     else a[--k]++;                                      /*对应(5)*/
   return v;
}
```

```
/*运行会话
m,n : 5 3
123      124        125        134        135        145        234        235
245      345
C(5,3)=10
*/
```

11.3.6　后继序列法

这种方法的思想是把给所有组合规定一种次序,哪个大哪个小。首先设好最小的组合,而后求出比它大的、离它最近的组合,然后再求下一个,如此继续,直到再也求不出下一个为止。比如,对于 C(5, 3) 的情况,设第 1 个是 123,第 2 个是 124,而后 125,134 等,最后一个是 345。每个组合是一个 3 位数,这 3 位允许的最大数字分别是 3,4,5。从一个组合求下一个的方法是:从后向前找一位小于最大数字的位,把它加 1,然后让其后所有位都比其前一位大 1。例如,求 125 的下一个:从后向前找到第 2 位是 2 小于最大数字 4,把该位加 1 得 3,再将之后的第 3 位改为比第 2 位 3 大 1 的数字 4,得到的下一个组合就是 134。最后一个组合是 345,3 位都是最大数字,所以它没有下一个了。

```
/*11_12e.c 用后继序列法显示组合序列*/
int c(int m,int n)
{ int v=0,i,j,a[10];
  for(i=0;i<=n;i++)a[i]=i;                    /*生成第一个组合,如 123*/
  while(1)                                     /*循环:依次生成其余组合*/
  { for(i=1;i<=n;i++)printf("%d",a[i]);        /*显示当前组合*/
    printf("%*c",10-n,' ')                     /*显示一段空白*/;
    v++;                                        /*组合个数 v 加 1*/;
    for(j=n;a[j]==m-n+j;j--);                   /*从后向前找,小于最大数字的位*/;
    if(j==0)break;                              /*如未找到,退出循环*/;
    a[j]++;                                     /*找到位加 1*/;
    for(i=j+1;i<=n;i++)a[i]=a[i-1]+1;           /*让其后所有位都比其前一位大 1*/;
  }
  return v;
}
/*运行会话
m,n : 5 3
123      124        125        134        135        145        234        235
245      345
C(5,3)=10
*/
```

11.3.7　后继序列法（01 数组）

组合还有另一种表示方法。假定有一字排开的 5 个碗,还有 3 个汤匙,每个碗里最多放一个匙，问有多少放匙的方法？换句话说，要从 5 个碗里选出 3 个来。可以用 10110 表示选出 2，3，5 三个碗，10110 同前面的 235 这两种表示是等价的，可以互相转换。用后继序列法，要确定第 1 个序列，最后一个序列，以及由一个系列生成下一个序列的方法。

对于 C(5,3)的情况，可以把所有系列看作是有 3 个 1 的 5 位二进制数，设最右位为第 0 位。第 1 个组合是 00111，最后一个是 11100。生成下一个的方法是：

（1）从第 0 位开始寻找这样的第 i 位，a_i 为 1，a_{i+1} 为 0，同时记下 a_0、a_1、$\cdots$、a_{i-1} 中 1 的个数 j。

（2）如果找到的 i==m-1，说明再无其他序列了，退出。

（3）把 a_i 改为 0，a_{i+1} 改为 1。

（4）把 a_0，a_1，$\cdots$，a_{j-1} 都置为 1，把 a_j，a_{j+1}，$\cdots$，a_{i-1} 清为 0。

下面的 c 函数使用一个数组 a 存放所有序列。

```
/*11_12f.c 用后继序列法(01数组)显示组合序列*/
int c(int m,int n)
{   int i,j,v=0,a[10]={0};            /*1 清数组 a 的所有元素为 0*/
    for(i=0;i<n;i++)a[i]=1;           /*2 设置第一个序列*/
    while(1)                          /*3 循环：生成其他序列*/
    {   for(i=m-1;i>=0;i--)           /*   显示当前序列*/
            printf("%d",a[i]);
        printf("%*c",10-m,' ');       /*   显示序列间距*/
        v++;                          /*   序列个数 v 加 1*/
        for(i=j=0;;i++)               /*4  内循环：寻找 i*/
        {   if(a[i]&&a[i+1]==0)break; /*      遇本 1 前 0 位，退出*/
            j+=a[i];                  /*            统计 1 位个数*/
        }
        if(i==m-1)break;              /*5  如 i==m-1,说明再无其他序列,退出*/
        a[i]=0;a[i+1]=1;              /*6  a_i 改为 0,a_{i+1} 改为 1*/
        for(--i;i>=0;--i)a[i]=i<j;    /*7  置 a_i 之前的开始 j 位为 1*/
    }
    return v;
}
/*运行会话
m,n : 5 3
00111    01011    01101    01110    10011    10101    10110    11001
11010    11100
*/
```

11.3.8　后继序列法（二进位序列）

下面的函数 c 用一个 int 型变量 a 中的第 0 位到第 m-1 位存放 c(m,n)代表的组合。

```
/*11_12g.c 用后继序列法（二进位序列）显示组合序列*/
int c(int m,int n)
```

```
{   int i,j,v=0,a;
    a=(1<<n)-1;                         /*1 设置第一个序列*/
    while(1)                            /*2 循环:生成其他序列*/
    {   for(i=1<<m-1;i>0;i>>=1)         /*3     显示当前序列*/
            printf("%d",(a&i)>0);
        printf("%*c",10-m,' ');         /*      显示序列间距*/
        v++;                            /*      序列个数 v 加 1*/
        for(i=1,j=0;;i<<=1)             /*4     内循环:寻找 i*/
            if((a&i)==0)j++;            /*5         j 记 0 位个数*/
            else if((a & i<<1)==0)break; /*6       如找到左 0 本 1 的位退出*/
        if(i==1<<m-1)break;             /*7   如 i==m-1,说明再无其他序列,
                                              退出*/
        a=a+i & -i | (a & i-1)>>j;      /*8     生成下一个序列*/
    }
    return v;
}
```

下面以 c(5,3)的情况进行解释。行 1,第一个序列是(1<<3)–1≡ 8–1≡ 00111。行 3,i 依次取 10000、01000、00100、00010、00001,(a&i)可以取 i 或 0 值,而(a&i)>0 只能为 1 或 0 值。

行 4 到行 8 的任务是从当前序列生成下一个序列,这里假定当前序列是 a≡01110。行 4 循环的作用是找出当前序列中的右数第 1 个其左位为 0 的 1 位,同时记下其右的 0 位个数。循环变量 i 从 00001 变到 10000,j 用于记 0 位个数。行 5,第 1 次循环 i≡00001,a&i 为 0,j 加 1 后得 1;第 2 次 i≡00010,a&i 非 0,执行行 6,再测试(a & i<<1)≡(01110 & 00100)≡00100,继续下一次循环。第 3 次,i≡00100,这次 a&i 非 0,(a & i<<1)也非 0。第 4 次,i≡01000,这时 a&i 非 0,(a & i<<1)为 0,于是在第 6 行执行 break,退出循环。这时 i≡01000(≠1<<m–1≡10000),j≡1。行 8:

a+i & –i≡01110+01000 & 1···11000≡10110 & 1···11000≡10000

(a & i–1)>>j≡(01110 & 01000–1)>>1≡(01110 & 00111)>>1≡(00110)>>1≡00011

a= a+i & –i | (a & i–1)>>j≡10000|00011≡10011

这时的 a 就是 01110 的下一个序列。

```
/*
m,n : 5 3
00111    01011    01101    01110    10011    10101    10110    11001
11010    11100
*/
```

习题 11

11-1 对于任意给定的 n 值(n=1,2,…,20),显示下面给出的 4 种 n 行的三角形。

（1）　　1　　　　　　　　　　　（2）　　　　　　　　1
　　　　2　3　　　　　　　　　　　　　　　　　3　2
　　　　4　5　6　　　　　　　　　　　　　　6　5　4
　　　　7　8　9　10　　　　　　　　　10　9　8　7
（3）　7　8　9　10　　　　　（4）　10　9　8　7
　　　　4　5　6　　　　　　　　　　　　　　6　5　4
　　　　2　3　　　　　　　　　　　　　　　　　3　2
　　　　1　　　　　　　　　　　　　　　　　　　1

11-2　对于任意给定的 n 值(n=1,2,…,20)，显示 n 行的等腰三角形。

（1）　　　　　　A　　　　　　　　（2）　　　　　　A
　　　　　　　BAB　　　　　　　　　　　　　　　　ABA
　　　　　　CBABC　　　　　　　　　　　　　　ABCBA
　　　　　DCBABCD　　　　　　　　　　　ABCDCBA
　　　　EDCBABCDE　　　　　　　　　ABCDEDCBA

11-3　对于任意给定的 n 值(n=1,2,…,20)，显示 n 行的螺旋三角形。5 行的螺旋三角形如下所示：

（1）　　1　　　　　　　　　　　　（2）　　　　　　　　1
　　12　2　　　　　　　　　　　　　　16 17　2
　　11　13　3　　　　　　　　　　15 24 25 18　3
　　10　15　14　4　　　　　　14 23 22 21 20 19 4
　　9　8　7　6　5　　　　　13 12 11 10　9　8　7 6 5

11-4　定义一个表示日期的结构类型，然后定义下面的函数：

（1）由这种类型计算一天是该年的第几天的函数（要考虑闰年的影响）；

（2）比较两个日期的大小的函数；

（3）计算两个日期的天数差的函数；

（4）定义以一个日期和一个天数（允许负整数）为参数的函数，它能算出与该日期相距这些天的日期。

11-5　整数拆分问题（无重复加数）：对于键入的正整数 m，计算存在多少个不同的和数为 m 的和式，并显示这些和式。这里要求每个和式的所有加数是互不相同的正整数。例如，如果 m 为 5，这样的和式共有 3 个，它们是：

$$5=5$$
$$5=4+1$$
$$5=3+2$$

提示：定义函数 f(m,n) 为加数小于等于 n 且和数等于 m 的和式个数，容易推出以下递归公式：

$$
\begin{cases}
f(0,n)=1, & n\geq 0 \\
f(m,0)=0, & m>0 \\
f(m,n)=f(m,m), & 0<m<n \\
f(m,n)=f(m-n,n-1)+f(m,n-1), & 0<n\leq m
\end{cases}
$$

利用这组公式,模仿 11.3 节的做法,先编写计算和式个数的递归函数,而后分析公式的原理,再修改此函数使之能产生这些和式。

11-6 整数拆分问题(允许重复加数):对于键入的正整数 m,计算存在多少个不同的和数为 m 的和式,并显示这些和式。这里每个和式的加数可以是相同的正整数。例如,如果 m 为 5,这样的和式共有 7 个,它们是:

$$5=5$$
$$5=4+1$$
$$5=3+2$$
$$5=3+1+1$$
$$5=2+2+1$$
$$5=2+1+1+1$$
$$5=1+1+1+1+1$$

提示:仔细研究上个题目给出的递归公式,稍加修改得到本题目的递归公式。

11-7 整数拆分问题(加数个数确定且允许重复加数):对于键入的正整数 m 和 k,存在多少个不同的由 k 个加数组成的、和数为 m 的和式?显示这些和式。这里每个和式中允许有相同的加数。例如,如果 m 为 5,k 为 3,这样的和式有 2 个:

$$5=3+1+1$$
$$5=2+2+1$$

提示:给上个题目的函数 f 增加一个参数 k,函数 f(m,n,k) 为由 k 个小于等于 n 的加数构成的、和数等于 m 的和式个数,修改原来的递归公式,得到本题的递归公式。

C 语言运算符表

表 A　C 语言运算符表

分组	优先级	运算符及其含义				结合性
括号	1	()	括号	[]	取数组元素	从左到右
		->	用指针取结构成员	.	取结构的成员	
单目	2	+	正号	~	位取反	从右到左
		-	负号	*	间接访问	
		++	自增（有副作用）	&	取地址	
		--	自减（有副作用）	（类型）	强制类型转换	
		!	逻辑非	sizeof	计算对象长度	
算术	3	*	乘法	/	除法	从左到右
		%	取余			
	4	+	加法	-	减法	从左到右
移位	5	<<	位左移	>>	位右移	从左到右
关系	6	<	小于	<=	小于等于	从左到右
		>	大于	>=	大于等于	
	7	==	等于	!=	不等于	从左到右
按位	8	&	按位与			从左到右
	9	^	按位异或			从左到右
	10	|	按位或			从左到右
逻辑	11	&&	逻辑与			从左到右
	12	||	逻辑或			从左到右
条件	13	?:	条件			从右到左
赋值	14	=	赋值（有副作用）			从右到左
		+= -= *= /= %= &= ^= |= <<= >>=	复合赋值（有副作用）			
逗号	15	,	逗号			从左到右

记忆口诀：

括单算移关，位逻条赋逗

自增减赋（副作用，从右到左）单条赋

附录B

头文件 myhfile.h

```
/*myhfile.h*/
#if !defined(_ _MYIO_DEF_)
#define  _ _MYIO_DEF_
#include<stdio.h>
#include<stdlib.h>
#include<math.h>
#include<stype.h>
#include<string.h>
#define  DSPSZ(x)      printf("sizeof("#x") = %d\n",sizeof(x))
#define  READ(x,t)     printf(#x"(%%"#t") : "); scanf("%"#t,&x)
#define  WRITE(x,t)    printf(#x"(%%"#t") = %"#t"\n",x)
#define  READA(a,n,t)  printf("array "#a" : ");\
                       for(n=0;scanf("%"#t,&a[n])>0;n++);\
                       rewind(stdin)
#define  WRITEA(a,n,t) {  int _i; printf("array "#a" = ");\
                       for(_i=0;_i<n;_i++)printf("%"#t,a[_i]);\
                       printf("\n"); }
#define  WRITEB(a)     { unsigned _i;for(_i=1<<sizeof(a)*8-1;_i>0;_i>>=1) \
                       printf("%d",(a&_i)>0); \
                       printf("b\n");}
#define  FORMAT(x, t)  printf("printf(\"|%%"#t"|\\n\","#x")=\t|%"#t"|\n",x)
#endif
```

ASCII 代码表

表 C　ASC II 代码表

十六进制低位 ＼ 十六进制高位	0	1	2	3	4	5	6	7
0	NUL	DLE	SP	0	@	P	`	p
1	SOH	DC1	!	1	A	Q	a	q
2	STX	DC2	"	2	B	R	b	r
3	ETX	DC3	#	3	C	S	c	s
4	EOT	DC4	$	4	D	T	d	t
5	ENQ	NAK	%	5	E	U	e	u
6	ACK	SYN	&	6	F	V	f	v
7	BEL	ETB	'	7	G	W	g	w
8	BS	CAN	(	8	H	X	h	x
9	HT	EM	)	9	I	Y	i	y
A	LF	SUB	*	:	J	Z	j	z
B	VT	ESC	+	;	K	[	k	{
C	VF	FS	,	<	L	\	l		
D	CR	GS	–	=	M	]	m	}
E	SO	RS	.	>	N	^	n	~
F	ST	US	/	?	O	–	o	DEL

附录 D

ANSI C 标准库函数

　　C 语言配有许多实现各种各样功能的库函数，ANSI C 定义了一些标准头文件，每个头文件声明了一组标准的库函数。每个 C 语言实现都应该完整实现所有标准库函数，另外可以根据自身需要增加一些非标准函数。为便于查阅，下面列出了本书用到的标准库函数。为查阅更多的标准库函数，请参考《C 语言参考手册》[5]和《C 语言大全》[6]。对于非标准函数，就需要参考用到的 C 语言系统的各种手册。

　　本书涉及的头文件有：

ctype.h：与其他头文件不同，这里定义了一些形似函数的宏，用于字符测试和转换。

math.h：声明一些数学计算的函数。

stdio.h：声明了所有的标准输入输出函数。

stdlib.h：声明了一些服务性函数，本书用到的有内存分配、随机数方面的函数。

string.h：声明了字符串处理方面的函数。

　　下面列举本书用到的所有标准库函数，为了简便，函数的形参做了一点简化：

$c \equiv$ char c

$d \equiv$ double d

$f \equiv$ FILE *f

$i \equiv$ int i

$l \equiv$ long l

$p \equiv$ void *p

$s \equiv$ char *s

$u \equiv$ unsigned u

$sz \equiv$ size_t sz，这里的 size_t 类型等价于 unsigned int。

表 D　ANSI C 标准库函数简表

函数	返回值类型	功能
<ctype.h>		
isalpha(c)	int	测试 c 是不是英文字母（a~z 或 A~Z），是返回 1，否则返回 0
isalnum(c)	int	测试 c 是不是字母或数字（0~9，A~Z，a~z），是返回 1，否则返回 0
iscntrl(c)	int	测试 c 是不是控制字符（0~31），是返回 1，否则返回 0
isdigit(c)	int	测试 c 是不是十进制数字（0~9），是返回 1，否则返回 0
isxdigit(c)	int	测试 c 是不是十六进制数字（0~9，A~F，a~f），是返回 1，否则返回 0
islower(c)	int	测试 c 是不是小写字母（a~f），是返回 1，否则返回 0
isprint(c)	int	测试 c 是不是可显示字符（不包括控制字符），是返回 1，否则返回 0

续表

函数	返回值类型	功能
ispunct(c)	int	测试 c 是不是标点符号（除字母和数字外的可显示字符），是返回 1，否则返回 0
isupper(c)	int	测试 c 是不是大写字母（A～Z），是返回 1，否则返回 0
tolower(c)	int	把大写字母转换成小写字母
toupper(c)	int	把小写字母转换成大写字母
<math.h>		
abs(i)	int	返回|i|
acos(d)	double	返回 arccos(d)，其中 d∈[–1,1]，返回值∈[–π/2, π/2]
asin(d)	double	返回 arcsin(d)，其中 d∈[–1,1]，返回值∈[–π/2, π/2]
atan(d)	double	返回 arctan(d)，其中返回值∈[–π/2, π/2]
cos(d)	double	返回 cos(d)，其中 d∈[–π/2, π/2]，返回值∈[–1,1]
exp(d)	double	返回幂函数 e^d
fabs(d)	double	返回|d|
log(d)	double	返回 d 的自然对数
log10(d)	double	返回 d 的常用对数
pow(d1,d2)	double	返回 $d1^{d2}$
sin(d)	double	返回 sin(d)
sqrt(d)	double	返回 d 的平方根
tan(d)	double	返回 tan(d)
<stdio.h>		
fclose(f)	int	关闭文件 f，如果成功关闭，返回 0，否则返回 NULL
feof(f)	int	测试是否到达文件尾，如是返回一非零值，否则返回 0
fgetc(f)	int	从文件 f 读取一个字符
fgets(s,i,f)	char*	从文件 f 读取至多含有 i 个字符的字符串到 s
fopen(s1,s2)	FILE*	以方式 s2 打开名为 s1 的文件，返回 FILE 型的地址
fprint(f,…)	int	格式化输出到文件 f
fputc(c,f)	int	输出字符 c 到文件 f
fputs(s,f)	int	输出字符串 s 到文件 f
fread(p,i1,i2,f)	int	从文件 f 读取 i1×i2 个字节的数据到 p 指向的内存
fscanf(f,…)	int	从文件 f 读取数据
fseek(f,l,i)	int	把文件 f 的当前位置从 i 处移动 l 个字节
ftell(f)	long	返回文件 f 的当前位置
fwrite(p,i1,i2,f)	int	把从 p 指向的内存中的 i1×i2 个字节的数据写入文件 f
getchar(void)	int	从标准输入设备中读取一个字符
gets(s)	char*	从标准输入设备中读取一个字符串到字符数组 s
perror(s)	void	在标准错误设备上输出字符串 s 及全局变量 errno 对应的错误信息
printf(…)	int	格式化输出到标准输出设备
putchar(c)	int	输出字符 c 到标准输出设备
puts(s)	int	输出字符串 s 到标准输出设备
rewind(f)	void	置文件 f 的当前位置到文件开始处
scanf(…)	int	从标准输入设备读取数据
<stdlib.h>		
calloc(sz1,sz2)	void*	分配尺寸为 sz1*sz2 个字节的内存块，返回分得的内存块的地址，如不成功返回 NULL
exit(u)	Void	关闭所有文件，终止本程序，并把状态代码 u 返回给发调者

函数	返回值类型	功能
malloc(sz)	void*	分配尺寸为 sz 个字节的内存块，返回分得的内存块的地址，如不成功返回 NULL
perror(s)	void	显示 s 指向的字符串，冒号，以及系统变量 error 对应的错误信息
rand(void)	int	返回[0,RAND_MAX]范围内的随机整数
realloc(p,sz)	void*	释放 p 指向的内存块，重新分配尺寸为 sz 个字节的内存块，返回新分配的内存块地址，如不成功返回 NULL
<string.h>		
strcat(s1,s2)	char*	把字符串 s2 接在字符串 s1 的末尾，返回 s1 的地址
strcmp(s1,s2)	int	按字典顺序比较字符串 s1 和 s2，如果 s1 大返回正值，如果 s1 小返回负值，如果两串相等返回 0 值
strcpy(s1,s2)	char*	把字符串 s2 复制到字符数组 s1 中，返回 s1 的地址
strlen(s)	size_t	返回字符串 s 包含的字符个数

参 考 文 献

1．Brian W Kernighan, Dennis M Ritchie. C 程序设计语言. 第 2 版. 徐宝文译. 北京：机械工业出版社，2001.

2．Brian W Kernighan, Rob Pike. 程序设计实践. 裘宗燕译. 北京：机械工业出版社，2000.

3．American National Standard Institute. American National Standard for Information System Programming Language C. ANSI X3.159-1989.

4．国家技术监督局. 中华人民共和国国家标准：程序设计语言 C，GB/T 15272-94. 1994 年 12 月发布.

5．Samuel P. Harbison III. C 语言参考手册. 第 5 版. 邱仲潘译. 北京：机械工业出版社，2003.

6．Herbert Schildt. C 语言大全. 第 4 版. 戴健鹏译. 北京：电子工业出版社，2001.

7．Knneneth A Reek. C 和指针. 徐波译. 北京：人民邮电出版社，2008.

8．Andrew Koenig. C 陷阱与缺陷. 高巍译. 北京：人民邮电出版社，2008.

9．Peter Van Der Linden. C 专家编程. 徐波译. 北京：人民邮电出版社，2008.

10．Balagurusamy E. 标准 C 程序设计. 金名译. 北京：清华大学出版社，2008.

11．Harvey M、Deitel. C 程序设计经典教程. 聂雪君译. 北京：清华大学出版社，2006.

12．David Conger. 软件开发：编程与设计（C 语言版）. 朱剑平译. 北京：清华大学出版社，2006.

13．谭浩强. C 程序设计. 第 3 版. 北京：清华大学出版社，2005.

14．谭浩强等. C 语言程序设计题解与上机指导. 北京：清华大学出版社，2000.

15．苏小红等. C 语言大学实用教程. 北京：电子工业出版社，2004.

16．裘宗燕. 从问题到程序：程序设计与 C. 北京：机械工业出版社，2005.

17．陈良银等. C 语言程序设计（C99 版）. 北京：清华大学出版社，2006.

18．江苏省高等学校计算机等级考试中心. 二级考试试卷汇编（C 语言分册）. 苏州：苏州大学出版社，2005.

21 世纪高等学校数字媒体专业规划教材

ISBN	书　名	定价（元）
9787302222651	数字图像处理技术	35.00
9787302218562	动态网页设计与制作	35.00
9787302222644	J2ME 手机游戏开发技术与实践	36.00
9787302217343	Flash 多媒体课件制作教程	29.5
9787302208037	Photoshop CS4 中文版上机必做练习	99.00
9787302210399	数字音视频资源的设计与制作	25.00
9787302201076	Flash 动画设计与制作	29.50
9787302174530	网页设计与制作	29.50
9787302185406	网页设计与制作实践教程	35.00
9787302180319	非线性编辑原理与技术	25.00
9787302168119	数字媒体技术导论	32.00
9787302155188	多媒体技术与应用	25.00
9787302224877	数字动画编导制作	29.50

以上教材样书可以免费赠送给授课教师，如果需要，请发电子邮件与我们联系。

教学资源支持

敬爱的教师：

　　感谢您一直以来对清华版计算机教材的支持和爱护。为了配合本课程的教学需要，本教材配有配套的电子教案（素材），有需求的教师可以与我们联系，我们将向使用本教材进行教学的教师免费赠送电子教案（素材），希望有助于教学活动的开展。

　　相关信息请拨打电话 010-62776969 或发送电子邮件至 weijj@tup.tsinghua.edu.cn 咨询，也可以到清华大学出版社主页（http://www.tup.com.cn 或 http://www.tup.tsinghua.edu.cn）上查询和下载。

　　如果您在使用本教材的过程中遇到了什么问题，或者有相关教材出版计划，也请您发邮件或来信告诉我们，以便我们更好地为您服务。

　　地址：北京市海淀区双清路学研大厦 A 座 708　　　计算机与信息分社魏江江 收

　　邮编：100084　　　　　　　　　　　电子邮件：weijj@tup.tsinghua.edu.cn

　　电话：010-62770175-4604　　　　　邮购电话：010-62786544

《网页设计与制作》目录

ISBN 978-7-302-17453-0　　蔡立燕　梁　芳　主编

图书简介：

　　Dreamweaver 8、Fireworks 8 和 Flash 8 是 Macromedia 公司为网页制作人员研制的新一代网页设计软件，被称为网页制作"三剑客"。它们在专业网页制作、网页图形处理、矢量动画以及 Web 编程等领域中占有十分重要的地位。

　　本书共 11 章，从基础网络知识出发，从网站规划开始，重点介绍了使用"网页三剑客"制作网页的方法。内容包括了网页设计基础、HTML 语言基础、使用 Dreamweaver 8 管理站点和制作网页、使用 Fireworks 8 处理网页图像、使用 Flash 8 制作动画、动态交互式网页的制作，以及网站制作的综合应用。

　　本书遵循循序渐进的原则，通过实例结合基础知识讲解的方法介绍了网页设计与制作的基础知识和基本操作技能，在每章的后面都提供了配套的习题。

　　为了方便教学和读者上机操作练习，作者还编写了《网页设计与制作实践教程》一书，作为与本书配套的实验教材。另外，还有与本书配套的电子课件，供教师教学参考。

　　本书适合应用型本科院校、高职高专院校作为教材使用，也可作为自学网页制作技术的教材使用。

目　录：